LA DERNIÈRE CHANSON

NICHOLAS SPARKS

LA DERNIÈRE CHANSON

Traduit de l'anglais (États-Unis)
par Jean-Noël Chatain

Titre original : *The Last Song*
© Nicholas Sparks, 2009.
Publié par Grand Central Publishing, 2007

© Michel Lafon Publishing, 2010, pour la traduction française
7-13, boulevard Paul-Émile-Victor – Île de la Jatte
92521 Neuilly-sur-Seine Cedex

· www.michel-lafon.com

À mes amis, Theresa Park et Greg Irikura

– PROLOGUE –

Ronnie

Ronnie regardait par la fenêtre de sa chambre et s'interrogeait... Le pasteur Harris se trouvait-il déjà à l'église ? Sans doute... Tout en observant les vagues qui se brisaient sur la grève, elle se demanda s'il remarquait encore le jeu de lumière au travers du vitrail. Peut-être pas... Cela faisait plus d'un mois qu'on l'avait installé, après tout, et le pasteur était trop préoccupé pour y prêter attention. Cependant, Ronnie souhaitait qu'un nouveau venu puisse partager, au hasard d'une visite, le même émerveillement qu'elle en voyant pour la première fois le jour inonder l'église en cette froide journée de décembre. De même qu'elle souhaitait que ce visiteur prenne le temps de s'interroger sur l'origine du vitrail, et d'admirer toute sa beauté.

Elle était réveillée depuis une heure, mais pas encore prête à affronter la suite. La période des fêtes lui paraissait différente de celle des autres années. Hier elle s'était promenée avec Jonah, son petit frère, au bord de l'eau, et tous deux avaient remarqué ici et là les arbres de Noël qui décoraient les terrasses des maisons. À cette époque de l'année, Jonah et elle se retrouvaient quasiment seuls sur la plage, mais son frère ne témoignait aucun intérêt pour l'océan ou les mouettes qui le fascinaient encore quelques mois auparavant. Il avait préféré s'arrêter à l'atelier... Aussi l'y avait-elle amené, même s'il y resta quelques minutes à peine, avant de s'en aller sans dire un mot.

Près de Ronnie, des photos encadrées s'empilaient sur la table de nuit. Elle les avait récupérées dans l'alcôve du salon, avec d'autres objets rassemblés ce matin. Elle les regardait en silence, jusqu'à ce qu'on frappe à la porte. Sa mère passa la tête dans l'embrasure.

— Tu veux prendre un petit déjeuner ? J'ai trouvé des céréales dans le placard.

— J'ai pas faim, m'man.

— Il faut bien te nourrir, ma chérie.

Ronnie contemplait toujours la pile de photos, sans vraiment les voir.

— J'avais tort, m'man. Et je sais plus quoi faire maintenant.

— À propos de ton père, tu veux dire ?

— À propos de tout...

— Tu veux qu'on en discute ?

Comme Ronnie ne répondait pas, sa mère traversa la chambre et vint s'asseoir à son côté.

— Parfois, ça aide de parler. Je ne t'ai pas beaucoup entendue ces deux derniers jours.

Un court instant, Ronnie sentit une multitude de souvenirs la submerger. L'incendie, puis la reconstruction de l'église, le vitrail, la chanson qu'elle avait enfin terminée. Elle songea à Blaze, à Scott et à Marcus. À Will, aussi. Elle avait dix-huit ans et se remémorait l'été où on l'avait trahie, où la police l'avait arrêtée... où elle était tombée amoureuse. Ça ne faisait pas si longtemps, mais elle avait pourtant l'impression d'avoir totalement changé de personnalité depuis.

— Et Jonah ? soupira-t-elle.

— Il n'est pas là. Brian l'a emmené en ville pour lui acheter des chaussures. On dirait un jeune chien, ce gamin. Ses pieds grandissent plus vite que le reste.

Ronnie esquissa un sourire, qui s'évanouit l'instant d'après. Dans le silence qui suivit, elle regarda sa mère entortiller ses cheveux en une queue-de-cheval souple. Depuis toute petite, Ronnie la voyait accomplir ce geste... qu'elle trouvait toujours aussi rassurant, même si à aucun prix elle ne l'aurait admis.

— Voici ce que je te propose, reprit sa mère en sortant la valise du placard pour la poser sur le lit.

— Je sais même pas par où commencer.

— Si tu commençais par le début ? Jonah m'a vaguement parlé de tortues...

Sachant que l'histoire n'avait pas débuté ainsi, Ronnie croisa les bras en rectifiant :

— Pas vraiment. Même si j'étais pas là quand ça s'est passé, je crois que l'été a vraiment commencé avec l'incendie.

— Quel incendie ?

Ronnie s'empara de la pile de photos et tira doucement une coupure de journal coincée entre deux cadres. Elle tendit ensuite l'article un peu jauni à sa mère.

— Cet incendie-là, précisa-t-elle. Celui de l'église.

**Une église incendiée par une fusée pyrotechnique.
Le pasteur blessé.**

Wrightsville Beach (Caroline du Nord). Le soir de la Saint-Sylvestre, l'église baptiste de la ville a été le théâtre d'un incendie, que les enquêteurs imputent pour l'heure à un feu d'artifice illégal. « Prévenus par un appel anonyme peu après minuit, les pompiers sont arrivés sur les lieux pour découvrir l'église du front de mer en flammes, de la fumée s'échappant de l'arrière de la bâtisse historique », a déclaré Tim Ryan, chef de la brigade de Wrightsville. On a découvert sur place les restes d'une fusée pyrotechnique artisanale, qui aurait vraisemblablement déclenché l'incendie.

Le pasteur Charlie Harris, qui se trouvait à l'intérieur du bâtiment lorsque le feu a pris, souffre de brûlures au second degré aux bras et aux mains. Transporté au centre médical régional de New Hanover, il est actuellement hospitalisé au service de soins intensifs.

Il s'agit de la deuxième église qui brûle en peu de temps dans le comté de New Hanover. En novembre, la Good Hope Covenant Church de Wilmington a également été réduite en cendres. « À ce stade, les enquêteurs considèrent toujours l'incendie comme suspect et pensent qu'il serait l'œuvre d'un pyromane », a ajouté Ryan.

Vingt minutes avant l'embrasement, des témoins affirment avoir vu des feux d'artifice sur la plage, derrière l'église, à l'évidence pour fêter le nouvel an. « Les fusées pyrotechniques sont interdites en Caroline du Nord et se révèlent particulièrement dangereuses en raison de la sécheresse récente, a prévenu Ryan. Cet incendie en est la preuve. Un homme se retrouve à l'hôpital et l'église est totalement détruite. »

Quand sa mère eut fini de lire, elle releva la tête et croisa son regard. Ronnie hésita puis, dans un soupir, commença à lui raconter l'histoire qui, même avec le recul, lui paraissait toujours aussi invraisemblable...

– 1 –

Ronnie

Six mois plus tôt

Affalée sur le siège avant de la voiture, Ronnie se demandait ce qui pouvait bien pousser ses parents à la détester autant.

Elle ne voyait pas d'autre d'explication au fait de se retrouver en visite chez son père, dans ce patelin paumé du Sud, au lieu d'être chez elle à Manhattan, avec ses copines.

Rectification... Elle n'était pas là pour une simple visite. Ce qui aurait signifié un week-end ou deux, voire une semaine à tout casser. Bref, pas de quoi en faire un drame. Mais rester jusqu'à fin août ? Autant dire tout l'été ! C'était carrément l'exil. Et pendant la majeure partie des neuf heures de trajet, elle avait eu l'impression d'être une prisonnière qu'on transférait dans une sorte de pénitencier provincial. Elle n'en revenait pas que sa mère lui fasse subir une telle épreuve.

Ronnie avait tellement les boules qu'elle mit une bonne minute avant de reconnaître la *Sonate* de Mozart *numéro 16 en* do *majeur*. L'un des morceaux qu'elle avait interprétés au

13

Carnegie Hall, voilà quatre ans... et elle savait que sa mère avait mis le CD pendant qu'elle dormait. Tant pis. Ronnie tendit la main pour couper le lecteur.

— Pourquoi tu veux l'éteindre ? dit sa mère en fronçant les sourcils. J'aime bien t'entendre jouer.

— Moi pas.

— Et si je baissais un peu le son ?

— Arrête carrément, m'man, O.K. ? Je suis pas d'humeur.

Ronnie se tourna vers la fenêtre, sachant fort bien que sa mère faisait la moue. Ça lui arrivait souvent, ces temps-ci. On aurait dit que ses lèvres se refermaient d'un seul coup, comme sous l'effet d'un aimant.

— Je crois avoir aperçu un pélican quand on a franchi le pont de Wrightsville Beach, reprit-elle d'un air faussement désinvolte.

— Oh, super... Peut-être qu'on devrait appeler le Chasseur de crocodiles[1].

— Il est mort, intervint Jonah sur la banquette arrière, dont la voix se mêlait aux sons de sa Game Boy. (Son casse-pieds de frère de dix ans était accro à ce truc.) Tu te rappelles pas ? C'était vraiment triste.

— Bien sûr, que je me rappelle.

— T'en as pas l'air.

— Mais si.

— Alors, t'aurais pas dû dire ce que tu viens de dire.

Ronnie ne prit pas la peine de lui répondre. Il fallait toujours qu'il ait le dernier mot. Ça la rendait folle.

— Tu as pu dormir un peu ? s'enquit sa mère.

---

1. Steve Irwin (1962-2006), animateur de la télévision australienne et propriétaire du zoo du Queensland, connu pour son rôle de chasseur de crocodiles dans son émission *Crocodile Hunter* (*N.d.T.*).

14

– Jusqu'à ce que tu passes dans ce nid-de-poule. Merci, au fait... Ma tête a failli traverser le pare-brise.

Sa mère garda les yeux fixés sur la route.

– Ravie de constater que ton petit somme t'a égayée.

Ronnie fit claquer son chewing-gum. Sa mère détestait ça, et pour cette raison Ronnie n'avait quasiment pas cessé de faire des bulles depuis qu'ils roulaient sur l'Interstate 95. À son humble avis, cette autoroute était sans doute la plus soûlante de toutes celles qui peuvent exister. À moins d'apprécier les fast-foods et leurs aliments pleins de graisse, les toilettes dégoûtantes des aires de repos et les forêts de pins à perte de vue, dont l'atroce monotonie avait un effet soporifique.

Une phrase qu'elle avait prononcée mot pour mot dans le Delaware, le Maryland *et* la Virginie, mais sa mère ignora ses remarques à chaque fois. Hormis le fait qu'elle essayait d'être sympa, comme elles ne se reverraient pas avant long-temps, sa mère ne se montrait pas très bavarde dans la voiture. En fait, elle n'était pas très à l'aise au volant, mais ça n'avait rien d'étonnant puisqu'elle se déplaçait en bus, métro ou taxi à New York. Dans l'appart, en revanche, rien à voir... Sa mère ne se gênait pas pour hausser le ton, à tel point que le concierge était passé à deux reprises ces der-niers mois pour leur demander de la mettre en veilleuse. Sa mère s'imaginait sans doute que plus elle braillait après Ronnie à propos de ses mauvaises notes, de ses amies ou du non-respect de la permission de minuit, ou encore de l'*incident* – surtout de l'incident –, plus Ronnie l'écouterait.

O.K., c'était pas la pire des mères. Loin de là. Et quand Ronnie ne se levait pas du pied gauche, elle pouvait même admettre que sa mère excellait dans son rôle. Le hic, c'est qu'elle donnait bizarrement l'impression d'être restée bloquée dans le temps, dans un monde où les gosses ne grandissaient jamais... Et Ronnie regrettait pour la centième fois de ne pas être née en mai au lieu du mois d'août, époque à laquelle elle fêterait ses dix-huit ans, où sa mère ne pourrait plus la forcer à faire quoi que ce soit. Légalement, Ronnie serait en âge de prendre ses propres décisions... et disons que venir dans ce trou perdu n'était pas sur sa liste de priorités !

Pour le moment, en tout cas, Ronnie n'avait aucun choix en la matière. Car elle avait toujours dix-sept ans. À cause d'une bizarrerie du calendrier. Parce sa mère l'avait conçue trois mois trop tôt ! C'était quoi, ce délire ? Ronnie avait eu beau l'implorer, se plaindre, hurler ou pleurnicher à propos des vacances, ça n'avait rien changé. Jonah et elle passeraient l'été en compagnie de leur père, point barre ! Comme le formulait sa mère : « Il n'y a pas de *si*, de *et* ou de *mais* qui tiennent ! ». À force de l'entendre, Ronnie finissait par avoir cette expression en horreur.

Tout près du pont, en raison de l'afflux des vacanciers, les voitures commençaient à rouler au pas. Sur le côté, Ronnie aperçut ici et là entre les maisons des fragments d'océan. Génial... Comme si c'était censé la réjouir.

— Encore une fois, pourquoi tu nous obliges à venir ici ? gémit-elle.

— On en a déjà parlé, répondit sa mère. Tu as besoin de passer du temps avec votre père. Tu lui manques.

— Mais pourquoi tout l'été ? Ça pourrait pas se limiter à deux semaines ?

— Il vous faut plus d'une quinzaine de jours pour vous retrouver. Tu ne l'as pas vu depuis trois ans.

— C'est pas de ma faute. C'est lui qu'est parti.

— Certes, mais tu refusais de prendre ses appels. Et chaque fois qu'il est venu à New York pour vous voir, Jonah et toi, tu l'ignorais et préférais sortir avec tes copines.

16

Ronnie fit de nouveau une bulle de chewing-gum. Du coin de l'œil, elle vit sa mère grimacer.

— J'ai pas envie de le voir ou de lui parler, s'obstina Ronnie.

— Essaye juste de faire contre mauvaise fortune bon cœur, O.K. ? Ton père est quelqu'un de bien et il t'aime.

— C'est pour ça qu'il nous a quittés ?

Plutôt que de répondre, sa mère jeta un œil dans le rétroviseur.

— Tu attendais ces vacances avec impatience, pas vrai, Jonah ?

— Tu rigoles ? Ça va être super !

— Ravie de constater que tu adoptes une attitude positive. Peut-être que tu pourrais en toucher deux mots à ta sœur ?

— Ouais, c'est ça, grogna-t-il.

— Franchement, je vois pas pourquoi je peux pas passer l'été avec mes amies, se lamenta Ronnie en revenant à la charge.

Elle n'avait pas dit son dernier mot. Tout en sachant qu'elle n'avait quasiment aucune chance, elle espérait encore pouvoir convaincre sa mère de faire demi-tour.

— Tu ne veux pas plutôt dire que tu préférerais traîner toutes les nuits en discothèque ? Je ne suis pas naïve, Ronnie. Je sais ce qui se passe dans ce genre d'endroits.

— J'y fais rien de mal, m'man.

— Et tes notes ? Ta permission de minuit ? Et...

— On peut pas changer de sujet ? l'interrompit Ronnie. Genre... pourquoi c'est si impératif pour moi de passer du temps avec mon père ?

Sa mère l'ignora. Cela dit, Ronnie savait pourquoi. Sa mère avait déjà répondu des milliers de fois à cette question, même si Ronnie ne voulait pas accepter la réponse.

La file de véhicules s'ébranla enfin et ils avancèrent de nouveau le long d'un demi-pâté de maisons avant de se retrouver bloqués. Sa mère baissa la vitre et se pencha pour scruter les voitures de devant.

— Je me demande ce qui se passe, marmonna-t-elle. Ça bouchonne un maximum.

— C'est la plage, suggéra Jonah. Il y a toujours plein de monde à la plage.

— On est dimanche et il est trois heures de l'après-midi. Ça ne devrait pas être aussi encombré.

Ronnie replia ses jambes sur le siège. Elle en avait marre de toutes ces voitures, de sa vie, de tout...

— Au fait, m'man ? reprit Jonah. P'pa sait que Ronnie s'est fait arrêter ?

— Ouais. Il est au courant.

— Et il va faire quoi ?

Cette fois, Ronnie lui répondit :

— Il va rien faire. Depuis toujours, le seul truc qui l'intéresse, c'est le piano.

Ronnie détestait le piano et s'était promis de ne plus jamais en jouer... Une décision que certaines de ses plus vieilles amies trouvaient étrange, puisque l'instrument occupait la majeure partie de son existence depuis qu'elle les connaissait.

Son père, autrefois professeur à Juilliard[1], lui avait lui-même enseigné le piano. Et pendant longtemps, le plus cher désir de Ronnie avait été non seulement de jouer, mais aussi de composer une œuvre originale avec lui.

---

1. École privée new-yorkaise de réputation internationale, où l'on enseigne principalement la musique, la danse et l'art dramatique (N.d.T.).

Elle était douée. Très douée, en réalité, et grâce aux liens de son père avec Juilliard, l'administration et les enseignants de l'école étaient parfaitement conscients de son talent. Ce qui ne tarda pas à se savoir dans le petit monde très fermé de la musique classique qui constituait l'univers de son père. Deux ou trois articles suivirent dans des revues spécialisées, puis un assez long papier dans le *New York Times*, qui se concentrait sur la relation père-fille, le tout aboutissant à la participation de Ronnie au récital des jeunes interprètes du Carnegie Hall, voilà quatre ans. Le point culminant de sa carrière, supposait-elle. En effet. Elle savait pertinemment tout le chemin qu'elle avait parcouru, et qu'une telle occasion se présentait rarement... Ces derniers temps, Ronnie se demandait malgré elle si tout cela avait mérité autant de sacrifices. Hormis ses parents, personne ne devait se souvenir de sa prestation. À moins d'avoir réalisé une vidéo vue par des milliers d'internautes sur YouTube ou de pouvoir se produire devant des milliers de gens, on était sûr que le talent musical ne signifiait rien.

Parfois, elle aurait préféré être initiée à la guitare électrique. Ou au chant, dans le pire des cas. Comment était-elle censée exploiter son don pour le piano ? Enseigner la musique à l'école du quartier ? Jouer dans le hall d'un grand hôtel pendant que les gens s'enregistreraient à l'accueil ? Ou mener la même vie pénible que son père ? Il suffisait de voir où le piano l'avait mené. Afin de pouvoir prendre la route comme concertiste, il avait fini par quitter Juilliard... pour se retrouver dans des salles minables où les premières rangées de fauteuils étaient à peine remplies. Il voyageait quarante semaines par an... soit assez longtemps pour faire capoter son couple. Ronnie voyait sa mère hurler tout le temps et son père rentrer dans sa coquille, comme à son habitude... jusqu'à ce qu'un beau jour il ne revienne pas d'une tournée particulièrement longue dans le Sud.

Aux dernières nouvelles, il ne travaillait pas ces temps-ci. Il ne donnait même pas de cours particuliers.

Alors, comment tu te débrouilles, p'pa ?

Elle secoua la tête. Elle n'avait vraiment pas envie d'être là. Dieu sait qu'elle ne voulait pas entrer dans ce genre de considérations.

— Hé, m'man ! s'écria Jonah en se penchant vers l'avant. C'est quoi, ce truc là-bas ? C'est pas une grande roue ?

Sa mère se dévissa le cou pour regarder par-dessus le monospace de la file voisine.

— Je crois bien, trésor, répondit-elle. Il doit y avoir une fête foraine.

— On peut y aller ? Quand on aura dîné tous ensemble ?

— Tu devras demander ça à ton père.

— Ouais, et peut-être même qu'après on pourra tous s'asseoir autour d'un feu de camp pour faire griller des marshmallows, intervint Ronnie. Comme si on formait une grande et belle famille.

Cette fois, son frère et sa mère l'ignorèrent.

— Tu crois qu'il y a d'autres manèges ? s'enquit Jonah.

— J'en suis sûre. Et si ton père n'a pas envie d'y monter, je suis certaine que ta sœur va t'accompagner.

— Génial !

Ronnie s'affala dans son siège. Logique que sa mère puisse suggérer un truc aussi nul. Mais c'était trop déprimant pour y croire.

– 2 –

Steve

Comme il pressentait l'arrivée de ses enfants d'une minute à l'autre, Steve Miller jouait avec une intensité qui allait *crescendo*.

Le piano était placé dans une petite alcôve donnant dans le modeste salon de son bungalow, qu'il considérait désormais comme sa maison. Derrière lui, plusieurs objets résumaient son passé. Hormis le piano, Kim avait pu rassembler toutes les affaires personnelles de Steve dans un seul carton, et il avait mis moins d'une demi-heure pour tout disposer. Un cliché de lui en compagnie de ses parents quand il était jeune, une autre photo de lui adolescent, jouant de son instrument. Les cadres étaient placés entre les deux diplômes qu'il avait obtenus, l'un à Chapel Hill, l'autre à l'université de Boston, et au-dessous se trouvait une attestation de mérite délivrée par l'académie Juilliard pour ses quinze ans de bons et loyaux service. Près de la fenêtre étaient aussi encadrés trois programmes de ses tournées avec la liste des différentes dates. Mais le plus important résidait dans la demi-douzaine de photos de Jonah et de Ronnie, dont certaines étaient punaisées aux murs, d'autres sous verre et installées sur le piano... Et partout où Steve

21

posait les yeux, un souvenir lui rappelait qu'en dépit de ses meilleures intentions, rien ne s'était déroulé comme il l'espérait.

Le soleil de fin d'après-midi dardait ses rayons obliques par les fenêtres et rendait l'atmosphère de la maison étouffante. La sueur perlait sur le front de Steve, mais son mal d'estomac avait heureusement diminué depuis ce matin. Toutefois, il se sentait nerveux depuis des jours et savait que cela reviendrait. Il avait toujours souffert de l'estomac ; à vingt ans, il avait fait un ulcère et on l'avait hospitalisé pour une diverticulite ; à la trentaine, il s'était fait opérer d'une appendicite aiguë alors que Kim était enceinte de Jonah. Bref, il prenait des antiacides comme des bonbons et était sous Nexium depuis des années ; et même s'il savait qu'il aurait probablement pu mieux s'alimenter et faire davantage d'exercice, il doutait que l'un ou l'autre puisse l'aider vraiment. Les troubles gastriques étaient courants dans sa famille.

Le décès de son père six ans plus tôt avait transformé Steve qui, depuis les obsèques, sentait que le compte à rebours avait plus ou moins commencé pour lui. En un sens, c'était le cas... Cinq ans auparavant, il avait démissionné de son poste d'enseignant à Juilliard et tenté sa chance l'année suivante comme concertiste. Cela faisait trois ans que Kim et lui avaient décidé de divorcer, et moins de douze mois plus tard les dates de concert s'étaient raréfiées... jusqu'à ce que la tournée s'achève définitivement. L'an dernier, il était revenu s'installer ici, dans la ville où il avait grandi et qu'il n'aurait jamais pensé revoir. À présent il allait passer l'été avec ses enfants, et même s'il tentait d'imaginer à quoi l'automne ressemblerait, une fois Ronnie et Jonah de retour à New York, il savait seulement que les arbres finiraient par perdre leurs feuilles et qu'au matin les vitres se couvriraient de buée. Voilà longtemps qu'il n'essayait plus de prévoir l'avenir...

Ça ne le dérangeait pas. À quoi bon songer au futur, quand il comprenait à peine son passé ? Sa seule certitude désormais, c'était de se sentir tout à fait ordinaire dans un monde qui adorait l'extraordinaire... et cette prise de conscience lui laissait un vague sentiment de déception quant à l'existence qu'il avait menée. Mais que faire ? Contrairement à Kim, ouverte et sociable, il témoignait d'un naturel discret, toujours prêt à se fondre dans la masse. Bien qu'il possédât des talents certains de musicien et de compositeur, il lui manquait le charisme, le sens du spectacle... bref, les qualités nécessaires à tout artiste pour sortir du lot. Lui-même admettait parfois qu'il se comportait plus en simple observateur du monde qu'en véritable participant, et dans ses pires moments de lucidité, il lui arrivait de penser avoir échoué dans tous les domaines importants de sa vie. Il avait quarante-huit ans. Son mariage s'était soldé par un fiasco, sa fille l'évitait et son fils grandissait sans lui. Avec le recul, Steve savait qu'il était le seul responsable... Mais une interrogation le taraudait plus que tout : un homme tel que lui pouvait-il encore sentir la présence de Dieu dans sa vie ?

Dix ans plus tôt, il n'aurait jamais imaginé se poser une telle question. Il y avait deux ans encore, l'idée ne l'effleurait même pas. Mais l'âge mûr, se disait-il parfois, le poussait davantage à la méditation. Même s'il croyait autrefois trouver la réponse dans la musique qu'il composait, il pensait à présent s'être trompé. Plus il y réfléchissait, plus il en venait à se dire que pour lui la musique avait toujours été un moyen d'échapper à la réalité plutôt que de la vivre intensément. Il avait peut-être connu la passion et la délivrance dans l'œuvre de Tchaïkovski, ou éprouvé un sentiment d'épanouissement en composant ses propres sonates, mais il savait désormais que se réfugier dans la musique relevait moins du spirituel que du désir égoïste de fuir le monde réel.

Il croyait maintenant que la véritable réponse se situait quelque part dans l'amour qu'il portait à ses enfants, et la peine qu'il éprouvait à son réveil dans la maison silencieuse en réalisant qu'ils n'étaient pas là. Cependant, Steve savait qu'autre chose lui manquait. Et d'une certaine manière, il espérait que ses enfants l'aideraient à percer ce mystère.

Quelques minutes plus tard, Steve vit par la fenêtre le soleil se refléter sur le pare-brise d'un break poussiéreux. Kim et lui l'avaient acheté voilà des années, pour les courses du week-end et les sorties en famille. Il se demanda au passage si son ex-femme avait pensé à faire la vidange avant de prendre le volant, ou même depuis qu'il l'avait quittée. Sans doute pas, décida-t-il. Kim n'avait jamais excellé dans ce domaine, aussi s'en était-il toujours occupé. Mais cette partie-là de sa vie était finie à présent.

Steve se leva et eut à peine le temps de sortir sur la véranda que Jonah surgissait du véhicule pour se précipiter vers lui. Il avait les cheveux en bataille, les lunettes de travers, et des bras et des jambes tout fluets. Steve sentit sa gorge se serrer en se rappelant combien son fils lui manquait depuis trois ans.

— Papaaa !

— Jonah ! s'écria Steve en traversant la parcelle de sable et de cailloux qui constituait son jardin.

Il manqua tomber à la renverse, quand Jonah lui sauta dans les bras.

— Tu as drôlement grandi, ajouta-t-il.

— Et toi, t'es plus petit ! T'es plus maigre aussi.

Steve le serra très fort avant de le reposer à terre.

— Je suis ravi que tu sois là.

— Moi aussi. M'man et Ronnie n'ont pas arrêté de se disputer.

— Ça devait pas être marrant pour toi...

— Oh, ça allait. Je faisais mine de pas les entendre. Sauf quand c'est moi qui les embêtais.

— Ah...

Jonah rajusta ses lunettes et reprit :

— Pourquoi m'man nous a pas laissés prendre l'avion ?

— Tu lui as demandé ?

— Non.

— Peut-être que tu devrais.

— C'est pas important. Je me posais juste la question.

Steve sourit. Il avait oublié combien son fils était bavard.

— Hé, c'est ta maison ?

— Exact.

— Je la trouve géniale !

Steve se demanda si Jonah plaisantait. Elle était tout, sauf *géniale*. Pris en sandwich entre deux énormes résidences qui avaient poussé comme des champignons ces dix dernières années, le bungalow paraissait d'autant plus minuscule, et devait être la plus vieille propriété de Wrightsville Beach. La peinture s'écaillait, il manquait des tuiles sur le toit, sans parler de la véranda vermoulue. Bref, il ne s'étonnerait pas que la maison ne résiste pas à la prochaine grosse tempête... ce qui sans conteste réjouirait les voisins. Depuis son installation, aucun d'eux ne lui avait adressé la parole.

— Tu le penses vraiment ? demanda-t-il à son fils.

— Tu rêves ou quoi ? Elle donne carrément sur la plage. Qu'est-ce que tu veux de plus ? rétorqua Jonah en désignant l'océan. Je peux aller faire un tour ?

– Bien sûr. Mais reste dans les parages. Ne t'éloigne pas trop.

– O.K., ça marche !

Steve le regarda s'en aller en trottinant, puis se tourna vers Kim qui s'approchait. Ronnie s'attardait près de la voiture.

– Salut, Kim.

– Steve, dit-elle en se penchant pour l'étreindre brièvement. Tu vas bien ? Tu as l'air amaigri.

– Je vais bien.

Derrière elle, il observa Ronnie qui venait lentement vers eux. Il n'en revenait pas qu'elle ait autant changé depuis la dernière photo que son ex-femme lui avait envoyée par mail. Il pouvait dire adieu à la petite Américaine dont il gardait le souvenir ; désormais, c'était une jeune femme entièrement vêtue de sombre, avec une mèche violette dans ses longs cheveux bruns, et des ongles laqués de noir. Malgré ces signes manifestes de rébellion adolescente, il constata une fois de plus qu'elle ressemblait à sa mère. Ce qui ne lui déplaisait pas. Elle était plus jolie que jamais aux yeux de Steve.

Il s'éclaircit la voix.

– Salut, ma puce. Ça fait du bien de te voir.

Comme Ronnie ne réagissait pas, Kim lui fit les gros yeux :

– Ne fais pas ta tête de mule. Ton père t'a adressé la parole. Dis quelque chose !

Ronnie croisa les bras :

– O.K... Pas question que je joue du piano pour toi. Ça te va ?

– Ronnie ! répliqua Kim, dont Steve sentit toute l'exaspération dans la voix.

— Ben quoi ? reprit Ronnie en agitant la tête. Autant que les choses soient claires dès le départ.

Avant que Kim ne puisse rétorquer, Steve calma le jeu. Autant éviter les disputes.

— Il n'y a pas de souci, Kim.

— Ouais, m'man. Aucun souci, dit Ronnie en s'avançant d'un bond. J'ai besoin de me dégourdir les jambes. Je vais faire un tour.

Comme elle s'éloignait à grands pas, Steve observa son ex-femme qui réprimait son envie de la rappeler.

— Pas trop long, le voyage ? demanda-t-il en essayant d'alléger la tension ambiante.

— Tu n'en as pas idée...

Steve sourit, en s'imaginant l'espace d'un court instant qu'ils étaient toujours mariés et amoureux l'un de l'autre, et formaient une couple uni.

Sauf, bien sûr, que ce n'était plus le cas.

Après avoir déchargé les sacs, Steve alla dans la cuisine et sortit du frigo un vieux bac à glaçons qu'il passa sous l'eau, avant d'en mettre quelques-uns dans des verres dépareillés.

Derrière lui, il entendit Kim entrer dans la pièce. Il s'empara d'un pichet de thé froid, remplit deux verres et en tendit un à son ex-femme. Au-dehors, Jonah s'amusait à pourchasser les vagues et à remonter ensuite sur la grève en courant, pour éviter de se faire mouiller. Ses hurlements de joie se mêlaient aux cris des mouettes qui survolaient la plage.

— On dirait qu'il se régale, observa Steve.

Kim s'approcha de la fenêtre.

— Ça fait des semaines qu'il est tout excité à l'idée de venir, hésita-t-elle. Tu lui manques.

— Il me manque aussi.

— Je sais, dit Kim, qui prit une gorgée de thé, puis balaya la cuisine du regard. Alors, c'est là que tu vis, hein ? Ça ne manque pas de... cachet.

— Pour ce qui est du cachet, je suppose que tu as remarqué les fuites dans le toit et l'absence de clim.

Kim lui adressa un petit sourire en coin.

— Je sais que c'est pas terrible comme endroit. Mais c'est calme et je peux voir le soleil se lever.

— Et le pasteur te laisse occuper ce bungalow gratis ?

Steve acquiesça.

— Il appartenait à Carson Johnson. C'était un artiste local. À sa mort, il a légué la maison à l'église. Le pasteur Harris m'autorise à y séjourner jusqu'à ce que la paroisse se décide à vendre.

— Ça fait quoi, d'habiter de nouveau dans sa ville natale ? Tes parents vivaient à... quoi ? Trois rues d'ici ?

— Sept, pour être exact... C'est sympa, dit-il dans un haussement d'épaules.

— Il y a tellement de monde, maintenant. L'endroit a drôlement changé depuis ma dernière visite.

— Tout change, dit-il, tandis qu'il s'adossait au plan de travail et croisait les jambes. Sinon, c'est pour quand, le grand jour ? demanda-t-il soudain. Pour Brian et toi, je veux dire ?

— Steve... à ce propos, euh...

— Tout va bien, dit-il en levant la main pour la rassurer. Je suis ravi que tu aies trouvé quelqu'un.

Kim le dévisagea, en se demandant si elle devait prendre ses paroles pour argent comptant ou s'aventurer en terrain sensible.

— C'est pour janvier, finit-elle par annoncer. Et je veux que tu saches qu'avec les enfants... Enfin... Brian ne fait pas semblant d'être celui qu'il n'est pas. Il te plairait.

— J'en suis sûr, dit-il en buvant une gorgée de thé.

Il reposa son verre et ajouta :

— Qu'est-ce que les gosses pensent de lui ?

— Jonah a l'air de l'apprécier, mais Jonah aime tout le monde.

— Et Ronnie ?

— Elle s'entend aussi bien avec lui qu'elle peut s'entendre avec toi.

Il éclata de rire, puis remarqua son air soucieux.

— Comme va-t-elle au juste ?

— J'en sais rien, soupira Kim. Et je ne pense pas qu'elle le sache elle-même. Elle est dans sa période sombre, lunatique. Elle ne respecte pas la permission de minuit, et la moitié du temps me balance « Ça m'est égal » quand j'essaye de lui parler. J'ai tendance à mettre ça sur le compte du comportement ado typique, parce que je me souviens comment j'étais à son âge... mais... T'as vu sa façon de s'habiller ? Sans parler de ses cheveux et de cet affreux mascara.

— Hmm...

— Et ça t'inspire quoi ?

— Ça pourrait être pire...

Kim ouvrit la bouche pour réagir, mais comme elle ne trouvait aucune réplique, Steve savait qu'il avait raison. Quelle que soit la phase que leur fille traversait, quelles que soient les craintes de Kim, Ronnie était toujours Ronnie.

— Ouais, j'imagine, concéda Kim. Tu es sans doute dans le vrai. Mais elle m'a donné tellement de fil à retordre, ces derniers temps ! Par moments, elle est toujours aussi gentille qu'avant. Idem avec Jonah. Même s'ils sont comme chien et chat, elle l'emmène toujours au parc le week-end. Et quand il a eu des difficultés en maths, elle l'a aidé à faire ses devoirs tous les soirs. Ce qui est bizarre, parce qu'elle a tout juste la moyenne dans chaque matière. Et d'ailleurs, je ne te l'ai pas dit... mais je lui ai fait passer son test d'entrée à la fac en février. Elle a loupé chacune des questions. T'imagines à quel point il faut être doué pour rater chaque question ?

Comme Steve éclatait de rire, Kim fronça les sourcils.

— C'est pas drôle.

— Un peu, quand même...

— On voit que tu n'as pas eu affaire à elle ces trois derniers jours.

Il se ressaisit.

— Tu as raison. Je suis désolé, déclara-t-il en reprenant son verre. Qu'a décidé le juge à propos de son vol à l'étalage ?

— Uniquement ce que je t'ai dit au téléphone, enchaîna Kim d'un air résigné. Si elle ne s'attire pas d'autres ennuis, l'incident sera effacé de son casier judiciaire. Si elle récidive, en revanche...

— Et ça t'inquiète...

Kim se détourna.

— C'est pas la première fois, c'est là tout le problème, avoua-t-elle. L'an dernier, elle a reconnu avoir volé le bracelet, mais cette fois-ci elle a déclaré avoir acheté des tas de trucs au drugstore et, comme tout ne tenait pas dans ses mains, elle a fourré le tube de rouge à lèvres dans sa poche. Elle a payé le reste, et sur la vidéo de surveillance, son oubli semble tout ce qu'il y a de sincère, mais...

— Mais tu as des doutes.

Kim ne répondant pas, Steve reprit en secouant la tête :

— Elle ne figure pas non plus sur la liste des grands criminels recherchés par le FBI. Ronnie a peut-être commis une erreur, mais elle a toujours eu un bon fond.

— Ça ne signifie pas pour autant qu'elle dit la vérité.

— Ni qu'elle ment non plus.

— Alors, tu la crois ? demanda Kim, à la fois sceptique et pleine d'espoir.

Il réfléchit aux sentiments que lui inspirait l'incident, comme il l'avait fait à maintes reprises depuis que Kim lui avait appris la nouvelle.

— Ouais, répondit-il. Je la crois.

— Pourquoi ?

— Parce que c'est une brave gosse.

— Qu'est-ce que tu en sais ? rétorqua-t-elle d'un air agacé. La dernière fois que tu as vraiment passé du temps avec elle, Ronnie finissait le collège...

Elle croisa les bras en regardant la fenêtre. Sa voix avait des accents amers lorsqu'elle reprit la parole :

— Tu aurais pu revenir, tu sais. Tu aurais pu de nouveau enseigner à New York. Rien ne t'obligeait à voyager aux quatre coins du pays... à t'installer ici... Tu aurais pu continuer à faire partie de leur vie.

Ses paroles le blessèrent, il savait qu'elle disait vrai. Mais tout cela n'avait pas été aussi simple, pour des raisons qu'ils comprenaient tous les deux, même si ni l'un ni l'autre ne voulait l'admettre.

Steve toussota, comme pour briser le silence pesant, puis déclara :

— J'essayais seulement de te dire que Ronnie savait distinguer le bien du mal. Elle a beau vouloir affirmer son indépendance, je suis persuadé qu'elle est restée celle qu'elle a toujours été. Pour l'essentiel, elle n'a pas changé.

Avant que Kim puisse réfléchir ou réagir à sa remarque, Jonah fit irruption dans la pièce, les joues en feu.

— P'pa ! J'ai découvert un superatelier ! Viens, m'man ! Je veux te montrer !

31

Kim haussa un sourcil.

— Il est situé derrière la maison, expliqua Steve. Tu veux le voir ?

— C'est génial, m'man !

Le regard de Kim passa de Steve à Jonah, puis revint vers Steve.

— Non, merci, dit-elle. Je crois que c'est plus un truc père-fils. De toute manière, je dois vraiment m'en aller.

— Déjà ? fit Jonah.

Steve savait combien ce serait dur pour Kim, aussi répondit-il à sa place.

— Ta mère a un long trajet jusqu'à New York. Et puis je voulais t'emmener à la fête foraine, ce soir. On peut faire ça, non ?

— Si tu veux, soupira-t-il, l'air un peu déçu.

Après que Jonah eut dit au revoir à sa mère — Ronnie n'était nulle part en vue et, selon Kim, ne reviendrait pas de sitôt —, Steve et Jonah gagnèrent l'atelier, une remise branlante au toit en tôle, qui faisait partie de la propriété.

Depuis ces trois derniers mois, Steve y passait la plupart de ses après-midi, entouré de tout un bric-à-brac et de petits morceaux de verre coloré que Jonah examinait à présent. Au centre de l'atelier trônait un grand établi avec un vitrail en cours de fabrication, mais Jonah semblait bien plus inté-ressé par les drôles d'animaux empaillés juchés sur les éta-gères, la spécialité de l'ancien occupant. Comment ne pas être fasciné par la créature mi-écureuil mi-loup de mer, ou encore cette tête d'opossum greffée sur un corps de poulet ?

— C'est quoi, ces trucs ? s'enquit le gamin.

— C'est censé être de l'art.

— Je croyais que l'art, c'était des tableaux, des sculptures, tout ça, quoi...

— En effet. Mais parfois, l'art peut prendre d'autres formes.

Jonah plissa le nez à la vue d'un monstre mi-lapin mi-serpent.

— Ça ressemble pas à de l'art, moi j'dis...

Comme Steve souriait, Jonah désigna le vitrail posé sur l'établi.

— Et ça, ça vient aussi de l'ancien propriétaire ? demanda-t-il.

— En fait, non. Je le fabrique pour l'église en bas de la rue. Elle a brûlé l'an dernier, et le vitrail d'origine a été détruit dans l'incendie.

— Je savais pas que tu savais faire ça.

— Crois-le ou non, mais l'artiste qui habitait là m'a appris à en fabriquer.

— Celui qui a empaillé les animaux ?

— Exact.

— Et tu le connaissais ?

Steve rejoignit son fils près de l'établi.

— Quand j'étais gosse, je venais le voir ici en cachette, au lieu d'assister aux lectures commentées de la Bible. Il confectionnait des vitraux pour la plupart des églises de la région. Tu vois cette photo ? ajouta Steve en montrant une gravure du Christ ressuscité, punaisée dans un coin et passant facilement inaperçue dans le désordre. Avec un peu de chance, le vitrail ressemblera à ça quand il sera terminé.

— Génial ! s'extasia Jonah, tandis que Steve souriait.

C'était à l'évidence la nouvelle expression favorite de son fils et il se demandait combien de fois il l'entendrait cet été.

— Tu veux m'aider à le faire ?

– Je peux ?

– Je comptais sur toi, dit Steve en lui donnant un petit coup de coude. J'ai besoin d'un bon assistant.

– C'est dur ?

– J'avais ton âge quand j'ai commencé, alors je suis sûr que tu pourras t'en sortir.

Jonah prit un morceau de verre teinté avec précaution et l'examina d'un air grave à la lumière.

– Moi aussi, je crois bien que j'vais pouvoir m'en tirer.

Steve esquissa un nouveau sourire.

– Tu vas toujours à la messe ? s'enquit-il.

– Ouais. Mais on a changé d'église. On va à celle de Brian. Et Ronnie ne vient pas toujours avec nous. Elle s'enferme dans sa chambre et refuse de sortir, mais dès qu'on s'en va elle file au Starbucks retrouver ses copines. Et m'man, ça la rend folle.

– Ça arrive quand les enfants deviennent des adolescents. Ils testent leurs parents.

Jonah reposa le morceau de verre sur l'établi.

– Eh ben, pas moi. Je serai toujours sympa. M'enfin, j'aime pas trop la nouvelle église. C'est soûlant, là-bas. Alors, il se peut que j'aie pas envie d'aller dans celle d'ici...

– Pas de problème... Au fait, j'ai cru comprendre que tu ne jouerais plus au foot à l'automne ?

– Je suis pas très doué.

– Et alors ? C'est sympa, comme sport, non ?

– Pas quand les autres se moquent de toi.

– Ah bon ?

– T'inquiète. Ça me dérange pas.

– Ah...

Jonah se mit à gigoter sur place, comme si quelque chose le démangeait.

— Ronnie a jamais lu tes lettres, p'pa. Et elle veut pas non plus jouer du piano.

— Je sais.

— M'man dit que c'est parce qu'elle est dans sa période SPM[1].

Steve manqua s'étrangler de rire, mais se ressaisit aussitôt.

— Tu sais ce que ça veut dire, au moins ?

Jonah remonta ses lunettes.

— Je suis plus un gamin, tu sais... Ça veut dire « Sans pitié pour les mecs ».

Steve rit de bon cœur et lui ébouriffa les cheveux.

— Si on partait à la recherche de ta sœur ? Je l'ai vue s'en aller vers la fête foraine.

— On pourra faire un tour sur la grande roue ?

— Tout ce que tu veux, fiston.

— Génial !

---

1. Syndrome prémenstruel *(N.d.T.)*.

– 3 –

Ronnie

Il y avait foule à la fête foraine. Ou plutôt, rectifia Ronnie, la « foire aux fruits de mer de Wrightsville Beach » grouillait de monde. Tandis qu'elle s'achetait un soda à l'un des stands, elle vit les voitures garées pare-choc contre pare-choc le long des deux routes qui menaient à la jetée, et même des adolescents doués pour les affaires qui louaient carrément l'allée de leur maison en guise de parking.

Mais jusqu'ici elle ne trouvait rien d'exaltant à ce genre de festivités. Elle espérait sans doute que la grande roue resterait en permanence et que la jetée offrirait le même genre de boutiques et de magasins que la promenade en planches d'Atlantic City. Autrement dit, Ronnie imaginait déjà s'y balader en été. Mais elle n'aurait pas cette chance. La foire occupait pour quelques jours à peine le parking en haut du quai et évoquait plus ou moins une kermesse de campagne. Les manèges branlants faisaient partie d'une fête foraine itinérante, avec des stands de jeux hors de prix et des baraques à hot-dogs empestant la graisse. Bref, elle trouvait tout cela un peu... vulgaire.

Les autres visiteurs ne semblaient pas de cet avis, en revanche. L'endroit grouillait de monde. Jeunes et vieux, familles entières, groupes de collégiens des deux sexes qui se reluquaient les uns les autres. Partout où elle allait, Ronnie devait jouer des coudes pour affronter une véritable marée humaine. Des corps en sueur. Comme ces deux grosses masses de chair transpirante entre lesquelles Ronnie se retrouva coincée, lorsque la foule cessa brusquement d'avancer. Nul doute que ces deux-là ne s'étaient pas privés des hot-dogs et des beignets aux Snickers que vendaient les marchands ambulants. *Beurk*, pensa-t-elle en grimaçant.

Repérant une brèche parmi les badauds, elle s'y faufila et s'éloigna vers la jetée. Par chance, la cohue diminuait à mesure que Ronnie approchait du quai, en passant devant des stands d'objets artisanaux. Rien qui puisse la faire craquer un jour...

Qui peut avoir envie d'un gnome en coquillages ?

Distraite, Ronnie heurta une table derrière laquelle était assise une femme d'un certain âge. Vêtue d'un tee-shirt affichant le logo de la SPA, elle avait les cheveux blancs, le visage accueillant et enjoué...

Le genre de grand-mère qui devait passer la veille de Noël à cuire des cookies.

Sur la table étaient posés des brochures et un bocal pour les dons, ainsi qu'un carton contenant quatre chiots au pelage gris. L'un d'eux se dressa sur ses pattes arrière et contempla Ronnie.

— Salut, toi !

La vieille dame sourit.

— Tu veux le prendre dans tes bras ? C'est le plus drôle de la portée. Je l'ai baptisé Seinfeld.

Le chiot émit une sorte de gémissement haut perché.

— Non, je vous remercie.

Il était mignon... vraiment mignon, même si elle trouvait que le nom ne lui allait pas. Et elle avait un peu envie de le tenir dans ses bras, mais savait qu'elle ne voudrait plus s'en séparer ensuite. Elle craquait pour les animaux en général, surtout ceux qu'on abandonnait. Comme ces petits chiens.

— Ils n'ont rien à craindre, hein ? Vous n'allez pas les endormir ?

— Ne t'en fais pas, répondit la femme. C'est pour cette raison que nous avons installé cette table. Pour que les gens puissent les adopter. L'an dernier, nous avons pu placer plus d'une trentaine d'animaux, et ces quatre-là ont déjà un foyer. J'attends simplement que leurs nouveaux maîtres passent les prendre en quittant la foire. Toutefois, il y en a d'autres au refuge, si ça t'intéresse.

— Je suis de passage, précisa Ronnie, au moment où une clameur s'élevait de la plage. (Elle tendit le cou pour essayer de voir.) Qu'est-ce qui se passe ? Il y a un concert ?

La femme secoua la tête, avant d'ajouter :

— Un match de beach-volley. Ils jouent depuis des heures... une espèce de tournoi, je crois. Tu devrais y faire un tour. J'ai entendu des cris et des applaudissements toute la journée, alors ça doit valoir le coup.

Ronnie y réfléchit... *Pourquoi pas ?* se dit-elle. Après tout, ça ne pouvait pas être pire que la foire elle-même. Elle laissa deux ou trois dollars dans le bocal, puis se dirigea vers les marches.

Le soleil amorçait sa descente et projetait des reflets dorés sur l'océan. Au bord de l'eau, quelques familles s'attardaient sur leurs serviettes, auprès des châteaux de sable que la marée montante allait faire disparaître. En quête de crabes, les sternes volaient en piqué ici et là.

Ronnie ne mit pas longtemps à rejoindre la partie de volley. Comme elle s'approchait du terrain, elle nota au passage que les autres filles du public semblaient se focaliser sur les deux joueurs de droite. Rien de surprenant. Les deux gars (de son âge, ou plus jeunes ?) entraient dans la catégorie « régal pour les yeux », comme aurait dit son amie Kayla. Si aucun ne correspondait tout à fait au type de Ronnie, on ne pouvait s'empêcher d'admirer leur corps élancé, musclé, et la souplesse avec laquelle ils se déplaçaient sur le sable.

Le plus grand surtout, avec des cheveux châtain foncé et un bracelet en macramé au poignet. Kayla l'aurait aussitôt repéré – les grands mecs l'attiraient toujours –, tout comme la blonde en Bikini qui ne le quittait pas des yeux. Ronnie l'avait tout de suite remarquée avec sa copine. Toutes les deux étaient minces et jolies, avec des dents d'une blancheur éblouissante, et l'habitude d'avoir une tripotée de garçons en train de baver autour d'elles. Pourtant, elles se tenaient un peu à l'écart et acclamaient les joueurs sans trop d'effusion, sans doute pour éviter de se décoiffer. On aurait dit des affiches de pub susceptibles d'être admirées à distance, mais surtout pas de trop près. Ronnie ne les connaissait pas, mais les détestait déjà.

Son attention revint vers le jeu au moment où les deux beaux gosses marquaient un autre point. Puis un autre. Et encore un autre. Elle ignorait le score, mais visiblement leur équipe gagnait. En suivant la partie, Ronnie se mit pourtant à encourager silencieusement l'autre équipe. Non pas à cause du fait qu'elle soutenait toujours les perdants, certes, mais surtout parce que ce duo gagnant lui rappelait les enfants gâtés des écoles privées qu'elle croisait parfois en discothèque, ces garçons de l'Upper East Side[1] qui fréquentaient Dalton et Buckley et se croyaient au-dessus de la

---

1. Quartier chic de Manhattan, à l'est de Central Park, où sont implantées les prestigieuses écoles privées Dalton et Buckley (N.d.T.).

mêlée grâce à leurs pères banquiers. Ronnie avait suffisamment côtoyé ces soi-disant « privilégiés » pour les reconnaître n'importe où, et ces deux-là, tout le monde devait vouloir les fréquenter. Ses soupçons se confirmèrent après que les garçons eurent marqué un nouveau point, lorsque le partenaire du brun se mit en position pour servir et fit un clin d'œil à l'amie de la poupée Barbie blonde et bronzée. Dans cette ville, les gens beaux sortaient entre eux.

Pourquoi ça ne la surprenait pas ?

Le jeu lui parut soudain moins intéressant et elle se retourna pour s'en aller, tandis qu'une nouvelle balle de service passait par-dessus le filet. Elle entendit vaguement quelqu'un crier lorsque l'équipe adverse frappa le ballon, mais Ronnie n'avait pas sitôt fait quelques pas qu'elle sentit les spectateurs se bousculer... ce qui la déséquilibra.

Un peu trop...

Elle se retourna juste à temps pour voir l'un des joueurs se jeter sur elle à toute vitesse, se dévisser la tête pour suivre la trajectoire de la balle... et percuter Ronnie de plein fouet avant qu'elle puisse réagir. Il la saisit par les épaules pour stopper son élan et lui éviter de tomber. Ronnie sentit son bras tressaillir sous l'impact, tandis qu'elle regardait, presque fascinée, le couvercle de son gobelet voler dans les airs et son soda gicler en arc de cercle avant de lui éclabousser le visage et le tee-shirt.

Et puis hop ! plus rien. Sauf qu'elle avait en gros plan le joueur brun qui la dévisageait d'un air épouvanté.

— Tu n'as rien ? demanda-t-il, haletant.

Elle sentait le soda dégouliner sur sa figure et tremper son tee-shirt, tandis qu'elle entendait vaguement quelqu'un glousser dans le public. Pourquoi ne pas rigoler, après tout ? Sa fantastique journée ne faisait que continuer !

— Tout va bien, rétorqua-t-elle sèchement.

— T'es sûre ? pantela le gars. (En tout cas, il avait l'air sincèrement désolé.) Je t'ai percutée assez fort.

— Lâche-moi... tu veux ? articula-t-elle, les dents serrées.

Apparemment, il ne s'était pas rendu compte qu'il l'agrippait toujours, aussi retira-t-il ses mains des épaules de Ronnie. Puis il s'empressa de reculer d'un pas et se mit à tripoter machinalement son bracelet.

— Excuse-moi... Je courais vers la balle et...

— Ça va, j'ai compris. Je suis toujours en vie, O.K. ?

Sur ces mots, elle tourna les talons en souhaitant s'éloigner au plus vite. Dans son dos, elle entendit quelqu'un crier :

— Viens, Will ! On reprend la partie !

Mais tout en se frayant un chemin dans la foule, Ronnie avait l'impression qu'il continuait à la regarder, jusqu'à ce qu'elle disparaisse de son champ de vision.

Son tee-shirt n'était pas fichu, mais ça ne la consolait pas pour autant. Elle l'aimait bien, c'était un souvenir du concert de Fall Out Boy, où elle était allée en douce avec Rick, l'an dernier. Sa mère avait failli péter un câble, cette fois-là, et pas seulement à cause de la toile d'araignée que Rick portait en tatouage sur le cou ou de ses piercings aux oreilles, encore plus nombreux que ceux de Kayla, mais parce que Ronnie avait menti sur la soirée où elle se rendait... et n'était pas rentrée avant le lendemain dans l'après-midi, puisqu'ils avaient fini par pieuter chez le frère de Rick, à Philadelphie. Du coup, sa mère lui avait interdit de revoir Rick ou de lui reparler... une règle que Ronnie transgressa dès le lendemain.

Oh, elle n'était pas folle de Rick ; à vrai dire, elle ne l'appréciait même pas tant que ça. Mais elle en voulait à sa mère et, sur le coup, ça lui parut normal d'agir comme ça.

41

Mais lorsqu'elle arriva chez lui, Rick était déjà défoncé et soûl... une fois de plus, comme pour le concert, et Ronnie comprit que si elle continuait à le voir, il la pousserait encore à essayer les trucs qu'il prenait, tout comme la veille au soir. Elle ne resta que quelques minutes chez lui, avant de partir pour Union Square, où elle passa le reste de l'après-midi, sachant que c'était fini entre eux.

Question came, Ronnie n'était pas née de la dernière pluie. Certaines de ses amies fumaient du shit, quelques-unes prenaient de la coke ou de l'ecstasy, et l'une d'elles était même salement accro aux amphés. Tout le monde, sauf elle, buvait le week-end. Quelle que soit la boîte ou la fête où elle allait, Ronnie avait accès à toutes les substances possibles et imaginables. Pourtant, chaque fois que ses copines fumaient, buvaient ou avalaient des pilules en jurant que ça rendait leur soirée plus *fun*, elles passaient le reste du temps à bafouiller des paroles incompréhensibles, à tituber, à vomir ou à se laisser complètement aller en faisant un truc *vraiment nul*. En général avec un mec.

Ronnie ne voulait plus se retrouver dans ce genre de plans. Surtout depuis ce qui était arrivé à Kayla l'hiver dernier. Quelqu'un – Kayla ne sut jamais qui au juste – versa du GHB[1] dans sa boisson, et même si elle ne gardait qu'un vague souvenir de ce qui s'était passé ensuite, elle était quasi certaine de s'être retrouvée ce soir-là dans une chambre avec trois types qu'elle voyait pour la première fois. À son réveil le lendemain matin, ses vêtements étaient éparpillés aux quatre coins de la pièce. Kayla n'en parla plus jamais... elle préférait faire comme si rien n'était jamais arrivé et regrettait même d'en avoir autant dit à Ronnie. Mais n'importe qui pouvait faire le lien.

_____

1. Gamma-hydroxybutyrate de sodium ou « drogue du violeur » *(N.d.T.)*.

De retour sur la jetée, Ronnie posa son gobelet à moitié vide et se mit à tamponner frénétiquement son tee-shirt à l'aide de sa serviette en papier humide. Ça semblait marcher... sauf que ladite serviette se désintégrait en minuscules lambeaux blancs qui ressemblaient à des pellicules.

Super...

Comme si ce volleyeur n'aurait pas pu bousculer quelqu'un d'autre ! Quelles étaient les probabilités pour que Ronnie se détourne au moment où la balle filait dans sa direction ? Et se trouve justement là, un soda à la main, parmi les spectateurs d'un match de volley qui ne l'intéressait pas, dans un endroit où elle n'avait pas envie de mettre les pieds ? D'ici un million d'années, la même chose ne risquait sans doute pas de se reproduire. Avec une chance pareille, elle aurait mieux fait d'acheter un billet de loterie !

Et puis, il y avait le volleyeur en question. Un brun mignon aux yeux marron. De près, elle se rendit compte qu'il était même plus que mignon, surtout lorsqu'il avait eu cet air... inquiet. Il faisait peut-être partie des jeunes qui avaient la cote dans le coin, mais pendant le quart de seconde où leurs regards s'étaient croisés, elle avait eu le sentiment qu'il était tout ce qu'il y a de sincère.

Ronnie secoua la tête, comme pour chasser ces idées folles de son esprit. Nul doute que la chaleur lui embrouillait le cerveau. Ravie d'avoir pu faire le maximum avec sa serviette, elle reprit son gobelet de soda. Elle prévoyait de s'en débarrasser mais, en se retournant, elle heurta quelqu'un. Cette fois, rien ne se passa au ralenti, le soda aspergea aussitôt son tee-shirt.

Ronnie se figea et baissa les yeux, le contemplant d'un air incrédule. *C'est pas vrai, je rêve !*

Devant elle se tenait une fille de son âge, un Slurpee[1] à la main et l'air aussi surpris qu'elle. Sa crinière filandreuse, aussi noire que ses vêtements, encadrait son visage de boucles rebelles. À l'instar de Kayla, elle portait une demi-douzaine de piercings à chaque oreille, le tout rehaussé par deux ou trois têtes de mort minuscules qui pendillaient à ses lobes, tandis que son fard à paupière et son eye-liner sombres lui donnaient presque un regard de bête fauve. Comme le reste du soda se répandait sur le tee-shirt de Ronnie, Miss Gothique désigna la tache qui s'agrandissait.

— Ça craint, dit-elle.

— Oh, tu crois ? ironisa Ronnie.

— Comme t'es mouillée des deux côtés, ça choque moins, remarque...

— Ah, je vois... T'essayes de faire de l'humour.

— De l'esprit, disons...

— Dans ce cas, t'aurais pu dire un truc du genre : « T'aurais dû demander un gobelet antifuites au vendeur ! ».

Miss Gothique éclata d'un rire de gamine qui ne collait pas vraiment à son personnage.

— T'es pas d'ici, toi, hein ?

— Non, de New York. Je suis venue voir mon père.

— Pour le week-end ?

— Non. Pour l'été.

— Alors là, ça craint vraiment.

Ce fut Ronnie qui s'esclaffa, cette fois.

— Moi, c'est Ronnie. Le diminutif de Veronica.

— Moi, c'est Blaze[2].

— Blaze ?

---

1. Boisson à base de glace pilée et de sirop *(N.d.T.)*.
2. « Flamboiement », « flambée », « incendie » *(N.d.T.)*.

— Mon vrai nom, c'est Galadriel. Comme dans *Le Seigneur des anneaux*. Ma mère est zarbi, je sais.

— T'as de la chance qu'elle t'ait pas appelée Gollum.

— Ou Ronnie... Si tu veux un truc sec, dit Blaze en désignant le stand d'un hochement de tête, ils vendent des
tee-shirts Nemo, là-bas.

— Nemo ?

— Ouais, Nemo. Comme le film... Un poisson orange et
blanc pas très doué des nageoires, tu vois ? Il se retrouve
coincé dans un aquarium et son père vient le chercher.

— J'ai pas envie d'un tee-shirt Nemo, O.K. ?

— Nemo, c'est cool.

— Quand t'as six ans, peut-être, rétorqua Ronnie.

— Moi, ce que j'en dis...

Avant que Blaze puisse répliquer, Ronnie repéra trois
gars qui fendaient la foule. Short déchiré, tatouages et torse
nu sous un blouson de cuir, leur look détonnait parmi les
promeneurs. L'un d'eux avait un piercing au sourcil et trim-
balait un vieux *ghetto blaster* ; un autre arborait une crête
iroquoise peroxydée et des bras entièrement tatoués. Le
troisième, comme Blaze, avait de longs cheveux noirs qui
contrastaient avec son teint laiteux. Ronnie se tourna d'instinct vers Blaze, mais celle-ci avait disparu... et Jonah se
tenait à sa place !

— Qu'est-ce que t'as renversé sur ton tee-shirt ?
demanda-t-il. T'es trempée et toute collante.

Ronnie chercha Blaze alentour, en se demandant où elle
avait filé. Et pourquoi.

— Dégage, O.K. ?

— Impossible. P'pa te cherche. Je crois qu'il veut que tu
rentres.

— Il est où ?

— Aux toilettes, mais il devrait rappliquer d'une minute à l'autre.

— Dis-lui que tu m'as pas vue.

Jonah réfléchit, puis reprit :

— Cinq dollars.

— Quoi ?

— Donne-moi cinq dollars et j'oublie que je t'ai vue.

— Tu rigoles ou quoi ?

— Tu perds du temps, ma vieille. Maintenant, ça fait dix dollars !

Elle aperçut alors son père un peu plus loin, qui scrutait les gens autour de lui. Elle baissa spontanément la tête, tout en sachant qu'elle ne pourrait pas s'esquiver sans qu'il la voie. Elle décocha un regard assassin à Jonah, maître-chanteur en herbe, qui à l'évidence avait compris qu'elle se retrouvait coincée. Il était mignon et elle l'adorait, et respectait même son aptitude à la faire chanter, mais c'était quand même son petit frère ! Dans un monde parfait, il aurait dû la soutenir. Et c'était le cas ? Bien sûr que non !

— Je te déteste, tu sais, reprit-elle.

— Ouais, moi aussi. Mais ça te coûtera quand même dix dollars.

— Et si on disait cinq ?

— T'as raté l'occasion tout à l'heure. Mais ton secret sera bien gardé avec moi.

Son père ne les avait toujours pas vus... Toutefois, il s'approchait.

— O.K., soupira-t-elle en lui tendant un billet froissé qu'il empocha illico.

Ronnie entrevit alors son père qui s'avançait dans leur direction et dévisageait toujours la foule en tournant la tête de tous côtés. Elle se faufila derrière le stand le plus proche et eut la surprise d'y découvrir Blaze, adossée à la paroi en planches, en train de fumer une cigarette.

— T'as des problèmes avec ton père ? ricana celle-ci.

— Comment je peux sortir d'ici ?

— À toi de voir, dit Blaze en haussant les épaules. Mais il sait quel tee-shirt t'as sur le dos...

Une heure plus tard, Ronnie se tenait assise à côté de Blaze sur l'un des bancs installés au bout de la jetée ; elle s'ennuyait toujours, mais pas autant qu'à son arrivée. Elle découvrit que Blaze savait écouter et possédait un sens de l'humour assez bizarre... et surtout, elle semblait adorer New York autant que Ronnie, même si elle n'y était jamais allée. Blaze lui posa les questions d'usage sur Times Square, l'Empire State Building, et la statue de la Liberté... autant de pièges à touristes que Ronnie essayait d'éviter à tout prix. Toutefois elle l'affranchit en lui décrivant le vrai New York : les boîtes de Chelsea, la scène musicale de Brooklyn, et les marchands ambulants de Chinatown, auprès desquels on pouvait se procurer des enregistrements pirates, de faux sacs Prada, et pratiquement n'importe quoi, contre une poignée de dollars.

En parlant de ces différents endroits, elle regretta d'autant plus de ne pas être chez elle... n'importe où, en tout cas, sauf ici !

— Moi non plus, j'aurais pas eu envie de venir, admit Blaze. Ici, c'est nul, crois-moi.

— Ça fait combien de temps que tu vis ici ?

— J'y ai toujours vécu. Au moins, j'ai pas des fringues craignos, moi.

Ronnie avait finalement acheté ce tee-shirt Nemo, sachant qu'elle aurait l'air ridicule. Le vendeur n'avait plus que du XL en stock, et le vêtement lui arrivait quasiment aux genoux. Le seul avantage, c'est qu'une fois qu'elle l'aurait enfilé, son père ne pourrait plus la repérer. Blaze avait raison.

— Bizarre, une fille m'a dit que Nemo, c'était cool.

— Elle t'a menti.

— Qu'est-ce qu'on fabrique encore là ? Mon père a dû partir, maintenant.

— Pourquoi ? s'enquit Blaze. Tu veux retourner à la foire ? Aller dans la maison hantée ?

— Non. Mais il y a peut-être d'autres trucs...

— Pas encore. Plus tard, oui. Mais pour l'instant, on attend.

— Quoi donc ?

Blaze ne répondit pas. Elle préféra se lever et se tourner vers l'océan plongé dans la nuit. Ses cheveux voletaient dans la brise et elle semblait contempler la lune.

— Je t'ai vue tout à l'heure, tu sais.

— Quand ça ?

— Au match de volley, précisa-t-elle en désignant la plage en bas de la jetée. T'étais là-bas dans le public.

— Et alors ?

— On se demandait ce que tu fichais là.

— Idem pour toi.

— C'est pour cette raison que je me baladais sur la jetée, dit Blaze, qui bondit sur la rambarde et s'assit en face de Ronnie. Je sais que ça te plaît pas d'être ici, mais qu'est-ce que ton père a bien pu faire pour te mettre en rogne ?

— C'est une longue histoire, répondit Ronnie.

— Il vit avec sa copine ?

— Je pense pas qu'il en ait une. Pourquoi ?

— Estime-toi heureuse, alors.

— Mais de quoi tu parles ?

— Mon père vit avec sa petite amie. La troisième depuis le divorce, soit dit en passant, et la pire jusqu'ici. Elle est à peine plus âgée que moi et s'habille comme une strip-teaseuse. Chaque fois que je dois aller là-bas, j'en suis malade. C'est comme si elle savait pas trop comment se comporter avec moi. Tantôt elle essaye de me donner des conseils, comme si c'était ma mère, et tantôt elle joue les bonnes copines. Je la déteste.

— Et tu vis avec ta mère ?

— Ouais. Mais elle a un copain maintenant, et il habite avec nous tout le temps. Un vrai naze. Il porte une mou-moute ringarde, parce qu'il est devenu chauve à la vingtaine ou un truc du genre. Et pis il arrête pas de me répéter que je devrais tenter ma chance à la fac. Comme si j'accordais de l'importance à ce qu'il peut penser. Pour moi, c'est foutu, de toute manière...

Ronnie n'eut pas le temps de réagir que Blaze sautait déjà à terre.

— Viens, dit-elle. Je crois qu'ils sont prêts. Faut vraiment que tu voies ça.

Ronnie emboîta le pas à Blaze le long de la jetée, vers un attroupement qui semblait s'être formé autour d'un spectacle de rue. Stupéfaite, elle constata que les artistes n'étaient autres que les trois gars aux allures de voyous. Deux d'entre eux exécutaient des figures de break-dance sur la musique diffusée par le ghetto blaster, tandis que le gars aux longs cheveux jonglait avec ce qui ressemblait à des balles de golf enflammées. De temps à autre, il s'interrompait pour faire simplement tourner une de ces pelotes entre ses doigts, ou la faire rouler sur le dos de la main, ou encore d'un bras sur l'autre. Par deux fois, il ferma le poing sur la balle en feu en l'éteignant presque, puis laissa les flammèches s'échapper entre le pouce et l'index.

— Tu le connais ? demanda Ronnie.

— C'est Marcus, répondit Blaze dans un hochement de tête.

— Il porte une sorte de crème protectrice sur les mains ?

— Non.

— Et ça brûle pas ?

— Suffit de tenir la balle correctement. C'est génial, non ?

Ronnie ne pouvait la contredire. Marcus éteignit deux balles, puis les ralluma en les mettant en contact avec la troisième. Par terre était posé un chapeau de magicien, et les gens commençaient à y jeter de l'argent.

— Où est-ce qu'il se procure ces boules de feu ? C'est pas des balles de golf, si ?

Blaze secoua la tête.

— Il les fabrique lui-même. Je peux te montrer comment. C'est pas compliqué. Il faut simplement un tee-shirt en coton, une aiguille et du fil, et un liquide inflammable.

Alors que la musique continuait à beugler par les haut-parleurs du ghetto blaster, Marcus lança les trois balles enflammées au garçon à la crête iroquoise et en alluma deux autres. Ils jonglèrent entre eux, tels des clowns avec des quilles, de plus en plus vite, jusqu'à ce qu'un des deux rate son coup.

Sauf que c'était prévu. Le gars au piercing au sourcil rattrapa les balles au pied, puis commença à dribler, comme au football. Après avoir éteint trois balles, les deux autres garçons l'imitèrent et bientôt tous les trois se faisaient des passes au pied. Les applaudissements crépitèrent dans la foule et l'argent se mit à pleuvoir dans le haut-de-forme, tandis que la musique montait en puissance. Soudain, chacun stoppa sa balle et l'éteignit en même temps que son comparse au moment où la chanson s'arrêta.

Ronnie dut admettre qu'elle n'avait jamais rien vu de tel. Marcus s'avança vers Blaze et l'embrassa longuement, avec une fougue bestiale assez déplacée en public. Puis il écarta sa copine et planta son regard sur Ronnie.

— C'est qui ? demanda-t-il en la montrant du doigt.

— C'est Ronnie, répondit Blaze. Elle est de New York. Je viens de la rencontrer.

Crête-d'Iroquois et Piercing-au-Sourcil imitèrent Marcus et Blaze qui dévisageaient Ronnie, visiblement mal à l'aise d'être leur point de mire.

— De New York, hein ? reprit Marcus en sortant un briquet de sa poche pour allumer une boule de feu.

Il la tint ensuite entre le pouce et l'index, alors que Ronnie se demandait toujours comment il se débrouillait pour ne pas se brûler.

— T'aimes le feu ? lui demanda-t-il.

Sans attendre sa réponse, il lança la balle enflammée dans sa direction. Ahurie, Ronnie fit un bond de côté. Le projectile atterrit derrière elle, tandis qu'un policier se ruait dessus pour l'éteindre en le piétinant.

— Vous trois ! s'écria-t-il en désignant les garçons. Circulez ! Tout de suite ! Je vous ai déjà interdit de faire votre petit numéro sur la jetée. La prochaine fois, je vous embarque direct au poste !

Marcus leva les mains et fit un pas en arrière.

— On s'en allait justement.

Ils ramassèrent leurs affaires et quittèrent le quai pour partir vers les manèges. Blaze leur emboîta le pas en laissant Ronnie toute seule. Celle-ci sentit le regard de l'agent s'attarder sur elle, mais elle l'ignora. Elle n'hésita qu'un court instant avant de suivre les quatre autres.

– 4 –

Marcus

Il savait qu'elle les suivrait. Elles les suivaient toujours. Surtout celles qui venaient de débarquer en ville. Toujours pareil, avec les nanas : plus il les traitait mal, plus elles avaient envie de lui. C'est dire à quel point elles étaient idiotes. Prévisibles, mais idiotes.

Il s'adossa aux grands cache-pots qui bordaient l'hôtel, tandis que Blaze l'entourait de ses bras. Ronnie était assise en face d'eux, sur un banc ; Teddy et Lance se tenaient sur le côté et déconnaient dans leur coin, en essayant d'attirer l'attention des filles qui passaient devant eux. Ils étaient déjà bourrés – en fait, ils avaient déjà leur dose avant le spectacle –, et comme d'habitude toutes les nanas les ignoraient, sauf les plus moches. Une fois sur deux, même celles-ci ne faisaient pas attention à eux.

Pendant ce temps, Blaze lui mordillait le cou, mais Marcus l'ignorait aussi. Il en avait marre de la voir s'accrocher à lui chaque fois qu'ils étaient en public. Il en avait marre d'elle en général. Si elle n'avait pas été si bonne au lit, si elle n'avait pas su s'y prendre pour l'exciter, il l'aurait plaquée un mois plus tôt au profit d'une des trois ou quatre filles avec lesquelles il couchait régulièrement. Mais en ce moment, même ces nanas-là ne l'intéressaient plus. Pour l'heure, il préférait mater Ronnie ; il aimait bien cette mèche violette dans ses cheveux, son petit corps bien ferme et son fard à paupière brillant. Elle donnait un peu dans le genre clocharde de luxe, à condition d'oublier son tee-shirt naze. Mais l'ensemble plaisait à Marcus. Ça lui plaisait beaucoup.

Il repoussa Blaze, regrettant même qu'elle soit là.

— Va me chercher des frites, dit-il. J'ai une petite faim.

Blaze s'écarta de lui.

— Il me reste que deux ou trois dollars, pleurnicha-t-elle.

— Et alors ? Ça devrait suffire. Et tâche de pas m'en piquer une seule en rappliquant.

Il ne plaisantait pas. Blaze avait pris un peu de ventre et devenait joufflue. Pas étonnant, en fait... vu qu'elle picolait presque autant que Teddy et Lance, ces derniers temps.

Blaze fit ouvertement la moue, mais Marcus la repoussa encore, et elle partit en direction de la baraque à frites. Les gens faisaient la queue, et pendant qu'elle attendait son tour, Marcus s'approcha, l'air de rien, de Ronnie et s'installa à son côté. Mais pas trop près. Blaze était plutôt jalouse, et il n'avait pas envie de faire fuir Ronnie avant d'avoir l'occasion de faire sa connaissance.

— Qu'est-ce que t'en as pensé ? demanda-t-il.

— De quoi ?

— De notre numéro. T'as déjà vu un truc dans ce style à New York ?

— Non, admit-elle. Jamais.

— T'habites où ?

— Un peu plus loin, sur la plage.

Au son de sa voix, il sentait qu'elle était mal à l'aise, sans doute en raison de l'absence de Blaze.

— Blaze m'a dit que t'as largué ton père à la foire ?

Elle haussa les épaules en guise de réponse.

— Ben quoi ? Tu veux pas qu'on en parle ?

– Y a rien de spécial à dire.

Il s'adossa au banc.

– Peut-être que c'est juste parce que tu me fais pas confiance.

– Mais qu'est-ce que tu racontes ?

– Tu te confierais volontiers à Blaze, mais pas à moi.

– Je te connais même pas.

– Blaze, tu la connais pas mieux. Tu viens de la rencontrer.

Ronnie n'appréciait pas sa façon de rétorquer du tac au tac, et pensait que Marcus ferait mieux de se mêler de ses affaires. Mais pour calmer le jeu, elle lui balança la réponse qu'elle avait mise au point depuis qu'elle savait qu'elle viendrait ici.

– J'ai juste pas envie de parler de lui, O.K. ? Et j'ai pas non plus envie de passer l'été ici.

Il écarta une mèche qui lui barrait les yeux.

– Alors, casse-toi.

– Ouais, bien sûr. Et pour aller où ?

– Si on partait en Floride ?

– Quoi ? répliqua-t-elle en battant des paupières.

– Je connais un type qu'a une maison, là-bas, à la sortie de Tampa. Si tu veux, je t'y emmène. On peut y rester aussi longtemps que t'en as envie. J'ai ma voiture garée par là.

Ronnie ouvrit la bouche d'un air stupéfait, sans trop savoir comment réagir. Elle trouvait son idée ridicule... sans même parler du fait qu'il ait pu la lui suggérer.

– Je peux pas aller en Floride avec toi. Je... je viens à peine de te rencontrer. Et Blaze, alors ?

– Ben quoi ?

– Tu sors avec elle.

– Et alors ? dit-il, le visage impassible.

– Trop bizarre, tout ça, dit-elle en secouant la tête, tandis qu'elle se levait. Je crois que je vais aller voir ce qu'elle fait...

Marcus plongea la main dans sa poche, en quête d'une de ses pelotes de jonglage.

— Tu sais bien que je rigolais, non ?

À vrai dire, il ne plaisantait pas. Il l'avait provoquée pour la même raison qu'il lui avait lancé la balle enflammée. Histoire de tester les limites de Ronnie.

— Ouais, O.K. Mais je vais quand même aller lui parler.

Marcus la regarda s'éloigner. Bien qu'il admirât son petit corps sexy, il ne savait pas trop quoi penser d'elle. Elle avait un look, O.K., mais à l'inverse de Blaze elle ne fumait pas, n'était pas une fêtarde... Pourtant, il sentait qu'elle cachait son jeu. Il se demanda si elle venait d'une famille friquée. Ça paraissait logique, non ? Un appart à New York, une maison en bord de mer ? Ses parents devaient avoir du pèze pour s'offrir ce genre de trucs. Mais... malgré tout, il y avait peu de chances pour qu'elle se fonde dans la masse des richards du coin, en tout cas ceux qu'il connaissait. Lesquels, au juste ? Et pourquoi ça l'intriguait ?

Parce que lui n'aimait pas les gens riches, leur manière d'étaler leur fric et de se croire supérieurs aux autres à cause de ça. Un jour, avant qu'il abandonne le lycée, il avait entendu un gosse pété de thunes parler du bateau qu'il avait reçu en cadeau d'anniversaire. Pas le genre rafiot merdique... mais un Boston Whaler de plus de six mètres avec GPS et sonar, et le gars n'arrêtait pas de frimer, disant qu'il naviguerait à bord tout l'été et avait déjà un anneau réservé au country-club.

Trois jours plus tard, Marcus avait mis le feu au bateau et regardé celui-ci brûler, en se planquant derrière le magnolia du seizième trou du parcours de golf.

Depuis toujours, il aimait les incendies, la panique qu'ils déclenchaient, leur pouvoir... la puissance avec laquelle ils consumaient et détruisaient tout.

Bien sûr, il n'avait jamais rien dit à quiconque. Confie-toi à une personne et c'est comme si t'allais tout avouer aux flics. Dans le genre bavard, Teddy et Lance étaient le parfait exemple à éviter : colle-les en garde à vue et t'auras pas le temps de fermer la cellule qu'ils auront déjà craqué. Depuis un petit moment, Marcus veillait donc à ce que ces deux crétins se chargent du sale boulot. Pour qu'ils tiennent leur langue, un seul moyen, qu'ils se sentent encore plus coupables que lui. Désormais, c'étaient eux qui piquaient l'alcool, qui avaient mis K.-O. le mec chauve à l'aéroport avant de lui faucher son portefeuille, et qui avaient peint les croix gammées sur la synagogue. Marcus ne leur vouait pas une confiance aveugle, pas plus qu'il ne les appréciait particulièrement, mais ils respectaient toujours ce qu'il leur disait. Bref, ils faisaient l'affaire.

Derrière lui, Teddy et Lance continuaient à jouer les abrutis (ils n'avaient pas besoin de se forcer) et, maintenant que Ronnie était partie, Marcus ne tenait plus en place. Pas question de rester assis là toute la nuit à rien faire. Une fois Blaze de retour et ses frites avalées, ils iraient sans doute traîner d'ailleurs. Histoire de voir ce qui se présentait. On sait jamais ce qui peut arriver dans ce genre d'endroit, ce genre de soirée, avec ce genre de foule. Une chose était sûre... Après un spectacle, il avait toujours besoin d'un... bonus. Quel qu'il soit.

En jetant un regard du côté de la baraque à frites, il aperçut Blaze qui payait, avec Ronnie juste derrière elle. Il la fixa, la forçant de nouveau à se retourner vers lui... ce qu'elle finit par faire. Oh, juste un coup d'œil furtif, mais juste assez longtemps pour qu'il se demande encore ce qu'elle pouvait donner au lit.

Elle doit se déchaîner, songea-t-il. Comme la plupart... à condition de savoir s'y prendre.

– 5 –

Will

Quoi qu'il fasse, Will sentait toujours le poids du secret lui peser. En apparence, il menait une vie normale... Ces six derniers mois, il était allé en cours, avait joué au basket, participé au bal de fin d'année et quitté le lycée, diplôme en poche, prêt à affronter la fac. Tout n'était pas aussi idyllique, bien sûr. Il y a six semaines, Will rompait avec Ashley, mais ça n'avait rien à voir avec ce qui s'était passé ce fameux soir... qu'il n'oublierait jamais. La plupart du temps, Will parvenait à chasser ce souvenir, mais aux moments les plus inattendus celui-ci lui revenait en mémoire. Toujours les mêmes images, nettes et précises... Comme s'il visualisait la scène à travers les yeux d'un autre, il se revoyait courir sur la plage, puis empoigner Scott qui contemplait l'incendie faisant rage.

« Mais qu'est-ce que t'as foutu, bon sang ? », lui criait-il.

« J'y suis pour rien ! », hurlait Scott.

À cet instant seulement, Will s'était rendu compte qu'ils n'étaient pas seuls. Au loin, il avait reconnu Marcus, Blaze, Teddy et Lance assis sur le capot d'une voiture, qui les observaient. Autrement dit, ces quatre-là avaient tout vu.

Ils savaient...

Dès que Will voulut s'emparer de son mobile, Scott l'arrêta.

— N'appelle pas la police ! Je t'ai dit que c'était un accident !

Il l'implorait du regard.

— Allez, mec ! Tu me dois bien ça !

Dans les deux ou trois jours qui suivirent, l'affaire fit la une des médias. L'estomac noué, Will regarda les infos et lut les articles de journaux. O.K., il pouvait toujours couvrir son ami qui avait mis le feu par mégarde. Mais en l'occurrence quelqu'un avait été blessé, ce soir-là, et Will se sentait coupable à en avoir la nausée chaque fois qu'il passait sur le site en voiture. Peu importait que l'église ait été reconstruite et que le pasteur soit sorti depuis longtemps de l'hôpital... Will connaissait les faits, mais n'était pas intervenu.

Tu me dois bien ça... Ces paroles le hantaient. Pas seulement parce que Scott et lui se fréquentaient depuis la maternelle, mais pour une raison bien plus grave. Tant et si bien qu'il lui arrivait de passer des nuits blanches, horrifié par la réalité de ces mots, tout en souhaitant pouvoir corriger ses erreurs.

Bizarrement, c'était l'incident survenu au match de volley qui lui revenait à présent en mémoire. Ou plutôt le souvenir de la fille qu'il avait bousculée. Elle s'était moquée de ses excuses et, contrairement à la plupart des nanas du coin, n'avait pas cherché à masquer sa colère. Sans hurler, sans bouillir de rage, elle avait toutefois gardé son sang-froid d'une manière pour le moins surprenante.

Après le départ en trombe de l'inconnue, les deux équipes avaient terminé la partie, et Will admit avoir loupé deux ou trois balles qu'il n'aurait jamais laissé passer en temps normal. Ce qui lui valut des regards mauvais de la part de Scott, qui – peut-être à cause du contre-jour – arborait la même expression que le soir de l'incendie, quand Will avait sorti son téléphone pour prévenir la police. Bref, cela avait suffi à raviver ses souvenirs.

Will parvint à se contrôler jusqu'à ce qu'ils gagnent le match, mais celui-ci achevé il eut besoin de se retrouver un peu seul. Il fit donc un petit tour sur la foire et s'arrêta à l'un des stands de jeux hors de prix et impossibles à gagner. Il s'apprêtait à faire un panier avec un ballon de basket surgonflé en tirant dans un filet placé un peu trop haut, quand il entendit une voix dans son dos. Ashley...

– Ah, te voilà ! Tu nous évitais ?

Oui, se dit-il. *Exactement.*

– Non, répondit-il. Je n'ai pas fait de panier depuis la fin de la saison, et je voulais voir si j'étais rouillé.

Ashley sourit, radieuse dans son bustier blanc, ses sandales, avec ses créoles qui mettaient en valeur ses yeux bleus et ses cheveux blonds. Elle s'était changée depuis la fin du tournoi de volley. Typique... la seule fille, à sa connaissance, qui emportait toujours plusieurs tenues, même pour aller à la plage. Au bal de promo, en mai, elle s'était changée trois fois : une toilette pour le dîner, une autre pour la soirée dansante, et une troisième pour l'after en petit comité. En fait, elle était carrément venue avec une valise et, après qu'elle eut posé pour la postérité avec son bouquet, Will avait dû charger la valise dans le coffre. La mère d'Ashley ne s'étonnait pas de la voir emporter autant d'affaires pour un bal que pour un week-end. Ça devait être génétique... Un jour, Ashley l'avait laissé jeter un œil dans le dressing de sa mère : cette femme devait posséder dans les deux cents paires de chaussures et un bon millier de tenues différentes ! Bref, sa penderie pouvait contenir une Buick.

— Mais je veux pas t'empêcher de jouer, reprit Ashley. Je m'en voudrais de te faire perdre un dollar.

Will se retourna et visa l'anneau ; la balle rebondit dessus, heurta le panneau, puis tomba dans le filet. Bravo ! Encore deux et il remporterait un prix.

Tandis que le ballon roulait vers Will, le forain observa Ashley à la dérobée, alors que celle-ci ne semblait même pas l'avoir remarqué.

Comme la balle tombait une nouvelle fois dans le filet et revenait vers Will, ce dernier la ramassa et interpella le forain :

— Quelqu'un a déjà gagné aujourd'hui ?

— Bien sûr. On a des tas de gagnants tous les jours, lui répondit l'homme tout en lorgnant Ashley.

Rien de surprenant. Tout le monde la remarquait. En fait, elle attirait le moindre individu doté d'un soupçon de testostérone.

Ashley s'avança, virevolta et s'adossa au stand, en souriant de nouveau à Will. La discrétion n'était pas son fort. Après avoir été sacrée « reine du bal » de la rentrée, elle avait gardé sa tiare toute la soirée.

— T'as bien joué aujourd'hui, dit-elle. Et ton service s'est amélioré.

— Merci.

— Je crois que tu deviens presque aussi bon que Scott.

— Ça m'étonnerait.

Scott jouait au volley depuis l'âge de six ans. Will ne s'y était mis qu'après sa première année de lycée.

— Je suis rapide et j'ai une bonne détente, mais je maîtrise pas le jeu comme lui, ajouta-t-il.

— Je te dis seulement ce que j'ai vu.

Tout en se concentrant sur l'anneau du panier, Will souffla un peu et tenta de se détendre avant de tirer. C'est ce que lui disait toujours son entraîneur pour le lancer de coup franc... même si ça n'améliorait pas forcément ses performances. Cette fois, en revanche, il avait réussi deux paniers. Coup sur coup.

— Qu'est-ce que tu vas faire de la peluche si tu gagnes ? s'enquit Ashley.

— J'en sais rien. Tu la veux ?

— Uniquement si ça te fait plaisir.

Il savait qu'elle préférait qu'il la lui offre spontanément. Après être sorti deux ans avec elle, Will la connaissait quasiment par cœur. Il saisit la balle, souffla à nouveau et exécuta son dernier lancer. Un poil trop fort... et la balle rebondit sur le panneau arrière.

— T'y étais presque, commenta le forain. Tu devrais retenter ta chance.

— Je connais mes limites... et là, je suis claqué.

— Tu sais quoi ? Je te fais cadeau d'un dollar. Les trois lancers pour deux dollars.

— Ça va, merci.

— Deux dollars et je vous laisse chacun tirer trois fois, insista le forain en saisissant le ballon pour l'offrir à Ashley. J'aimerais te voir tenter ta chance.

Ashley contempla la balle d'un air interloqué.

— Je crois pas, non, reprit Will. Mais merci quand même, ajouta-t-il avant de se tourner vers elle. Tu sais pas si Scott traîne toujours dans les parages ?

— Il est attablé à la buvette avec Cassie. En tout cas, c'est là que je les ai laissés pour partir à ta recherche. Je crois bien qu'elle lui plaît.

Will s'en alla dans cette direction et Ashley l'accompagna.

— On discutait tous les trois, reprit-elle comme si de rien n'était, et Scott et Cassie ont pensé que ce serait sympa qu'on aille tous chez moi. Mes parents sont à Raleigh pour je sais plus quelle soirée avec le gouverneur, alors on a la maison pour nous.

Will l'avait senti venir.

— Ça me dit rien, dit-il.

— Pourquoi pas ? Pour une fois qu'on a l'occasion de s'amuser dans le coin.

— Je trouve pas que ce soit une bonne idée.

— Parce qu'on a rompu ? J'ai jamais dit que je voulais qu'on se remette ensemble.

Voilà pourquoi tu as assisté au tournoi de volley. Tu t'es pomponnée... T'es venue me chercher... Et t'as proposé qu'on aille chez toi, puisque tes parents n'étaient pas là.

Même s'il le pensait, Will ne dit rien de tout ça. Il n'était pas d'humeur à discuter, pas plus qu'il ne souhaitait compliquer davantage la situation. Il n'avait rien à reprocher à Ashley... sauf qu'elle n'était pas faite pour lui, voilà tout.

— Je dois aller bosser tôt demain matin, et j'ai passé la journée à jouer au volley en plein soleil, déclara-t-il. J'ai juste envie d'aller me coucher.

Elle le saisit par le bras et le força à s'arrêter.

— Pourquoi tu prends plus mes appels ?

Il resta muet. Qu'aurait-il pu lui répondre, au juste ?

— Je veux savoir ce que j'ai fait de mal, insista-t-elle.

— Rien.

— Alors, c'est quoi ?

Comme il se taisait encore, elle lui décocha un sourire implorant.

— Viens chez moi et on en discutera, O.K. ?

Il savait qu'elle méritait une réponse. Le hic, c'est qu'elle n'avait pas envie de l'entendre.

— Comme je te l'ai dit, je suis simplement fatigué.

— T'es fatigué ! brailla Scott. Tu lui as dit que t'étais crevé et que tu voulais aller te coucher ?

— Un truc dans le genre...

— T'es cinglé ou quoi ?

Attablé en face de lui, Scott le dévisageait. Cassie et Ashley étaient déjà parties sur la jetée pour discuter, et sans doute passer au crible tout ce que Will avait dit à Ashley, en dramatisant inutilement une situation qui aurait dû rester d'ordre privé. Mais avec Ashley, la moindre broutille prenait une tournure dramatique. Scott sentait bien que ce serait comme ça tout l'été.

— Je suis vraiment crevé, dit Will. Pas toi ?

— Peut-être que t'as pas entendu ce qu'elle proposait. Cassie et moi, Ashley et toi ? La maison de ses parents sur la plage ?

— Elle en parlé, en fait...

— Alors, qu'est-ce qu'on fout là... ?

— Je te l'ai dit.

Scott secoua la tête.

— Non... tu vois, c'est ça que tu piges pas. Tu te sers de l'excuse « je suis fatigué » pour tes parents, quand ils te demandent de laver la bagnole ou de décoller du lit pour aller à la messe. Pas pour une occasion comme ça.

Will resta muet. Même si Scott n'avait qu'un an de moins que lui – il entrerait en terminale à l'automne au lycée Laney –, il se comportait souvent comme un frère aîné

Sauf ce fameux soir à l'église...

— Tu vois le forain là-bas, celui qui tient le stand avec le panneau de basket ? Lui, je peux comprendre. Il est là toute la journée à essayer de faire jouer les gens, histoire de gagner un peu de fric pour se payer sa bière et ses cigarettes après son taf. C'est simple. Pas compliqué du tout. Ma vie n'a rien à voir avec la sienne, mais je peux comprendre. Toi, en revanche, je pige pas. Enfin quoi... t'as vu Ashley ? Elle est d'enfer. Elle pourrait poser dans *Playboy*.

— Et alors ?

— Je veux dire par là qu'elle est sexy.

— Je sais. On est sortis deux ans ensemble, t'as déjà oublié ?

— J'insinue pas que tu dois te remettre avec elle. Tout ce que je propose, c'est que tous les quatre on aille dans la baraque de ses parents, histoire de faire la fête... et on verra bien ce qui se passe.

Scott s'adossa à son siège, avant d'ajouter :

— D'ailleurs... je comprends toujours pas pourquoi t'as cassé avec elle. C'est évident qu'elle tient toujours à toi, et entre vous deux ça collait hyperbien.

Will secoua la tête.

— Ça collait pas tant que ça.

— Tu l'as déjà dit, mais ça signifie quoi, au juste ? C'est le genre... cinglée ou je sais pas quoi, quand vous êtes ensemble ? Qu'est-ce qui s'est passé ? Elle t'a menacé avec un couteau de cuisine, ou s'est mise à hurler au clair de lune quand vous étiez sur la plage ?

— Non, ça n'a rien à voir. Ça n'a pas marché, c'est tout.

— Ça n'a pas marché, répéta Scott. Non, mais tu t'entends, des fois ?

Comme Will ne semblait toujours pas vouloir céder, Scott se pencha par-dessus la table.

— Allez, mon pote. Fais-le pour moi, alors. Lâche-toi un peu, bon sang. C'est les vacances ! Un petit effort pour les copains, quoi...

— T'es prêt à tout, à ce que je vois.

— Exact. À moins que t'acceptes de venir avec Ashley ce soir, Cassie voudra pas m'accompagner là-bas. Et on parle d'une fille qu'est prête à s'envoyer en l'air.

– Désolé, mais je peux rien pour toi.

– Parfait. Grâce à toi, ma vie est foutue. Ça dérange personne, pas vrai ?

– Tu t'en remettras... T'as faim ?

– Un peu, marmonna Scott.

– Viens. On va se commander des cheeseburgers.

Will se leva de table, mais Scott continuait à bouder.

– Faut que tu t'entraînes à récupérer la balle, reprit-il en faisant allusion au match de volley. Tu la renvoyais dans toutes les directions. Si j'avais pas été là, on nous aurait éjectés avant la fin du tournoi.

– Ashley m'a dit que je devenais aussi bon que toi.

Scott maugréa en se levant.

– Elle sait même pas de quoi elle parle !

Après avoir fait la queue pour leurs hamburgers, Will et Scott passèrent au stand des condiments, où Scott noya littéralement son burger de ketchup, et la sauce déborda quand il referma le petit pain.

– C'est écœurant, remarqua Will.

– Alors, écoute ça... Un jour, un certain Ray Kroc a lancé une société appelée McDonald. T'en as déjà entendu parler ? Peu importe... Sur son hamburger d'origine – le vrai burger américain, figure-toi –, il a insisté pour qu'on ajoute du ketchup. Pour te dire à quel point c'est important pour la saveur de l'ensemble !

– Surtout, ne t'arrête pas de parler. C'est passionnant. En attendant, je vais chercher à boire.

– Prends-moi une bouteille d'eau, tu veux ?

Comme Will s'éloignait, il vit un objet blanc passer sous ses yeux et filer en direction de Scott, qui l'aperçut aussi et, d'instinct, s'écarta, lâchant son cheeseburger dans la foulée.

— Qu'est-ce qui te prend ? s'écria Scott en faisant volte-face.

Par terre gisait un cornet de frites vide et froissé en boule. Derrière lui, Teddy et Lance avaient les mains dans les poches. Marcus se tenait debout entre eux et prenait un air innocent, mais personne n'était dupe.

— Je vois pas de quoi tu parles, dit-il.

— De ça ! rétorqua Scott avec hargne en shootant dans le cornet pour le lui renvoyer.

Ce fut le ton employé, se dit Will par la suite, qui fit monter la tension parmi eux. Il sentit les poils de sa nuque se hérisser tandis qu'un bruissement quasi palpable se produisait dans l'atmosphère ambiante, annonciateur de violence.

À l'évidence, Marcus cherchait la bagarre...

Et provoquait Scott.

Will vit un père récupérer son fils et s'en aller, tandis qu'Ashley et Cassie, revenues de la jetée, se figeaient sur place, à l'écart du groupe. Sur le côté, Will reconnut Galadriel – elle se faisait appeler Blaze à présent – qui approchait.

La mâchoire crispée, Scott les foudroyait du regard.

— Vous savez, je commence à en avoir marre de vos conneries !

— Ah ouais ? Et tu vas faire quoi ? ricana Marcus. Me balancer une fusée d'artifice à la gueule ?

Il en avait trop dit. Tandis que Scott s'élançait vers lui, Will bouscula des gens sur son passage en voulant rejoindre son ami.

Marcus ne bougea pas d'un pouce. Mauvais signe. Will savait qu'on pouvait s'attendre à tout de la part de Marcus et sa bande... d'autant qu'ils étaient au courant de ce que Scott avait fait.

Dans sa rage, Scott ne parut pas s'en inquiéter. Comme Will surgissait, Teddy et Lance se déployèrent pour attirer Scott au milieu du groupe. Will tenta de les rattraper, mais Scott était trop rapide, et soudain tout parut s'accélérer. Marcus recula à peine, tandis que Teddy renversait un tabouret en forçant Scott à l'esquiver d'un bond. Il percuta une table et la fit tomber, puis recouvra l'équilibre et serra les poings. Lance se rabattit sur lui. Alors que Will forçait le passage et prenait son élan, il perçut vaguement les gémissements d'un très jeune enfant. Comme Will se tournait vers Lance, il vit soudain une fille se lancer dans la mêlée.

— Arrêtez ! s'écria-t-elle en levant les mains. Ça suffit, vous tous !

Sa voix se révélait si puissante et si autoritaire que Will s'arrêta net. Chacun retint son souffle... et, dans le silence soudain, les cris du bambin redoublèrent d'intensité. La fille virevolta en décochant un regard noir aux garçons et, dès que Will entrevit la mèche violette dans ses cheveux, il se rappela où il l'avait vue. Sauf qu'elle portait maintenant un tee-shirt ultralarge avec un poisson imprimé.

— Fini la bagarre ! On arrête tout ! Vous voyez pas que vous avez fait mal à ce gamin ?

Elle s'interposa alors entre Scott et Marcus et se pencha sur le gosse en larmes, qui avait été renversé dans la bousculade. Il avait dans les trois ou quatre ans et portait un tee-shirt orange. Elle s'adressa à lui d'une voix douce, avec un sourire rassurant.

— Tout va bien, mon cœur ? Où est ta maman ? Viens, on va la chercher, O.K. ?

Le gamin sembla se focaliser un instant sur le tee-shirt de la fille.

— C'est Nemo, dit-elle. Lui aussi, il s'est perdu. T'aimes bien Nemo ?

Peu concernée par la tension ambiante, une femme avec un bébé dans les bras se frayait un chemin dans la foule, en criant d'un air affolé :

— Jason ? Où es-tu ? Vous n'avez pas vu un petit garçon ? Blond avec un tee-shirt orange ?

Le soulagement s'afficha sur son visage quand elle aperçut son fils, qu'elle se hâta de rejoindre.

— Faut pas te sauver comme ça, Jason ! Tu m'as fait peur. Tu n'as rien ?

— Nemo, dit-il en montrant la fille.

La mère se tourna en la remarquant pour la première fois.

— Merci... Il s'est éloigné pendant que je changeais le bébé, et...

— Tout va bien, dit la fille en hochant la tête. Il n'a rien.

Will regarda la mère s'en aller avec ses enfants, puis se tourna de nouveau vers la fille et la vit sourire gentiment au bambin. Quand ils furent assez loin, elle sembla soudain se rendre compte que tout le monde avait les yeux braqués sur elle. Elle croisa les bras d'un air gêné, tandis que les gens s'écartaient pour faire place à un officier de police.

Marcus marmonna aussitôt quelque chose à Scott avant de se fondre dans la foule. Teddy et Lance l'imitèrent. Blaze tourna les talons pour leur emboîter le pas, mais la fille à la mèche violette la retint par le bras, à la grande surprise de Will.

— Attends ? Vous allez où ? lui cria-t-elle.

— Bower's Point, répondit Blaze, qui se dégagea en reculant.

— C'est où ?

— Descends sur la plage et tu finiras par trouver, dit Blaze qui s'empressa de rattraper Marcus.

La fille parut hésiter. Entretemps la tension se dissipait aussi vite qu'elle était montée un peu plus tôt. Scott redressa la table et le tabouret, puis se dirigea vers Will au moment où la fille était rejointe par un homme qui devait être son père.

— Ah, te voilà ! s'exclama-t-il d'un ton mi-soulagé mi-exaspéré. On t'a cherchée partout. T'es prête à rentrer ?

La fille, qui regardait Blaze s'éloigner, n'était visiblement pas ravie de le voir.

— Non, répondit-elle simplement.

Sur ces paroles, elle joua des coudes parmi les promeneurs et prit la direction de l'escalier menant à la plage. Un jeune garçon s'approcha du père en lui disant :

— Elle doit pas avoir faim, j'imagine...

L'homme le prit par l'épaule en regardant sa fille descendre les marches sans se retourner.

— Sans doute, dit-il.

— Non, mais t'as vu ça ? explosa Scott en écartant Will de la scène qu'il ne semblait pas pouvoir quitter des yeux. J'étais à deux doigts de tabasser ce cinglé, ajouta-t-il, encore tout excité par sa montée d'adrénaline.

— Euh... ouais, répondit Will. Je suis pas sûr que Teddy et Lance t'auraient laissé faire.

— Ils n'auraient rien tenté. Ces mecs, c'est que de la frime.

Will n'en était pas certain, mais se garda de tout commentaire.

Scott reprit son souffle.

— Bouge pas. Le flic se pointe.

Le policier s'approcha d'eux lentement, tentant manifestement d'évaluer la situation.

— Qu'est-ce qui se passe ?

– Rien, m'sieur l'agent, répondit Scott d'un ton réservé.

– On m'a signalé une bagarre.

– Non, m'sieur.

L'air sceptique, l'agent attendait que les langues se délient. Ni Scott ni Will ne pipèrent mot. Sur ces entrefaites, des clients avaient envahi le stand à condiments et s'affairaient sur leurs hamburgers. Le policier scruta tout ce petit monde, histoire de s'assurer qu'aucun détail ne lui échappait, puis son visage s'illumina en reconnaissant quelqu'un qui se trouvait derrière Will.

– C'est toi, Steve ? lança-t-il.

Will le regarda s'avancer vivement vers le père de la fille.

Ashley et Cassie s'approchèrent alors. Cassie avait les joues toutes rouges.

– Tu n'as rien ? demanda-t-elle, un peu agitée.

– Tout va bien, répondit Scott.

– Ce gars est cinglé. Qu'est-ce qui s'est passé ? J'ai pas vu comment ça a démarré.

– Il m'a lancé un truc, et j'ai pas voulu le laisser faire. Ras le bol ! Il s'imagine que tout le monde a peur de lui et qu'il peut tout se permettre, mais la prochaine fois qu'il me cherche... ça sera pas joli à voir !

Will ne l'écoutait déjà plus. Il fallait toujours que Scott la ramène... Idem pendant les matchs de volley, et Will avait appris depuis belle lurette à l'ignorer.

En détournant le regard, il aperçut l'agent qui bavardait avec le père de la fille. Pourquoi tenait-elle tant à le fuir ? Et à traîner avec Marcus ? Elle n'avait pourtant rien de commun avec cette bande. Will se dit qu'elle ne devait sans doute pas savoir où elle mettait les pieds.

Tandis que Scott continuait à jacasser, certifiant à Cassie qu'il aurait facilement pu venir à bout des trois garçons,

Will se surprit à tendre l'oreille pour écouter la conversation entre le policier et le père de la fille.

— Alors, Pete, quoi de neuf ? disait ce dernier.

— La routine, répondit l'agent. Je fais de mon mieux pour garder la situation sous contrôle. Et le vitrail, ça avance ?

— Lentement.

— C'est ce que tu m'as répondu la dernière fois.

— Ouais, mais j'ai désormais une arme secrète. C'est mon fils, Jonah. Il va être mon assistant cet été.

— Ah ouais ? C'est bien, bonhomme... Et ta fille, elle n'était pas censée venir aussi, Steve ?

— Elle est bien là.

— Ouais, mais elle a encore filé, ajouta le gamin. Elle est drôlement en pétard contre papa.

— Désolé de l'apprendre...

Will observa le père qui pointait un index en direction de la plage.

— Tu as une idée de l'endroit où ils pourraient aller ?

L'officier plissa les yeux en balayant la grève du regard.

— Bah... un peu n'importe où, j'imagine. Mais il y a deux ou trois fauteurs de trouble dans le lot. Surtout Marcus. Tu n'as pas envie de voir ta fille en sa compagnie, crois-moi.

Alors que Scott fanfaronnait encore devant une Cassie et une Ashley subjuguées, Will fit comme s'il n'existait pas et éprouva l'envie soudaine d'interpeller l'officier de police. Il savait que ce n'était pas son rôle d'intervenir, d'autant plus qu'il ne connaissait pas la fille et ignorait pourquoi elle avait filé. Peut-être qu'elle avait de bonnes raisons... Mais en voyant le père dont l'inquiétude se lisait sur le visage, Will se rappela la gentillesse et la patience avec lesquelles elle s'était occupée du gamin, tout à l'heure, et les mots lui échappèrent malgré lui :

— Elle est partie à Bower's Point !

Scott s'interrompit en pleine phrase, tandis qu'Ashley lorgnait Will en fronçant les sourcils. Les trois autres le dévisagèrent d'un air confus.

— C'est bien votre fille, non ?

Comme le père hochait légèrement la tête, il enchaîna :

— Elle va à Bower's Point.

Le policier le fixa encore, puis s'adressa de nouveau au père.

— Quand j'aurai terminé ici, j'irai lui parler et je tâcherai de la convaincre de rentrer à la maison, O.K. ?

— Tu n'es pas obligé de faire ça, Pete.

L'agent observa le groupe qui marchait sur la plage.

— Je crois qu'il vaut mieux que j'intervienne.

Sans pouvoir en expliquer la raison, Will éprouva un étrange soulagement. Cela dut se voir sur son visage, car ses amis le dévisagèrent, intrigués, lorsqu'il se tourna vers eux.

— À quoi tu joues, là ? demanda Scott.

Will ne répondit pas. Lui-même ne comprenait pas son attitude.

– 6 –

Ronnie

D'ordinaire, Ronnie aurait sans doute apprécié ce genre de soirée. À New York, avec toutes les lumières de la ville, on ne parvenait pas à voir distinctement les étoiles dans le ciel, ici c'était tout le contraire. En dépit de la brume marine, Ronnie pouvait admirer la Voie lactée et, juste au sud, Vénus qui scintillait. Les vagues s'enroulaient et se brisaient régulièrement sur la grève, tandis que vacillaient à l'horizon les lueurs d'une demi-douzaine de crevettiers.

Mais cette soirée n'avait rien d'ordinaire. Debout sur la véranda, Ronnie lança un regard noir au policier. Elle était furax.

Rectification... pas furax, mais à deux doigts d'exploser. Elle venait d'être victime de... *surprotection parentale à la limite de l'étouffement !*

Sur le coup, elle avait simplement envisagé de rejoindre en stop la gare routière la plus proche, puis de rentrer à New York par le premier bus. Elle n'en parlerait ni à son père ni à sa mère, mais appellerait Kayla. Arrivée là-bas, elle aviserait. Peu importe sa décision, ça ne serait pas pire que ce qu'elle vivait en ce moment.

Mais c'était impossible. Pas en présence de l'agent Pete.

Il se tenait derrière elle maintenant, histoire de s'assurer qu'elle entrait bien dans la maison.

Ronnie n'en revenait toujours pas. Comment son père avait-il pu lui faire une chose pareille... à elle qui était la chair de sa chair ? Quasiment adulte, elle n'avait rien fait de mal, et il n'était même pas encore minuit. Alors, où était le problème ?

Oh bien sûr, au début l'agent Pete avait maquillé ça en intervention de routine pour les faire déguerpir de Bower's Point – ce qui n'étonnait pas les autres –, mais ensuite il s'était dirigé droit sur elle !

– Je te ramène chez toi, avait-il annoncé en s'adressant à Ronnie comme à une gamine de huit ans.

– Non, merci, répondit-elle.

– Dans ce cas, je vais devoir t'arrêter pour vagabondage, et c'est ton père qui viendra te récupérer au poste.

Ronnie crut mourir de honte en comprenant soudain que son père avait tout manigancé.

O.K., elle avait eu des problèmes avec sa mère et ne respectait pas toujours la permission de minuit. Mais jamais, pas une seule fois, sa mère n'avait lancé les flics à ses trousses !

Sur la véranda, l'officier de police interrompit ses pensées.

– Allez, entre, insista-t-il en lui faisant comprendre que si elle n'ouvrait pas la porte il s'en chargerait.

Ronnie entendit le bruit étouffé du piano à l'intérieur et reconnut la *Sonate en* mi *mineur* d'Edvard Grieg. Elle prit une profonde inspiration avant d'ouvrir la porte, puis la fit claquer en la refermant derrière elle.

Son père s'arrêta de jouer et leva les yeux sur elle, qui le fusilla du regard.

– Tu m'as carrément envoyé les flics ?

Son père ne dit rien, mais son silence parlait pour lui.

— Comment t'as pu me faire ça ?

Toujours pas de réponse.

— C'est quoi, ton problème ? Tu veux pas que je m'amuse ? Tu me fais pas confiance ? T'as toujours pas pigé que je voulais pas venir ?

Son père joignit les mains sur ses genoux.

— Je sais que tu n'as pas envie d'être là...

Elle fit un pas en avant, le regard toujours aussi assassin.

— Alors, t'as décidé de m'empoisonner la vie par-dessus le marché ?

— Qui est Marcus ?

— On s'en tape ! hurla-t-elle. Là n'est pas la question ! Tu vas pas surveiller chaque personne à laquelle j'adresse la parole... Et n'essaye même pas, d'abord !

— Je n'essaye pas...

— Je déteste être ici ! T'as pas compris ? Et je te déteste aussi ! hurla-t-elle en le défiant, dans l'espoir qu'il la contredise pour pouvoir le lui répéter.

Mais son père se tut une fois de plus. Elle avait horreur de ce genre de faiblesse. De rage, elle traversa la pièce pour rejoindre l'alcôve, s'empara de la photo la représentant en train de jouer du piano — celle avec son père auprès d'elle sur le tabouret — et la lança à travers le séjour. Il sursauta légèrement au son du verre qui se brisait, puis resta muet.

— Ben quoi ? T'as rien à dire ?

Il s'éclaircit la voix, puis :

— Ta chambre est la première sur la droite.

Sans même le gratifier d'une remarque, elle partit en trombe dans le couloir, bien décidée à ne plus rien avoir à faire avec lui.

— Bonne nuit, ma puce ! lança-t-il. Je t'aime.

Un bref instant, juste quelques secondes, elle s'en voulut

de ses paroles dures pour son père, mais ses regrets s'évanouirent aussitôt. À croire qu'il ne s'était même pas rendu compte de la colère de Ronnie... Elle l'entendit se remettre à jouer, en reprenant le morceau à l'endroit précis où il s'était arrêté.

Dans la chambre – facile à trouver, vu qu'il n'y avait que trois portes dans le couloir, dont une pour la salle de bains et l'autre pour la chambre de son père –, Ronnie alluma la lumière. En poussant un soupir rageur, elle ôta ce ridicule tee-shirt Nemo qu'elle avait presque oublié.

Elle venait de vivre la pire journée de son existence.

Bon, O.K... Ronnie n'était pas idiote et savait pertinemment qu'elle dramatisait. Malgré tout, elle avait connu des jours meilleurs. La seule chose sympa de ces dernières vingt-quatre heures, sa rencontre avec Blaze... Elle espérait donc avoir au moins quelqu'un avec qui passer du temps cet été.

En supposant, bien sûr, que Blaze ait toujours envie de la fréquenter. Après la « descente de police » organisée par son père, Ronnie pouvait en douter. Blaze et le reste de la bande devaient encore en discuter. Et en rigoler ! C'était le genre de truc que Kayla lui ressortirait pendant des années.

Tout ça lui donnait la nausée. Elle jeta le tee-shirt Nemo dans un coin – elle n'était pas près de le remettre, celui-là ! –, puis commença à ôter le tee-shirt du concert qu'elle avait gardé en dessous.

– Avant que ça me dégoûte trop, je te préviens quand même que je suis là...

Ronnie fit un bond en découvrant Jonah qui la regardait.

– Dégage ! hurla-t-elle. Qu'est-ce que tu fais là ? C'est ma chambre !

— Non, c'est *notre* chambre, précisa-t-il. Tu vois ? Il y a deux lits, ajouta-t-il en les montrant.

— Pas question que je partage la même pièce que toi !

Il pencha la tête sur le côté.

— T'as l'intention de dormir dans la chambre de papa ?

Elle ouvrit la bouche pour répliquer, envisagea de s'installer dans le salon... puis réalisa aussitôt qu'elle n'allait pas y retourner et referma la bouche sans piper mot. Elle s'approcha de sa valise en tapant du pied, l'ouvrit en tirant d'un coup sec sur la fermeture Éclair. *Anna Karénine* était posé sur ses affaires ; elle écarta l'ouvrage et chercha son pyjama.

— Je suis monté sur la grande roue, reprit Jonah, histoire de parler. C'était sympa de se retrouver là-haut. C'est comme ça que p'pa t'a retrouvée.

— Super.

— C'était génial. T'y es montée ?

— Non.

— T'aurais dû. Je voyais tout jusqu'à New York.

— Ça m'étonnerait.

— Bien sûr que si. Je vois drôlement loin. Avec mes lunettes, bien sûr. P'pa dit que j'ai des yeux de lynx.

— Ouais, c'est ça...

Jonah se tut et saisit le nounours qu'il avait apporté. Celui qu'il serrait fort dans ses bras pour se rassurer quand il perdait pied, et Ronnie grimaça en regrettant ses paroles. Parfois, son frère s'exprimait de telle manière qu'on s'imaginait avoir affaire à un adulte ; mais lorsqu'il agrippa son nounours, elle sut qu'elle n'aurait pas dû lui parler aussi durement. Bien qu'il soit précoce, avec une langue parfois un peu trop bien pendue, il était plutôt petit pour son âge et on lui donnait six ou sept ans au lieu de dix. Il était né deux mois avant terme, avec de l'asthme, une mauvaise vue et des petits problèmes de coordination motrice. Ronnie savait que les gosses de sa classe se montraient parfois cruels envers lui.

— C'est pas ce que je voulais dire, reprit-elle. Avec tes lunettes, c'est sûr que t'as des yeux de lynx.

— Ouais, j'y vois mieux maintenant, marmonna-t-il.

Mais quand il s'allongea et se tourna vers le mur, elle eut un nouveau pincement au cœur. C'était un brave gamin. Un vrai casse-pieds par moments, mais pas bien méchant, au fond.

Elle s'approcha du lit de son frère et s'assit à côté de lui.

— Excuse-moi... Je voulais pas te vexer. J'ai passé une mauvaise soirée, c'est tout.

— Je sais.

— T'es monté sur les autres manèges ?

— P'pa m'a emmené presque partout. Il a failli vomir, mais moi non. Et dans la maison hantée, j'ai même pas eu peur. Je voyais bien que les fantômes étaient faux.

Elle lui tapota la cuisse en disant :

— T'as toujours été supercourageux.

— Ouais. Comme le jour où y a eu la panne d'électricité dans l'appart ? T'avais la trouille ce soir-là. Ben, pas moi.

— Je me souviens.

La réponse de sa sœur parut le satisfaire et il se tut. Quand il reprit la parole, il murmurait presque :

— M'man te manque ?

— Ouais, admit Ronnie.

— Elle me manque un peu à moi aussi. Et pis ça me plaisait pas trop de me retrouver ici tout seul.

— P'pa dort dans l'autre chambre.

— Je sais. Mais je suis quand même content que tu sois rentrée.

— Moi aussi.

Il sourit, puis son visage s'assombrit à nouveau.

– Tu crois que m'man va bien ?

– Elle va très bien, lui assura-t-elle, en remontant les couvertures pour le border. Mais je sais que tu lui manques aussi.

Le lendemain, comme le soleil jouait à cache-cache à travers le rideau, Ronnie mit quelques secondes avant de comprendre où elle était. Elle se redressa pour lorgner le réveil en papillonnant des paupières.

J'hallucine ! Huit heures du matin ? En plein été ?

Elle se laissa retomber lourdement sur les oreillers, pour se retrouver les yeux grands ouverts à contempler le plafond, sachant déjà qu'elle ne pourrait plus dormir. Pas avec ces rayons de soleil qui transperçaient les vitres comme des pics à glace ! Et son père qui pianotait déjà comme un malade au salon ! Elle se rappela alors l'épisode de la veille au soir et sa colère refit surface.

Une nouvelle journée de rêve s'annonçait...

Par la fenêtre, Ronnie perçut au loin un rugissement de moteurs. Elle se leva du lit et écarta le rideau, avant de faire aussitôt un bond en arrière... surprise par la vue d'un raton laveur juché sur un sac poubelle éventré. Si les ordures éparpillées la dégoûtaient, en revanche, elle trouvait l'animal mignon, aussi tapota-t-elle sur le carreau pour tenter d'attirer son attention. Ce fut seulement à cet instant qu'elle remarqua les barreaux à la fenêtre.

Des barreaux !

Je suis prise au piège...

Serrant les dents, elle fit volte-face, sortit de sa chambre comme une furie pour rejoindre le séjour. Jonah regardait des dessins animés en mangeant un bol de céréales ; son père jeta un œil sur elle, mais continua de jouer.

Les mains sur les hanches, Ronnie attendit qu'il s'arrête. En vain. Elle remarqua au passage que la photo qu'elle avait jetée à terre avait retrouvé sa place sur le piano, mais sans le verre.

— Tu peux pas me garder enfermée tout l'été, dit-elle. C'est hors de question !

Son père releva la tête, sans pour autant cesser de jouer.

— Mais de quoi tu parles ?

— T'as mis des barreaux à la fenêtre ! Comme si j'étais ta prisonnière ?

Tout en regardant son dessin animé, Jonah mit son grain de sel :

— Je t'ai dit que ça la rendrait folle.

Steve secoua la tête, ses mains pianotant toujours sur le clavier.

— C'est pas moi qui les ai installés. Ils faisaient déjà partie de la maison.

— Je te crois pas.

— C'est vrai, intervint Jonah. Pour protéger les œuvres d'art.

— Toi, je t'ai pas sonné ! lâcha-t-elle avant de s'adresser à nouveau à son père. Que ce soit bien clair ! Tu vas pas passer l'été à me traiter comme si j'étais encore une gamine ! J'ai dix-huit ans !

— Tu les auras pas avant le 20 août, observa son frère dans son dos.

— Tu veux bien rester en dehors de tout ça ! lui cria-t-elle en se retournant. C'est une discussion entre papa et moi.

Jonah plissa le front.

— M'enfin, t'as pas encore dix-huit ans...

— C'est pas le problème !

– J'ai cru que t'avais oublié...

– J'ai pas oublié ! Je suis pas idiote.

– Mais tu as dit...

– Tu veux bien la boucler deux secondes ? rétorqua-t-elle, incapable de masquer son exaspération. (Son regard revint sur son père qui jouait toujours, sans rater la moindre note.) Ce que t'as fait hier soir, c'était...

Elle s'interrompit, à court de mots pour qualifier ce qu'elle avait l'impression de vivre depuis son arrivée, puis enchaîna :

– Je suis assez grande pour prendre mes propres décisions. Ça te dépasse ou quoi ? T'as renoncé au droit de me dire ce que je devais faire le jour où t'es parti. Est-ce que tu veux bien m'écouter, s'il te plaît ?

Son père cessa tout à coup de jouer.

– J'aime pas trop ton petit manège.

– Quel manège ? s'enquit-il, visiblement confus.

– Ça ! Tu joues du piano chaque fois que je suis là. Ça m'est égal que tu crèves d'envie de me voir jouer. Je ne rejouerai plus. Surtout pas pour toi !

– O.K.

Elle attendit la suite... qui ne vint pas.

– C'est tout ? demanda-t-elle. T'as pas autre chose à dire ?

Son père parut réfléchir, puis :

– Tu veux prendre ton petit déjeuner ? J'ai fait griller du bacon.

– Du bacon ? répéta-t-elle. T'as fait griller du *bacon* ?

– Oh, oh..., fit Jonah.

Le père et le fils échangèrent un regard.

– Elle est végétarienne, p'pa, expliqua Jonah.

– Vraiment ? dit Steve.

Jonah répondit pour sa sœur :

– Depuis trois ans. Mais elle est bizarre parfois, alors faut pas s'étonner.

Ronnie les dévisagea à tour de rôle, interloquée qu'on puisse détourner ainsi la conversation. Il n'était pas question de bacon, mais de la soirée de la veille !

– En tout cas, reprit-elle, sache que si par malheur tu envoies encore une fois la police pour me ramener à la maison, non seulement je refuserai de jouer du piano et de rentrer... mais je ne t'adresserai plus jamais la parole. Et si tu me crois pas, ben t'as qu'à essayer ! J'ai déjà passé trois ans sans te dire un mot, et franchement, y a rien de plus simple !

Sur ces paroles, elle quitta la pièce en tapant du pied. Vingt minutes plus tard, après s'être douchée et changée, elle franchissait la porte d'entrée.

En marchant sur le sable, elle regretta aussitôt de ne pas avoir mis un short.

Il fait déjà chaud et l'air était chargé d'humidité. Sur la plage, des gens se prélassaient sur leurs serviettes ou jouaient dans les rouleaux. Près de la jetée, elle repéra une dizaine de surfeurs qui flottaient sur leurs planches, dans l'attente de la vague parfaite.

Un peu plus haut, la fête foraine avait disparu. Manèges et stands avaient été démontés pour ne laisser que des détritus. Ronnie se mit en route et s'aventura dans le petit quartier commerçant de la ville. Aucun des magasins n'était encore ouvert, mais elle ne mettrait jamais les pieds dans la plupart d'entre eux... Bazar de plage pour touristes, deux ou trois boutiques avec des fringues qui auraient éventuellement plu à sa mère, ainsi qu'un Burger King et un MacDo, deux endroits où elle refusait d'entrer par principe. Ajoutez à cela un hôtel et une demi-douzaine de restaurants et de bars haut de gamme, et vous aviez quasiment fait le tour du centre-ville. En définitive, les seuls commerces locaux intéressants se limitaient à un magasin pour le surf, un disquaire et un snack à l'ancienne, qu'elle pourrait fréquenter avec ses amis... si d'aventure elle s'en faisait.

Elle revint vers la plage et descendit la dune, en notant au passage que le nombre des baigneurs avait décuplé. Le temps était magnifique, avec une légère brise, le ciel d'un bleu profond et sans nuages. Si Kayla l'avait accompagnée, Ronnie aurait même envisagé de passer la journée au soleil. Toutefois, Kayla n'était pas là et Ronnie n'allait pas enfiler son maillot et s'asseoir toute seule sur le sable. Mais que faire d'autre dans le coin ?

Peut-être qu'elle pourrait essayer de trouver un job. Ça lui donnerait une excuse pour sortir. Cependant, elle n'avait vu aucune affichette dans les vitrines du centre-ville, indiquant qu'ils cherchaient du personnel. Il y avait forcément quelqu'un qui embauchait, non ?

– T'es rentrée sans encombre ? Ou bien le flic t'a fait des avances ?

Ronnie se tourna et vit Blaze qui l'observait du haut de la dune. Perdue dans ses pensées, elle ne l'avait même pas remarquée.

– Non, il m'a pas draguée.

– Oh, alors c'est toi qui lui as fait des avances ?

Ronnie croisa les bras.

– Ça y est... T'as fini ?

Blaze haussa les épaules d'un air espiègle et Ronnie sourit.

– Alors, qu'est-ce qui s'est passé après mon départ ? Vous avez fait un truc sympa ?

– Non. Les gars sont partis je sais pas trop où. Et moi j'ai fini par pieuter à Bower's Point.

– T'es pas rentrée chez toi ?

– Non, dit Blaze qui se releva en époussetant son jean. T'as de l'argent ?

– Pourquoi ?

– J'ai rien avalé depuis hier matin. J'ai un peu la dalle.

7

Will

Vêtu de sa combinaison et debout dans la fosse sous le Ford Explorer, Will regardait l'huile s'écouler, tout en faisant de son mieux pour ignorer Scott. Facile à dire... Depuis qu'ils étaient arrivés au travail ce matin, Scott n'arrêtait pas de le relancer sur la soirée de la veille.

— T'avais une vision complètement fausse de la situation, figure-toi, continua-t-il en changeant de tactique, tandis qu'il récupérait trois bidons d'huile pour les poser sur l'étagère voisine. Il y a une différence entre *passer la nuit ensemble* et *se remettre en couple*.

— On n'a pas encore fait le tour de la question ?

— Le sujet serait clos si tu faisais fonctionner tes neurones. Mais d'après moi, c'est évident que t'étais paumé. Ashley n'a pas envie de se remettre avec toi.

— J'étais pas paumé du tout, affirma Will en s'essuyant les mains à l'aide d'une serviette. C'est *exactement* ce qu'elle m'a demandé.

— C'est pas ce que m'a dit Cassie.

Will posa sa serviette de côté et s'empara de sa bouteille d'eau. L'atelier de son père était spécialisé dans la pose de plaquette de freins, les vidanges, les révisions et l'équilibrage des roues avant-arrière, et son père tenait à ce que l'endroit demeure d'une propreté étincelante. Malheureusement, il ne jugeait pas la clim indispensable, et en été la température oscillait entre celle du désert de Mojave et du Sahara. Will but une longue gorgée et termina la bouteille, avant de tenter une nouvelle fois de se faire comprendre de Scott. Ce dernier se révélait de loin la personne la plus têtue qu'il ait jamais connue. Ce gars pouvait réellement le rendre dingue.

— Tu connais pas Ashley autant que moi, soupira-t-il. En plus, c'est bel et bien fini entre elle et moi. Je comprends pas pourquoi tu t'acharnes à parler de ça.

— À part le fait que Harry n'a pas rencontré Sally hier soir, tu veux dire ? Parce que je suis ton pote et je veux que tu sois bien dans ta peau. J'ai envie que tu profites de cet été. Et moi aussi... et si possible en m'éclatant avec Cassie.

— Alors, sors avec elle !

— Si seulement c'était aussi simple. J'ai bien tenté le coup hier soir, tu vois. Mais Ashley était tellement retournée que Cassie n'a pas voulu la laisser seule.

— Je suis franchement désolé que ça n'ait pas marché.

— Mouais, tu parles...

À présent, l'huile s'était complètement écoulée. Will saisit les bidons et remonta les marches, tandis que Scott restait dans la fosse pour dévisser le bouchon et vider l'huile usée dans la cuve de récupération pour recyclage. Comme Will ouvrait un premier bidon et disposait l'entonnoir, il jeta un œil à son ami en contrebas.

— Au fait, t'as vu la fille qui a interrompu la bagarre ? Celle qui s'est occupée du gosse que la mère cherchait partout ?

Scott mit un petit moment à se remémorer l'épisode.

— Tu parles du vampire avec le tee-shirt de dessin animé ?

— C'était pas un vampire.

— Ouais, je l'ai vue. Plutôt petite, avec une atroce mèche violette dans les cheveux, du vernis noir sur les ongles ? T'as renversé son soda sur elle, tu te rappelles ? Elle a dû trouver que tu sentais mauvais.

— Quoi ?

Tout en vérifiant le carter, Scott reprit la parole :

— Je dis seulement que t'as pas remarqué son expression après l'avoir bousculée, mais moi si ! Elle était pressée de mettre les voiles. Tu devais puer du bec, je parie.

— Elle est allée s'acheter un tee-shirt.

— Et alors ?

Will ajouta le deuxième bidon d'huile.

— Ben... je sais pas. Elle m'a étonné, c'est tout. Et c'est la première fois que je la vois dans le coin.

— Je répète. Et alors ?

Le hic, c'est que Will ignorait au juste ce que lui inspirait cette nana. D'autant qu'il en savait très peu sur elle. O.K., elle était jolie – il l'avait remarqué tout de suite, malgré la mèche violette et le mascara sombre –, mais la plage grouillait de jolies filles. Ce n'était pas non plus son intervention pour stopper la bagarre qui l'avait frappé. En revanche, il ne cessait de se remémorer la douceur avec laquelle elle s'était occupée du petit. Will avait entrevu un surprenante tendresse sous la façade rebelle, et ça avait aiguisé sa curiosité.

Elle n'était pas du tout comme Ashley. Non pas qu'Ashley soit quelqu'un de mauvais... mais elle n'en restait pas moins une fille plutôt superficielle, même si Scott ne voulait pas le croire. Dans le petit monde d'Ashley, chaque chose et chaque personne était classée dans une boîte avec une étiquette « populaire ou pas sympa », « cher ou bon marché », « riche ou pauvre », « beau ou moche ». Et Will avait fini par se lasser de ses jugements de valeur à l'emporte-pièce.

La fille à la mèche violette, en revanche...

Il comprit d'instinct qu'elle fonctionnait différemment. Il ne pouvait l'affirmer, bien sûr, mais l'aurait volontiers parié. Elle ne mettait pas les gens dans des cases, parce qu'elle-même refusait d'appartenir à telle ou telle classification, et ce comportement nouveau aux yeux de Will lui faisait l'effet d'une bouffée d'air frais, surtout s'il la comparait aux nanas qu'il avait connues au lycée Laney. Ashley en tête.

Bien qu'il ait du travail au garage, le souvenir de cette fille revenait de temps à autre le hanter. Plus souvent qu'il ne l'aurait cru.

Pas tout le temps... mais assez pour qu'il songe à vouloir la connaître un peu mieux. Et Will se demanda malgré lui s'il la reverrait.

8

Ronnie

Blaze l'entraîna dans le snack que Ronnie avait repéré en se promenant, et celle-ci reconnut que l'établissement ne manquait pas de charme, surtout si on aimait les années cinquante. Un comptoir à l'ancienne bordé de tabourets, un sol carrelé noir et blanc et des box en Skaï rouge usé qui se fendillait. Derrière le bar, le menu était écrit sur une ardoise, et, à ce que Ronnie pouvait en juger, seuls les tarifs avaient dû changer depuis une trentaine d'années.

Blaze commanda un cheeseburger, un milk-shake au chocolat et des frites ; incapable de se décider, Ronnie finit par se contenter d'un Diet Coke. Elle avait faim, mais doutait de la qualité de l'huile utilisée dans la friteuse... Être végétarienne ne lui facilitait pas la vie, à tel point qu'elle avait parfois envie d'abandonner.

Surtout lorsque son estomac grondait. Comme en ce moment.

Mais elle ne s'alimenterait pas dans cet endroit. Non pas parce qu'elle était du genre végétarienne-par-principe, mais plutôt végétarienne-qui-n'a-pas-envie-d'être-malade. Les autres pouvaient manger ce qu'ils voulaient, elle s'en moquait... mais chaque fois qu'elle songeait à la provenance de la viande, elle imaginait une vache dans une prairie ou Babe le cochon, et ça lui collait la nausée.

Blaze semblait toute contente, en revanche. Après avoir passé commande, elle s'adossa à la banquette.

— Comment tu trouves ce resto ? s'enquit-elle.

— Sympa. Un peu décalé.

— Je viens ici depuis toute gamine. Mon père m'y emmenait le dimanche après la messe et m'offrait un milk-shake au chocolat. C'est les meilleurs dans le coin. Les patrons achètent leur crème glacée dans une petite boîte de Géorgie, mais elle est d'enfer. Tu devrais en prendre un.

— J'ai pas faim.

— Menteuse, répliqua Blaze. J'ai entendu ton ventre gargouiller, m'enfin peu importe... Tant pis pour toi. Merci de m'inviter, au fait.

— Oh, c'est rien...

Blaze sourit et reprit :

— Bon alors, qu'est-ce qui s'est passé hier soir ? T'es... genre quelqu'un de célèbre ou un truc comme ça ?

— Pourquoi tu demandes ça ?

— À cause du flic qui t'a prise à part. Il a pas agi sans raison.

Ronnie grimaça.

— Je crois que mon père lui avait demandé de venir me chercher. Ce type savait même où j'habitais.

— J'échangerais pas ma place contre la tienne. Ça craint trop.

Comme Ronnie éclatait de rire, Blaze s'empara de la salière. Après avoir renversé un peu de sel sur la table, elle forma un petit tas avec les doigts.

— Qu'est-ce tu penses de Marcus ? demanda-t-elle.

— J'ai pas vraiment discuté avec lui. Pourquoi ?

Blaze parut choisir ses mots avec soin.

– Marcus ne m'a jamais appréciée, dit-elle. Quand j'étais plus jeune, je veux dire. Moi-même, je mentirais si je disais que je le trouvais sympa. Il était toujours un peu... mauvais, tu vois ? Et puis, je sais pas... il y a deux ou trois ans, les choses ont changé. Et quand j'ai vraiment eu besoin de quelqu'un, il a été là pour moi.

Ronnie observait le petit tas de sel qui grossissait.

– Et ?

– Je tenais à ce que tu le saches, c'est tout.

– O.K., dit Ronnie. Enfin... peu importe.

– Toi aussi ?

– Qu'est-ce que tu racontes ?

Tout en grattant le vernis noir de ses ongles, Blaze poursuivit :

– Dans le temps, je participais à des championnats de gym et pendant quatre ou cinq ans ç'a été le truc le plus important de ma vie. J'ai fini par abandonner à cause de mon entraîneur. Il était vachement dur, toujours à te reprocher tes erreurs, mais jamais un compliment quand tu réussissais ton enchaînement. Bref, un jour que j'exécutais une sortie, après avoir fini mes exercices sur la poutre, il s'est avancé et m'a gueulé dessus, en me disant que je m'étais mal réceptionnée, qu'y fallait que je m'immobilise, et des tas de trucs que j'avais entendus un million de fois. J'en ai eu marre, tu vois ? Alors, je lui ai simplement dit « Peu importe », et il m'a attrapé par le bras tellement fort que j'en ai eu des bleus. Il m'a rétorqué : « Tu sais ce que ça signifie, quand tu me balances "Peu importe !" à la figure ? C'est une façon codée de me dire "Va te faire foutre !" Et à ton âge, c'est pas le genre de choses qu'on réplique à n'importe qui... » Alors, maintenant, quand quelqu'un me dit « Peu importe », je réponds « Toi aussi ».

91

Au même moment, la serveuse leur apporta la commande, qu'elle disposa avec grâce et précision sur la table. Quand elle s'éloigna, Ronnie s'empara de son soda.

— Merci pour l'anecdote qui remonte le moral.

— Peu importe.

Ronnie s'esclaffa. Décidément elle appréciait son sens de l'humour.

Blaze se pencha alors vers elle en disant :

— C'est quoi, la chose la pire que t'aies jamais faite ?

— Pardon ?

— Sérieux. Je pose toujours cette question aux gens. Je trouve ça intéressant.

— O.K... Toi d'abord.

— Oh, fastoche. Quand j'étais petite, j'avais une voisine... Mme Banderson. Pas franchement aimable, mais pas la vieille sorcière non plus. Quand même pas le genre à se barricader chez elle pour Halloween quand on venait réclamer des bonbons... mais bon, hypermaniaque avec son jardin, tu vois ? Et sa pelouse ! Si on avait le malheur de la traverser en allant prendre le bus scolaire, elle sortait comme une furie de chez elle et braillait qu'on massacrait l'herbe. Un jour, au printemps, elle a planté des tas de fleurs dans son jardin. Par centaines. C'était magnifique. En face de chez elle habitait un gamin nommé Billy, qui lui non plus ne l'aimait pas trop... parce qu'une fois sa balle de base-ball avait atterri dans l'arrière-cour de cette bonne femme, et elle avait pas voulu la lui rendre. Alors, un beau jour que Billy et moi on farfouillait dans la remise de son jardin, on est tombés sur ce gros vaporisateur de Roundup. Le désherbant, tu sais ? Et le lendemain, à la nuit tombée, on s'est faufilés chez elle et on a aspergé toutes ses nouvelles fleurs avec le produit... Ne me demande pas ce qui nous a pris. J'imagine qu'à l'époque on s'est dit que ce serait marrant. Rien de bien grave. Suffisait qu'elle en achète d'autres, pas vrai ? Sur le coup, ça s'est pas vu, bien sûr. Il a fallu attendre un moment pour que ça fasse de l'effet. Et Mme Banderson continuait à s'en occuper chaque jour, à les arroser et à arracher les mauvaises herbes, jusqu'à ce qu'elle remarque que toutes ses fleurs flétrissaient. Au début, Billy et moi, ça nous faisait rigoler, et puis je me suis rendu compte qu'elle était devant chez elle au départ et au retour du bus scolaire, comme si elle se doutait d'un truc... Bref, à la fin de la semaine, toutes ses fleurs avaient crevé.

— C'est horrible ! s'exclama Ronnie, en gloussant malgré elle.

— Je sais. Et je m'en veux encore, quand j'y repense. Ça fait partie des choses de mon passé que j'aimerais pouvoir supprimer.

— Tu lui as jamais dit ? Ou t'as pas proposé de remplacer les fleurs ?

— Mes parents m'auraient tuée. Mais j'ai plus jamais traversé sa pelouse.

— Waouh...

— À ton tour, maintenant.

Ronnie prit le temps de réfléchir.

— J'ai pas parlé à mon père pendant trois ans.

— Je le sais déjà. Et c'est pas si terrible. Comme je te l'ai dit, moi aussi j'évite de parler à mon père. Et, la plupart du temps, ma mère n'a pas idée de l'endroit où je me trouve.

Ronnie détourna les yeux et découvrit une affiche de Bill Haley and The Comets au-dessus du juke-box.

— Dans le temps, je volais dans des magasins, avoua-t-elle en baissant la voix. Beaucoup. Pas des trucs déments. Juste pour me faire des frayeurs.

— Dans le temps ?

— Je le fais plus. Je me suis fait piquer. Deux fois, à vrai dire, mais la deuxième, c'était un accident. Je suis passée au tribunal, et ça reste dans mon casier judiciaire pendant un an. Pour l'essentiel, ça veut dire que si je me tiens à carreau, la plainte sera retirée.

Blaze reposa son burger.

— C'est tout ? C'est la pire chose que t'aies jamais faite ?

— Je n'ai jamais fait crever les fleurs de quelqu'un, si c'est ce que tu veux dire. Ou vandalisé quoi que ce soit.

— T'as jamais collé la tête de ton frangin dans la cuvette des toilettes ? Bousillé la voiture de tes parents ? Tondu le chat ou je sais pas quoi ?

Ronnie grimaça un sourire.

— Ben... non.

— T'es sans doute l'ado la moins drôle du monde.

Ronnie pouffa de plus belle et but une gorgée de soda.

— Je peux te poser une question ?

— Vas-y.

— Pourquoi t'es pas rentrée chez toi hier soir ?

Blaze prit une pincée du sel qu'elle avait mis en tas et en saupoudra ses frites.

— J'avais pas envie.

— Et ta mère ? Ça la rend pas folle ?

— Sûrement...

Sur le côté, la porte du snack s'ouvrit et Ronnie se tourna pour découvrir Marcus, Teddy et Lance se dirigeant vers leur box. Marcus portait un tee-shirt et une chaîne attachée à un passant de la ceinture de son jean.

Blaze glissa sur la banquette pour lui faire de la place, mais bizarrement ce fut Ted qui s'installa à son côté, tandis que Marcus s'assit tout près de Ronnie. Comme Lance prenait une chaise à une table voisine et la retournait avant de s'asseoir façon cavalier, Marcus tendit la main vers l'assiette de Blaze. Teddy et Lance s'attaquèrent aussitôt aux frites.

— Hé, c'est pour Blaze ! s'écria Ronnie en tentant de les empêcher. Allez vous en commander !

Marcus les dévisagea à tour de rôle.

— Ah ouais ?

— Pas de problème, dit Blaze en poussant l'assiette vers lui. Vraiment. Je pourrai pas tout manger, de toute manière.

Marcus s'empara du ketchup d'un air sûr de lui, signifiant qu'il avait obtenu gain de cause.

— Alors, vous discutiez de quoi, les filles ? À travers la vitrine, ça avait l'air passionnant.

— Rien de spécial, déclara Blaze.

— Laisse-moi deviner. Elle te parlait du petit copain sexy de sa mère et de leurs séances de gym nocturnes, pas vrai ?

Blaze se trémoussa avec gêne sur la banquette.

— Sois pas vulgaire.

Marcus regarda Ronnie droit dans les yeux.

— Blaze t'a raconté la fois où l'un des copains de sa mère s'est glissé dans sa chambre ? Sa mère lui a balancé un truc genre : « T'as un quart d'heure pour te barrer ! ».

— Boucle-la, O.K. ? C'est pas marrant. Et pis on parlait pas de lui.

— Peu importe, ricana-t-il.

Blaze attaqua son milk-shake, tandis que Marcus entamait le burger. Teddy et Lance continuèrent à manger les frites et, en quelques minutes, tous les trois avaient dévoré le contenu de l'assiette. Sous le regard consterné de Ronnie, Blaze ne dit rien... Et Ronnie ne comprenait pas pourquoi.

Ou plutôt, si... À l'évidence, Blaze ne voulait pas contrarier Marcus, alors elle le laissait faire ce qu'il voulait. Ronnie avait déjà observé ce genre d'attitude. Kayla, par exemple, même si elle se la pétait « fille libérée », se comportait de la même façon avec les mecs. Et en général, ils la traitaient plus bas que terre.

Mais pas question d'intervenir dans le cas présent. Ronnie savait que ça ne ferait qu'envenimer les choses.

Blaze sirota son milk-shake, puis le reposa sur la table.

— Bon... vous voulez faire quoi, ensuite ?

— Compte pas sur nous, grogna Teddy. Mon paternel a besoin de Lance et moi pour bosser aujourd'hui.

— Ils sont frères, précisa Blaze.

Ronnie les regarda attentivement, sans voir de ressemblance.

— Ah bon ?

Marcus acheva le burger et poussa l'assiette au milieu de la table.

— Je sais, dit-il. On a du mal à croire que des parents aient pu avoir des gosses aussi moches, hein ? En tout cas, leur famille possède un motel merdique de l'autre côté du pont. La plomberie doit bien avoir un siècle, et le boulot de Teddy consiste à déboucher les chiottes.

— Vraiment, dit Ronnie, alors qu'elle plissait le nez en imaginant le garçon à l'œuvre.

Marcus acquiesça.

— Ça craint, pas vrai ? Mais t'inquiète pas pour Teddy. Il est doué pour ça. Un vrai petit génie. En fait, il se régale. Et Lance ici présent... son job consiste à nettoyer les draps après le passage des clients qui viennent entre midi et deux.

— Beurk, grimaça Ronnie.

— Je sais, c'est carrément écœurant, renchérit Blaze. Et tu devrais voir certains de ceux qui louent la chambre à l'heure. Tu pourrais attraper une maladie rien qu'en entrant dans la pièce.

Ronnie ne savait pas trop comment réagir à cette remarque, aussi se tourna-t-elle vers Marcus.

— Et toi, tu fais quoi ?

— Tout ce qui me passe par la tête, répondit-il.

— Mais encore ? insista-t-elle comme pour le défier.

— Ça t'intéresse tant que ça ?

— Non, dit-elle d'un ton impassible. C'est juste pour savoir.

Teddy saisit la dernière frite qui restait dans l'assiette de Blaze.

— En fait, il traîne au motel avec nous. Dans sa chambre.

— T'as une chambre là-bas ?

— J'y vis, dit Marcus.

Une question lui brûlait les lèvres... *pourquoi ?* Et Ronnie attendait qu'il en dise davantage, mais il resta muet. Selon elle, il voulait sans doute qu'elle minaude un peu pour lui soutirer l'information. Ronnie se faisait peut-être des idées, mais elle eut soudain l'impression qu'il avait envie qu'elle s'intéresse à lui, qu'elle l'apprécie. Même en présence de Blaze.

Ses soupçons se vérifièrent lorsqu'il alluma une cigarette, souffla la fumée en direction de Blaze, puis se tourna vers Ronnie.

— Tu fais quoi ce soir ? demanda-t-il.

Ronnie s'agita sur la banquette, subitement mal à l'aise. Tout le monde, y compris Blaze, semblait suspendu à ses lèvres.

— Pourquoi ?

— On a prévu une petite fête à Bower's Point. Pas uniquement entre nous. Il y aura plein de gens. J'ai envie que tu viennes. Sans les flics, cette fois.

Blaze fixa la table, tout en tripotant son petit tas de sel. Comme Ronnie ne répondait pas, Marcus se leva et se dirigea vers la sortie sans se retourner.

9

Steve

— Hé, p'pa ! s'écria Jonah, debout derrière le piano, tandis que Steve disposait les assiettes de spaghettis sur la table. C'est une photo de toi avec papy et mamie ?

— Ouais, c'est mes parents.

— Je me souviens pas de celle-là. Elle était pas dans l'appart, je veux dire.

— Pendant longtemps, je l'ai gardée dans mon bureau à l'école.

— Oh ! fit Jonah en se penchant pour voir l'image de plus près. Tu ressembles un peu à papy.

La remarque laissait Steve perplexe.

— Peut-être...

— Il te manque ?

— C'était mon père... Alors, qu'est-ce que t'en penses ?

— Toi, tu me manquerais.

Tandis que Jonah venait à table, Steve se dit qu'il était content de sa journée, même si celle-ci avait été, somme toute, assez ordinaire. Ils avaient passé la matinée à l'atelier, où Steve avait appris à son fils comment découper le verre ; ils avaient mangé un sandwich sur la véranda et ramassé des coquillages en fin d'après-midi. Et Steve lui avait promis de l'emmener en balade à tombée de la nuit, pour observer à la lampe électrique les centaines d'araignées de mer qui sortaient de leur cachette et grouillaient sur le sable.

Jonah s'installa lourdement sur sa chaise et but une gorgée de lait, qui lui laissa une moustache blanche.

— Tu crois que Ronnie va bientôt rentrer ?

— J'espère.

Jonah s'essuya la bouche du dos de la main.

— Parfois, elle reste dehors drôlement tard.

— Je sais.

— Le policier va encore la ramener ?

Steve jeta un œil par la fenêtre ; le jour déclinait et l'océan prenait une teinte opaque. Il se demandait où sa fille pouvait bien être et ce qu'elle faisait.

— Non, répondit-il. Pas ce soir.

Après leur promenade sur la plage, Jonah prit une douche avant de se mettre au lit. Steve le borda et l'embrassa sur la joue.

— Merci pour cette superjournée, murmura-t-il à son fils.

— De rien, p'pa.

— Bonne nuit Jonah. Je t'aime.

— Moi aussi, p'pa.

Steve se redressa et se dirigea vers la porte.

— Hé, p'pa ?

— Oui ? dit Steve en se retournant.

— Ton père à toi... il t'emmenait voir les araignées de mer ?

— Non...

— Pourquoi ? C'était génial !

— C'était pas ce genre de père.

— Quel genre, alors ?

Steve réfléchit un instant.

— Il était *compliqué*...

Au piano, Steve se remémora cet après-midi, six ans plus tôt, où il avait pris la main de son père pour la première fois de sa vie et l'avait remercié de l'avoir élevé le mieux possible, en ajoutant qu'il ne lui reprochait rien, et que par-dessus tout il l'aimait.

Son père l'avait alors regardé droit dans les yeux. Malgré la morphine à haute dose qu'il absorbait, il gardait l'esprit clair. Il dévisagea Steve un long moment avant de retirer sa main.

— On dirait une bonne femme, quand tu parles comme ça.

Ils se trouvaient dans une chambre d'hôpital. Son père y était soigné depuis trois jours, avec des perfusions aux bras, et n'avait pas avalé de nourriture solide depuis plus d'un mois. Ses joues étaient creusées, et sa peau translucide. De près, Steve avait l'impression que l'haleine de son père sentait déjà la mort, un autre signe que le cancer criait victoire.

Il se tourna vers la fenêtre. À l'extérieur, juste le bleu du ciel, telle une sorte de bulle étanche entourant la pièce. Aucun oiseau, aucun nuage, aucun arbre alentour. Derrière lui, le bip régulier du moniteur cardiaque... à croire que son père allait vivre vingt ans de plus. Mais ce n'était pas son cœur qui flanchait.

— Comment va-t-il ? lui demanda Kim ce soir-là, au téléphone.

— Pas très fort, dit Steve. J'ignore le temps qu'il lui reste, mais...

Sa voix s'évanouit. Il imaginait Kim à l'autre bout du fil, près de la cuisinière, préparant le dîner, le combiné coincé entre l'oreille et l'épaule. Elle ne tenait jamais en place quand elle téléphonait.

— Quelqu'un d'autre est passé le voir ?

— Non, répondit-il

Steve omit de préciser qu'à en croire les infirmières, son père n'avait reçu aucune visite.

— Tu as pu lui parler ?

— Oui, mais pas longtemps. Il était inconscient la majeure partie de la journée.

— Tu as suivi mon conseil ?

— Oui.

— Et il a répondu quoi ? Qu'il t'aimait, lui aussi ?

Steve connaissait la réponse qu'elle souhaitait entendre. Il se trouvait alors dans la maison de son père et regardait les photos posées sur la cheminée : la famille après le baptême de Steve, le mariage de Steve et Kim, Ronnie et Jonah petits. Les cadres étaient poussiéreux, à croire qu'on n'y avait pas touché depuis des années. Il savait que c'était sa mère qui les avait disposés là et, tout en les regardant, il se demanda ce que son père en pensait, ou même s'il y prêtait la moindre attention.

— Oui, répondit enfin Steve. Il a dit qu'il m'aimait.

— Je suis contente, avoua-t-elle, soulagée et satisfaite, comme si la réponse de Steve lui annonçait une vérité incontournable. Je sais combien c'était important pour toi.

Steve avait grandi dans une maison blanche de style ranch, entourée de demeures identiques, dans la partie de l'île qui donnait sur l'Intracoastal Waterway[1]. C'était une villa de

---

1. Voie navigable intérieure qui longe la côte Est des États-Unis et une grande partie du golfe du Mexique *(N.d.T.)*.

taille modeste, avec deux chambres, une seule salle de bains et un garage séparé qui abritait les outils de son père et où flottait toujours une odeur de sciure. Sous le chêne vert noueux qui conservait ses feuilles tout au long de l'année, l'arrière-cour ne voyait jamais le soleil, aussi sa mère entretenait-elle son jardin potager sur le côté de la maison. Elle y cultivait tomates, oignons, navets, haricots, choux et maïs... tant et si bien que l'été venu on ne voyait plus la route depuis la fenêtre du salon. Parfois, Steve entendait les voisins s'en plaindre à mi-voix, sous prétexte que l'immobilier perdait de sa valeur dans le quartier, mais sa mère replantait ses fruits et légumes chaque printemps et personne n'en toucha jamais un mot à son père. Ils savaient, comme lui, que ça ne leur aurait attiré que des ennuis. En outre, ils appréciaient son épouse, et tous pouvaient fort bien avoir un jour ou l'autre recours aux services de son père.

Si ce dernier était menuisier de métier, il possédait aussi un don pour tout réparer. Au fil des années, Steve l'avait vu remettre en état radios, télévisions, moteurs de voitures ou de tondeuses à gazon, tuyaux qui fuyaient, gouttières branlantes, fenêtres cassées, et même un jour les presses hydrauliques d'une petite usine qui fabriquait des outils, installée à la frontière de l'État. Il n'était jamais allé au lycée, mais témoignait d'une aptitude naturelle pour la mécanique et la construction. Le soir, quand le téléphone sonnait, son père décrochait toujours, car l'appel lui était en général destiné. La plupart du temps, il parlait peu, écoutait la description du problème, puis Steve le voyait noter l'adresse sur un bout de journal. Après avoir raccroché, son père allait au garage, remplissait sa boîte à outils, puis se mettait en route, d'ordinaire sans préciser où il se rendait ni à quelle heure il rentrerait. Le lendemain matin, le chèque était glissé sous la statue du général Lee que son père avait sculptée dans un morceau de bois flotté, et tandis qu'il prenait son petit déjeuner, sa mère lui massait le dos en promettant de déposer la somme à la banque. Ce fut la seule marque d'affection que Steve ait pu remarquer entre eux. Ils ne se disputaient pas et par principe évitaient les conflits, et chacun semblait apprécier la compagnie de l'autre. Un jour, il les avait surpris se tenant la main devant la télévision, mais en dix-huit ans de vie chez ses parents, Steve ne les avait jamais vus s'embrasser.

Si son père eut une passion dans son existence, ce fut le poker. Les soirs où le téléphone ne sonnait pas, il rejoignait une loge ou une association dont il était membre, pour jouer. Seul le jeu, et non pas l'esprit confraternel, l'avait poussé à s'y inscrire. Là-bas, il s'attablait avec des francs-maçons, des Shrinners, des Elks ou des vétérans et jouait au Texas hold'em pendant des heures. Il adorait calculer les probabilités de tirer une quinte, et ça l'amusait de bluffer quand il ne détenait qu'une paire de six. Il parlait du jeu comme d'une science exacte, où le hasard n'entrait pas en ligne de compte. « Le secret, c'est de savoir mentir », avait-il coutume d'affirmer, « et de deviner à quel moment un joueur te ment ». À la longue, Steve décida que son père devait être un champion du mensonge. Quand il eut la cinquantaine bien tassée et les mains percluses de rhumatismes, après trente ans de menuiserie, son père cessa d'installer moulures et chambranles de portes dans les belles villas du front de mer qui avaient essaimé sur l'île, et répondit de moins en moins au téléphone le soir. Pourtant, il continua d'honorer ses factures, disposant d'assez d'argent à la fin de sa vie pour couvrir les dépenses médicales non prises en charge par sa mutuelle.

Il ne jouait jamais au poker le week-end. Le samedi était réservé au bricolage dans la maison, et si le jardin de côté pouvait certes déranger les voisins, l'intérieur était un petit joyau. Au fil du temps, son père embellit la demeure à grand renfort de plinthes, moulures et autres lambris, et sculpta les encorbellements de la cheminée dans deux blocs d'érable. Il fabriqua les placards de la cuisine, installa du parquet aussi lisse et solide qu'une table de billard, et réaménagea la salle de bains à deux reprises. Chaque samedi soir, il mettait une veste et une cravate pour emmener sa femme au restaurant. Mais il se réservait les dimanches et bricolait dans son atelier pendant qu'elle préparait des tartes ou des conserves de légumes dans la cuisine.

Et le lundi, la routine reprenait.

Son père ne lui apprit jamais à jouer au poker. Steve était toutefois assez doué pour acquérir les bases du jeu par lui-même, et aimait se croire assez malin pour repérer les bluffeurs. À l'université, il fit quelques parties avec des camarades étudiants et découvrit qu'il était somme toute assez moyen, ni meilleur ni pire que les autres joueurs. Après avoir obtenu son diplôme et déménagé à New York, il alla de temps à autre rendre visite à ses parents. La première fois, il ne les avait pas revus depuis deux ans, et lorsqu'il franchit la porte, sa mère l'étreignit avec force et l'embrassa. Son père se contenta de lui serrer la main en disant : « Tu as manqué à ta mère. » Ils se réunirent autour d'un café et d'une tarte aux pommes, et la collation terminée, son père se leva, prit sa veste et ses clés de voiture. C'était un mardi, il se rendait donc à la loge des Elks. Sa partie de poker s'achevait à dix heures et il serait de retour un quart d'heure plus tard.

– Non... pas ce soir, intervint sa mère, son accent européen plus fort que jamais. Steve vient juste d'arriver.

Il se rappela avoir pensé alors que pour la première fois sa mère demandait à son père de ne pas sortir. Mais s'il en fut surpris, son père n'en laissa rien paraître. Il marqua certes un temps d'arrêt à la porte, puis se retourna, le visage impassible.

— Ou bien emmène-le avec toi, insista sa mère.

La veste à la main, son père lui demanda :

— Tu veux m'accompagner ?

— Bien sûr, répondit Steve, un peu nerveux. Pourquoi pas ? Ça a l'air sympa.

Son père grimaça l'ombre d'un sourire. S'ils s'étaient trouvés autour d'une table de poker, il n'en aurait sans doute pas dévoilé davantage.

— Tu mens, déclara son père.

Une rupture d'anévrisme emporta sa mère quelques années plus tard...

Dans cette chambre d'hôpital, Steve se remémorait sa gentillesse un peu maladroite, quand son père s'éveilla avec une respiration sifflante. Sa tête roula sur le côté et il aperçut Steve dans un coin de la pièce. Sous cet angle, avec les ombres qui soulignaient les contours saillants de son visage, on aurait cru voir un squelette.

— T'es encore là ?

Steve mit de côté la partition qu'il étudiait et rapprocha sa chaise.

— Ouais, je suis toujours là.

— Pourquoi ?

— Comment ça, pourquoi ? Parce que t'es à l'hôpital.

— Je suis à l'hôpital parce que je suis mourant. Et je vais mourir, que tu sois là ou pas. Tu devrais rentrer chez toi. T'as une femme et des gosses. Tu ne peux plus rien pour moi.

– Je veux rester là, s'obstina Steve. Tu es mon père. Pourquoi tu veux pas de moi à ton chevet ?

– Peut-être que j'ai pas envie que tu me voies mourir.

– Je te laisse, si tu préfères.

Son père émit un vague grognement.

– Tu vois, c'est ça ton problème. Tu veux que je prenne la décision à ta place. T'as toujours fonctionné comme ça.

– Peut-être que je souhaite seulement passer du temps avec toi.

– Tu le veux vraiment ? Ou c'est ta femme qui le souhaite ?

– Quelle importance ?

Son père ébaucha un sourire qui se transforma en grimace.

– J'en sais rien... D'après toi ?

Assis à son piano, Steve entendit une voiture s'approcher. La lumière des phares traversa la fenêtre et courut le long des murs. L'espace d'un instant, il pensa que Ronnie avait dû se faire raccompagner. Toutefois la lumière s'évanouit... et sa fille n'avait pas franchi la porte.

Il était minuit passé. Il se demanda s'il ne ferait pas mieux de partir à sa recherche.

Quelques années plus tôt, quand Ronnie lui parlait encore, Kim et lui étaient allés voir une conseillère conjugale, dont le cabinet se trouvait au cœur d'un immeuble rénové à deux pas de Gramercy Park. Steve se revoyait assis auprès de Kim sur un canapé, face à une femme mince et anguleuse, la trentaine, qui avait la manie de joindre les mains en pressant le bout de ses doigts. En la regardant faire ce geste, Steve remarqua qu'elle ne portait pas d'alliance.

106

Il se sentait mal à l'aise. L'idée de cette consultation venait de Kim, qui était déjà venue seule. Il s'agissait de leur première séance en couple et Kim déclara en guise de préambule que Steve ne se livrait pas, mais que ce n'était pas de sa faute.

— Ni son père ni sa mère n'étaient du genre expansif, ajouta-t-elle. Et il n'a pas grandi au sein d'une famille où l'on discutait de ses problèmes. Steve s'évadait donc dans la musique, et seul le piano lui permettait d'éprouver des sentiments.

— Vous confirmez ? s'enquit la thérapeute.

— Mes parents étaient de braves gens, dit-il.

— Ça ne répond pas à ma question.

— Je ne sais pas ce que vous voulez m'entendre dire.

La femme soupira.

— O.K., si on commençait par là... ? On sait tous ce qui s'est passé et pourquoi vous vous trouvez là. Je pense que Kim souhaite que vous lui disiez ce que vous éprouvez.

Steve s'accorda un instant de réflexion. Il avait envie de déclarer que tout ce bla-bla sur les sentiments ne servait à rien. Les émotions allaient et venaient, et nul ne pouvait les contrôler, aussi n'y avait-il aucune raison de s'en inquiéter. Et on jugeait finalement les gens sur leurs actes puisque, au bout du compte, chaque personne se définissait par ses seuls faits et gestes.

Mais il ne dit rien de tout cela et, tout en joignant ses doigts, déclara :

— Vous voulez savoir ce que j'ai éprouvé...

— Oui. Mais ne me le dites pas à moi, précisa-t-elle en désignant son épouse. Dites-le à Kim.

Il se tourna vers sa femme et sentit son appréhension.

— J'ai éprouvé...

Steve se retrouvait là en présence de son épouse et d'une étrangère, au beau milieu d'une conversation qu'il n'aurait jamais pu imaginer. Il était un peu plus de dix heures du matin et cela faisait à peine quelques jours que Steve avait regagné New York. Sa tournée l'avait entraîné dans une vingtaine de villes différentes, pendant que Kim exerçait sa profession d'assistante juridique dans un cabinet d'avocats de Wall Street.

– J'ai éprouvé... répéta-t-il.

Quand la pendule sonna une heure du matin, Steve sortit sur la véranda de derrière. L'obscurité nocturne laissait désormais place à la lumière violacée de la lune qui permettait d'observer la plage. Il n'avait pas vu sa fille depuis seize heures et en était préoccupé, pour ne pas dire inquiet. Il l'espérait assez intelligente et prudente pour prendre soin d'elle-même.

O.K... peut-être qu'il se faisait un peu de souci.

En outre, il ne put s'empêcher de se demander si elle allait disparaître le lendemain, comme elle l'avait fait aujourd'hui. Et si elle recommencerait ainsi jour après jour, pendant tout l'été.

En passant du temps avec Jonah, il avait l'impression de découvrir un trésor inestimable, et il aurait souhaité vivre la même chose avec elle. Il tourna les talons et rentra dans la maison.

Comme il se rasseyait au piano, il éprouva de nouveau ce sentiment qu'il avait confié à cette fameuse thérapeute conjugale, assis sur le canapé.

Il éprouvait un grand vide.

– 10 –

Ronnie

Pendant un petit moment, il y avait eu pas mal de gens à Bower's Point, mais l'un après l'autre ils étaient partis, jusqu'à ce qu'ils se retrouvent tous les cinq. Cependant, Ronnie avait rencontré des personnes sympa, et même un couple plutôt intéressant ; mais quand l'alcool commença à faire son effet, tout le monde hormis Ronnie se crut bien plus drôle qu'il ne l'était en réalité. Si bien qu'elle finit par retrouver l'ambiance pénible, qu'elle détestait déjà, de certaines soirées new-yorkaises.

Ronnie se tenait à présent debout au bord de l'eau. Derrière elle, près du feu de joie, Teddy et Lance fumaient, buvaient et se lançaient de temps à autre leurs fameuses boules enflammées. Blaze marmonnait des phrases incompréhensibles et ne lâchait plus Marcus. Il se faisait tard, en plus. Pour New York, c'était encore tôt – là-bas, elle n'apparaissait pas en boîte avant minuit –, mais vu l'heure à laquelle Ronnie s'était levée, la journée semblait n'en plus finir. Bref, elle était crevée.

Demain, elle ferait la grasse matinée. À son retour, elle accrocherait une serviette de bain ou une couverture à la tringle à rideaux. Bon sang, elle la clouerait au mur, s'il le fallait ! Pas question de passer tout l'été à se lever aux aurores, même si elle devait traîner toute la journée sur la plage avec Blaze. Celle-ci l'avait d'ailleurs étonnée en lui proposant ce genre d'activité. De toute façon, il n'y avait pas grand-chose à faire dans le coin.

Dans l'après-midi, en sortant du snack, elles avaient fait le tour de la plupart des boutiques – dont le magasin de disques, qui se révéla très sympa –, et plus tard, elles étaient passées chez Blaze, le temps de regarder *The Breakfast Club*, pendant que sa mère se trouvait au travail. O.K., c'était un film des années quatre-vingt, mais Ronnie l'aimait toujours et l'avait vu une bonne dizaine de fois. Bien qu'il soit très daté, il lui paraissait étonnamment réel. Beaucoup plus que ce qu'elle vivait ce soir... surtout que Blaze buvait comme un trou, cramponnée à Marcus, et ignorait Ronnie.

Ronnie n'aimait pas ce garçon et ne lui faisait pas confiance. Côté mecs, elle pouvait se fier à son flair... qui lui disait qu'un truc ne tournait pas rond chez Marcus. Comme si quelque chose était absent dans son regard quand il lui parlait. Ce qu'il disait semblait cohérent – en tout cas, plus question de filer en Floride... d'ailleurs, ce truc-là aurait déjà dû lui mettre la puce à l'oreille, non ? –, mais plus elle passait du temps avec lui, plus il lui collait la chair de poule. Elle n'appréciait pas Teddy et Lance non plus, mais Marcus... elle sentait qu'il faisait mine d'avoir un comportement normal afin de mieux manipuler les autres.

Et Blaze...

Ronnie avait éprouvé une drôle d'impression en allant chez elle dans l'après-midi, car là aussi tout paraissait normal. La maison se trouvait dans une paisible impasse, avec des volets bleu vif et un drapeau américain sur la véranda. À l'intérieur, les murs étaient peints dans des couleurs gaies et un vase rempli de fleurs fraîches trônait sur la table de la salle à manger. L'endroit se révélait propret sans pour autant friser la maniaquerie. Il y avait de l'argent sur la table de la cuisine, ainsi qu'un petit mot destiné à Blaze. Lorsque Ronnie la surprit en train de glisser les billets dans sa poche et de lire le message, Blaze précisa que sa mère lui laissait toujours de l'argent. Ronnie comprit alors pourquoi Blaze ne se faisait pas de souci quand elle ne rentrait pas chez elle.

Bizarre.

Ronnie tenait avant tout à lui parler de Marcus, tout en se doutant que ça ne servirait à rien. Dieu sait qu'elle l'avait appris en côtoyant Kayla – qui avait de vraies œillères –, malgré tout ça manquait de logique. Fréquenter Marcus équivalait à s'attirer à coup sûr des ennuis, et Blaze était manifestement mieux sans lui. Ronnie se demandait pourquoi Blaze ne s'en rendait pas compte. Peut-être qu'elle pourrait lui en parler demain à la plage.

— T'en as marre d'être avec nous ?

Ronnie se tourna et découvrit Marcus. Il tenait une de ses boules de feu et la faisait rouler sur le dos de sa main.

— J'avais juste envie de venir au bord de l'eau.

— Tu veux que je t'apporte une bière ?

À la manière dont il lui posa la question, elle en déduisit qu'il connaissait déjà la réponse.

— Je bois pas d'alcool.

— Pourquoi ?

Parce que ça pousse les gens à se conduire en abrutis.

Même si elle le pensait, elle se garda bien de lui répondre ça, pour éviter toute explication qui ne ferait qu'éterniser la conversation.

— J'en bois pas. C'est tout.

– Tu suis à la lettre la campagne « Non à l'alcool » dans les facs et les lycées ?

– Si tu le dis...

Dans la pénombre, il grimaça un vague sourire, mais ses yeux évoquaient deux cavités opaques.

– Tu te crois supérieure à nous ?

– Non.

– Alors viens, dit-il en montrant le feu de joie. Assieds-toi avec nous.

– Je suis bien ici.

Il jeta un regard par-dessus son épaule. Derrière lui, Ronnie aperçut Blaze qui sortait encore une bière de la glacière, comme si elle n'avait pas assez bu. Elle ne tenait déjà plus sur ses jambes.

Marcus s'avança brusquement vers Ronnie et la prit par la taille pour l'attirer à lui.

– Si on se baladait sur la plage ?

– Non, dit-elle dans un souffle. J'en ai pas envie. Et bas les pattes, tu veux ?

Mais il ne retira pas sa main. Elle voyait bien que ça excitait Marcus.

– Tu t'inquiètes de ce que Blaze pourrait penser ? dit-il.

– J'ai pas envie que tu me touches, O.K. ?

– Blaze s'en tape.

Elle recula d'un pas en se dégageant.

– Moi non, dit-elle. Et puis je dois filer.

Il continua à la fixer du regard.

– Ouais, t'as raison.

Il marqua une pause, puis ajouta en haussant le ton pour que les autres l'entendent :

– Non, je reste là ! Mais merci de l'invitation !

Ronnie était trop choquée pour rétorquer quoi que ce

soit. Sachant que Blaze l'observait, elle préféra s'en aller sur la plage, plus pressée que jamais.

À la maison, son père jouait du piano, et sitôt qu'elle entra, il jeta un œil sur l'horloge. Après ce qui venait de se passer, elle ne se sentait pas de taille à l'affronter, aussi prit-elle la direction du couloir sans un mot. Il avait dû entrevoir sa tête, car il l'interpella :

— Tout va bien ?

Ronnie hésita.

— Ouais, pas de problème...

— Tu en es sûre ?

— J'ai pas envie d'en parler.

Il l'observa avant de reprendre.

— O.K.

— T'as autre chose à me dire ?

— Il est presque deux heures du matin, observa-t-il.

— Et ?

Il se pencha de nouveau sur le clavier.

— Il y a des pâtes au frigo, si t'as faim.

Ronnie s'attendait à tout sauf à ça. Aucun sermon, aucune directive, aucune règle établie. Tout l'opposé de la manière dont sa mère aurait réagi. Ronnie secoua la tête d'un air interloqué, puis gagna sa chambre en se demandant s'il existait quelque chose ou quelqu'un de normal dans ce coin perdu.

Ronnie oublia d'accrocher une couverture à la tringle à rideaux et le soleil, puissant comme un rayon laser, la réveilla après qu'elle eut dormi moins de six heures.

Elle se retourna en grognant, puis enfouit la tête sous l'oreiller en se rappelant l'épisode de la veille au soir à la plage. Puis elle se redressa, sachant qu'elle ne pourrait plus se rendormir.

Décidément, ce Marcus lui flanquait la trouille.

La première pensée qui lui traversa l'esprit fut de n'avoir pas réagi la veille lorsqu'il avait crié. Elle aurait dû lui rétorquer « Qu'est-ce qui te prend, tu dérailles ? » ou bien « Si tu crois que j'ai envie d'un tête-à-tête avec toi, t'es complètement cinglé ! ». Mais elle n'avait rien dit et se disait à présent que le simple fait de s'être éloignée constituait la pire des réactions.

Il lui fallait à tout prix parler à Blaze.

Dans un soupir, elle s'extirpa du lit et gagna la salle de bains en traînant les pieds. Après une douche rapide, elle enfila un maillot de bain puis ses vêtements, avant de remplir un sac fourre-tout d'une serviette de plage et de lotion solaire. Lorsqu'elle fut prête, elle entendit son père jouer du piano au salon. Pour changer... Même à New York, il ne jouait pas autant. En tendant l'oreille, elle reconnut l'un de ses morceaux interprétés au Carnegie Hall, celui du CD écouté dans la voiture.

Comme si elle n'avait pas déjà suffisamment de problèmes !

Ronnie devait trouver Blaze afin de pouvoir s'expliquer sur ce qui s'était passé.

Bien sûr, le plus délicat serait d'éviter de faire passer Marcus pour un menteur. À tous les coups, Blaze le soutiendrait... Qui sait ce qu'il lui avait raconté après le départ de Ronnie ? Quoi qu'il en soit, elle aborderait le sujet le moment venu. Avec un peu de chance, elles se prélasseraient au soleil et, l'ambiance détendue aidant, ça passerait comme une lettre à la poste.

Ronnie quitta la chambre et s'engagea dans le couloir au moment où son père s'interrompit... avant d'attaquer le deuxième morceau qu'elle avait interprété au Carnegie Hall.

Elle marqua une pause, mit son sac en bandoulière. Pas étonnant que son père agisse comme ça. Il avait entendu la douche et savait qu'elle était levée. Nul doute qu'il cherchait un terrain d'entente.

Eh, pas aujourd'hui, papa ! Désolée, mais j'ai des tas de trucs à faire. C'était franchement pas le moment.

Ronnie allait filer vers la porte d'entrée, quand Jonah surgit de la cuisine. Elle entendit son père l'interpeller :

— Tu n'étais pas censé te nourrir sainement ?

— C'est que je j'ai fait. J'ai pris une Pop-Tart[1].

— Je pensais plutôt à des céréales.

— Y a du sucre là-dedans, se défendit Jonah le plus sérieusement du monde. J'ai besoin d'énergie, p'pa.

Elle traversa rapidement le séjour, dans l'espoir d'arriver à la porte avant que son père tente de lui parler.

— Tiens ! Salut, Ronnie ! lança Jonah, tout sourire.

— Salut Jonah ! Bye Jonah ! dit-elle, la main déjà sur la poignée.

— Dis donc, ma puce ? intervint son père en s'arrêtant de jouer. On peut parler d'hier soir ?

— J'ai vraiment pas le temps maintenant, répondit-elle.

— Je veux juste savoir où tu étais passée toute la journée.

— Nulle part. C'est pas important.

— Ça l'est, je crois.

— Non, p'pa, répliqua-t-elle d'un ton ferme. Je t'assure. Et j'ai des trucs à faire, O.K. ?

Pop-Tart en main, Jonah désigna la porte.

---

1. Pâtisserie fourrée à réchauffer au grille-pain *(N.d.T.)*.

– Quels trucs ? Tu vas où, là ?

Tout à fait le genre de conversation qu'elle espérait éviter.

– C'est pas tes oignons.

– Tu seras partie longtemps ?

– Aucune idée.

– Tu rentres déjeuner ou dîner ?

– J'en sais rien, souffla-t-elle. Je file !

Son père se remit à jouer... Le *troisième* morceau du Carnegie Hall. À croire que tout le CD de sa mère allait y passer !

– Plus tard, p'pa et moi, on va s'amuser au cerf-volant.

Ronnie ne semblait pas l'entendre. Elle fit volte-face et s'adressa à son père :

– Tu peux arrêter avec ça ?

Il s'interrompit brusquement.

– Quoi ?

– Cette musique que tu joues ? Tu crois peut-être que je l'ai pas reconnue ? Je vois bien ce que tu cherches à faire, et je t'ai déjà dit que j'allais pas jouer !

– Je te crois, dit-il.

– Alors, pourquoi t'essayes à tout prix de me faire changer d'avis ? Pourquoi, chaque fois que je te vois, t'es assis là en train de pianoter à mort ?

Il parut sincèrement désarçonné.

– Ça n'a rien à voir avec toi, dit-il. Il se trouve que... ça m'aide à me sentir mieux.

– Ben moi, ça me rend malade. T'arrives pas à piger ça ? Je déteste le piano. Rien que de penser que je devais en jouer tous les jours, ça me file la nausée ! Et j'en peux plus d'être encore obligée d'avoir ce foutu machin sous les yeux !

Avant que son père puisse répliquer, elle tourna les talons, arracha la Pop-Tart de la main de Jonah et quitta la maison en furie.

116

Ronnie mit deux bonnes heures à dénicher Blaze au magasin de disques où elles s'étaient rendues la veille, à deux rues des maisons de la jetée. Lors de sa première visite, elle ne savait pas trop à quoi s'attendre – à l'époque des iPods et des téléchargements, elle avait l'impression de mettre les pieds chez un antiquaire –, mais Blaze lui assura que ça valait le coup d'œil, et ce fut le cas.

Outre les CD, la boutique proposait des albums vinyle... par milliers, parmi lesquels de véritables pièces de collection, comme un exemplaire du célèbre *Abbey Road* des Beatles encore sous blister et une série de vieux 45 tours accrochés au mur, portant la signature de chanteurs tels qu'Elvis Presley, Bob Marley et Ritchie Valens. Ronnie n'en revenait pas qu'ils ne soient pas sous clé. Ils devaient valoir une petite fortune, mais le gars qui gérait la boutique paraissait sorti tout droit des années soixante et bien connaître sa clientèle. Avec ses lunettes rondes et ses longs cheveux gris en queue-de-cheval jusqu'à la taille, on aurait dit le sosie de John Lennon. Il portait des sandales et une chemise hawaïenne, et même s'il semblait assez vieux pour être le grand-père de Ronnie, ses connaissances musicales dépassaient celles de tous les gens qu'elle avait jamais rencontrés... Tant et si bien qu'il lui parla de certains groupes récents dont elle ignorait même jusqu'à l'existence à New York.

À l'arrière de la boutique, le mur du fond disposait de casques pour les clients, qui pouvaient ainsi écouter les albums et les CD ou télécharger de la musique sur leur iPod. Ce matin-là, en scrutant l'intérieur par la vitrine, Ronnie aperçut Blaze dans cette partie du magasin, une main sur le casque, l'autre battant le rythme de la musique qu'elle écoutait.

Visiblement, elle n'avait pas prévu une journée à la plage.

Ronnie respira un grand coup et entra. Aussi terrible que ça puisse paraître – car elle regrettait de la voir boire autant –, elle espérait plus ou moins que Blaze avait été trop soûle la veille pour se rappeler quoi que ce soit. Ou mieux encore, qu'elle avait été encore assez consciente pour comprendre que Ronnie ne s'intéressait pas du tout à Marcus.

Dès qu'elle traversa le rayon rempli de CD, Ronnie sentit que Blaze l'attendait. Celle-ci baissa le volume de ses écouteurs, sans pour autant les retirer de ses oreilles, puis se tourna vers elle. Ronnie entendait encore la musique, un truc fort et hargneux qu'elle ne connaissait pas. Blaze rassembla les CD qu'elle avait sélectionnés.

— Je croyais qu'on était amies, lâcha-t-elle d'emblée.

— On l'est, répliqua Ronnie. Et ça fait un temps fou que je te cherche, parce que je voulais pas que tu te fasses des idées sur ce qui c'est passé hier soir.

Blaze affichait une expression glaciale.

— Tu veux parler du moment où t'as demandé à Marcus d'aller se balader avec toi ?

— C'était pas ça du tout, insista Ronnie d'un ton implorant. Je ne lui ai pas demandé. J'ignore à quel jeu il joue, mais...

— À quel jeu *il* joue ? répliqua Blaze en retirant le casque. J'ai bien vu la manière dont tu le dévorais des yeux ! J'ai entendu ce que tu lui as dit !

— Mais j'ai jamais dit ça ! Je lui ai pas demandé d'aller se promener je ne sais où...

— T'as même essayé de l'embrasser !

— Tu délires ou quoi ? Jamais de la vie !

118

Blaze s'avança vers elle.

— C'est lui qui me l'a dit !

— Ben alors, c'est un menteur ! riposta Ronnie en tenant bon. Il a vraiment une case en moins, ce mec...

— Non... Non... N'essaye même pas de t'aventurer sur ce terrain...

— Il t'a menti, je te dis. J'ai pas envie de l'embrasser. Il me plaît même pas. Si j'étais là-bas avec vous, d'abord... c'est uniquement parce que t'as insisté pour que je vienne.

Blaze se tut un long moment. Ronnie se demandait si elle parvenait enfin à lui faire entendre raison.

— Aucune importance, dit Blaze d'un ton catégorique.

Elle passa devant Ronnie et la bouscula pour rejoindre la porte. Ronnie la regarda s'en aller, sans trop savoir si un tel comportement la blessait ou l'irritait... Elle la vit sortir en trombe dans la rue.

Et Ronnie qui croyait pouvoir arranger la situation !

Que faire, à présent ? Elle n'avait pas envie d'aller à la plage, mais ne souhaitait pas non plus rentrer chez son père. Aucune voiture à sa disposition... et elle ne connaissait personne, ce qui signifiait... quoi ? Peut-être qu'elle allait passer l'été sur un banc à nourrir les pigeons, comme les paumés qu'elle voyait parfois dans Central Park. À la longue, elle finirait peut-être par leur donner un nom, à ces pigeons...

Au moment où elle quittait la boutique, une alarme se déclencha, interrompant brusquement ses pensées. Ronnie jeta un œil par-dessus son épaule, d'abord curieuse, puis confuse quand elle se rendit compte de ce qui se passait. Il n'existait qu'un seul accès pour entrer ou sortir du magasin.

Le temps de se faire cette réflexion, l'homme à la queue-de-cheval se ruait déjà sur elle.

Ronnie n'essaya pas de s'enfuir, car elle savait qu'elle

n'avait rien fait de mal. Et lorsque le commerçant lui demanda son sac, elle ne vit aucune raison de ne pas le lui montrer. À l'évidence, c'était une erreur... Lorsqu'il retira deux CD et une demi-douzaine de 45 tours signés, Ronnie comprit qu'elle avait vu juste en pensant que Blaze l'attendait. Les CD étaient ceux que Blaze avaient eus en main, de même qu'elle avait décroché du mur les fameux 45 tours.

Abasourdie, Ronnie comprit alors que Blaze avait prévu son coup depuis le début.

Prise de vertige, elle entendit à peine le gérant lui annoncer que la police était déjà en route.

Steve

Après avoir acheté le matériel dont il avait besoin, notamment des tasseaux et des feuilles de contreplaqué, Steve et Jonah passèrent la matinée à cloisonner l'alcôve. Son père aurait eu honte d'un bricolage pareil, mais Steve se dit que ça ferait l'affaire. Il savait que le bungalow serait démoli un jour ou l'autre, et que le terrain vaudrait même plus cher par la suite. La maison se dressait entre deux belles villas sur trois niveaux, et Steve était certain que les voisins considéraient qu'elle défigurait l'endroit et dépréciait leurs propriétés.

Il planta un clou, accrocha ensuite la photo de Ronnie et de Jonah qu'il avait ôtée de l'alcôve, puis recula d'un pas pour examiner son travail.

— Qu'est-ce que t'en penses ? demanda-t-il à son fils.

Jonah plissa le nez.

— Ben... ça ressemble à une horrible cloison en contreplaqué avec une photo qu'on a collée dessus. Et tu peux plus jouer du piano.

— Je sais.

Jonah pencha la tête d'un côté, puis de l'autre.

— Je crois bien qu'elle est de travers...

– Ah bon ? Je vois rien.

– T'as besoin de lunettes, p'pa. Et je comprends toujours pas pourquoi t'as voulu installer cette espèce de paravent.

– Ronnie a dit qu'elle ne voulait plus voir le piano.

– Et alors ?

– Il n'y aucun endroit pour le cacher, alors j'ai construit cette cloison. Maintenant, ta sœur ne l'a plus sous les yeux.

– Oh..., fit Jonah, songeur. Tu sais, j'aime pas vraiment faire mes devoirs. En fait, ça me dérange de voir mes cahiers et mes bouquins s'empiler sur mon bureau.

– C'est l'été. Tu n'as pas de devoirs.

– Je me disais juste que je devrais peut-être construire un mur tout autour de mon bureau, dans ma chambre.

Steve réprima un éclat de rire.

– Tu devrais peut-être d'abord en toucher deux mots à ta mère.

– Ou bien tu pourrais lui en parler.

Steve gloussa malgré lui.

– Tu as faim ?

– T'as dit qu'on irait jouer au cerf-volant.

– Pas de problème. C'est juste pour savoir si tu as envie de déjeuner.

– Je crois que je préfère manger une glace.

– Je ne pense pas que ce soit une bonne idée.

– Un cookie ? suggéra Jonah, plein d'espoir.

– Et que dirais-tu d'un sandwich ?

– O.K. Mais après on va sur la plage avec le cerf-volant, alors ?

– Oui.

– Tout l'après-midi ?

– Aussi longtemps que tu le souhaites.

– O.K. Je veux bien un sandwich. Mais t'en manges un aussi.

– Ça marche, accepta Steve, sourire aux lèvres, en le prenant par l'épaule pour l'entraîner dans la cuisine.

– Tu sais, le salon est beaucoup plus petit maintenant, observa Jonah.

– Je sais.

– Et la cloison est de travers.

– Je sais.

– Et pis, ça va pas avec les autres murs.

– Où veux-tu en venir ?

Jonah prit un air des plus sérieux.

– Ben... je veux juste m'assurer que t'es pas en train de devenir fou.

C'était un temps idéal pour le cerf-volant. Assis sur une dune à deux maisons de la sienne, Steve regardait l'engin zigzaguer dans le ciel. Jonah, toujours aussi débordant d'énergie, courait de long en large sur la plage. Steve le regardait avec fierté, tout en s'étonnant qu'à son époque ni son père ni sa mère ne l'aient jamais accompagné dans ce genre d'activité.

Ce n'étaient pas pour autant des mauvais parents. Ils ne l'avaient pas maltraité, ne se disputaient pas en sa présence, et Steve n'avait jamais manqué de rien. On l'emmenait une ou deux fois par an chez le dentiste et le médecin ; il avait mangé à sa faim, était habillé chaudement en hiver, avec toujours une pièce de cinq cents dans la poche pour pouvoir s'acheter du lait à l'école. Toutefois, son père se révélait peu démonstratif et sa mère guère plus ; aussi Steve supposait-il que c'était pour cette raison que leur mariage avait tenu aussi longtemps. Originaire de Roumanie, sa mère avait rencontré son père quand il se trouvait en garnison en Allemagne. Elle parlait à peine l'anglais lorsqu'ils se marièrent et ne renia jamais sa culture. Parfaite femme au foyer, elle cuisinait, s'occupait du ménage et de la lessive le matin, et exerçait le métier de couturière l'après-midi. À la fin de sa vie, elle s'exprimait dans un anglais suffisamment convenable pour se débrouiller à la banque ou au super-marché, mais son accent assez marqué la rendait parfois difficile à comprendre par certaines personnes.

Par ailleurs, c'était une fervente catholique... ce qui, à l'époque, la faisait plus ou moins passer pour une originale à Wilmington. Elle se rendait chaque jour à l'office et égre-nait son chapelet tous les soirs ; et même si Steve appréciait la tradition et la cérémonie de la messe dominicale, il jugeait le prêtre d'une froideur et d'une arrogance incroyables, plus soucieux des préceptes religieux que de ses ouailles. Parfois – souvent, en réalité –, Steve s'interrogeait sur la tournure que son existence aurait prise s'il n'avait pas entendu ce jour-là de la musique à l'église baptiste.

Quarante ans plus tard, ses souvenirs devenaient un peu confus. Il se rappelait être entré là-bas un après-midi et avoir entendu le pasteur Harris au piano. Ce dernier avait manifestement dû le mettre à l'aise puisque Steve était retourné le voir, jusqu'à ce que le pasteur finisse par devenir son premier professeur de piano. Avec le temps, Steve se mit à fréquenter – et plus tard à sécher – le groupe d'études bibliques de la paroisse. À maints égards, l'église baptiste devint son second foyer, et le pasteur Harris son second père.

Il se souvenait que cela n'enchantait pas vraiment sa mère. Quand quelque chose la contrariait, elle marmonnait en roumain, et pendant des années, chaque fois qu'il se rendait à l'église baptiste, il l'entendait bredouiller des paroles inintelligibles, tandis qu'elle faisait le signe de croix et l'obligeait à porter un scapulaire [1]. Dans son esprit, jouer du piano avec un pasteur baptiste équivalait à fréquenter le diable.

Cependant elle ne l'empêcha pas d'y aller, et c'était le principal. Aux yeux de Steve, peu importe qu'elle ne se soit pas déplacée pour les réunions parents-professeurs, qu'elle ne lui ait jamais fait la lecture, ou encore que personne n'ait jamais invité sa famille aux soirées ou aux barbecues entre voisins. Ce qui comptait plus que tout, c'était qu'en dépit de sa méfiance à l'égard du prêtre, sa mère lui avait permis non seulement de se découvrir une passion, mais aussi de la vivre. D'une certaine manière, elle empêchait aussi son père de s'interposer, alors que celui-ci trouvait ridicule l'idée même qu'on puisse gagner sa vie en faisant de la musique. Et rien que pour cela, Steve aimerait toujours sa mère.

Jonah continuait à trotter sur le sable, alors que la brise soufflait assez fort pour soulever le cerf-volant, sans obligation de s'agiter autant. Comme il observait distraitement le ciel, Steve vit se dessiner de gros cumulus sombres, signes annonciateurs de pluie. Même si les averses estivales ne duraient guère longtemps, il préféra se lever et annoncer à son fils qu'il était temps de rentrer. Il venait de faire quelques pas lorsqu'il remarqua une série de lignes à peine dessinées dans le sable, lesquelles menaient à la dune derrière sa maison ; il sourit, en reconnaissant aussitôt ces marques qu'il avait vues plus d'une dizaine de fois dans sa jeunesse.

— Hé, Jonah ! s'écria-t-il en suivant les traces. Viens par ici ! Je pense que tu devrais voir ça !

---

1. Petit carré d'étoffe bénite, souvent double, orné ou non d'images pieuses, retenu par des rubans passés autour du cou et porté sous les vêtements *(N.d.T.)*.

Son fils le rejoignit en tirant sur la ficelle de son cerf-volant.

– C'est quoi ?

Steve descendit jusqu'au pied de la dune, où seuls deux ou trois œufs transperçaient le sable, quand Jonah parvint à sa hauteur.

– Qu'est-ce que t'as trouvé ?

– C'est un nid de caouanne, répondit Steve. Mais ne t'approche pas trop. Et n'y touche pas. Il ne faut pas les déranger.

Jonah se pencha pour regarder attentivement.

– C'est quoi, une caouanne ? s'enquit-il, pantelant, comme il luttait pour contrôler le cerf-volant.

Steve s'empara d'un bout de bois flotté, à l'aide duquel il traça un cercle autour du nid.

– Il s'agit d'une tortue de mer. Une espèce en voie d'extinction. Elles accostent la nuit pour pondre leurs œufs.

– Derrière notre maison ?

– Ça leur arrive de pondre là, en effet. Mais tu dois surtout retenir qu'elles sont en voie d'extinction... de disparition, si tu préfères. Tu sais ce que ça veut dire ?

– Qu'elles vont mourir, répondit Jonah. Je regarde la chaîne Planète, figure-toi.

Steve acheva son cercle dans le sable, puis se débarrassa du bout de bois. En se redressant, il éprouva comme un pincement dans les lombaires, mais l'ignora.

– C'est pas tout à fait ça, rectifia-t-il. Ça signifie que si on n'y prête pas attention et qu'on n'essaye pas de les aider, leur espèce risque de disparaître.

– Comme les dinosaures ?

Steve allait lui répondre lorsqu'il entendit le téléphone sonner dans la cuisine. Il avait laissé la porte de derrière ouverte pour faire courant d'air et il pressa le pas en courant un peu pour atteindre la véranda. Il décrocha poussivement le combiné.

— P'pa ? dit une voix à l'autre bout du fil.

— Ronnie ?

— Faut que tu passes me prendre. Je suis au poste de police.

Steve se massa le front d'un air inquiet.

— O.K. J'arrive tout de suite.

L'agent Johnson lui expliqua ce qui s'était passé, mais Steve savait que Ronnie n'était pas encore prête à en parler. Jonah, en revanche, n'avait pas l'air de s'en inquiéter.

— M'man va être folle de rage, observa-t-il.

Steve vit la mâchoire de sa fille se crisper.

— J'ai rien fait, se défendit-elle.

— Alors, c'est qui ?

— J'ai pas envie d'en discuter, reprit Ronnie en croisant les bras, adossée à la portière de la voiture.

— M'man va pas apprécier...

— J'ai rien fait, je te dis ! insista-t-elle en regardant son frère droit dans les yeux. Et t'as pas intérêt à en parler à maman !

Elle se tourna alors vers son père.

— J'y suis pour rien, p'pa, dit-elle. Je jure devant Dieu que j'ai rien piqué dans ce magasin. Faut que tu me croies.

Elle lui parut désespérée, mais il ne put s'empêcher de penser au désarroi de Kim lorsqu'elle lui avait confié les démêlés de leur fille avec la justice. Il pensa en outre au comportement de Ronnie depuis son arrivée, et aux gens qu'elle avait choisi de fréquenter.

Il soupira et sentit s'évanouir le peu d'énergie qui lui restait. Dans le ciel, le soleil évoquait une formidable boule

127

de feu orangée, mais Steve savait que Ronnie avait surtout besoin d'entendre la vérité.

– Je te crois, déclara-t-il.

Lorsqu'ils parvinrent au bungalow, la nuit tombait. Steve sortit jeter un œil sur le nid de la tortue. Après l'averse, la soirée s'annonçait superbe et typique des Carolines – une brise légère et un ciel paré d'une myriade de couleurs –, avec au large un banc de dauphins qui jouaient dans les vagues. Ils passaient deux fois par jour devant la maison, et Steve se promit de dire à Jonah de venir les observer. Nul doute que son fils voudrait plonger dans l'eau et tenter de s'en approcher pour les toucher. Steve avait essayé dans sa jeunesse, sans jamais les atteindre.

Il redoutait de devoir appeler Kim pour lui apprendre la nouvelle. Il repoussa donc le coup de téléphone et préféra s'asseoir à côté du nid, en contemplant ce qu'il restait des traces de la tortue. Entre le vent, la pluie et les baigneurs, la plupart des empreintes s'étaient effacées. Hormis un léger sillon au pied de la dune, le nid était quasi invisible, et les deux œufs qu'il apercevait ressemblaient à des galets blancs et lisses.

Un bout de gobelet en plastique avait roulé sur le sable, poussé par la brise, et comme Steve se penchait pour le ramasser, il aperçut Ronnie qui approchait. Elle avançait lentement, bras croisés, tête baissée, si bien que ses cheveux lui masquaient presque tout le visage. Elle s'arrêta à un mètre ou deux.

– T'es en colère après moi ? demanda-t-elle.

Depuis son arrivée, c'était la première fois qu'elle s'adressait calmement à lui.

– Non, répondit-il. Pas du tout.

– Alors, qu'est-ce que tu fabriques là ?

Il désigna le nid.

– Une tortue caouanne a déposé ses œufs hier soir. Tu en as déjà vu ?

Ronnie secoua la tête, tandis que son père enchaînait :

– Ce sont de magnifiques créatures à la carapace marron rougeâtre, qui peuvent peser jusque dans les trois cent cinquante kilos. La Caroline du Nord est l'un des rares endroits où elles font leur nid. Mais elles n'en sont pas moins en voie d'extinction. Sur un millier d'œufs, je crois qu'un seul nouveau-né parvient à maturité, alors je ne tiens pas à ce qu'un raton laveur se pointe avant qu'ils n'éclosent.

– Comment il pourrait deviner qu'il y a un nid ici ?

– Lorsqu'une tortue caouanne pond, elle urine. Les ratons laveurs flairent l'odeur et viennent alors dévorer les œufs un à un. Quand j'étais gamin, j'ai découvert un nid de l'autre côté de la jetée. Du jour au lendemain, toutes les coquilles avaient été brisées. L'horreur !

– J'ai vu un raton laveur sur notre véranda, l'autre jour.

– Je sais. Il farfouillait dans la poubelle. Dès que je remonte, je vais laisser un message à l'aquarium. Avec un peu de chance, ils enverront quelqu'un d'ici demain avec une cage spéciale pour tenir ces bestioles à l'écart.

– Et ce soir ?

– J'imagine qu'on doit croiser les doigts.

Ronnie ramena une mèche de cheveux derrière son oreille.

– P'pa ? Je peux te demander un truc ?

– Je t'écoute...

– Pourquoi t'as dit que tu me croyais ?

De profil, il voyait à la fois la jeune femme qu'elle devenait et la fillette dont il gardait le souvenir.

– Parce que j'ai confiance en toi.

– C'est pour ça que t'as fabriqué cette cloison pour cacher le piano ? lui dit-elle en l'observant à la dérobée. Quand je suis entrée, impossible de la louper.

Steve secoua la tête.

– Non, j'ai fait ça parce que je t'aime.

Ronnie lui adressa un sourire timide, avant de venir s'asseoir enfin à côté de lui. Tous deux contemplèrent les vagues qui roulaient sur la grève. La mer montait et la plage avait déjà à moitié disparu.

– Qu'est-ce qui va m'arriver ? reprit Ronnie.

– Pete va parler avec la propriétaire, mais sinon j'en sais rien. Dans le lot de disques, il y avait deux ou trois pièces de collection.

Ronnie sentit son estomac se nouer.

– T'as déjà appelé maman ?

– Non.

– Tu vas le faire ?

– Sans doute.

Ils se turent pendant quelques instants. Au bord de l'eau, des surfeurs passèrent devant eux avec leurs planches. Au loin, la houle gonflait lentement, et les vagues semblaient se télescoper avant de se reformer aussitôt.

– Quand est-ce que tu vas prévenir l'aquarium ?

– Dès que je remonte, je t'ai dit. Je suis sûr que Jonah doit avoir faim. Je devrais probablement préparer à dîner.

Ronnie contempla le nid. Elle avait l'estomac si noué qu'elle ne pourrait rien avaler.

– Je veux pas qu'il arrive quoi que ce soit à ces œufs pendant la nuit.

Steve se tourna vers sa fille :

– Qu'as-tu l'intention de faire ?

Quelques heures plus tard, après qu'il eut bordé Jonah dans son lit, Steve sortit sur la véranda pour jeter un œil sur Ronnie. Après avoir appelé l'aquarium en début de soirée, il s'était rendu en ville pour acheter à sa fille tout ce dont il pensait qu'elle aurait besoin : un sac de couchage léger, une lampe de camping, un oreiller et un insecticide en vaporisateur.

L'idée qu'elle puisse dormir à la belle étoile ne l'enchantait pas vraiment, mais Ronnie paraissait décidée, et il admirait sa fougue à vouloir protéger le nid. Elle avait insisté, en affirmant qu'elle n'avait rien à craindre, et Steve savait que, dans une certaine mesure, elle disait vrai. Comme la plupart des gens ayant grandi à Manhattan, Ronnie avait appris à être prudente et savait que le monde extérieur n'était pas sans danger. Par ailleurs, le nid se situait à moins d'une quinzaine de mètres de la fenêtre de la chambre de Steve – qu'il avait l'intention de laisser ouverte –, aussi pourrait-il entendre sa fille, au cas où elle aurait un problème. En raison de la forme de la dune fouettée par la brise et de l'emplacement du nid, quiconque se promenait sur la plage ne pourrait peut-être même pas soupçonner la présence de Ronnie.

Cependant, elle n'avait que dix-sept ans et Steve était son père, ce qui signifiait qu'il irait sans doute voir toutes les deux heures si elle allait bien. Bref, il risquait de ne pas dormir beaucoup cette nuit-là.

Un croissant de lune brillait à peine, mais le ciel était dégagé. Tandis que Steve se déplaçait dans la pénombre, il repensa à leur conversation et se demanda ce que Ronnie éprouvait réellement à l'idée qu'il ait pu dissimuler le piano. S'éveillerait-elle demain avec la même attitude que le jour de son arrivée ? Steve l'ignorait. Comme il s'approchait suffisamment pour discerner la silhouette endormie de sa fille, elle lui parut à la fois plus jeune et plus âgée sous le ciel constellé d'étoiles. De nouveau, il songea aux années qu'il avait perdues en ne la voyant pas grandir, et qu'il ne retrouverait jamais.

Steve resta assez longtemps pour surveiller la plage. A priori, personne ne s'y promenait, aussi tourna-t-il les talons pour rentrer chez lui. Il s'installa sur le canapé et alluma la télévision, zappant d'une chaîne à l'autre avant de l'éteindre. Finalement, il gagna sa chambre et se glissa dans son lit.

Il s'endormit presque aussitôt, mais s'éveilla une heure plus tard. Il ressortit sur la pointe des pieds et alla voir sa fille, à laquelle il tenait plus qu'à sa propre vie.

– 12 –

Ronnie

À son réveil, Ronnie pensa qu'elle avait mal partout. Elle sentait une raideur dans le dos et à la nuque, et lorsqu'elle eut le courage de se redresser, une douleur lui transperça l'épaule comme un coup de poignard.

Elle ne comprenait pas qu'on puisse choisir de dormir à la belle étoile. Lorsqu'elle était plus jeune, certaines de ses copines lui avaient vanté les joies du camping, mais à l'époque elle les prenait déjà pour des illuminées. Dormir par terre, ça faisait mal.

De même que ce soleil aveuglant. De toute manière, comme elle se levait aux aurores depuis son arrivée, ce matin-là ne faisait pas exception à la règle. Peut-être qu'il n'était même pas sept heures... Des gens promenaient leur chien ou faisaient du jogging au bord de l'eau. Nul doute qu'ils avaient dû dormir dans un lit, eux ! Ronnie ne s'imaginait même pas en train de se balader tranquillement, alors courir encore moins ! Pour l'instant, elle peinait déjà pour respirer sans tomber dans les pommes !

Toutefois elle s'arma de courage et se leva lentement, avant de se rappeler la raison de sa présence sur le sable. Elle vérifia le nid et constata, soulagée, qu'il n'était pas détruit, et peu à peu ses douleurs s'atténuèrent. Elle se demanda, songeuse, comment Blaze pouvait supporter de dormir sur la plage... et se rappela soudain ce que Blaze lui avait fait.

À cause d'elle, Ronnie avait été arrêtée pour vol à l'étalage. Pas un petit larcin minable. Un vol *qualifié* !

Elle ferma les yeux et se repassa le film dans la tête : le regard mauvais du gérant, qui l'avait surveillée jusqu'à l'arrivée du policier, la déception de l'agent Pete pendant le trajet vers le commissariat, l'horrible coup de fil qu'elle avait dû passer à son père. Dans la voiture qui la ramenait à la maison, elle avait bel et bien cru qu'elle allait vomir.

Unique lueur d'espoir dans ce marasme, son père n'avait pas pété les plombs. Et, plus incroyable encore, il la croyait innocente. Bon, O.K., il n'avait pas encore parlé à sa mère. Dès qu'il l'appellerait, impossible de savoir ce qui se passerait. À tous les coups, sa mère se mettrait à hurler comme une folle, jusqu'à ce que son père cède et finisse par consigner Ronnie, après l'avoir promis à Kim. Après le fameux « incident », sa mère l'avait privée de sortie pendant un mois, et cette fois c'était plus grave qu'une simple erreur de parcours.

Ronnie sentit de nouveau la nausée la gagner. Impossible de s'imaginer coincée un mois complet dans sa chambre, qu'elle devait partager, en plus... et dans une ville qui ne lui plaisait pas. Qu'est-ce qui pouvait lui arriver de pire, à présent ?

En étirant les bras au-dessus de sa tête, elle poussa un cri de douleur... son épaule la faisait encore souffrir. Avec une grimace, elle les baissa en douceur. Puis elle passa les minutes suivantes à rassembler ses affaires sur la véranda. Même si le nid se situait derrière la maison, Ronnie ne tenait pas à ce que les voisins puissent deviner qu'elle avait dormi à la belle étoile. À en juger par leurs villas de rêve, ils étaient sans doute du genre à ne pas supporter le moindre élément susceptible de leur gâcher la vue, quand ils prenaient leur café matinal sur leur terrasse. L'idée même qu'un individu ait pu passer la nuit dehors, près de leur maison, ne devait pas coller avec leur souci de perfection... et Ronnie n'avait certainement pas envie de voir la police se repointer. Avec sa chance légendaire, elle risquait encore de se faire arrêter pour vagabondage... *qualifié* !

N'ayant pas l'énergie de rapporter toutes ses affaires en une seule fois, elle dut faire deux voyages... puis se rendit compte qu'elle avait laissé *Anna Karénine* sur le sable. La veille au soir, elle comptait le lire, mais était trop fatiguée ; aussi l'avait-elle glissé sous un morceau de bois flotté, afin que l'humidité ne l'abîme pas. Quand elle vint le récupérer, elle repéra sur la plage une personne en combinaison beige de garagiste avec l'inscription *Blakelee Brakes* ; le gars tenait en main un rouleau d'adhésif jaune et des espèces de piquets. Il semblait marcher vers la maison.

Le temps qu'elle ramasse son livre, l'individu s'était approché et inspectait le bas de la dune. Elle s'avança vers lui en se demandant ce qu'il fabriquait, puis il se tourna dans sa direction. Lorsque leurs regards se croisèrent, ce fut l'une des rares fois de son existence où Ronnie resta muette de surprise.

Malgré l'uniforme, elle le reconnut sur-le-champ. En un clin d'œil, elle le revit torse nu, bronzé et athlétique, les cheveux bruns trempés de sueur, avec son bracelet en macramé. C'était le volleyeur qui l'avait bousculée, le gars dont le copain avait failli se bagarrer avec Marcus.

Apparemment, lui non plus ne savait trop quoi dire et restait là planté devant elle à la regarder. Même si Ronnie trouvait ça dingue, elle avait l'impression qu'il était plutôt ravi de tomber à nouveau sur elle. Ronnie le voyait bien à la manière dont il se mit à lui sourire à mesure qu'il la reconnaissait.

— Ben, ça alors... Salut !

Elle se méfiait de son ton amical.

— Qu'est-ce que tu fais là ? s'enquit-elle.

— J'ai reçu un coup de fil de l'aquarium. Quelqu'un a appelé hier soir pour signaler un nid de caouanne, et on m'a demandé de venir vérifier.

— Tu bosses pour l'aquarium ?

Il secoua la tête.

— En bénévole. Je travaille au garage de mon père. T'aurais pas vu un nid de tortue dans les parages, par hasard ?

Ronnie se détendit un peu.

— Par là, dit-elle en pointant l'index.

— Super ! s'exclama-t-il en souriant de plus belle. J'espérais qu'il se trouve près d'une maison.

— Pourquoi ?

— À cause des tempêtes. Si les vagues déferlent sur le nid, les œufs pourront pas éclore.

— Mais c'est des tortues de mer.

— Je sais, dit-il en levant les bras. Moi non plus, j'y comprends rien, mais la nature fonctionne comme ça. L'an dernier, on a perdu deux ou trois nids à cause d'une tempête tropicale. C'était atroce. La caouanne est en voie d'extinction, tu sais. À peine un nouveau-né sur mille arrive à maturité.

— Ouais, je sais...

— Ah bon ? répliqua-t-il, impressionné.

— Mon père m'a expliqué tout ça.

— Oh... J'imagine que tu habites dans le coin, alors ? fit-il en désignant les environs.

136

– En quoi ça t'intéresse ?

– C'est juste histoire de parler... Au fait, je m'appelle Will.

– Salut, Will.

Il marqua une pause, puis :

– C'est marrant...

– Quoi ?

– D'ordinaire quand on se présente à quelqu'un, l'autre personne fait de même.

– Ben moi, je suis pas comme tout le monde, rétorqua Ronnie, tandis qu'elle croisait les bras et tentait de garder ses distances.

– Figure-toi que je m'en doutais un peu... Désolé de t'avoir bousculée pendant le match de volley.

– Tu t'es déjà excusé, tu te rappelles ?

– Exact. Mais t'avais l'air contrarié.

– Mon soda s'était renversé sur mon tee-shirt.

– Pas bien grave... Mais t'aurais dû faire gaffe à ce qui se passait.

– Pardon ?

– C'est un jeu où ça bouge assez vite.

Agacée, Ronnie posa les mains sur ses hanches.

– T'es en train de me dire que c'était de ma faute ?

– J'essaye juste de faire en sorte que ça se reproduise pas. Comme je te disais, j'étais mal après t'avoir bousculée.

En entendant cette réponse, Ronnie eut le sentiment qu'il tentait de la draguer, mais elle ignorait au juste pourquoi. Ça n'avait pas de sens... elle savait qu'elle n'était pas son type, et franchement il n'était pas le sien non plus. Mais à cette heure matinale, Ronnie n'allait pas chercher à comprendre le pourquoi du comment. Elle préféra donc revenir au sujet initial, en lui montrant ce qu'il tenait en main.

– Comment cet adhésif est censé éloigner les ratons laveurs ?

– Il sert pas à ça. C'est seulement pour délimiter le nid. Je le fais passer autour des piquets, pour que les gars qui installent la cage puissent repérer l'emplacement.

– Et ils vont l'installer quand ?

– Aucune idée, répondit-il dans un haussement d'épaules. Deux jours, peut-être.

Elle pensa à son réveil difficile sur le sable et secoua la tête.

– Oh non, je le crois pas ! Tu les rappelles et tu leur dis qu'ils ont intérêt à venir protéger le nid *aujourd'hui*. Ajoute que j'ai vu un raton laveur rôder dans les parages.

– Sérieux ?

– Contente-toi de leur dire ça, O.K. ?

– Dès que j'ai terminé, je leur passe un coup de fil. Promis.

Elle l'observa en plissant les yeux... Tout ça lui paraissait trop facile. Mais avant qu'elle puisse insister, son père sortit sur la véranda.

– Bonjour, ma puce ! lança-t-il. Si tu as faim, je vais attaquer le petit déjeuner.

Will regarda Ronnie et Steve à tour de rôle.

– T'habites là ?

Plutôt que de répondre, elle recula d'un pas.

– Tâche de prévenir l'aquarium, O.K. ?

Elle atteignait déjà la maison et venait de poser un pied sur la véranda, quand Will l'interpella :

– Hé !

Ronnie se retourna.

– Tu m'as pas dit comment tu t'appelais, fit-il remarquer.

– Non, répondit-elle. Je crois pas, en effet...

Comme elle approchait de la porte, elle savait qu'elle ne

devait pas se retourner à nouveau... mais ne put s'empêcher de jeter un coup d'œil par-dessus son épaule.

Lorsque Will haussa un sourcil en croisant son regard l'espace d'une seconde, Ronnie se serait volontiers giflée... tout en se félicitant malgré tout de ne pas lui avoir donné son prénom !

Dans la cuisine, debout devant la cuisinière et spatule en main, son père faisait frire des aliments dans une poêle. Sur le plan de travail voisin était posé un paquet de tortillas, et Ronnie devait avouer que tout ça sentait drôlement bon, quel que soit le plat qu'il préparait. Cela dit, elle n'avait rien avalé depuis la veille dans l'après-midi.

— Avec qui tu discutais ? lança-t-il en continuant à s'affairer.

— Juste un gars de l'aquarium. Il est venu délimiter le nid. Tu prépares quoi ?

— Des burritos végétariens.

— Tu plaisantes ?

— Il y a du riz, des haricots et du tofu. Et je glisse le tout dans la tortilla. J'espère que ça va aller. J'ai trouvé la recette sur le Net, alors on verra bien...

— Je suis certaine que ce sera parfait... Euh... sinon, t'as déjà parlé à maman ?

Autant en avoir tout de suite le cœur net.

Il secoua la tête.

— Non, pas encore. Mais j'en ai touché deux mots à Pete ce matin. Il dit qu'il n'a pas encore pu discuter avec la propriétaire. Elle est absente en ce moment.

— Ah bon... mais ?

— Il semble que le gérant du magasin soit son neveu. Mais Pete m'a affirmé qu'il connaissait bien la proprio.

– Oh... fit-elle, en se demandant si ça changerait quoi que ce soit à son problème.

Son père tapota la poêle avec la spatule et reprit :

– En tout cas, je me suis dit qu'il vaudrait peut-être mieux retarder le coup de fil à ta mère jusqu'à ce que je sache ce qui s'est réellement passé en détail. Ça m'embêterait qu'elle se fasse de la bile pour rien.

– Tu veux dire que tu pourrais aussi bien ne pas être obligé de lui en parler ?

– À moins que tu n'insistes.

– Non, non, ça me va. T'as raison. Vaut sans doute mieux attendre...

– O.K., dit-il en remuant une dernière fois le mélange, avant d'éteindre la plaque. Je crois que c'est prêt. T'as une petite faim ?

– Énorme, tu veux dire !

Il sortit une assiette du placard, y posa une tortilla sur laquelle il versa le mélange, puis lui tendit le tout.

– Ça te suffit ?

– Amplement.

– Du café ? J'ai une cafetière pleine, ajouta-t-il en lui tendant une tasse. Jonah m'a dit que ça t'arrivait d'aller chez Starbucks, alors j'ai acheté le même. Peut-être pas aussi bon que celui qu'on sert chez eux, mais j'ai fait de mon mieux.

Elle prit la tasse et le dévisagea :

– Pourquoi t'es aussi sympa avec moi ?

– Pourquoi je ne devrais pas l'être ?

Parce que moi j'ai été odieuse avec toi, aurait-elle pu répondre. Mais elle se contenta de marmonner « merci », tout en ayant l'impression d'être l'héroïne d'un épisode de *Twilight Zone,* dans lequel son père aurait en quelque sorte totalement oublié ces trois dernières années.

Elle remplit sa tasse, puis s'attabla. Steve la rejoignit peu après avec son assiette et se mit à rouler son burrito.

— Comment s'est passée ta nuit ? Pas trop mal, j'espère ?

— Ouais, tant que je dormais, ça allait. Le réveil n'a pas été aussi facile.

— J'ai réalisé trop tard que j'aurais dû t'acheter un matelas pneumatique.

— T'inquiète... Mais après le petit déj', je crois que je vais m'allonger. Je suis encore un peu fatiguée. Ces deux derniers jours ont été assez longs.

— Peut-être que tu ne devrais pas boire de café.

— Aucune importance, crois-moi...

Derrière eux, Jonah entra dans la cuisine avec son pyjama Transformers et les cheveux en pétard. Ronnie sourit malgré elle.

— Bonjour, Jonah.

— Les tortues vont bien ?

— Pas de problème.

— Bon travail, commenta-t-il en se grattant le dos, tandis qu'il s'approchait de la cuisinière. Y a quoi au petit déj' ?

— Des burritos, répondit son père.

D'un œil méfiant, Jonah lorgna la poêle, puis les ingrédients sur le plan de travail.

— Ne me dis pas que t'es passé du côté obscur de la Force, p'pa !

Steve se retint de glousser.

— C'est délicieux.

— C'est du tofu ! Beuuurk !

Ronnie éclata de tire et se leva.

— Et si je te faisais chauffer une Pop-Tart à la place ?

Son frère parut hésiter, comme s'il s'agissait d'une question piège.

— Avec du lait chocolaté ?

Ronnie interrogea son père du regard.

— Il y en a plein dans le frigo, dit-il.

Elle lui en versa donc un verre, qu'elle posa ensuite sur la table. Jonah ne bougea pas d'un pouce.

— O.K., qu'est-ce qui se passe ?

— Comment ça ? dit-elle.

— C'est pas normal, expliqua Jonah. Quelqu'un devrait piquer sa crise. Il y a toujours quelqu'un qui pique sa crise le matin.

— T'es en train de parler de moi ? répliqua Ronnie, comme elle glissait deux Pop-Tart dans le grille-pain. Je suis toujours de bonne humeur...

— Ouais, c'est ça, dit-il en plissant les yeux. T'es sûre que les tortues vont bien ? Parce vous vous comportez tous les deux comme si elles étaient mortes.

— Elles vont bien. Promis, lui assura Ronnie.

— Je vais aller vérifier.

— Vas-y, ne te gêne pas.

Il la regarda attentivement, avant d'ajouter :

— Après le p'tit déj' !

Steve sourit et se tourna vers sa fille.

— Alors, qu'est-ce que t'as prévu aujourd'hui ? Après ta sieste ?

— Tu fais jamais de sieste, s'étonna Jonah en s'emparant de son verre de chocolat.

— Ça m'arrive, quand je suis fatiguée.

— Non, dit-il en secouant la tête. Il y a un truc qui va pas, insista-t-il en reposant son verre. C'est trop bizarre, tout ça... Alors, pas question que je quitte cette cuisine avant de savoir ce que c'est.

Sitôt son petit déjeuner terminé — et Jonah calmé —, Ronnie se retira dans sa chambre. Steve accrocha des serviettes de bain à la tringle à rideaux... mais sa fille n'en eut pas besoin, car elle s'endormit quasi instantanément, pour s'éveiller en sueur au beau milieu de l'après-midi. Après une longue douche rafraîchissante, elle s'habilla et passa à l'atelier voir son père et son frère pour leur dire ce qu'elle comptait faire. Toujours pas de punition en vue de la part de son père.

Bien sûr, il pouvait toujours la consigner plus tard, après avoir reparlé au policier ou téléphoné à sa mère. Ou peut-être qu'il lui avait dit la vérité... peut-être qu'il avait cru d'emblée en son innocence.

Ce serait une grande première, non ?

Quoi qu'il en soit, elle devait discuter avec Blaze... Aussi passa-t-elle deux bonnes heures à la chercher. Elle fit un saut chez sa mère, puis au snack et, même si elle n'y entra pas, elle regarda par la vitrine du disquaire, le cœur palpitant, pendant que le gérant avait le dos tourné... Mais Blaze ne s'y trouvait pas non plus.

Debout sur la jetée, elle balaya la plage du regard. Sans succès. Blaze s'était peut-être rendue à Bower's Point... le coin préféré de la bande de Marcus. Mais Ronnie n'avait pas envie d'y aller toute seule. D'autant que Marcus était bien la dernière personne qu'elle souhaitait voir, et qu'elle ne pourrait pas raisonner Blaze en sa présence.

Ronnie allait abandonner, quand elle la repéra entre les dunes, pas très loin de la jetée. Elle se précipita sur l'escalier, afin de ne pas la perdre de vue, puis se rua sur la plage. Si Blaze l'avait remarquée, elle fit comme si de rien n'était, car elle s'assit sur la dune et contempla l'océan quand Ronnie l'eut rejointe.

— Faut que tu dises à la police que tu as fait, déclara-t-elle tout de go.

— J'ai rien fait. Et d'abord, c'est toi qu'on a arrêtée.

Ronnie avait envie de la secouer.

143

— T'as glissé ces 45 tours et ces CD dans mon sac !

— C'est pas vrai.

— Les CD étaient ceux que tu écoutais !

— Et la dernière fois que je les ai vus, ils se trouvaient à côté des casques, répliqua Blaze en évitant de la regarder en face.

Ronnie sentit le sang lui monter aux joues.

— C'est sérieux, Blaze. On parle de ma vie, là. Je peux écoper d'une condamnation ! Et je t'ai raconté ce qui s'était passé à New York !

— Ouais, et alors ?

Ronnie serra les dents pour ne pas exploser.

— Pourquoi tu me fais ça, à moi ?

Blaze se leva et épousseta son jean.

— Je n'ai absolument rien fait, dit-elle d'un ton glacial et catégorique. Et c'est d'ailleurs ce que j'ai déclaré à la police ce matin.

Incrédule, Ronnie la regarda s'éloigner l'air sûre d'elle, comme si elle croyait réellement aux propos qu'elle tenait.

Ronnie reprit ensuite la direction de la jetée.

Elle ne voulait pas rentrer, sachant que dès que son père reparlerait avec l'agent Pete, il apprendrait ce que Blaze avait dit. Bon, d'accord... peut-être qu'il resterait toujours aussi cool... mais s'il ne la croyait plus ?

Et pour quelle raison Blaze agissait-elle ainsi ? À cause de Marcus ? Soit celui-ci l'y avait poussée parce qu'il en voulait à Ronnie de l'avoir envoyé balader l'autre soir, soit Blaze croyait qu'elle essayait de lui piquer son petit copain. Ronnie penchait plutôt pour cette hypothèse, mais en définitive ça n'avait pas vraiment d'importance. Quelles que soient ses motivations, Blaze mentait et semblait avoir décidé de lui gâcher la vie.

Ronnie n'avait rien avalé depuis le petit déjeuner, mais elle était trop contrariée pour avoir faim. Elle préféra donc rester assise sur la jetée jusqu'au coucher du soleil, regardant la mer passer du bleu au gris, puis à l'anthracite. Elle n'était pas seule ; ici et là, les gens pêchaient, même si, à ce qu'elle pouvait voir, ça n'avait pas l'air de mordre. Une heure plus tôt, un jeune couple s'était installé avec des sandwichs et un cerf-volant. Ronnie remarqua les regards tendres qu'ils échangeaient. Des étudiants, sans doute, car ils ne semblaient guère plus âgés qu'elle ; toutefois elle sentait entre eux une complicité naturelle qu'elle n'avait encore jamais connue dans ses propres relations. Oh, bien sûr, elle avait eu des petits copains mais n'était jamais tombée amoureuse et doutait parfois de connaître un jour le véritable amour. Après le divorce de ses parents, Ronnie avait considéré ce sentiment avec un certain cynisme. Comme la plupart de ses amis, aux parents également divorcés... ceci expliquant peut-être cela.

Quand les derniers rayons du soleil disparurent à l'horizon, elle prit la direction de la maison. Elle souhaitait rentrer à une heure correcte, ce soir-là. C'était la moindre des choses... histoire de montrer à son père combien elle appréciait son attitude compréhensive. En outre, malgré sa sieste matinale, elle se sentait encore fatiguée.

Quand elle eut remonté la jetée, Ronnie préféra passer par le centre-ville plutôt que par la plage. Sitôt qu'elle tourna à l'angle du snack, elle comprit qu'elle avait pris la mauvaise décision. Une silhouette se découpait dans la pénombre, appuyée contre le capot d'une voiture, une boule de feu à la main.

Marcus.

Sauf qu'il était seul. Elle s'arrêta net, la gorge serrée.

Il s'éloigna du véhicule, son visage apparaissant par intermittence sous la lumière des réverbères, tandis qu'il s'approchait d'elle. Tout en regardant Ronnie, il fit rouler sa pelote enflammée sur le dos de sa main, avant de la recueillir dans sa paume. Il serra ensuite le poing et éteignit la balle en prenant la parole.

— Salut, Ronnie.

Son sourire le rendait encore plus effrayant.

Mais elle ne flancha pas pour autant, car elle tenait à lui montrer qu'elle n'avait pas peur de lui. Même si ce n'était pas tout à fait vrai...

— Qu'est-ce que tu veux ? demanda-t-elle, tout en maudissant sa voix un peu chevrotante.

— Je t'ai aperçue et j'ai eu envie de venir te dire bonsoir.

— C'est fait. Salut.

Elle allait s'en aller, mais il s'avança et lui barra le passage.

— J'ai cru comprendre que t'avais des problèmes avec Blaze, murmura-t-il.

Elle recula, envahie par la chair de poule.

— Qu'est-ce que tu sais, au juste ?

— J'en sais assez pour me méfier d'elle.

— Je suis pas d'humeur pour ce genre de truc.

Elle le contourna et il la laissa passer, cette fois, avant de l'interpeller.

— T'en va pas ! En fait, je te cherchais... parce que je voulais que tu saches que je pourrais peut-être la dissuader d'agir comme elle le fait en ce moment avec toi.

Malgré elle, Ronnie hésita. Marcus ne la quittait pas des yeux.

— J'aurais dû te prévenir qu'elle est superjalouse.

— D'où ton comportement qui n'a fait que verser de l'huile sur le feu, hein ?

— C'était juste pour rigoler, l'autre soir. Je pensais que ce serait marrant. Tu crois que je pouvais me douter de ce qu'elle allait te faire ?

Bien sûr que oui... Et c'était tout à fait ce que tu cherchais.

— Alors, tâche d'arranger les choses, dit-elle. Parle à Blaze, fais ce que tu dois faire.

Il secoua la tête.

— Tu m'as pas bien écouté. J'ai dit que je « pourrais » peut-être lui faire entendre raison. Si...

— Si quoi ?

Il se rapprocha. Les rues étaient désertes, remarqua Ronnie. Pas un chat dans les parages, aucune voiture au carrefour.

— Je pensais qu'on pourrait devenir... amis.

Elle se sentit rougir, et le mot lui échappa avant qu'elle pût le retenir :

— Quoi ?

— T'as bien entendu, cette fois. Et je peux régler tout ça.

Il était assez près pour la toucher, aussi recula-t-elle subitement.

— Éloigne-toi de moi, tu veux !

Elle tourna les talons et s'enfuit à toutes jambes. Sachant qu'il la suivrait et connaissait mieux la ville qu'elle, elle était terrifiée à l'idée qu'il la rattrape. Elle haletait et son cœur battait la chamade.

Sa maison ne se trouvait pas très loin, mais Ronnie ne tenait pas la grande forme. Malgré la peur et la montée d'adrénaline, elle sentait ses jambes s'alourdir. En bifurquant dans une rue, elle hasarda un coup d'œil par-dessus son épaule et constata qu'elle était seule... personne ne la suivait.

De retour au bungalow, Ronnie n'entra pas tout de suite. Il y avait de la lumière dans le séjour, mais elle préférait se calmer avant d'affronter son père. Bizarrement, elle ne souhaitait pas qu'il s'aperçoive de sa frayeur, aussi prit-elle le temps de s'asseoir sur les marches de la véranda, côté rue.

Dans le ciel, toutes les étoiles semblaient au rendez-vous, tandis que la lune flottait non loin de l'horizon. Le parfum d'eau de mer se mêlait à la brume en provenance du rivage, une senteur vieille comme le monde... En d'autres circonstances, Ronnie l'aurait peut-être trouvée apaisante, mais pour l'heure elle lui paraissait tout aussi étrangère que le reste.

D'abord Blaze. Ensuite, Marcus. À se demander si tout le monde était cinglé, par ici !

Marcus... aucun doute. Bon, O.K., pas fou à lier, bien sûr... intelligent, rusé, et autant qu'elle pouvait en juger, totalement insensible. Le genre de gars qui ne pensait qu'à lui et à son plaisir. L'automne dernier, en cours d'anglais, Ronnie aurait dû lire le roman d'un auteur contemporain, et elle avait choisi *Le Silence des agneaux* de Thomas Harris. Au fil des pages, elle découvrit que le personnage central, Hannibal Lecter, n'était pas psychopathe mais sociopathe... Ce fut d'ailleurs la première fois qu'elle saisit la différence entre les deux termes. Bien que Marcus ne soit pas un meurtrier cannibale, elle avait le sentiment que Hannibal et lui se ressemblaient, du moins dans leur manière de voir le monde et leur rôle dans la société.

Quant à Blaze... elle était seulement...

Ronnie hésitait... *esclave de ses émotions*, certainement. *Colérique et jalouse* aussi. Mais pendant la journée qu'elles avaient passée ensemble, Ronnie ne l'avait pas trouvée particulièrement tordue... sauf que c'était une vraie loque sur le plan affectif, une tornade d'hormones et d'immaturité qui semait la destruction sur son passage !

Ronnie soupira en se passant une main dans les cheveux. Elle n'avait pas franchement envie d'entrer. Elle entendait déjà la conversation dans sa tête.

Bonsoir, ma puce. Ça s'est bien passé ?

Pas trop. Blaze est totalement sous le charme d'un sociopathe manipulateur et elle a menti aux flics, alors je vais aller en taule. Et puis, tu sais pas ? Le sociopathe en question a non seulement décidé qu'il voulait coucher avec moi, mais en plus il m'a suivie en me collant la trouille de ma vie ! À part ça, comment s'est passée ta journée, p'pa ?

Rien à voir avec l'agréable discussion d'après-dîner qu'il souhaitait sans doute.

Cela signifiait qu'elle allait devoir mentir. Elle soupira encore et se leva péniblement pour rentrer.

À l'intérieur, son père était assis sur le canapé, une Bible écornée ouverte sous ses yeux. Il la referma dès que Ronnie entra dans la pièce.

– 'soir, ma puce. Comment ça s'est passé ?

Je l'aurais parié...

Elle grimaça un bref sourire, en essayant de prendre son air le plus nonchalant.

– Je n'ai pas eu l'occasion de lui parler, dit-elle.

Difficile d'agir normalement, mais Ronnie ne se débrouilla pas trop mal. Elle n'était pas sitôt entrée dans le salon que son père l'entraîna dans la cuisine, où il avait préparé un nouveau plat de pâtes... Tomates, aubergines, courges et courgettes avec des penne. Ils dînèrent pendant que Jonah, qui avait déjà pris son repas, construisait un avant-poste *Guerre des étoiles* en Lego, un truc que le pasteur Harris lui avait apporté en passant les voir en fin de journée.

Ensuite, ils s'installèrent dans le séjour et, comme son père voyait bien qu'elle n'avait pas envie de bavarder, il reprit sa Bible pendant qu'elle attaquait *Anna Karénine* – un livre qu'elle allait adorer, à en croire sa mère. Toutefois, même si l'ouvrage semblait lui plaire, Ronnie ne pouvait se concentrer sur sa lecture. Non pas à cause de Blaze ou de Marcus. Mais parce que son père lisait la *Bible*. Elle avait beau fouiller dans sa mémoire, Ronnie ne se souvenait pas l'avoir vu la lire. Puis elle se dit qu'elle n'y avait peut-être jamais prêté attention.

Jonah acheva la construction de son engin intersidéral – impossible de savoir à quoi ça ressemblait – et annonça qu'il allait se coucher. Elle lui laissa quelques minutes de battement, dans l'espoir qu'il dormirait avant qu'elle gagne la chambre, puis posa son livre et se leva.

– Bonne nuit, ma puce, dit son père. Je sais que ça n'a pas été facile pour toi, mais je suis ravi que tu sois là.

Elle marqua une pause avant de traverser la pièce pour s'approcher de lui. Puis elle se pencha et, pour la première fois en trois ans, l'embrassa sur la joue.

– Bonne nuit, p'pa.

Dans la pénombre de la chambre, Ronnie s'assit sur son lit... Elle se sentait vidée. Bien qu'elle n'ait pas envie de fondre en larmes – elle détestait ça –, elle retenait avec peine les émotions qui l'assaillaient. Elle étouffa un sanglot en reprenant sa respiration.

– Vas-y, chiale un bon coup, murmura Jonah.

Super... Manquait plus que ça !

– Je pleure pas, se défendit-elle.

– Tu respires comme si tu pleurais.

– Mais non.

— Ça me dérange pas, tu sais.

Ronnie renifla, tentant de recouvrer son sang-froid, puis sortit son pyjama qu'elle avait glissé sous l'oreiller. En le serrant tout contre sa poitrine, elle se leva pour aller se changer dans la salle de bains. Au passage, elle regarda distraitement par la fenêtre. Sous la lune, le sable prenait des reflets argentés, et lorsque Ronnie se tourna en direction du nid de tortue il lui sembla voir quelque chose remuer dans la pénombre.

Après avoir humé l'air ambiant, le raton laveur se dirigea vers le nid, uniquement protégé par l'adhésif jaune tendu autour des piquets.

— Oh, merde !

Lâchant son pyjama, Ronnie sortit illico de la chambre. Dès qu'elle déboula au salon puis dans la cuisine, elle entendit vaguement son père lui crier :

— Qu'est-ce qui se passe ?

Mais elle avait déjà franchi la porte avant de pouvoir répondre. Elle gravit la dune en agitant les bras.

— Nooon ! Arrête ! Va-t'en !

L'animal redressa la tête, puis détala aussitôt et disparut de l'autre côté de la dune.

— M'enfin, qu'est-ce qui se passe ?

Elle se tourna et découvrit Jonah et son père sur la véranda.

— Ils n'ont pas installé la cage !

Will

Cela faisait à peine dix minutes que Will avait ouvert les portes du garage, lorsqu'il vit la fille traverser le couloir pour rejoindre directement l'atelier.

Tout en s'essuyant les mains avec un chiffon, il s'avança vers elle.

— Salut, dit-il, sourire aux lèvres. Je m'attendais pas à te voir là.

— Merci de n'avoir rien fait ! rétorqua-t-elle.

— Mais de quoi tu parles ?

— Je t'ai demandé un truc tout simple ! Uniquement de les appeler pour qu'ils installent la cage ! Mais t'as même pas été capable de le faire !

— Attends deux secondes... Qu'est-ce qui se passe ? reprit-il en battant des paupières.

— Je t'ai dit que j'avais vu un raton laveur rôder autour du nid !

— Le nid a été saccagé ?

— Comme si tu t'en souciais. Je rêve, ou c'est le volley qui t'a rendu amnésique ?

— Je veux juste savoir si le nid est intact.

Elle continuait à lui lancer des regards noirs.

– Ouais. Aucun souci. Mais c'est pas grâce à toi !

Sur ces mots, elle tourna les talons et gagna la sortie à grandes enjambées.

– Attends !

Elle l'ignora et Will resta planté là, interloqué.

– C'était quoi, ça ?

Par-dessus son épaule, Will aperçut Scott qui l'observait depuis le pont élévateur.

– Tu veux bien me rendre un service ? lui demanda Will.

– Genre ?

Il sortit les clés de sa poche et partit en direction du pick-up garé dans l'arrière-cour.

– Faut que tu me remplaces. J'ai un truc à faire.

Scott s'avança aussitôt vers lui.

– Attends ! De quoi tu parles ?

– Je reviens dès que possible. Si mon père se pointe, dis-lui que j'en ai pas pour longtemps. Tu peux commencer sans moi.

– Tu vas où ?

Will ne répondit pas, mais Scott voulut le rattraper.

– Dis donc, mon pote ! Pas question que je me débrouille tout seul ! On a une tonne de bagnoles à faire.

Will s'en moquait et, sitôt sorti de l'atelier, il gagna sa camionnette à petites foulées, sachant très bien où il devait se rendre.

Il la trouva sur la dune, une heure plus tard, debout près du nid, toujours aussi en colère.

– Qu'est-ce que tu veux ? lâcha-t-elle, mains sur les hanches, en le voyant approcher.

– Tu m'as pas laissé finir tout à l'heure. J'ai vraiment appelé l'aquarium.

– Ben voyons...

Il examina le nid.

– Y a rien qui cloche. Pourquoi t'en fais tout un plat ?

– Ouais, tout va bien. C'est pas grâce à toi, en tout cas.

Will sentit l'agacement le gagner.

– M'enfin, c'est quoi ton problème ?

– Mon problème, c'est que j'ai dû dormir une fois de plus à la belle étoile, parce que le raton laveur est revenu. Le même dont je t'avais parlé !

– T'as dormi dehors ?

– T'es bouché ou quoi ? Oui, j'ai dormi là, sur le sable ! Deux soirs d'affilée, parce que t'as pas fait ton boulot. Si j'avais pas regardé par la fenêtre au bon moment, le raton laveur se serait attaqué aux œufs. Il devait se trouver à un mètre du nid quand j'ai fini par le chasser en lui foutant la trouille. Ensuite, j'ai dû rester là, parce que je savais qu'il allait se repointer. C'est d'ailleurs pour ça que je t'avais demandé d'appeler l'aquarium ! En supposant que même un mec comme toi, qui passe son temps sur la plage, pouvait ne pas oublier de faire *son job* !

Elle le fixait, comme pour essayer de le faire disparaître d'un simple regard façon « rayon de la mort ».

Il n'y résista pas :

– Tu veux bien reprendre au début, histoire de voir si j'ai bien pigé. T'as vu un raton laveur, ensuite t'as voulu que j'appelle l'aquarium, et puis t'as encore vu un raton laveur. Et t'as fini par dormir à l'extérieur. Exact ?

Elle ouvrit la bouche pour répondre puis se ravisa, préférant faire volte-face pour se diriger tout droit vers la maison.

– Ils viendront demain à la première heure ! lui cria-t-il. Et je te répète que je leur ai passé un coup de fil. Deux, même. D'abord, juste après avoir installé les piquets et la bande jaune, et ensuite en quittant mon boulot. Combien de fois je dois te le répéter pour que tu m'écoutes ?

Même si elle s'arrêta net, elle ne voulut pas se retourner. Il enchaîna malgré tout :

— Et tout à l'heure, juste après ton départ du garage, je suis allé voir le directeur de l'aquarium pour lui parler de vive voix. Il m'a donc certifié que ses gars viendraient ici dès demain matin. Ils seraient volontiers venus aujourd'hui, mais ils avaient huit nids à protéger à Holden Beach.

Elle se retourna lentement et le dévisagea, essayant de voir s'il lui disait la vérité.

— Pour ce soir, ça va pas trop aider mes tortues, donc ?

— *Tes* tortues ?

— Ouais, affirma-t-elle. *Ma* maison. *Mes* tortues.

Sur ces paroles, elle regagna le bungalow, sans se soucier de le planter là, sur le sable.

Elle lui plaisait... C'était pas plus compliqué que ça.

En retournant au garage, Will ne savait pas trop pourquoi il appréciait cette fille... Mais jamais auparavant il n'avait quitté le travail pour courir après Ashley. Chaque fois qu'il avait vu cette fille, elle s'était débrouillée pour l'étonner, en fait. Il aimait sa manière de dire franchement ce qu'elle pensait, sans se laisser démonter par lui. Le plus ironique, c'était qu'il devait encore faire ses preuves. D'abord, il avait renversé du soda sur son tee-shirt, ensuite elle l'avait quasiment surpris en pleine bagarre, et voilà que ce matin elle le prenait soit pour un fainéant, soit pour abruti !

Pas de quoi s'affoler, bien sûr. Ce n'était pas une copine, et il ne la connaissait pas vraiment... Mais, curieusement, il s'inquiétait de savoir ce qu'elle pensait de lui. Et, aussi incroyable que ça puisse paraître, Will voulait lui faire bonne impression. Car il souhaitait aussi lui plaire...

Bref, tout cela était assez bizarre et nouveau pour lui, et

pendant le reste de la journée – où il travailla même à la pause déjeuner pour rattraper sa matinée –, il ne cessa de repenser à elle. Will décelait une certaine sincérité dans sa manière de s'exprimer et d'agir, une bienveillance et une gentillesse sous son apparence fragile.

Quelque chose lui disait que, même s'il l'avait déçue jusqu'ici, il aurait toujours une occasion de se racheter.

Plus tard, ce soir-là, il la retrouva assise à l'endroit exact où il pensait la voir, dans un transat, un livre ouvert sur les genoux, qu'elle lisait à lumière d'une petite lanterne.

Elle leva la tête à son approche, puis se replongea dans son roman.

– Je me suis dit que tu serais là, dit-il. Ta maison, tes tortues, tout ça...

Comme elle ne réagissait pas, Will promena son regard alentour. Il n'était pas très tard et des ombres se déplaçaient derrière les rideaux de la petite maison où elle vivait.

– Pas de raton laveur en vue ?

Plutôt que de répondre, elle tourna une page de son bouquin.

– Attends. Laisse-moi deviner. T'as décidé de me snober, c'est ça ?

– Tu devrais pas être avec tes amis, soupira-t-elle, en train de peaufiner ton look devant un miroir ?

Il éclata de rire.

– Très drôle. Va falloir que je la retienne.

– J'essaye pas d'être drôle. Je suis sérieuse.

– Oh, parce qu'on est si beaux que ça, pas vrai ?

En guise de réponse, elle revint à son livre, mais Will se rendait bien compte qu'elle ne lisait pas vraiment. Il s'assit à côté d'elle.

– « Toutes les familles heureuses se ressemblent, mais

chaque famille malheureuse l'est à sa façon »[1], cita-t-il en désignant l'ouvrage. C'est la première ligne de ton roman. J'ai toujours pensé qu'il y avait du vrai là-dedans. Ou peut-être que c'est ce que disait mon prof de littérature, je sais plus trop. Je l'ai lu au semestre dernier.

— Tes parents doivent être fiers que tu saches lire.

— En effet. Ils m'ont offert un poney et des tas de trucs, quand j'ai rédigé un compte rendu de lecture sur *Le Chat chapeauté*[2].

— C'était avant ou après que t'aies prétendu avoir lu Tolstoï ?

— Oh, mais tu m'écoutes, alors... C'était juste pour vérifier.

Il écarta les bras en désignant l'horizon et ajouta :

— C'est une soirée magnifique, non ? J'ai toujours adoré ce genre de nuits. C'est superrelaxant d'entendre les vagues se briser dans l'obscurité, tu trouves pas ?

— T'es pas du genre à lâcher prise, toi, dit-elle en refermant son livre.

— J'aime bien les gens qui aiment les tortues.

— Alors, va rejoindre tes copains de l'aquarium. Ah, mince... c'est vrai qu'ils sont occupés à sauver d'autres tortues. Quant à tes copines, entre la manucure et le brushing, elles n'ont pas une minute à elles, pas vrai ?

— Sans doute. Mais en fait, je suis venu parce que j'ai pensé que t'aimerais peut-être avoir de la compagnie.

— T'inquiète pas pour moi, rétorqua-t-elle. Maintenant, dégage.

---

1. *Anna Karénine*, Léon Tolstoï (1828-1910), traduction Henri Mongault, Gallimard, 1952 *(N.d.T.)*.

2. Titre original : *The Cat in The Hat*, Dr Seuss, traduction A.-L. Fournier Le Ray, Pocket, 2004 *(N.d.T)*.

– C'est une plage publique. Et j'aime bien ce coin.

– Alors, tu vas rester ?

– Oui, je crois.

– Dans ce cas, ça te dérange pas si je rentre chez moi ?

Il se redressa et, la main sur le menton, fit mine de réfléchir.

– Je sais pas si c'est une bonne idée. Comment tu peux être sûre que je vais rester là toute la nuit ? Et avec ce raton laveur...

– Qu'est-ce que tu veux de moi, à la fin ?

– Si tu me disais ton prénom, pour commencer ?

Elle s'empara d'une serviette de bain et l'étala sur ses jambes.

– Ronnie, répondit-elle. Le diminutif de Veronica.

Il s'inclina légèrement, en tendant les bras derrière lui.

– O.K., Ronnie. Si tu me racontais ton histoire ?

– En quoi ça t'intéresse ?

– Lâche-moi deux secondes, répliqua-t-il en se tournant vers elle. Je fais des efforts, O.K. ?

Il craignait sa réaction... mais tandis qu'elle rassemblait ses cheveux en une queue-de-cheval souple, Ronnie parut se faire à l'idée qu'elle n'allait pas se débarrasser de lui aussi facilement.

– O.K. Mon histoire. Je vis à New York avec ma mère et mon petit frère, mais elle nous a expédiés ici pour passer l'été avec notre père. Et là, je me retrouve en train de faire du baby-sitting d'œufs de tortue, avec un volleyeur-mécano-bénévole à l'aquarium qui me drague comme un malade.

– Je te drague pas, protesta-t-il.

– Ah non ?

– Crois-moi, si c'était le cas, tu t'en rendrais compte. D'abord, tu succomberais forcément à mon charme ravageur.

Pour la première fois depuis qu'il l'avait rejointe, Will l'entendit rire. Il prit ça pour un signe encourageant.

— En fait, je suis venu parce que je me sentais mal à propos de cette histoire de cage, et je voulais pas que tu sois là-dehors toute seule. Comme je te le disais, c'est une plage publique et on sait jamais sur qui on peut tomber.

— Quelqu'un comme toi ?

— C'est pas de moi que tu devrais t'inquiéter. Il y a des gens mauvais partout. Même par ici.

— Laisse-moi deviner. Tu me protégerais, alors ?

— En cas de pépin, je le ferais sans hésiter.

Elle ne réagit pas à ces propos, mais Will avait l'impression de l'avoir épatée. La marée montait et tous deux observèrent l'écume argentée des vagues qui roulaient et s'écrasaient sur la grève. Derrière les fenêtres, les rideaux frémirent, comme si on les observait.

Ronnie brisa le silence en reprenant la parole.

— À ton tour. C'est quoi, ton histoire ?

— Je suis volleyeur-mécano-bénévole à l'aquarium, répliqua-t-il du tac au tac.

Elle rit à nouveau. Il appréciait son naturel, qu'il trouvait même communicatif.

— Ça t'ennuie pas si je reste un moment avec toi ?

— C'est une plage publique.

Il désigna le bungalow.

— Faut peut-être que tu préviennes ton père que je suis là ?

— Je suis persuadée qu'il le sait déjà, dit-elle. La nuit dernière, il a dû venir voir toutes les deux minutes si j'allais bien.

— Il m'a tout l'air d'un bon père.

Ronnie parut soudain plongée dans ses pensées, puis elle secoua la tête et changea de sujet.

– Alors, comme ça, t'aimes le volley ?

– Ça me maintient en forme.

– O.K., mais tu réponds pas vraiment à ma question.

– Ça me plaît. J'irais pas jusqu'à dire que j'adore ça, remarque.

– En revanche, t'adores bousculer les spectatrices, pas vrai ?

– Ça dépend de celles que je bouscule. Mais il y a quelques jours, ça s'est pas trop mal passé, je crois.

– Parce que m'inonder de soda, tu trouves ça cool ?

– Si cet accident ne s'était pas produit, je serais sans doute pas là avec toi.

– Et moi, je pourrais profiter d'une soirée paisible sur la plage.

– Oh, tu sais, dit-il en souriant, les soirées sur la plage, c'est très surfait.

– En tout cas, c'est pas ce soir que je le saurai, hein ?

Il éclata de rire.

– Tu vas où, en cours ?

– J'y vais plus, dit-elle. J'ai passé mon diplôme il y a deux semaines. Et toi ?

– Je viens de décrocher le mien au lycée Laney de Wilmington. Où Michael Jordan a étudié, figure-toi.

– Je parie que tous les élèves doivent le préciser.

– Non, rectifia-t-il. Pas tous. Uniquement ceux qui ont obtenu leur diplôme.

– O.K., soupira-t-elle en levant les yeux aux ciel. Et ensuite, t'as prévu quoi ? Continuer de bosser pour ton père ?

– Uniquement pendant l'été, dit-il en prenant une poignée de sable qu'il laissa glisser entre ses doigts.

– Et après ?

– J'ai bien peur de pas pouvoir te répondre.

– Ah bon ?

160

– Je te connais pas assez pour te donner cette info... Je sais pas si peux te faire confiance.

– Donne-moi un indice, insista Ronnie.

– Si on commençait par toi ? Qu'est-ce que t'envisages de faire ?

Elle réfléchit un instant.

– J'envisage sérieusement une carrière de gardienne de nid de tortue. Il semblerait que j'aie un don pour ça. T'aurais dû voir comme le raton laveur a décampé ! À croire qu'il m'a prise pour Schwarzenegger dans *Terminator* !

– J'ai l'impression d'entendre Scott...

Comme elle le regardait d'un air intrigué, il expliqua :

– C'est mon partenaire de volley, et le roi des références ciné. Du genre à ne pas pouvoir faire une phrase sans allusion à un film. Bien sûr, il s'arrange en général pour y glisser un sous-entendu sexuel.

– Il m'a l'air drôlement doué.

– Tout à fait. D'ailleurs, je pourrais lui demander de te faire une petite démonstration.

– Non, merci. Les jeux de mots scabreux, c'est pas mon truc.

– Tu risques de trouver ça marrant.

– Je pense pas.

Tandis qu'ils continuaient à bavarder, Will soutint son regard et remarqua que Ronnie se révélait plus jolie que dans son souvenir. Drôle et intelligente, en plus, ce qui ne gâtait rien.

Près du nid, les herbes folles se courbaient sous la brise marine, et le bruit régulier du ressac semblait les envelopper dans une sorte de cocon douillet. Tout le long de la plage, les lumières brillaient dans les villas du front de mer.

– Je peux te poser une question ?

— De toute façon, je suis pas certaine de pouvoir t'en empêcher.

— Qu'est-ce qu'il y a entre Blaze et toi ? demanda-t-il en agitant ses pieds dans le sable.

— Comment ça ? répondit-elle, un peu crispée.

— Je me demandais seulement pourquoi tu traînais avec elle l'autre soir.

— Oh... fit-elle, soulagée. À vrai dire, on s'est rencontrées quand elle a renversé le reste de mon soda sur mon tee-shirt... alors que je venais de finir de nettoyer ce que t'avais fait.

— Tu rigoles ?

— Non, sérieux ! Apparemment, c'est une coutume locale de renverser du soda sur les gens pour leur dire bonjour. Franchement, je préfère les salutations classiques, genre : « Salut ! Ravi de faire ta connaissance. » Bref... Blaze avait l'air sympa et je connaissais personne d'autre, alors... on s'est baladées un moment.

— Elle est venue dormir ici avec toi hier soir ?

— Non.

— Quoi ? Elle veut pas sauver les tortues ? Ou au moins te tenir compagnie ?

— Je lui en ai pas parlé.

Will devina qu'elle ne souhaitait pas en dire plus, aussi changea-t-il de sujet en montrant la plage.

— Une petite promenade, ça te dit ?

— Genre « romantique », ou une simple balade ?

— Euh... juste une balade.

— Bravo ! s'exclama-t-elle en battant des mains. Mais sache que je tiens pas à m'éloigner trop, vu que le raton laveur a pas l'air de trop inquiéter les bénévoles de l'aquarium et que les œufs sont toujours pas protégés.

— Détrompe-toi, les gars n'ont pas pris l'info à la légère.

D'ailleurs, je sais de source sûre qu'un de leurs bénévoles participe à la surveillance du nid en ce moment même !

– O.K., mais la vraie question, c'est *pourquoi* ?

Ils marchèrent sur la plage en direction de la jetée et passèrent devant une dizaine de villas du front de mer, chacune disposant d'une vaste terrasse et d'un escalier qui descendait directement dans le sable. Quelques maisons plus loin, un voisin donnait une soirée et toutes les lumières du deuxième étage étaient allumées, tandis que trois ou quatre couples appuyés à la balustrade contemplaient les vagues sous la lune.

Will et Ronnie parlèrent peu, mais bizarrement le silence ne les gênait pas. Ronnie conservait une distance suffisante entre elle et lui, afin d'éviter de l'effleurer par mégarde. Par moments, Will crut entrevoir un sourire fugace sur ses lèvres, comme si elle se rappelait soudain une anecdote marrante qu'elle n'avait pas encore partagée avec lui. De temps à autre, elle s'arrêtait pour ramasser un coquillage, et il remarqua la concentration avec laquelle elle examinait sa trouvaille, avant de s'en débarrasser ou de la glisser dans sa poche.

Will ignorait tant de choses à son sujet... Sur bien des points, Ronnie demeurait une énigme. Tout le contraire d'Ashley, qui se révélait des plus prévisibles. Avec elle, Will savait à quoi s'en tenir, même si ce n'était pas vraiment ce qu'il recherchait.

Rien à voir avec Ronnie, donc, qui lui décocha un sourire à la fois spontané et inattendu... à tel point qu'il eut l'agréable sensation qu'elle devinait ses pensées. Si bien que lorsqu'ils firent demi-tour pour regagner le nid de la tortue, Will imagina un bref instant toutes les balades nocturnes sur la plage qu'il ferait en sa compagnie dans un avenir lointain.

De retour à la maison, Ronnie entra parler à son père, pendant que Will déchargeait son pick-up. Il installa ensuite son sac de couchage et ses affaires à côté du nid... Il aurait aimé que Ronnie puisse rester avec lui, mais elle l'avait déjà averti que son père risquait de ne pas donner son accord. Quoi qu'il en soit, il était ravi qu'elle puisse au moins dormir tranquillement dans son lit, ce soir.

Will s'installa confortablement, songeant que cette soirée marquait le début d'une histoire. Tout semblait désormais possible. Et lorsqu'il se tourna en souriant à Ronnie, qui lui faisait signe pour lui souhaiter bonne nuit depuis la véranda, il eut l'impression tout au fond de lui que pour elle aussi c'était le commencement d'une relation.

— Il est mort ? C'est qui ?
— Mais non. C'est juste un copain. Dégage...

Comme les paroles flottaient dans son esprit encore embrumé, Will tenta péniblement de se rappeler où il se trouvait. Il plissa les yeux, aveuglé par le soleil matinal, et se retrouva quasiment nez à nez avec un gamin.

— Oh... salut, marmonna Will.
— Qu'est-ce que tu fais là ?
— Euh... je me réveille.
— Je vois bien. Mais qu'est-ce que tu faisais là hier soir ?

Will sourit. Ce gosse l'interrogeait comme un policier sur une scène de crime, ce qui était assez comique, compte tenu de sa taille et de son âge.

— Je dormais, figure-toi.

— Ouais, c'est ça...

Will se redressa et remarqua Ronnie, qui se tenait un peu à l'écart. Vêtue d'un tee-shirt noir et d'un jean déchiré, elle arborait la même expression amusée que la veille au soir.

— Je m'appelle Will, reprit-t-il. Et toi ?

Le garçonnet désigna sa sœur d'un hochement de tête en répliquant :

— Je suis son camarade de chambre. Ça fait un bout de temps qu'on se connaît.

— Je vois, dit Will en se grattant la tête, toujours le sourire aux lèvres.

Ronnie s'approcha, les cheveux encore humides après sa douche matinale.

— C'est mon frère... un vrai fouineur.

— Ah ? fit Will.

— Exact, confirma Jonah. Sauf que je suis pas une fouine.

— C'est bon à savoir.

Jonah continuait à le dévisager.

— Je crois bien que je te connais.

— Ça m'étonnerait. Sinon je me souviendrais de toi.

— Non, je t'assure, insista Jonah, qui sourit à son tour. Ça y est, je sais ! C'est toi qu'as dit au policier que Ronnie était allée à Bower's Point !

Will se remémora aussitôt la scène et se tourna, la mort dans l'âme, vers Ronnie qui, d'abord étonnée puis perplexe, comprenait enfin de quoi ils parlaient.

Oh, non...

Mais Jonah continuait sur sa lancée :

— Ouais, même que c'est l'agent Pete qui l'a ramenée à la maison, et p'pa et elle ont eu une super grosse dispute le lendemain matin...

Will vit Ronnie serrer la mâchoire et, tout en marmonnant, elle tourna les talons et fila vers la maison.

Jonah s'interrompit en pleine phrase, se demandant ce qu'il avait bien pu dire de mal.

— Merci de ta coopération, maugréa Will en se levant d'un bond pour la rattraper.

— Ronnie ! Attends ! Allez, quoi... Je suis désolé ! J'ai pas fait ça pour t'attirer des ennuis.

Arrivé à sa hauteur, Will tendit la main et, comme ses doigts effleuraient le tee-shirt de Ronnie, elle fit volte-face.

— Va-t'en !

— Écoute-moi deux secondes...

— Toi et moi, on a rien en commun ! Pigé ?

— Alors, hier soir, ça rimait à quoi ?

Elle rougit.

— Laisse-moi... tranquille.

— Ton petit numéro n'a aucun effet sur moi, insista Will.

Bizarrement, ses paroles retinrent suffisamment Ronnie pour qu'il enchaîne aussitôt :

— T'as évité la bagarre, alors que tout le monde la cherchait, l'autre soir. T'as été la seule à remarquer le gosse qui pleurait, et j'ai bien vu ton sourire affectueux quand il est reparti avec sa mère. En plus, tu lis Tolstoï dès que t'as un moment de libre. Et t'aimes les tortues de mer !

Bien qu'elle eût redressé le menton d'un air rebelle, Will sentit qu'il avait marqué un point.

— O.K... et alors ?

— Alors, j'aimerais te montrer un truc aujourd'hui.

Il s'interrompit, soulagé qu'elle n'ait pas immédiatement refusé. Toutefois elle n'avait pas accepté non plus, et avant qu'elle puisse se décider il s'avança à peine vers elle en ajoutant :

— Tu vas aimer ça. Promis.

Will s'engagea dans le parking désert de l'aquarium, puis suivit une allée de service menant à l'arrière du bâtiment. Assise à son côté, Ronnie n'avait pas dit grand-chose durant le trajet.

Une fois le pick-up garé, ils descendirent et Will la conduisit vers l'entrée du personnel. Même si elle avait accepté de venir, il voyait bien que Ronnie avait encore l'air de lui en vouloir un peu

Il lui tint la porte pour la laisser entrer, tandis qu'un courant d'air frais se mêlait à la chaleur humide de l'extérieur. Will l'entraîna ensuite dans un long couloir, puis ils franchirent une deuxième porte menant à l'aquarium proprement dit.

Une poignée de gens travaillaient dans les bureaux, alors que l'établissement ne serait pas ouvert au public avant une heure. Will adorait y venir avant l'ouverture ; les lumières tamisées des réservoirs et l'absence de bruit donnaient à l'endroit une atmosphère mystérieuse. Il était encore fasciné par les épines venimeuses des poissons-scorpions qui évoluaient dans leur cage de verre, remplie d'eau de mer, dont ils effleuraient les parois... et il se demandait si ces rascasses volantes d'un genre particulier avaient conscience de leur habitat réduit ou même de sa présence.

Ronnie marchait à son côté et observait l'activité environnante. Elle resta muette, mais visiblement intéressée, devant l'énorme réservoir abritant la réplique de l'épave d'un sous-marin allemand de la Seconde Guerre mondiale. Lorsqu'ils parvinrent à l'aquarium des méduses qui ondulaient et déployaient leurs ombrelles fluorescentes sous une lumière noire, Ronnie s'arrêta pour effleurer la vitre, émerveillée.

— *Aurelia aurita*, déclara-t-il. Aussi connue sous le nom de méduse aurélie.

Ronnie hocha la tête, captivée par leurs mouvements alanguis.

— En voyant ces créatures délicates, dit-elle, on a du mal à croire que leurs piqûres soient aussi douloureuses.

En séchant, les cheveux de Ronnie paraissaient plus frisés que la veille, si bien qu'on aurait dit un garçon manqué à la tignasse ébouriffée.

— Ne m'en parle pas. Je crois qu'elles me piquent au moins une fois par an depuis que je suis tout petit.

— Tu devrais essayer de les éviter.

— C'est ce que je fais, mais elles finissent toujours par me trouver. Je crois que je les attire.

Elle eut un sourire timide, puis se tourna pour lui faire face.

— Qu'est-ce qu'on fait là, au juste ?

— Je t'ai dit que je voulais te montrer un truc.

— C'est pas la première fois que je vois des poissons. Et j'ai déjà visité un aquarium...

— Je m'en doute. Mais c'est un truc spécial.

— Parce qu'il n'y a encore personne ici ?

— Non, répondit Will. Parce que tu vas voir quelque chose que le public ne voit pas.

— Quoi donc ? Toi et moi, devant un réservoir d'eau de mer ?

Il sourit à belles dents.

— Beaucoup mieux que ça. Viens, suis-moi.

D'ordinaire, dans ce genre de situation, il n'aurait pas hésité à prendre la main de la fille, mais Will ne pouvait se résoudre à tenter le coup avec Ronnie. Il désigna du pouce un petit couloir, un peu l'écart et pouvant facilement passer inaperçu. Une fois tous deux arrivés au bout de ce passage, Will s'arrêta devant la porte.

— Ne me dis pas qu'ils t'ont octroyé un bureau, ironisa-t-elle.

— Non, répliqua-t-il en poussant la porte. Je travaille pas ici, tu te rappelles ? Je suis juste bénévole.

Ils pénétrèrent alors dans une grande pièce en parpaings, traversée de conduits d'aération et de tuyaux. Au plafond, on entendait vaguement bourdonner des néons, dont le bruit était masqué par les énormes filtres à eau qui tapissaient le mur du fond. Un réservoir géant, ouvert sur le dessus et presque entièrement rempli d'eau de mer, chargeait l'air ambiant d'une forte odeur de sel.

Will l'entraîna sur la passerelle métallique qui entourait l'aquarium, et ils descendirent les marches en alu. De l'autre côté de l'énorme cuve se trouvait une vitre en Plexiglas. Grâce à l'éclairage en surplomb, on distinguait la créature qui nageait lentement.

Il observa Ronnie lorsqu'elle finit par l'identifier.

— C'est une tortue de mer ?

— Une caouanne, en fait. Elle s'appelle Mabel.

Comme la tortue glissait devant la vitre, Ronnie aperçut les cicatrices sur sa carapace et constata qu'il lui manquait une nageoire.

— Qu'est-ce qui lui est arrivé ?

— Elle a été blessée par une hélice de bateau. On l'a sauvée il y a environ un mois, alors qu'elle était mourante. Un spécialiste de l'université de Caroline du Nord a dû amputer une partie de sa nageoire antérieure.

Dans l'aquarium, incapable de flotter correctement, Mabel nageait un peu de travers ; elle se cogna à la paroi du fond, puis reprit son circuit.

— Elle va s'en sortir ?

— C'est un miracle qu'elle ait vécu aussi longtemps, et j'espère qu'elle va s'en tirer. Elle a repris des forces, remarque. Mais personne ne sait si elle pourra survivre dans l'océan.

Ronnie observa la tortue, qui heurtait de nouveau la paroi avant de rectifier sa trajectoire, puis se tourna vers Will.

– Pourquoi tu voulais que je la voie ?

– Parce que j'ai pensé que tu l'aimerais autant que moi, répondit-il. Même éclopée, avec ses cicatrices et tout ça...

Ronnie parut méditer sur ses paroles, mais ne dit rien. Elle préféra poser de nouveau son regard sur Mabel et l'observer en silence. Tandis que la créature disparaissait dans l'ombre, à l'arrière du réservoir, Will entendit Ronnie soupirer.

– Au fait, t'es pas censé être au garage, toi ? reprit-elle.

– C'est mon jour de repos.

– L'avantage de travailler pour papa, hein ?

– On peut dire ça...

Elle tapota sur la vitre, histoire d'attirer l'attention de Mabel. Après un petit moment, elle demanda à Will :

– Bon... et qu'est-ce que tu fais d'habitude, quand t'es en congé ?

– Un vrai gars du Sud, pas vrai ? Une canne à pêche à la main, le nez au vent et la tête dans les nuages. Pour parfaire le tableau, tu devrais porter une casquette NASCAR et mâchouiller du tabac.

Ils avaient passé une autre demi-heure à l'aquarium – où Ronnie adora les loutres –, avant que Will l'emmène acheter des crevettes congelées. Ensuite, ils s'étaient installés dans un coin encore sauvage qui donnait sur l'Intracoastal Waterway, et il avait sorti son attirail de pêche de la camion-nette. À présent, ils se tenaient assis au bord d'un petit embarcadère, les jambes ballantes au-dessus de l'eau.

— Fais pas ta snob, répliqua-t-il. Crois-le ou pas, mais le Sud, c'est génial. On a l'eau courante et le tout-à-l'égout, tu sais. Et le week-end, on joue à s'embourber.

— Comment ça ?

— On roule en 4 × 4 dans la boue.

— Ça m'a l'air tellement... intello, commenta-t-elle en feignant un air rêveur.

Il lui donna un petit coup de coude amusé.

— Ouais, tu peux toujours te moquer de moi, mais c'est marrant. T'as de l'eau boueuse sur tout le pare-brise, tu t'enlises, tes roues patinent et éclaboussent le gars juste derrière toi.

— Rien que d'y penser, je trouve ça... exaltant, dit-elle d'un ton pince-sans-rire.

— Je suppose que c'est pas comme ça que tu passes tes week-ends.

Elle secoua la tête.

— Euh... non. Pas vraiment.

— Je parie même que tu quittes jamais Manhattan, si ?

— Bien sûr. Puisque je suis là !

— Tu vois ce que je veux dire. Les week-ends...

— Pourquoi je voudrais quitter la ville ?

— Peut-être pour t'isoler de temps en temps ?

— Dans ce cas, j'ai ma chambre.

— Sinon, tu vas où, ne serait-ce que pour t'asseoir sous un arbre et bouquiner ?

— À Central Park, répliqua-t-elle. Il y a cette superbutte derrière le resto Tavern on the Green. Et je peux m'acheter un café au lait dans le coin.

À son tour de secouer la tête... d'un air faussement dépité.

— T'es citadine jusqu'au bout des ongles. Tu sais pêcher, au moins ?

— Oh, c'est pas si compliqué. Suffit d'accrocher l'appât

à l'hameçon, de lancer la ligne, puis de tenir la canne. Jusque-là, j'ai tout bon ?

— Ça pourrait aller, si pêcher se limitait uniquement à ça. Mais tu dois savoir où lancer ta ligne et être assez douée pour qu'elle plonge à l'endroit exact où tu l'as décidé. Ensuite, faut que tu saches choisir tes appâts et tes leurres, et ça dépend de plein de trucs : le type de poisson, la météo ou la clarté de l'eau. Et puis, bien sûr, faut savoir à quel moment ferrer. Si tu t'y prends trop tôt ou trop tard, le poisson aura le temps de filer.

Ronnie réfléchit à ses remarques.

— Alors, pourquoi t'as opté pour des crevettes ?

— Parce qu'elles étaient en promo !

Elle gloussa et, à son tour, le poussa gentiment.

— Un point pour toi ! Mais j'imagine que je l'avais cherché !

Will sentait encore la chaleur de Ronnie sur son épaule.

— Tu mérites pire que ça. Crois-moi, la pêche, c'est une vraie religion pour certains gars du coin.

— Toi y compris ?

— Non. Pêcher, c'est... contemplatif, on va dire. Ça me permet de réfléchir tranquillement sans être dérangé. Et puis, je peux rêver, avec ma casquette NASCAR sur la tête, en mastiquant mon tabac.

Elle plissa le nez.

— Ne me dis pas que tu chiques vraiment, si ?

— Non. J'aime pas trop l'idée de perdre mes lèvres à cause d'un cancer de la bouche.

— Un deuxième bon point pour toi, dit-elle, en balançant ses jambes d'avant en arrière. Je ne sortirais jamais avec un mec qui chique.

— Tu veux dire que là, en ce moment, on sort ensemble ?

— Non. Ça n'a rien à voir. Là, on est en train de pêcher.

172

– Décidément, on en apprend tous les jours... M'enfin, c'est ça, la vie...

– On croirait entendre une pub pour la bière.

Un balbuzard passa juste au-dessus d'eux au moment où la ligne s'enfonçait à deux reprises dans l'eau. Will redressa la canne comme la ligne se tendait. Il se releva tant bien que mal et commença à rembobiner le fil avec le moulinet, la canne se courbant déjà. Tout arriva si rapidement que Ronnie eut à peine le temps de comprendre ce qui se passait.

– T'en as attrapé un ? demanda-t-elle en se levant d'un bond.

– Approche-toi ! insista-t-il en continuant à rembobiner, tandis qu'il déplaçait la canne vers elle. Tiens ! Prends-la !

– Je peux pas ! hurla-t-elle en reculant.

– C'est pas difficile ! Prends-la et rembobine !

– Je sais pas quoi faire !

– Je viens de te le dire !

Ronnie s'approcha peu à peu, et Will lui colla carrément la canne à pêche dans les mains.

– Maintenant, ne t'arrête pas !

Elle observa la canne qui s'enfonçait davantage dans l'eau, tandis qu'elle commençait à tourner le moulinet vers elle.

– Redresse-la ! Garde la ligne bien tendue !

– Je fais de mon mieux !

– Tu t'en sors vachement bien !

Le poisson surgit à la surface – un petit rouget, remarqua Will – et Ronnie poussa un cri de panique. Comme il s'esclaffait, elle rit aussi en sautillant sur place. Lorsque le poisson ressurgit dans une gerbe d'eau, Ronnie hurla de plus belle en faisant des bonds, avec cette fois une farouche détermination sur le visage.

Will songea qu'il n'avait pas assisté à une scène aussi comique depuis longtemps.

173

– Continue ce que t'es en train de faire, l'encouragea-t-il. Ramène-le vers le quai et je m'occuperai du reste.

Épuisette en main, il s'allongea à plat ventre et tendit le bras au-dessus de l'eau, tandis que Ronnie remontait toujours la ligne. D'un mouvement rapide, il récupéra le poisson dans le filet, puis se remit debout. Il renversa l'épuisette et le poisson tomba sur l'embarcadère en battant des nageoires. Moulinet toujours en main, Ronnie s'agitait, pendant que Will récupérait la ligne.

– Qu'est-ce que tu fais ? vociféra-t-elle. Tu vas pas le remettre à l'eau ?

– T'inquiète pas pour lui...

– Il est en train de mourir !

Will s'accroupit et plaqua le poisson au sol.

– Non, regarde !

– Faut que tu retires l'hameçon ! s'exclama-t-elle, hystérique.

– Deux secondes !

– Il saigne ! Tu l'as blessé ! gémit-elle.

Will l'ignora et s'employa à décrocher l'hameçon. Il sentait la queue du poisson frétiller en claquant sur le dos de sa main. Le petit rouget devait peser à peine plus de un kilo, mais se montrait d'une résistance incroyable.

– Tu traînes trop ! s'effraya Ronnie.

Il fit doucement glisser l'hameçon hors de la gueule du poisson, mais maintint celui-ci sur le sol.

– T'es sûre de pas vouloir le rapporter chez toi pour dîner ? Tu devrais pouvoir lever deux ou trois filets.

N'en croyant pas ses oreilles, elle resta bouche bée... Mais avant qu'elle se ressaisisse, il avait remis le rouget à l'eau. Celui-ci plongea et disparut, tandis que Will essuyait ses mains pleines de sang avec un torchon.

Les joues écarlates, Ronnie le contemplait toujours d'un air accusateur.

— Tu l'aurais mangé, hein ? Si j'avais pas été là ?

— Je l'aurais remis à l'eau.

— Pourquoi j'ai du mal à te croire ?

— Parce que t'as sans doute raison, dit-il, sourire aux lèvres, avant de récupérer la canne à pêche. Bon... tu veux appâter le prochain, ou je m'en charge ?

— En ce moment, ma mère se prend la tête avec le mariage de ma sœur, histoire que tout se passe comme sur des roulettes, déclara Will. Alors, disons que c'est un peu... tendu à la maison.

— C'est pour quand le mariage ?

— Le 9 août. Comme ma frangine tient à l'organiser chez nous, ça facilite pas vraiment la situation. Et ça fait qu'ajouter au stress de ma mère.

Ronnie esquissa un sourire.

— Elle est comment, ta sœur ?

— Super. Elle vit à New York. Plutôt indépendante, comme nana. Elle ressemble assez à une autre sœur aînée de ma connaissance.

Cette dernière remarque sembla plaire à Ronnie. Tandis qu'ils flânaient sur la plage, le soleil se couchait et Will sentait bien que Ronnie se détendait. Ils avaient fini par attraper trois autres poissons, qu'ils remirent chaque fois à l'eau, avant qu'il la ramène à Wilmington, où ils avaient déjeuné sur une terrasse surplombant la rivière Cape Fear. Il avait alors attiré son attention sur la rive opposée, où mouillait l'*USS North Carolina*, un vaisseau de guerre déclassé, datant de la Seconde Guerre mondiale. En l'observant à la dérobée, tandis qu'elle contemplait le bâtiment au loin, Will n'en revenait de la simplicité de leurs rapports. À l'inverse des autres filles qu'il connaissait, elle disait ce qu'elle pensait et ne se livrait pas à des petits jeux stupides. Il adorait son sens de l'humour un peu déjanté, même si elle le visait directement. À vrai dire, il appréciait tout chez elle.

Comme ils approchaient maintenant de sa maison, Ronnie partit en courant pour vérifier l'état du nid de tortue au pied de la dune. Elle se planta devant la cage réalisée à base de grillage de basse-cour, que des piquets plus longs maintenaient dans le sable, et quand il la rejoignit, elle se tourna vers lui d'un air dubitatif.

– Ce truc-là va éloigner le raton laveur ?

– C'est ce qu'ils m'ont dit à l'aquarium.

Elle examina l'installation.

– Comment les bébés tortues vont sortir ? Ils pourront pas passer par les trous, si ?

Will secoua la tête.

– Les bénévoles retirent la cage avant l'éclosion.

– Comment ils peuvent connaître la date ?

– C'est scientifique, tout ça. Les œufs incubent une soixantaine de jours avant d'éclore, mais ça varie en fonction de la météo. Plus l'été est chaud, plus vite ils éclosent. Et n'oublie pas que c'est pas le seul nid de la plage, et que c'était pas le premier non plus. Quand le premier nid se libère, les autres suivent en général dans la semaine.

– T'as déjà assisté à une éclosion ?

– Quatre fois.

– Ça se passe comment ?

– C'est un peu la folie, en fait. À mesure qu'on approche du jour J, on enlève les cages, puis on creuse une tranchée pas trop profonde depuis le nid jusqu'au bord de l'eau, la plus régulière possible, mais assez haute sur les côtés pour que les bébés tortues aillent dans une seule direction. Et c'est bizarre parce que, au début, il n'y a que deux ou trois œufs qui remuent, mais on dirait que ça suffit à ébranler la totalité du nid... et t'as pas le temps de réagir que la nichée commence à grouiller comme une ruche en ébullition. Les tortues grimpent les unes sur les autres pour sortir du trou, et ensuite tu les vois se précipiter vers l'eau comme des crabes. C'est fascinant.

Tout en lui décrivant la scène, il eut l'impression que Ronnie tentait de l'imaginer. Puis elle aperçut un homme qui sortait sur la véranda et lui fit signe.

— J'imagine que c'est ton père ? s'enquit Will en désignant la maison.

— Tout à fait.

— Tu veux pas me présenter ?

— Non.

— Je te promets de me tenir à carreau.

— Ça vaudrait mieux.

— Alors, pourquoi ne pas me présenter ?

— Parce que tu m'as pas encore emmenée chez tes parents.

— Et pourquoi faudrait que tu les rencontres ?

— Exact !

— Je suis pas très sûr de voir où tu veux en venir.

— Alors, comment t'as pu lire Tolstoï de bout en bout ?

Si jusque-là il était déconcerté, à présent Will s'avouait totalement perdu. Elle commença à s'éloigner et il fit quelques pas pour la rattraper.

— T'es pas facile à piger, tu sais...

— Et ?

— Et rien... Je me faisais juste la réflexion.

Elle sourit dans sa tête, tout en jetant un regard vers l'horizon. Au loin, un crevettier rentrait au port.

— Je veux être là quand ça se produira, reprit-elle.

– Quoi donc ?

– L'éclosion. À quoi je pensais, d'après toi ?

Il secoua la tête, toujours un peu confus.

– Ah... on est revenus sur ce sujet. Bon... O.K., tu rentres quand à New York ?

– Fin août.

– Ça va faire juste. Espérons que l'été sera torride.

– C'est plutôt bien parti. Je crève de chaud.

– Parce que tu portes du noir... et un jean.

– J'avais pas pensé que je passerais toute la journée dehors.

– Sinon, tu serais en Bikini, c'est ça ?

– Je pense pas, non.

– T'aimes pas les Bikini ?

– Bien sûr que si.

– Sauf que t'en portes pas devant moi ?

– Pas aujourd'hui, précisa-t-elle en rejetant la tête en arrière.

– Et si je te promets une nouvelle sortie de pêche ?

– N'aggrave pas ton cas...

– Une partie de chasse au canard, alors ?

Ronnie faillit s'étrangler de stupéfaction.

– Ne me dis pas que tu tues réellement des canards ?

Comme il se taisait, elle enchaîna.

– Ces petites créatures toutes gentilles qui s'en vont à tire-d'aile vers leur mare et n'embêtent personne ? Et toi, t'en profites pour leur tirer dessus en plein vol ?

Will médita sur la question.

– Seulement en hiver.

– Quand j'étais gamine, ma peluche préférée était un canard. J'avais du papier peint avec des canards, et un hamster appelé Daffy. J'adore les canards !

– Moi aussi...

Ronnie ne chercha même pas à dissimuler son doute. Will compta sur ses doigts, en énumérant :

— Je les aime à la poêle, rôtis, bouillis, avec une sauce aigre-douce...

— C'est horrible ! lâcha-t-elle en lui donnant un violent coup de coude qui manqua lui faire perdre l'équilibre.

— C'est marrant !

— T'es un homme cruel.

— Parfois, admit-il.

Il montra de nouveau le bungalow et ajouta :

— Bon, si t'as pas envie de rentrer tout de suite, t'accepteras peut-être de m'accompagner quelque part ?

— Pourquoi ? T'as prévu de me montrer une autre manière d'assassiner des petits animaux sans défense ?

— J'ai un match de volley qui commence bientôt et j'aimerais que tu viennes. Ce serait sympa.

— Tu vas encore m'arroser de soda ?

— Seulement si t'as un gobelet à la main.

Ronnie hésita à peine, puis reprit avec lui la direction de la jetée. Il la poussa affectueusement du coude, et elle lui rendit la pareille.

— Je crois que t'as de sérieux problèmes, dit-elle.

— Quel genre ?

— Ben... pour commencer, t'es un tueur de canards en série !

Il éclata de rire avant même de croiser son regard. Ronnie secoua la tête, incapable de dissimuler son sourire, comme si elle s'étonnait de leur complicité tout en profitant de chaque instant.

– 14 –

Ronnie

S'il n'était pas aussi canon, rien de tout ça ne serait jamais arrivé !
Tout en regardant Will et Scott se démener sur le terrain, Ronnie réfléchissait à la succession d'événements qui l'avait amenée là. Elle était *vraiment* allée à la pêche aujourd'hui ? Après avoir observé une tortue convalescente nager dans un grand réservoir... à *huit heures du matin* !

Elle secoua la tête comme pour se ressaisir et éviter de trop se focaliser sur le corps svelte et musclé de Will, qui courait après la balle sur le sable. Difficile de l'ignorer, vu qu'il était torse nu !

Peut-être que l'été ne serait pas si horrible, en définitive...

Bien sûr, la même idée lui avait traversé l'esprit après sa rencontre avec Blaze... *et regarde où ça t'a menée !*

Will ne correspondait pas vraiment à son type, mais en le voyant jouer elle commençait à se demander si c'était si gênant, après tout. Dans le passé, elle n'avait pas franchement eu de chance en choisissant ses mecs. Rick en était l'exemple le plus flagrant. Dieu sait que Will se révélait bien plus intelligent que tous les autres gars avec lesquels Ronnie était sortie... sans compter qu'il semblait vouloir faire quelque chose de sa vie. Il travaillait, faisait du bénévolat,

180

était un sacré bon athlète, et s'entendait même avec sa famille ! Bon, O.K... il en faisait parfois des tonnes dans le genre *excuse-moi-de-te-demander-pardon*, mais ne se laissait pas faire pour autant. Lorsqu'elle le taquinait, il en redemandait – et pas qu'un peu, en fait –, et Ronnie devait bien admettre qu'elle aimait plutôt ça !

Un seul truc la laissait perplexe : elle ignorait pourquoi elle lui plaisait. Ronnie ne ressemblait en rien aux filles qu'il avait l'air de fréquenter le soir de la fête foraine... et, sincèrement, elle n'était même pas certaine qu'il ait eu envie de la revoir après cette journée. Elle l'observa rejoindre la ligne de service à petites foulées, puis lancer un regard dans sa direction, visiblement ravi qu'elle soit venue. Il se déplaçait avec aisance et, en prenant position pour servir la balle, il fit un signe à Scott, lequel donnait l'impression de jouer comme si sa vie en dépendait. Dès que son copain se tourna vers le filet, Will roula des yeux d'un air de dire : « C'est qu'un jeu, enfin ! », ce que Ronnie trouvait assez rassurant. Ensuite, une fois qu'il eut lancé la balle, il s'avança sur le côté pour la renvoyer en faisant des passes à son équipe. Quand il n'hésita pas à plonger sur le ballon en projetant du sable alentour, Ronnie se demanda si elle n'avait pas rêvé... mais il frappa trop fort et la balle sortit du terrain sous le regard assassin de Scott, qui leva les bras, en colère. Will n'y prêta pas attention et fit un clin d'œil à Ronnie, avant de se remettre en position.

– Alors comme ça, Will et toi... ?

Éberluée, Ronnie n'avait pas remarqué la fille qui s'était assise à côté d'elle. En se retournant, elle reconnut la blonde qui accompagnait Will et Scott, le fameux soir de la fête foraine.

– Pardon ?

Son interlocutrice se passa une main dans les cheveux et lui décocha un sourire hollywoodien.

— Will et toi... Je vous ai vus arriver ensemble avant le match.

— Oh...

D'instinct, Ronnie sentit qu'il valait mieux ne pas en dire plus.

Si la blonde se rendit compte de la méfiance de Ronnie, elle n'en laissa rien paraître. Tout en ramenant sa chevelure en arrière d'un habile mouvement de tête qu'elle avait dû travailler devant un miroir, elle la gratifia d'un nouveau sourire éblouissant.

À tous les coups, elle les a fait blanchir.

— Moi, c'est Ashley. Et tu t'appelles...

— Ronnie.

Ashley ne la quittait pas des yeux.

— Et t'es en vacances ?

Quand Ronnie lui lança un vague regard, la fille lui sourit encore en ajoutant :

— Si tu étais d'ici, je l'aurais su. Je connais Will depuis tout petit.

— Oui, oui, dit Ronnie, toujours aussi évasive.

— Vous vous êtes rencontrés quand il t'a bousculée en renversant ton soda, pas vrai ? Le connaissant, je parie qu'il l'a fait exprès.

— Quoi ? répliqua Ronnie dans un battement de paupières.

— C'est pas la première fois que je le vois à l'œuvre. Laisse-moi deviner, il t'a aussi emmenée à la pêche, non ? Sur ce petit ponton de l'autre côté de l'île ?

Difficile pour Ronnie de masquer sa surprise à présent.

— C'est toujours ce qu'il fait quand il découvre une nouvelle nana. Ou alors il l'emmène voir l'aquarium.

Tandis qu'Ashley continuait, Ronnie la dévisagea d'un air incrédule, tout en sentant l'univers se rétrécir à vue d'œil autour d'elle.

– Mais de quoi tu parles ? demanda-t-elle d'une voix brisée.

Ashley enroula les bras autour de ses jambes.

– Nouvelle fille, nouvelle conquête ! Oh, faut pas lui en vouloir, dit-elle d'un air dégagé. C'est juste sa façon d'être. Il peut pas s'en empêcher.

Ronnie se sentit blêmir. Elle s'efforça de ne pas écouter, de ne pas croire à ce qu'elle entendait... Mais les paroles résonnaient dans sa tête...

Laisse-moi deviner, il t'a aussi emmenée à la pêche, non ?

Ou alors il l'emmène voir l'aquarium...

S'était-elle trompée à ce point sur Will ? Décidément, Ronnie se trompait à propos de tout le monde dans cette ville. Logique, en un sens, vu qu'elle n'avait jamais voulu y mettre les pieds. En prenant une profonde inspiration, elle s'aperçut qu'Ashley l'observait attentivement.

– Un problème ? s'enquit cette dernière, ses impeccables sourcils tricotant d'un air soucieux. J'ai dit un truc qui t'a contrariée ?

– Tout va bien.

– Parce que j'ai cru que t'avais comme la nausée, tout d'un coup.

– Je viens de te dire que j'allais bien, rétorqua Ronnie d'un ton cassant.

Ashley entrouvrit la bouche pour réagir vivement, puis la referma, avant de grimacer, tout sucre tout miel :

– Oh, non... Ne me dis pas que tu craquais vraiment pour lui ?

Nouvelle fille, nouvelle conquête ! C'est juste sa façon d'être...

Ces mots lui revenaient sans cesse, et Ronnie ne répondait toujours pas... ça lui était impossible. Dans le silence, Ashley enchaîna, plus charitable que jamais :

– Écoute, ne t'en veux pas... parce que c'est sans doute le gars le plus charmant du monde, quand il veut. Fais-moi confiance, je sais de quoi je parle, j'ai succombé moi aussi à son charme

Elle désigna alors les spectateurs d'un hochement de tête, en précisant :

– Comme la moitié des filles que tu vois autour du terrain.

D'instinct, Ronnie balaya le public du regard et repéra une demi-douzaine de jolies filles en Bikini qui avaient toutes les yeux rivés sur Will. Elle restait muette, alors qu'Ashley poursuivait sur sa lancée.

– Je me suis juste dit que t'étais capable de voir clair dans son jeu... Tu m'as l'air un peu plus subtile que les nanas d'ici, je veux dire. J'imagine que j'ai cru que...

– Faut que je file, annonça Ronnie d'une voix plus ferme que ses nerfs.

Elle sentit ses jambes flageoler en se mettant debout. Sur le terrain, Will dut la voir se lever, car il se tourna dans sa direction, un sourire conquérant sur les lèvres, le parfait comédien...

Comme le gars le plus charmant du monde...

Elle se détourna, en colère contre lui, mais encore plus contre elle-même pour avoir été aussi idiote. Tout ce qu'elle voulait, c'était déguerpir au plus vite !

Dans sa chambre, elle flanqua sa valise sur le lit et y jetait déjà ses vêtements quand la porte s'ouvrit dans son dos. Par-dessus son épaule, elle vit son père à l'entrée de la pièce. Elle hésita un bref instant, avant de rejoindre la commode pour y prendre d'autres affaires.

— Dure journée ? demanda-t-il d'une voix douce, mais sans attendre visiblement de réponse. J'étais dans l'atelier avec Jonah quand je t'ai vue revenir par la plage. T'avais l'air drôlement remontée.

— J'ai pas envie d'en parler.

Son père se tint à distance.

— Tu t'en vas quelque part ?

Elle poussa un soupir exaspéré tout en continuant de faire sa valise.

— Je fous le camp d'ici, O.K. ? Je vais appeler m'man et je retourne à New York.

— À ce point-là ?

Elle se tourna vers lui.

— S'il te plaît, ne m'oblige pas à rester. Je me plais pas ici. J'aime pas les gens de cette ville. Je m'intègre pas. J'y suis pas à ma place. Je veux rentrer chez moi.

Son père ne dit rien, mais la déception se lisait sur son visage.

— Désolée... Mais tu n'as rien à voir là-dedans, précisa-t-elle, O.K. ? Si tu m'appelles, je te parlerai. Et si tu viens me voir à New York, on passera du temps ensemble, O.K. ?

Il continuait de l'observer en silence, ce qui la mettait d'autant plus mal à l'aise. Elle vérifia le contenu de sa valise, avant d'y ajouter le reste de ses affaires.

— Je ne suis pas sûr de pouvoir te laisser partir.

Ronnie s'attendait à cette réaction et se crispa intérieurement.

— P'pa...

Il leva les mains comme pour se défendre.

— Ce n'est pas pour la raison à laquelle tu penses. Si je le pouvais, tu t'en irais avec ma bénédiction, et j'appellerais ta mère sur-le-champ. Mais compte tenu de ce qui s'est passé l'autre jour chez le disquaire...

À cause de Blaze... et de l'arrestation...

Les épaules de Ronnie s'affaissèrent. Dans sa rage, elle avait oublié l'épisode du vol de disques.

Forcément ! Elle n'était pas l'auteur du larcin, déjà ! Ronnie se sentit vidée de toute énergie et fit volte-face en s'affalant sur son lit. C'était pas juste ! Il n'y avait aucune justice dans toute cette histoire.

Son père campait toujours à l'entrée de la pièce.

– Je peux essayer de contacter Pete – l'agent Johnson –, pour voir si ton éventuel départ poserait problème. Toutefois, je risque de ne pas pouvoir le joindre avant demain, et je n'ai pas envie que tu t'attires encore des ennuis. Mais s'il est d'accord et que tu as toujours envie de partir, je ne te retiendrai pas.

– Promis ?

– Ouais, dit-il. Même si je préférerais que tu restes. Je te le promets.

Elle hocha la tête, serra les lèvres, avant de reprendre :

– Tu viendras me voir à New York ?

– Si je peux.

– Comment ça ?

Avant que son père puisse répondre, on tambourina soudain à la porte... Il lança un regard dans le couloir.

– Je pense que c'est le garçon avec qui tu as passé la journée.

Elle se demanda comment il pouvait le deviner. En voyant sa mine ébahie, il ajouta :

– Je l'ai vu venir par ici quand je suis rentré à l'instant. Tu veux que je m'en charge ?

Faut pas lui en vouloir. C'est juste sa façon d'être. Il ne peut pas s'en empêcher.

186

— Non. Je m'en occupe.

Il esquissa un sourire, et l'espace d'un instant lui parut plus âgé. Comme si le départ possible de sa fille lui avait flanqué un coup de vieux.

Cependant elle n'avait rien à faire ici. C'était sa ville à lui, pas celle de Ronnie.

Les coups à la porte redoublèrent d'intensité.

— Dis, p'pa ?

— Ouais ?

— Merci. Je sais que tu souhaites vraiment que je reste, mais c'est tout bonnement pas possible.

— Pas de problème, ma puce, lui assura-t-il, alors qu'il semblait visiblement peiné. Je comprends.

Elle rajusta son jean avant de se lever. En arrivant dans le couloir, il lui tapota affectueusement le dos, tandis qu'elle marquait un temps d'arrêt. Puis, s'armant de courage, elle gagna la porte d'entrée et l'ouvrit d'un coup, alors que la main de Will restait en suspens, prête à tambouriner encore. Il avait même l'air surpris de la voir apparaître.

Ronnie le dévisagea, se demandant comment elle avait pu lui faire aussi bêtement confiance. Elle aurait dû écouter son instinct.

— Oh... euh... bafouilla-t-il en baissant la main. T'es là... J'ai cru que...

Elle lui claqua la porte au nez, et il se remit à frapper, en l'implorant :

— Attends, Ronnie ! Je veux juste savoir ce qui s'est passé ! Pourquoi t'es partie comme ça ?

— Dégage ! hurla-t-elle.

— M'enfin, qu'est-ce que j'ai fait ?

Elle rouvrit la porte à la volée.

— Plus question de me laisser prendre à ton petit jeu !

187

– Quel petit jeu ? De quoi tu parles ?

– Je suis pas débile. Et j'ai plus rien à te dire.

De nouveau, elle ferma la porte. Et Will recommença à la marteler.

– Je reste là tant que tu m'auras pas parlé !

Son père s'approcha.

– La lune de miel est déjà terminée ?

– Elle n'a jamais commencé.

– Je vois ça... Tu ne veux toujours pas que j'intervienne ? suggéra-t-il encore.

Les martèlements reprirent de plus belle.

– Il va finir par se lasser. Mieux vaut l'ignorer.

Après un moment, son père sembla se résigner et indiqua la cuisine.

– Tu as faim ?

– Non, répondit-elle machinalement, avant de se raviser, en posant la main sur son ventre. Euh... peut-être un peu quand même.

– J'ai encore déniché une bonne recette en ligne. Cette fois, il y a des oignons, des champignons, des tomates cuites à l'huile d'olive, le tout servi sur des pâtes fraîches, saupoudrées de parmesan.

– Je crois pas que Jonah va aimer.

– Il a réclamé un hot-dog.

– Pour changer !

Il sourit à nouveau, tandis que Will se remettait à cogner à la porte. Son père dut déceler du désarroi dans son regard et il écarta ses bras... où elle alla se réfugier sans réfléchir.

Il la serra très fort contre lui, avec tendresse, indulgence, et toute l'affection qui avait manqué à Ronnie depuis des années. Elle lutta pour retenir ses larmes avant de s'écarter, en lui proposant :

– Et si je te donnais un coup de main pour le dîner ?

Ronnie essaya de nouveau de se concentrer sur la page qu'elle venait pourtant de lire. La nuit était tombée et, après avoir zappé sans relâche d'une chaîne à l'autre, elle avait éteint la télé et pris son roman. Pourtant, en dépit de tous ses efforts, elle n'arrivait pas à dépasser le premier chapitre, car Jonah campait devant la fenêtre depuis près d'une heure... ce qui détournait l'attention de Ronnie vers l'extérieur – c'est-à-dire Will.

Quatre heures venaient de s'écouler et le gars n'avait toujours pas déguerpi. Il ne tambourinait plus à la porte depuis un moment, mais s'était installé un peu au-dessus de la dune, le dos tourné à la maison. Logiquement, il se trouvait sur une plage publique, donc son père ou elle ne pouvaient rien faire d'autre que l'ignorer. Ce à quoi ils tentaient de s'employer... elle en lisant *Anna Karénine* et lui, bizarrement, en se plongeant une fois de plus dans la Bible.

Jonah, en revanche, ne parvenait pas à détacher son regard de la fenêtre. À croire qu'il était fasciné par l'attitude prostrée de Will, comme s'il avait vu un OVNI atterrir sur la jetée ou Bigfoot se balader sur la plage. Bien qu'il soit en pyjama et aurait déjà dû être couché, il avait supplié son père de le laisser veiller encore un peu, sous prétexte que... *si je me couche trop tôt, je risque de mouiller mon lit.*

Ben, voyons...

Son frère ne mouillait plus ses draps depuis tout petit, et Ronnie savait que son père ne croyait pas un traître mot de l'explication vaseuse de Jonah. Il avait sans doute donné son accord parce que c'était la première soirée qu'ils passaient ensemble tous les trois et – selon ce que leur dirait demain l'agent Johnson – peut-être la dernière. Ronnie se dit que son père avait tout bonnement envie d'en profiter.

Elle le comprenait, bien sûr, et cela la faisait plus ou moins culpabiliser à cause de son envie subite de rentrer à New York. Préparer le repas avec lui s'était révélé plus sympa qu'elle ne l'aurait cru, d'autant que son père ne glissait pas ici ou là des sous-entendus dans ses questions, comme sa mère le faisait ces derniers temps. Mais au risque de le peiner, Ronnie n'avait aucune intention de rester plus longtemps que nécessaire dans cette ville. Alors, le moins qu'elle puisse faire, c'était de rendre cette soirée agréable.

Un défi évidemment impossible à relever.

— Combien de temps il va rester assis là, d'après toi ? marmonna Jonah.

Si Ronnie comptait juste, cela faisait au moins cinq fois qu'il posait la question en vingt minutes, même si son père ou elle n'y répondaient pas. Mais cette fois son père reposa sa Bible.

— Pourquoi ne pas aller le lui demander ? suggéra-t-il.

— Ouais, tu parles, ricana Jonah. C'est pas mon petit copain.

— C'est pas le mien non plus, précisa Ronnie.

— Il se comporte comme s'il l'était.

— Eh ben, il l'est pas, O.K. ? répliqua-t-elle en tournant la page.

— Alors pourquoi il reste assis sur le sable ? reprit Jonah en inclinant la tête comme pour tenter de résoudre l'énigme. Enfin quoi, c'est bizarre, non ? Il reste là des heures à attendre que tu veuilles bien discuter avec lui. On est en train de parler de ma sœur. Ma sœur ?

— Je t'entends, figure-toi ! dit Ronnie, qui ne cessait de relire le même paragraphe.

— Moi, je dis juste que c'est bizarre, insista Jonah, aussi perplexe qu'un scientifique incapable de résoudre un problème. Qu'est-ce qui le pousse à attendre ma sœur ?

Ronnie releva la tête et croisa le regard de son père qui, malgré ses efforts, ne put réprimer son sourire.

Elle revint à son livre et relut une nouvelle fois le même paragraphe, plus déterminée que jamais. Et durant les deux ou trois minutes qui suivirent, le silence envahit le salon... hormis les marmonnements de Jonah qui se trémoussait toujours devant la fenêtre.

Elle tâcha de faire comme si de rien n'était, s'enfonça dans le fauteuil, posa les pieds sur la table basse et tenta de se focaliser sur sa page. Pendant quelques instants, elle parvint à faire le vide autour d'elle et allait enfin se replonger dans l'histoire, quand elle entendit la petite voix de Jonah.

— Combien de temps tu penses qu'il va rester assis là-bas ?

Elle referma son livre dans un bruit sec.

— Ça va, j'ai pigé ! J'y vais ! s'exclama-t-elle en pensant que son frère avait le don inné de la pousser à bout.

Une forte brise soufflait sur la plage, charriant avec elle des odeurs d'eau de mer et de pins, tandis que Ronnie sortait sur la véranda et se dirigeait vers Will. S'il avait entendu la porte s'ouvrir et se fermer, il n'en laissa rien paraître. Au lieu de ça, il semblait s'amuser à lancer de minuscules coquillages sur les araignées de mer qui déta-laient vers leur repaire.

Une nappe de brume occultait les étoiles, si bien que la nuit paraissait plus fraîche et plus noire que la veille. Ronnie croisa les bras en réprimant un frisson. Elle remarqua que Will était toujours en short et en tee-shirt, et se demanda s'il n'avait pas froid... mais chassa aussitôt cette pensée. *C'est pas mon problème*, se dit-elle, alors qu'il se retournait. Dans la pénombre, impossible de déceler la moindre expression sur son visage... Mais en le regardant, Ronnie comprit qu'elle était plus exaspérée par l'obstination du garçon que véritablement en colère contre lui.

— À cause de toi, mon petit frère est complètement flippé, déclara-t-elle d'un ton qu'elle espérait autoritaire. Tu devrais t'en aller.

— Quelle heure il est ?

— Dix heures passées.

— T'en as mis du temps pour venir...

— Je n'aurais même pas dû sortir. Je t'avais pourtant dit de t'en aller bien plus tôt, lâcha-t-elle en le foudroyant du regard.

Les lèvres de Will se crispèrent.

— Je veux savoir ce qui s'est passé, persista-t-il.

— Rien du tout.

— Alors, dis-moi ce que t'a raconté Ashley.

— Elle m'a rien dit.

— Je vous ai vues en train de parler ! lâcha-t-il d'un ton accusateur.

Voilà précisément pourquoi elle refusait de sortir ; elle voulait à tout prix éviter ça.

— Will...

— Pourquoi tu t'es enfuie après avoir discuté avec elle ? Et pourquoi il t'a fallu quatre heures pour venir enfin me voir ?

Ronnie secoua la tête, refusant d'admettre à quel point tout cela la rongeait.

— C'est pas important.

— Autrement dit, elle t'a parlé, pas vrai ? Et qu'est-ce qu'elle t'a raconté ? Qu'on se fréquentait toujours, elle et moi ? Parce que c'est faux. C'est fini entre nous.

Ronnie mit quelques instants à comprendre ce que ça signifiait.

– C'était ta petite amie ?

– Ouais... Pendant deux ans.

Comme Ronnie restait muette, il se leva et s'approcha d'elle.

– Qu'est-ce qu'elle t'a dit exactement ?

Mais Ronnie l'entendait à peine et repensait à la première fois où elle avait vu Ashley... et Will. Ashley, avec son corps de mannequin pour Bikini, qui dévorait Will des yeux...

Elle perçut vaguement la voix de Will qui poursuivait :

– Alors, quoi ? T'as perdu ta langue ? À cause de toi, je reste assis là pendant quatre heures et tu daignes même pas me fournir une explication.

Mais Ronnie se remémorait à présent l'attitude d'Ashley, ce jour-là, dans le public... Elle prenait la pose, battait des mains... faisant tout un cinéma pour que Will la remarque !

Pourquoi ? Parce qu'elle essayait de le récupérer ? Et craignait que Ronnie lui mette des bâtons dans les roues ?

Tout s'expliquait à présent... Mais avant que Ronnie ait le temps de réfléchir à ce qu'elle allait dire, Will secouait déjà la tête d'un air à la fois contrarié et déçu.

– Je pensais que t'étais différente. Je pensais que...

Il s'interrompit soudain et tourna les talons en s'éloignant.

– En fait, je sais même plus ce que je pensais ! lança-t-il par-dessus son épaule.

Elle fit un pas en avant et allait le rappeler, lorsqu'elle remarqua une sorte de lueur au bord de l'eau. La lumière montait et descendait, comme si quelqu'un s'amusait à jongler avec... *une petite boule de feu.*

Sachant que Marcus se trouvait dans les parages, Ronnie sentit sa gorge se serrer et recula malgré elle. Subitement, elle l'imagina se faufilant en douce près du nid de tortue, pendant qu'elle dormait à côté. Elle se demanda s'il avait osé s'approcher. Pourquoi refusait-il de la laisser tranquille ? Est-ce qu'il la *traquait* ?

Ronnie avait déjà vu et entendu parler de ce genre d'histoires aux infos. Même si elle croyait savoir comment réagir et se débrouiller en toutes circonstances ou presque, cette situation-là était différente. Car Marcus était différent. Il lui faisait peur.

Will se trouvait déjà deux ou trois maisons plus bas et sa silhouette disparaissait dans la nuit. Ronnie envisagea de le rappeler et de tout lui raconter, mais elle ne tenait pas à s'attarder sur cette plage. Pas plus qu'elle n'avait envie que Marcus ne l'associe à Will. De toute manière, Will et elle, c'était déjà de l'histoire ancienne.

Il n'y avait plus qu'elle à présent. *Et Marcus.*

Prise de panique, elle recula encore, puis s'obligea à s'arrêter. S'il la sentait apeurée, ça risquait d'aggraver la situation. Elle s'avança donc sous la lumière de la véranda et se tourna volontairement pour regarder en direction de Marcus.

Elle ne pouvait le voir... mais apercevait la lueur vacillante qui montait et descendait dans le noir. Ronnie savait que Marcus souhaitait l'affoler, ce qui déclencha en elle une réaction de défense. Tout en continuant de regarder fixement dans sa direction, elle plaqua les mains sur ses hanches et releva le menton d'un air de défi. Son cœur martelait sa poitrine, mais elle tint bon jusqu'à ce que la boule de feu retombe dans la main de Marcus. L'instant d'après, la lueur s'évanouit et elle comprit qu'il avait refermé son poing, annonçant par là même qu'il s'approchait.

Toutefois, Ronnie refusait de bouger. Elle ne savait pas trop ce qu'elle ferait s'il surgissait soudain à quelques mètres de là, mais à mesure que les secondes s'égrenèrent, une minute s'écoula, puis une deuxième... Elle comprit que

Marcus s'était dit qu'il valait mieux se tenir à l'écart. Nerveusement épuisée par cette attente, mais ravie d'avoir transmis son message, elle rentra dans la maison.

Ce fut seulement en s'adossant à la porte après l'avoir fermée que Ronnie s'aperçut qu'elle tremblait comme une feuille.

Marcus

– Je veux passer au snack avant que ça ferme, annonça Blaze d'une voix geignarde.

– Ben vas-y, répliqua Marcus. Moi, j'ai pas faim.

Ils traînaient une fois de plus à Bower's Point, en compagnie de Teddy et de Lance, lesquels avaient ramassé les deux filles les plus moches que Marcus ait jamais vues, et ils essayaient maintenant de les soûler. Non seulement Marcus n'avait pas apprécié de les trouver là, mais en plus ça faisait une heure que Blaze insistait lourdement pour savoir où il était passé toute la journée.

Il se doutait bien que ça avait un rapport avec Ronnie, car Blaze n'était pas débile. Elle savait depuis le début que Marcus s'intéressait à Ronnie, ce qui expliquait pourquoi elle avait glissé ces fameux CD dans le sac de la New-Yorkaise. La solution idéale pour l'obliger à garder ses distances... et ça signifiait aussi que Marcus ne risquait pas de voir Ronnie.

Bref, ça l'emmerdait. Et par-dessus le marché, Blaze pleurnichait qu'elle avait faim et ne le lâchait plus avec ses questions...

– J'ai pas envie d'y aller toute seule, gémit-elle encore.

– T'es bouchée ou quoi ? explosa-t-il. Ça t'arrive de m'écouter, des fois ? Je viens de te dire que j'avais pas faim !

– Mais t'es pas obligé de manger... hasarda Blaze.

– Tu veux bien la fermer, oui ?

Il venait de lui clouer le bec. Pour quelques minutes, du moins. En la voyant bouder dans son coin, il devina qu'elle attendait qu'il s'excuse ou dise un truc sympa. *Ouais, eh ben ça risque pas d'arriver !*

Marcus se tourna vers l'océan et alluma une de ses pelotes. Ça l'énervait de voir Blaze s'incruster... Idem pour Teddy et Lance, alors qu'il souhaitait un peu de tranquillité. Il en voulait à Blaze d'avoir fait fuir Ronnie, et s'en voulait surtout à lui-même d'être aussi énervé. Ça ne lui ressemblait pas. Il détestait se trouver dans cet état. Il avait envie de frapper quelque chose ou quelqu'un... et lorsqu'il voyait Blaze faire la tronche, nul doute qu'elle arrivait en haut de la liste ! Marcus se détourna et regretta de ne pas pouvoir boire tranquillement sa bière en écoutant la musique à fond, histoire de réfléchir en paix pour une fois. Sans tous ces gens qui lui collaient aux basques.

En fait, il n'était pas vraiment en colère contre Blaze. Bon sang, en apprenant ce qu'elle avait fait, il était même plutôt ravi, au début ! Au point de se dire que ça pourrait aplanir tous les obstacles entre Ronnie et lui. Il allait donc lui rendre service et elle lui renverrait l'ascenseur, du coup ! Mais lorsqu'il le lui avait proposé, elle avait réagi comme s'il avait une maladie contagieuse ou un truc comme ça... genre « Plutôt crever que de flirter avec toi ». Cependant, Marcus n'était pas du style à abandonner, et il se disait que Ronnie finirait par comprendre que ce serait la seule façon pour elle de se tirer de ce bourbier. Il était donc allé lui rendre une petite visite, en espérant avoir l'occasion de lui parler. Il avait décidé de ne pas en faire trop, mais de l'écouter plutôt d'un air bienveillant quand elle lui raconte-rait la vacherie que Blaze lui avait faite. Ensuite, ils auraient pu se balader un peu, et peut-être qu'ils auraient fini par se retrouver sous la jetée, et après... *advienne que pourra, pas vrai ?*

Mais quand il arriva près de sa maison, Will traînait dans les parages. De tous les mecs de la ville, il fallait qu'il tombe sur lui ! Il était là, assis sur cette dune, à attendre Ronnie. Et elle avait fini par sortir lui parler. En fait, ils s'engueu-laient, mais à leur façon de se comporter, c'était évident qu'il y avait quelque chose entre eux... Du reste, ça emmer-dait Marcus parce que ça voulait dire que ces deux-là se connaissaient. Et qu'ils étaient sans doute ensemble.

Autrement dit, Marcus s'était complètement planté sur elle depuis le début.

Et ensuite ? Cerise sur le gâteau. Après le départ de Will, Ronnie s'était rendu compte qu'elle avait deux visiteurs pour le prix d'un ! Lorsqu'elle remarqua qu'il l'observait, Marcus sut qu'il allait forcément se passer quelque chose. Soit elle s'approchait pour discuter, dans l'espoir qu'il pousse Blaze à dire la vérité, soit elle prenait peur, comme l'autre soir, et courait se réfugier dans la maison. Ça lui plaisait de savoir qu'il lui foutait la trouille. Il pourrait en tirer profit.

Mais Ronnie ne fit rien de tout ça. Elle regarda fixement dans sa direction, comme pour lui dire : « Quand tu veux, mon pote... »

Debout sur la véranda, sa posture trahissait à la fois le défi et la colère, jusqu'à ce qu'elle rentre dans la maison.

Personne n'osait faire ça à Marcus. Surtout une nana ! Elle se prenait pour qui, cette gonzesse ? Beau petit lot ou pas, ça lui plaisait pas. Mais alors, pas du tout !

Blaze l'arracha à ses pensées.

— T'es sûr que tu veux pas m'accompagner ?

Marcus se tourna vers elle et éprouva un besoin urgent de se vider la tête, de décompresser. Il savait exactement ce qu'il lui fallait et quelle personne pouvait le lui offrir.

— Viens par ici, dit-il avec un sourire forcé. Assieds-toi à côté de moi. J'ai pas envie que tu t'en ailles tout de suite.

– 16 –

Steve

Steve leva la tête quand Ronnie revint. Même si elle lui décocha un sourire pour le rassurer, il ne put s'empêcher de remarquer l'expression de sa fille lorsqu'elle récupéra son roman pour aller dans sa chambre.

Un truc clochait, c'était évident.

Sauf qu'il ignorait quoi au juste. Impossible pour lui de savoir si elle était triste, énervée ou même effrayée. Et tout en se demandant s'il allait tenter de lui parler, il était prêt à jurer qu'elle souhaitait régler son problème toute seule, quelle qu'en soit la gravité. *Normal*, supposa-t-il. Il n'avait peut-être pas passé beaucoup de temps avec elle ces jours-ci, mais il avait enseigné à des ados pendant des années. Et c'était justement quand votre enfant décidait de vous parler – parce qu'il avait un truc important à dire – que vous deviez vous faire de la bile.

– Hé, p'pa ? dit Jonah.

Pendant que Ronnie se trouvait à l'extérieur, il avait interdit à Jonah d'épier par la fenêtre. Cette décision lui paraissait s'imposer d'elle-même, et Jonah avait senti qu'il valait mieux ne pas la contester. Son fils avait trouvé

Bob l'Éponge sur l'une des chaînes et regardait avec joie le dessin animé depuis un quart d'heure.

– Oui ?

Jonah se leva et lui demanda, sérieux comme un pape :

– Qui est-ce qui est borgne, parle français, et adore les cookies avant d'aller se coucher ?

Steve réfléchit, puis :

– Aucune idée.

Jonah se masqua un œil d'une main et répliqua :

– Moi ![1]

Steve rit de bon cœur et se leva du canapé en posant sa Bible. Ce gosse n'avait pas son pareil pour le dérider.

– Allez, viens. J'en ai dans le placard.

Et tous deux partirent vers la cuisine.

– Je crois que Ronnie et Will se sont disputés, reprit Jonah en remontant son pyjama.

– C'est le nom de ce garçon ?

– T'inquiète... Je me suis renseigné sur lui.

– Ah... Et pourquoi tu penses qu'ils se sont disputés ?

– Je les ai entendus. Will avait l'air en pétard.

Steve fronça les sourcils.

– Je croyais que tu regardais le dessin animé.

– C'est ce que je faisais, mais je les ai entendus quand même, déclara Jonah d'un ton neutre.

– Tu ne devrais pas écouter les conversations d'autrui, lui reprocha Steve.

– Parfois, on apprend des trucs, tu sais.

– Mais c'est pas bien.

– M'man essaye d'écouter Ronnie quand elle discute au

---

1. En français dans le texte *(N.d.T.)*.

téléphone. Et quand Ronnie prend sa douche, m'man en profite pour regarder en douce les SMS sur son mobile.

– Ah bon ? fit Steve en essayant de ne pas paraître trop étonné.

– Ouais ! Comment elle pourrait savoir où elle va, sinon ?

– J'en sais rien... peut-être qu'elles devraient se parler, suggéra Steve.

– Ouais, c'est ça, ironisa Jonah. Même Will peut pas lui parler sans qu'ils s'engueulent. Elle pousse les gens à bout.

À l'âge de douze ans, Steve n'avait pas beaucoup d'amis. Entre l'école et les cours de piano, il lui restait assez peu de temps libre et la personne avait laquelle il discutait le plus n'était autre que le pasteur Harris.

À cette époque, le piano était devenu une sorte d'obsession et Steve jouait souvent de quatre à six heures par jour, plongé dans son propre univers de mélodies et de compositions. Du reste, il remporta de nombreux concours régionaux et d'État. Sa mère n'assista qu'au premier, et son père ne vint jamais le voir jouer. Steve se retrouvait donc souvent dans la voiture du pasteur Harris, tandis qu'ils roulaient en direction de Raleigh, Charlotte, Atlanta ou Washington. Ils passaient de longues heures à discuter et si le pasteur, en sa qualité d'homme d'église, émaillait souvent ses phrases de références au Christ, ça paraissait toujours aussi naturel qu'un Chicagolien épiloguant sur la sempiternelle inconstance de l'équipe des Cubs dans la course au championnat de base-ball.

Le pasteur Harris était un homme affable et très actif. Il prenait son sacerdoce à cœur et passait la plupart de ses soirées auprès de ses ouailles, à l'hôpital, au salon funéraire, ou chez les membres de sa congrégation qu'il considérait comme ses amis. Il célébrait mariages et baptêmes le week-end, s'occupait d'une association le mercredi, et de la chorale le mardi et le jeudi. Mais chaque soir, pendant l'heure qui précédait la tombée de la nuit, et par tous les temps, il se promenait seul sur la plage. Steve se disait souvent que cette balade en solitaire se révélait tout à fait bénéfique pour le pasteur, lequel en revenait avec un air détendu, paisible. Steve avait toujours supposé que c'était pour cet ecclésiastique si occupé une manière comme une autre de se préserver un semblant de solitude... jusqu'à ce qu'il lui pose un jour la question.

— Non, avait répondu le pasteur. Je ne me promène pas sur la plage pour être seul, car c'est impossible. Je converse avec Dieu tout en marchant.

— Vous voulez dire que vous priez ?

— Non. Je parle réellement. N'oublie jamais que Dieu est ton ami. Et à l'instar de tous tes amis, Il a envie de connaître les événements qui jalonnent ton existence. Les bons moments comme les mauvais, qu'ils soient empreints de tristesse ou de colère. Alors, je discute avec lui.

— Et vous lui racontez quoi ?

— Tu racontes quoi à tes copains ?

— J'en ai pas, répondit Steve avec un sourire narquois. Pas avec qui parler, du moins.

— Moi, je suis là.

Comme Steve ne réagissait pas, le pasteur lui tapota affectueusement l'épaule.

— Je parle à Dieu de la même manière que nous discutons, toi et moi.

— Est-ce qu'Il vous répond ? s'enquit Steve, sceptique.

— Toujours.

— Vous l'entendez ?

— Oui, mais pas avec mes oreilles. Ses réponses me parviennent là, précisa-t-il en posant la main sur son cœur. C'est là que je sens Sa présence.

Après avoir embrassé et bordé son fils, Steve s'attarda à l'entrée de la pièce pour observer sa fille. Ronnie dormait déjà lorsqu'ils étaient entrés dans la chambre avec Jonah, et tout ce qui la perturbait semblait avoir disparu à son retour. Son visage était détendu, ses cheveux tombaient en cascade sur l'oreiller, et elle avait replié les bras contre sa poitrine. Il hésitait à aller l'embrasser pour lui souhaiter bonne nuit, mais décida finalement de la laisser rêver en paix. Toutefois il ne pouvait se résoudre à s'en aller tout de suite. Il trouvait apaisant de regarder ses deux enfants dormir, et tandis que Jonah se tournait sur le côté pour éviter la lumière du couloir, Steve se demanda depuis combien de temps il n'avait pas dit bonne nuit à sa fille en l'embrassant. Dans l'année qui avait précédé sa séparation d'avec Kim, Ronnie avait atteint l'âge où ce genre d'attention parentale commençait à la gêner. Il se rappelait distinctement le premier soir où, après lui avoir promis de venir la border, il entendit Ronnie lui répondre : « T'as pas besoin de venir. Je peux me débrouiller toute seule. » Kim l'avait alors regardé avec un air triste qui en disait long sur son désarroi de mère. Elle savait pourtant que Ronnie avait grandi, mais le passage de l'enfance à l'adolescence lui laissait malgré tout un pincement au cœur.

Contrairement à Kim, Steve n'en voulait pas à Ronnie d'avoir grandi. Il se revoyait à l'âge de sa fille et se rappelait que c'était l'époque où il commençait à prendre ses propres décisions, à forger sa propre vision du monde ; et ses années d'enseignement ne firent que renforcer en lui l'idée que le changement se révélait inévitable et en général bénéfique. Il n'était pas rare qu'un de ses élèves vienne lui confier ses problèmes avec ses parents, en lui racontant comment sa mère tentait de copiner avec lui, ou son père de le contrôler. À en croire les autres professeurs, Steve entretenait naturellement de bons rapports avec ses élèves, lesquels partageaient cet avis, comme il le constatait souvent avec surprise à l'issue de ses entretiens avec eux.

Il ignorait la raison véritable d'un tel succès. La plupart du temps, il les écoutait en silence ou se bornait à reformuler leurs questions, les amenant ainsi à tirer leurs propres conclusions qui, dans la plupart des cas, se révélaient tout à fait justes. Même lorsqu'il éprouvait le besoin d'intervenir, il n'allait jamais au-delà de considérations générales pétries de bon sens. « Si ta mère souhaite devenir ton amie, suggérait-il, c'est qu'elle commence à voir en toi l'adulte qu'elle aimerait mieux connaître ». Ou bien : « Ton père sait qu'il a commis des erreurs dans sa vie, et il n'a pas envie de te voir l'imiter. » Bref, des remarques banales émanant d'un homme ordinaire, mais, à son grand étonnement, l'élève se tournait parfois vers la fenêtre en silence comme s'il venait d'avoir une révélation. À d'autres moments, il arrivait même que Steve reçoive un coup de fil des parents pour le remercier d'avoir su parler à leur enfant, en observant au passage que celui-ci semblait dans de meilleures dispositions depuis quelque temps. Lorsqu'il raccrochait, Steve essayait de se rappeler ce qu'il avait bien pu prodiguer comme conseil, espérant s'être montré plus perspicace qu'il ne l'aurait cru, mais il ne parvenait jamais à s'en souvenir.

Dans le silence de la chambre, Steve entendait à présent Jonah respirer plus lentement. Son fils s'était déjà endormi, épuisé par sa journée au soleil et au grand air comme il n'en passerait jamais à Manhattan. Quant à Ronnie, Steve se réjouissait de constater que le sommeil effaçait chez elle le stress de ces derniers jours. Son visage était serein, presque angélique, et évoquait l'expression paisible du pasteur Harris au retour de ses promenades sur la plage. Steve la contempla dans la tranquillité de la pièce, tout en espérant de nouveau recevoir un signe quelconque de présence divine. Demain, Ronnie risquait de s'en aller, et cette seule idée le poussa à s'approcher d'elle. Un rayon de lune traversait la fenêtre, tandis qu'il percevait en sourdine le rythme régulier du ressac au-dehors. Le doux scintillement des étoiles dans le ciel semblait indiquer que Dieu signalait Son existence quelque part dans l'univers...

La fatigue l'envahit soudain. *Je suis seul... et je le serai toujours.* Il se pencha et embrassa doucement Ronnie sur la joue, éprouvant une fois encore toute la complexité de son amour paternel, une joie aussi intense que la douleur.

Juste avant l'aurore, il s'éveilla avec la pensée – ou la sensation, du moins – que le piano lui manquait. Tandis qu'il grimaçait sous la douleur prévisible qui nouait son estomac, il éprouva l'envie folle de se précipiter dans le séjour et de se noyer dans sa musique.

Quand aurait-il l'occasion de rejouer ?... Il regrettait à présent de ne pas avoir fait de nouvelles connaissances, car depuis qu'il avait condamné l'instrument derrière sa cloison, il se voyait parfois aborder un ami imaginaire pour lui demander s'il pouvait utiliser le piano rarement utilisé dans son salon, et considéré comme purement décoratif. Steve s'asseyait déjà en pensée sur le tabouret poussiéreux, tandis que son hôte l'observait depuis la cuisine ou le vestibule – ce détail restait flou dans sa tête – et, tout à coup, Steve attaquait un morceau qui allait émouvoir son ami aux larmes, ce qu'il avait été incapable d'accomplir au cours de ses longs mois de tournée.

Il savait que tout cela relevait du fantasme le plus ridicule, mais sans musique Steve avait l'impression d'errer sans but, d'aller à la dérive. Il se leva et s'efforça de chasser ces idées noires. Le pasteur Harris lui avait signalé qu'on avait commandé un nouveau piano pour l'église, offert par l'un des membres de la paroisse, et Steve était invité à venir en jouer dès sa livraison. Laquelle n'aurait pas lieu avant la fin juillet, et il n'était pas certain de pouvoir tenir jusque-là.

En attendant, il s'installa donc à la table de la cuisine et plaça ses mains sur le plateau. Avec suffisamment de concentration, il devrait pouvoir entendre la musique dans sa tête. Après tout, Beethoven avait composé la *Symphonie héroïque* alors qu'il était quasiment sourd, non ?

Steve choisit le concerto que Ronnie avait joué au Carnegie Hall et ferma les yeux... Au début, les accents lui parvinrent faiblement puis, à mesure que ses doigts pianotaient sur la table, les notes et les accords se firent de plus en plus distincts, et même si ça ne le satisfaisait pas autant que de jouer réellement sur un clavier, il savait qu'il devrait s'en contenter.

Alors que résonnait la dernière phrase musicale dans sa tête, il rouvrit lentement les yeux et se retrouva assis dans une cuisine plongée dans la pénombre. D'ici quelques minutes, le soleil allait poindre à l'horizon et, pour une raison quelconque, Steve percevait encore une simple note dans son esprit... un *si* bémol lancinant, insistant, qui semblait l'attirer vers lui.

Il savait que c'était le fruit de son imagination, mais cette note ne le quittait toujours pas... Si bien qu'il se surprit à farfouiller dans les tiroirs en quête d'un crayon et d'une feuille de papier.

Il traça grossièrement une portée et griffonna les notes qui lui venaient à l'esprit, avant de pianoter de nouveau sur la table. Une première esquisse, suivie d'autres notes, qu'il coucha ensuite sur le papier.

Steve avait passé sa vie à écrire de la musique, mais il considérait ses propres compositions comme secondaires, comparées aux œuvres majeures qu'il préférait jouer. Celle-ci ne risquait pas non plus d'aller bien loin, mais il se sentait prêt à relever le défi. Et s'il venait d'avoir... une heureuse inspiration ? Et pouvait composer une mélodie dont on se souviendrait longtemps après qu'il aurait sombré dans l'oubli ?

Le rêve fut de courte durée. Dans le passé, Steve avait tenté sa chance et échoué, et nul doute qu'il échouerait encore. Malgré tout, il n'avait pas à rougir de sa production. Il trouvait exaltant le simple fait de créer quelque chose à partir de rien. Même s'il n'avait guère progressé dans la mélodie – car il était revenu aux premières notes, en décidant de tout recommencer –, il s'avouait plutôt satisfait du résultat.

Alors que le soleil franchissait le sommet des dunes, Steve songea à ses réflexions de la veille au soir et décida d'aller flâner sur la plage. Il souhaitait plus que jamais revenir ensuite à la maison avec le même air paisible que le pasteur Harris... Mais tandis qu'il foulait le sable, il eut l'impression de n'être qu'un amateur, quelqu'un qui cherchait la vérité de Dieu comme un enfant en quête de coquillages.

Steve aurait aimé découvrir un signe manifeste de Sa présence – un buisson ardent, par exemple –, mais il préféra se concentrer sur le monde alentour, le soleil qui s'élevait dans le ciel, le chant matinal des oiseaux, la brume qui flottait au-dessus de l'eau. Il fit de son mieux pour s'imprégner de toute cette beauté sans réfléchir, en essayant de sentir le sable sous ses pieds, la caresse de la brise sur sa joue. Mais en dépit de tous ses efforts, il ignorait s'il avait davantage d'indices pour satisfaire à ses interrogations.

Qu'est-ce qui permettait donc au pasteur Harris d'entendre les réponses dans son cœur ? se demanda-t-il pour la centième fois. Que voulait-il dire quand il affirmait sentir la présence de Dieu ? Steve supposa qu'il pourrait interroger l'homme d'église de vive voix, mais que cela ne lui serait sans doute d'aucune utilité. Comment pouvait-on expliquer une chose pareille ? Autant décrire les couleurs à un aveugle de naissance. On pouvait certes comprendre les mots, mais le concept restait mystérieux et relevait du domaine de la connaissance individuelle.

Steve n'avait pas l'habitude de se poser autant de questions. Jusqu'à une période récente, ses responsabilités quotidiennes l'occupaient suffisamment pour lui éviter d'y réfléchir, du moins jusqu'à ce qu'il revienne à Wrightsville Beach. Ici, le temps s'était ralenti au rythme de sa vie.

Tandis qu'il continuait à arpenter la plage, il repensa à la décision qu'il avait dû prendre pour tenter sa chance comme concertiste. C'est vrai qu'il s'était toujours demandé s'il pouvait avoir du succès, et certes, il sentait que le temps allait lui manquer. Mais pourquoi avait-il éprouvé ce sentiment d'urgence à l'époque ? Pourquoi avait-il été si pressé de quitter les siens pour plusieurs mois ? Comment avait-il pu se montrer aussi égoïste ? Avec le recul, son choix s'était révélé peu judicieux pour toute la famille. Il pensait autrefois que sa passion de la musique avait motivé sa décision, à présent il soupçonnait plutôt son besoin de combler ce vide qu'il ressentait parfois en lui.

Et tout en marchant, il commença à se demander si cette prise de conscience finirait par lui fournir la réponse qu'il attendait.

Ronnie

À son réveil, Ronnie jeta un œil sur la pendule, soulagée d'avoir pu dormir longtemps, pour la première fois depuis son arrivée. Il n'était pas tard, mais elle se sentit assez requinquée en se levant. Elle entendait la télé dans le séjour et, en quittant la chambre, aperçut aussitôt Jonah. Allongé sur le canapé, il avait la tête en bas, qui dodelinait par-dessus les coussins, le regard rivé à l'écran. Son cou à nu, comme prêt pour la guillotine, était parsemé de miettes. Elle le regarda mordre dans sa Pop-Tart... et éparpiller d'autres miettes sur lui et le tapis.

Elle ne voulait pas lui poser la question, sachant que la réponse n'aurait aucun sens, mais ne put s'en empêcher.

– Qu'est-ce que tu fais ?

– Je regarde la télé à l'envers.

Sur l'écran était diffusé l'un de ces irritants dessins animés japonais avec des créatures aux yeux exorbités, que Ronnie n'avait jamais compris.

– Pourquoi ?

– Parce que j'en ai envie.

– Mais pourquoi ?

– J'en sais rien.

Elle savait qu'elle n'aurait pas dû le lui demander... Elle jeta alors un regard vers la cuisine et ajouta :

– Où est p'pa ?

– J'en sais rien.

– Tu sais pas où il est ?

– Je suis pas sa baby-sitter, répliqua-t-il, agacé.

– Il est parti quand ?

– J'en sais rien.

– Il était là quand tu t'es levé ?

– Oui, oui..., dit-il sans détacher son regard de la télé. On a parlé du vitrail.

– Et après ?...

– Je sais pas.

– T'es en train de me dire qu'il s'est carrément volatilisé.

– Non, après ça, le pasteur Harris est venu et ils sont sortis discuter, rectifia-t-il comme si sa réponse coulait de source.

– Alors pourquoi ne pas me l'avoir dit ? s'énerva Ronnie en levant les bras d'un air exaspéré.

– Parce que j'essaye de regarder mon émission à l'envers. C'est pas facile de te parler avec le sang qui afflue dans ma tête.

Il avait réponse à tout ! *Alors peut-être que tu devrais avoir la tête en bas plus souvent*, eut-elle envie de lui rétorquer. Mais elle résista à la tentation. Parce qu'il était de bonne heure, qu'elle avait bien dormi, et qu'une petite voix lui soufflait à l'oreille : *Tu risques de rentrer chez toi aujourd'hui.* Adieu Blaze, Marcus, ou Ashley ! Fini les réveils aux aurores.

Adieu Will, aussi...

Cette pensée la fit réfléchir. L'un dans l'autre, il n'avait pas été si horrible avec elle. À vrai dire, Ronnie s'était même plutôt amusée avec lui la veille, jusqu'en début de soirée, du moins. Elle aurait dû lui confier ce qu'Ashley lui avait dit, elle aurait dû s'expliquer. Mais avec ce satané Marcus qui traînait sur la plage...

Bon sang, Ronnie avait envie de fuir le plus loin possible de cet endroit !

Elle écarta les rideaux et jeta un œil au-dehors. Le pasteur Harris et son père se tenaient dans l'allée, et Ronnie réalisa qu'elle n'avait pas revu cet homme depuis qu'elle était toute petite. Il avait certes peu changé, même s'il s'appuyait à présent sur une canne, ses épais cheveux blancs et ses gros sourcils demeuraient fidèles au souvenir qu'elle en gardait. Elle sourit en se rappelant sa gentillesse aux obsèques de son grand-père. Du reste, elle se souvenait encore du verre de limonade maison, plus sucrée que du soda, qu'il lui avait offert après la messe d'enterrement. Pas étonnant que son père l'apprécie autant : il émanait de cet homme une infinie bonté. À présent, ils semblaient discuter avec une tierce personne devant la maison, quelqu'un que Ronnie ne parvenait pas à voir. Elle s'avança donc jusqu'à la porte d'entrée, l'ouvrit... et mit quelques instants à reconnaître la voiture de patrouille. L'agent Pete Johnson avait la main posée sur la portière du véhicule et s'apprêtait visiblement à repartir.

Elle entendit le moteur démarrer en descendant les marches de la véranda, tandis que son père faisait vaguement signe au policier, qui claqua la portière... laissant à Ronnie un sentiment d'angoisse.

Lorsqu'elle rejoignit le pasteur et son père, l'agent Pete reculait déjà dans l'allée, ce qui lui confirma que les nouvelles ne seraient pas bonnes.

— Ah, tu es debout ! s'exclama son père. Je suis passé te voir il y a un petit moment et tu dormais encore à poings fermés. Tu te souviens du pasteur Harris ? ajouta-t-il en désignant son visiteur.

– Oui, dit-elle. Bonjour. Ça me fait plaisir de vous revoir.

En lui serrant la main, elle remarqua les cicatrices sur les bras du pasteur.

– J'ai peine à croire qu'il s'agit de la même jeune fille que j'ai eu la chance de rencontrer voilà si longtemps. Tu as drôlement grandi, observa-t-il en souriant. Tu ressembles à ta mère.

On lui faisait souvent cette réflexion ces temps-ci, toutefois Ronnie ne savait pas trop quoi en penser. Elle paraissait plus mûre que son âge ? Ou bien sa mère avait un air juvénile ? Difficile à dire, mais elle savait que le pasteur l'entendait comme un compliment.

– Merci, reprit-elle. Comment va Mme Harris ?

– Elle m'empêche de faire des bêtises, plaisanta-t-il en reprenant appui sur sa canne. Comme elle l'a toujours fait. Et je suis sûr qu'elle serait ravie de te voir. Si tu as l'occasion de passer chez nous, je veillerai à ce qu'elle ait de la limonade maison pour toi.

Il n'avait pas oublié...

– Je risque de vous prendre au mot.

– J'espère bien !

Puis, le pasteur se tourna vers Steve :

– Encore merci de t'être proposé pour le vitrail. Il avance bien et sera superbe.

– Vous n'avez pas à me remercier, se défendit Steve en agitant la main.

– Bien sûr que si. Mais il faut vraiment que je me sauve. Ce sont les sœurs Towson qui dirigent l'étude de la Bible ce matin, et si tu les connaissais, tu comprendrais pourquoi il est impératif qu'elles ne soient pas livrées à elles-mêmes. Sinon, elles vont déclencher les tourments de l'enfer ! Elles ne jurent que par les prophéties de Daniel et l'Apocalypse, au point d'en oublier la seconde épître aux Corinthiens !

S'adressant à Ronnie, il ajouta :

— J'ai été enchanté de te revoir, jeune fille. J'espère que ton père ne t'asticote pas trop. Tu sais combien les parents peuvent être pénibles...

— Non, je n'ai pas à m'en plaindre, dit-elle en souriant.

— Bien. Mais s'il t'embête, tu viens me parler, et je ferai de mon mieux pour le remettre dans le droit chemin. C'était un gamin drôlement espiègle en son temps, alors j'imagine combien il doit t'énerver.

— Pas du tout ! protesta le père de Ronnie. Je ne faisais que jouer du piano.

— Rappelle-toi le jour où tu as mis de la teinture rouge dans les fonts baptismaux.

Steve parut se pétrifier sur place.

— J'ai jamais fait ça !

Le pasteur Harris, en revanche, semblait se régaler.

— Peut-être pas, mais tu vois ce que je veux dire. En tout cas, Ronnie, même s'il se présente sous un jour flatteur, sache que ton père n'était pas un saint.

Sur ces bonnes paroles, il tourna les talons et Ronnie le regarda s'éloigner d'un air amusé. Celui qui parvenait à mettre son père mal à l'aise — pas méchamment, bien sûr — méritait d'être connu ! Surtout s'il avait des anecdotes marrantes à propos du petit Steve.

Impossible de deviner ce qu'il pensait en regardant le pasteur s'en aller. Mais lorsqu'il s'adressa à elle, nul doute qu'il avait repris son rôle de père, et elle pensa au policier qui se trouvait là quelques minutes plus tôt.

— Qu'est-ce qu'il voulait, au fait ? L'agent Pete ?

— Pourquoi ne pas prendre d'abord notre petit déjeuner ? Je suis persuadé que tu meurs de faim. Tu as à peine grignoté, hier soir.

Elle effleura son bras.

— Dis-moi ce qu'il en est, p'pa.

Il hésita, parut chercher ses mots... mais impossible d'embellir la vérité.

— Tu ne peux pas retourner à New York, soupira-t-il. Du moins pas avant d'être passée devant le juge la semaine prochaine. La propriétaire du magasin a l'intention de porter plainte.

Ronnie était assise sur la dune, plus effrayée qu'énervée à l'idée de ce qui se passait dans la maison. Cela faisait une heure que son père l'avait mise au courant, et depuis elle était restée sur la plage. Ronnie savait que ses parents discutaient au téléphone, et elle ne pouvait qu'imaginer la réaction de sa mère. Le seul avantage de ne pas se trouver à New York.

Sauf pour Will...

Ronnie secoua la tête d'un air perplexe. Pourquoi revenait-il toujours dans ses pensées, bon sang ? Tout était fini entre eux... si tant est que leur relation ait même jamais commencé. Il était sorti longtemps avec Ashley, ça signifiait qu'il aimait bien ce genre de fille. Et si Ronnie avait appris un truc, c'était que les gens ne changent pas. Ils avaient leurs préférences, même s'ils ignoraient pourquoi. Et elle ne ressemblait pas du tout à Ashley. Ça ne faisait pas l'ombre d'un doute. Parce que si elle avait été comme Ashley, elle n'aurait pas eu d'autre choix que de nager vers le large, jusqu'à ce que disparaisse tout espoir d'être sauvée. Autant en finir tout de suite.

Mais pour l'heure, Ashley restait le cadet de ses soucis. Ce qui l'embêtait, c'était sa mère... Elle devait être au courant de l'arrestation, puisque son père lui parlait au téléphone en ce moment même. Cette seule idée la hérissait.

Sa mère devait se mettre dans tous ses états, hurler comme une folle. Dès qu'elle aurait raccroché, elle appellerait sans doute sa sœur ou sa propre mère, et répandrait la nouvelle de la dernière horreur en date de Ronnie. Elle ressortirait ensuite des tas de trucs perso, en exagérant juste ce qu'il faut pour que Ronnie se sente aussi coupable que possible. Évidemment, sa mère ne faisait jamais dans la nuance. Et la nuance se révélait de taille, en l'occurrence, parce que Ronnie n'avait pas commis ce vol !

Mais est-ce que ça changeait quelque chose au problème ? Bien sûr que non. Elle sentait toute la fureur de sa mère, et ça lui donnait la nausée. Il valait sans doute mieux qu'elle ne rentre pas tout de suite, en fin de compte.

Ronnie entendit son père approcher derrière elle. Elle se tourna et le vit hésiter... Puis il s'assit tranquillement auprès d'elle. Il ne parla pas tout de suite et eut l'air de contempler un crevettier qui mouillait au large.

— Elle était en colère ?

Bien qu'elle connaisse la réponse, Ronnie ne pouvait s'empêcher de poser la question.

— Un peu, admit-il.

— Juste un peu ?

— À mon avis, elle a dû saccager la cuisine pendant qu'on parlait.

Ronnie ferma les yeux en imaginant la scène.

— Tu lui as dit ce qui s'était réellement passé ?

— Bien sûr. Et même que j'étais persuadé de ta bonne foi, ajouta-t-il en la prenant par l'épaule pour l'étreindre affectueusement. Elle s'en remettra. Elle s'en remet toujours.

Ronnie hocha la tête. Dans le silence qui suivit, elle sentit son père l'observer.

– Désolé que tu ne puisses pas rentrer aujourd'hui, déclara-t-il avec douceur et sincérité. Je sais à quel point tu détestes cet endroit.

– Je déteste pas, s'empressa-t-elle de rectifier.

Elle était la première surprise par cet aveu, alors même qu'elle avait tenté de se persuader du contraire.

– C'est juste que je m'y sens pas chez moi, précisa-t-elle.

Il lui adressa un sourire mélancolique.

– Si ça peut te consoler, quand j'étais jeune, moi aussi je m'y sentais étranger. Je rêvais d'aller à New York. Mais le plus étrange, c'est qu'au moment où j'ai pu enfin fuir, Wrightsville Beach s'est mis à me manquer bien plus que je ne l'aurais cru. Ça doit être l'idée de vivre au bord de l'océan qui me plaît.

Elle le regarda droit dans les yeux.

– Qu'est-ce qui va m'arriver, p'pa ? L'agent Pete t'a rien dit de plus ?

– Non. Uniquement que la propriétaire se sentait en droit de porter plainte, car il s'agissait d'articles d'une certaine valeur... Et elle a eu pas mal de vols à l'étalage ces derniers temps.

– M'enfin, j'ai rien volé, moi ! s'écria Ronnie.

– Je sais... et on va tâcher de tirer ça au clair. Et de te trouver un bon avocat.

– Ça va coûter cher ?

– Les bons avocats ne sont pas donnés.

– Tu peux te le permettre ?

– Ne t'inquiète pas, je me débrouillerai... Je peux te poser une question ? Qu'est-ce que tu as bien pu faire pour enrager Blaze à ce point ? Tu ne me l'as jamais dit.

Si sa mère le lui avait demandé, Ronnie n'aurait sans doute pas répondu. Ni d'ailleurs à son père deux jours plus tôt. Mais à présent, elle ne voyait aucune raison de ne pas le faire.

— Cette fille sort avec un gars bizarre et flippant, et elle pense que j'essayais de le lui piquer. Ou un truc comme ça.

— Qu'est-ce que tu entends par « bizarre et flippant » ?

Non loin d'eux, les premières familles s'installaient, chargées de serviettes de bain et de jouets de plage.

— Je l'ai vu hier soir... Il se tenait par là-bas, murmurat-elle en désignant un endroit sur le sable, pendant je discutais avec Will.

Son père ne chercha pas à masquer son inquiétude.

— Mais il ne s'est pas approché ?

Elle secoua la tête.

— Non. Mais il y a un truc qui... cloche... chez ce Marcus.

— Tu devrais peut-être éviter ces deux-là. Blaze et Marcus, je veux dire.

— T'en fais pas. J'avais pas prévu de les revoir.

— Tu veux que je prévienne Pete ? Je sais que ça ne s'est pas franchement bien passé avec lui, mais...

— Non, pas tout de suite. Mais je lui en veux pas, tu sais. Il faisait juste son boulot, et s'est montré plutôt compréhensif dans cette histoire. Je crois même qu'il était désolé pour moi.

— Il m'a dit qu'il croyait en ta version des faits. C'est la raison pour laquelle il a parlé à la propriétaire.

Ronnie eut un sourire timide, en pensant que c'était agréable de pouvoir discuter avec son père. Un bref instant, elle se dit que sa vie aurait pu être différente s'il n'était jamais parti. Elle tripota une poignée de sable et, d'une voix hésitante, lui demanda :

— Pourquoi tu nous as quittés, p'pa ? Je suis assez grande pour connaître la vérité, O.K. ?

Son père allongea ses jambes, cherchant manifestement à gagner du temps. Il semblait tiraillé, ne sachant pas s'il pouvait tout lui dire ni par où commencer, avant d'attaquer par le plus évident.

— Quand j'ai arrêté l'enseignement chez Juilliard, je me suis produit dans toutes les salles possibles. C'était mon rêve, tu sais. Devenir un célèbre pianiste de concert. Quoi qu'il en soit... j'imagine que j'aurais dû mieux réfléchir à la réalité de la situation, avant de prendre ma décision. Mais je ne l'ai pas fait. Je ne me suis pas rendu compte à quel point ce serait dur pour ta mère.

Il la dévisagea avec gravité, avant d'ajouter :

— À la fin, on s'est peu à peu... éloignés l'un de l'autre.

Ronnie contemplait son père et essayait de lire entre les lignes.

— Il y avait quelqu'un d'autre, non ? s'enquit-elle d'un ton neutre.

Il ne répondit pas, mais détourna les yeux. Elle eut l'impression que tout son univers s'effondrait.

Lorsqu'il reprit enfin la parole, sa voix paraissait accablée.

— Je sais que j'aurais dû faire davantage d'efforts pour sauver mon couple, et je le regrette. Beaucoup plus que tu ne peux le croire. Mais je tiens aussi à ce que tu saches une chose... Je n'ai cessé de croire en ta mère, en la force de notre amour. Même si à la fin ça ne s'est pas passé comme toi ou moi le souhaitions, quand je vous vois Jonah et toi, je me dis que j'ai beaucoup de chance de vous avoir. Malgré toutes mes erreurs, vous êtes tous les deux les plus beaux cadeaux que la vie m'ait offerts.

Lorsqu'il eut terminé, Ronnie se remit à jouer avec le sable d'un air las, en disant :

— Qu'est-ce que je suis censée faire ?

— Aujourd'hui, tu veux dire ?

— En général...

— Je crois que tu devrais commencer par aller lui parler, suggéra-t-il en lui tapotant affectueusement le dos.

— À qui ?

— À Will. Tu te souviens quand vous êtes passés devant la maison, alors que j'étais sur la véranda ? Je vous observais en me disant que vous aviez l'air drôlement à l'aise tous les deux.

— Tu ne le connais même pas, répliqua Ronnie, ébahie.

— En effet, admit-il dans un sourire plein de tendresse. Mais toi, je te connais, en revanche. Et tu étais heureuse, hier.

— Et s'il refuse de me parler ? dit-elle, inquiète.

— Il acceptera, crois-moi.

— Qu'est-ce que t'en sais ?

— Je l'observais, figure-toi, et il était tout aussi heureux.

Elle était debout devant l'entrée de Blakelee Brakes, et une phrase ne cessait de la hanter. *Pas question de faire ça.* Ronnie ne voulait pas l'affronter... sauf qu'elle le souhaitait quand même, et savait qu'elle n'avait pas d'autre choix. Car elle s'était montrée injuste envers lui et il méritait au moins d'être au courant de ce qu'Ashley avait dit à Ronnie. Il l'avait attendue des heures sur le sable, non ?

En outre, elle admettait que son père disait vrai. Elle s'était bien amusée avec Will... pour autant qu'on puisse s'amuser dans un endroit pareil, en tout cas. Et puis il se distinguait réellement des autres gars qu'elle avait connus. Pas tant parce qu'il jouait au volley et avait un corps d'athlète, ou même parce qu'il était plus intelligent qu'il ne le laissait croire... mais parce qu'il n'avait pas peur d'elle.

De nos jours, trop de garçons se contentaient de jouer les béni-oui-oui avec leurs copines, en croyant qu'il leur suffisait d'être gentils. C'était important, bien sûr, mais pas au point de jouer les carpettes. Ronnie appréciait le fait qu'il l'ait emmenée à la pêche, même si l'idée ne l'emballait pas trop au départ. C'était sa façon à lui de lui dire : *Je suis tel que tu me vois, et voilà ce qui me plaît... Et parmi tous les gens que je fréquente, c'est avec toi que je veux partager ce moment.* Trop souvent, quand un mec lui demandait de sortir avec elle, il passait la prendre sans avoir la moindre idée de ce qu'ils allaient faire, et Ronnie se voyait contrainte de décider pour deux. Autrement dit, elle en avait soupé des mollassons et des abrutis. Will était à l'opposé, en revanche, et elle ne pouvait que l'apprécier d'autant plus.

Voilà pourquoi elle se devait d'arranger la situation. Tout en s'armant de courage au cas où il serait encore en pétard, elle entra dans le hall. À l'atelier, Will et Scott travaillaient sous une voiture installée sur le pont élévateur. Scott murmura quelque chose à Will, qui se tourna et vit Ronnie, mais ne lui sourit pas. Il s'essuya les mains, puis s'approcha.

S'arrêtant à un mètre d'elle, il lui demanda, le visage impassible :

– Qu'est-ce que tu veux ?

Pas vraiment l'entrée en matière qu'elle espérait, mais bon... ça n'avait rien de surprenant non plus.

– Tu avais raison. Hier, j'ai quitté le match parce que Ashley a dit que j'étais ta dernière conquête en date. Elle a aussi sous-entendu que ce n'était pas la première fois que t'emmenais une fille à l'aquarium, à la pêche, tout ça... que c'étaient tes trucs de drague avec chaque nouvelle nana.

Will continuait à la dévisager.

– Elle a menti.

222

— Je sais.

— Alors pourquoi tu m'as laissé poireauter sur la dune pendant des heures ? Et pourquoi t'as rien dit de tout ça hier ?

Elle ramena une mèche de cheveux derrière son oreille, tandis qu'elle sentait la honte la gagner, tout en essayant de ne pas le montrer.

— J'étais perturbée et en colère. Et puis j'allais te le dire, mais t'as filé avant de m'en laisser l'occasion.

— Allons bon... C'est de ma faute, maintenant ?

— Non, pas du tout. Il y avait plein de trucs annexes sans rapport avec toi. Disons que... c'était pas facile pour moi ces derniers jours.

Elle se passa une main sur le front. Elle étouffait dans ce garage.

Will mit un petit moment à digérer ce qu'elle venait de lui annoncer.

— Pourquoi t'as cru Ashley, pour commencer ? Tu la connais même pas.

Ronnie ferma un instant les paupières. *Pourquoi ? Parce que je suis une imbécile. Et que j'aurais dû me fier à mon instinct en ce qui la concerne.* Mais elle ne dit rien de tout ça.

— J'en sais rien, répondit-elle à la place, en secouant la tête.

Comme elle ne semblait pas vouloir ajouter quoi que ce soit, Will reprit la parole :

— C'est tout ce que t'avais à me dire ? Parce qu'il faut que je retourne bosser.

— Je tenais à te faire mes excuses, murmura-t-elle. Alors, désolée... Je suis allée trop loin.

— Ouais, c'est le moins qu'on puisse dire. T'étais complètement cinglée. Autre chose, sinon ?

– Je voulais aussi que tu saches que j'ai vraiment passé un supermoment avec toi hier. Jusqu'à ce qu'on dispute, en tout cas.

– O.K.

Elle ne savait pas trop ce que signifiait sa réponse, mais lorsqu'il lui décocha un petit sourire, elle se détendit un peu.

– O.K. ? C'est tout ? T'as rien d'autre à me dire, alors que j'ai fait tout ce chemin pour te présenter mes excuses ? O.K. ?

En guise de réponse, Will fit un pas vers elle, et la suite se déroula si vite que ça défiait toute logique... L'instant d'avant il se tenait à un mètre d'elle, et celui d'après il s'avançait et l'attirait à lui pour l'embrasser. Ses lèvres se révélaient d'une douceur incroyable. C'était peut-être dû à l'effet de surprise, mais elle lui rendit son baiser. Oh, rien à voir avec un baiser de cinéma qui vous chavire et fait trembler la terre sous vos pieds... mais Ronnie était ravie d'une telle conclusion à leur discussion. Et, étrangement, elle réalisait que c'était tout à fait ce qu'elle attendait de la part de Will.

Lorsqu'il recula, Ronnie se sentit rougir. Quant à lui, son visage était à la fois tendre et grave, et certainement pas celui d'un abruti mollasson.

– La prochaine fois que t'es furax contre moi, viens me parler, dit-il. Ne me claque pas la porte au nez. J'aime pas ce genre de comportement débile. Et sinon... moi aussi, j'ai passé une superjournée avec toi.

Ronnie se sentait encore sur un nuage quand elle rentra chez elle. Tandis qu'elle se repassait pour la centième fois ce baiser dans sa tête, elle ne savait toujours pas comment ils en étaient arrivés là.

Mais ça lui plaisait. Beaucoup, même. Alors, pourquoi était-elle partie ensuite ? Ils auraient dû projeter de se revoir, mais avec Scott qui les regardait, bouche bée, du fond du garage, elle avait jugé plus simple de donner à Will un petit baiser d'au revoir et de le laisser reprendre son travail. Quoi qu'il en soit, elle était certaine qu'ils allaient se revoir, sans doute même très vite.

Elle plaisait à Will. Ronnie ne savait pas trop le pourquoi du comment de cette attirance, mais c'est sûr qu'elle lui faisait de l'effet ! Elle en était la première stupéfaite et regrettait de ne pas avoir Kayla à son côté pour en parler. Bien sûr, elle pouvait lui passer un coup de fil, mais ce ne serait pas pareil... et pour lui dire quoi ? Ronnie avait juste besoin qu'on l'écoute, en fait.

Comme elle s'approchait du bungalow, la porte de l'atelier s'ouvrit à la volée et Jonah surgit au soleil pour se diriger vers la maison.

— Salut, Jonah !

— Oh... salut, Ronnie ! lança-t-il en tournant les talons pour trotter vers elle. (Arrivé à sa hauteur, il la dévisagea d'un air intrigué.) Je peux te demander un truc ?

— Pas de problème.

— Tu veux un cookie ?

— Quoi ?

— Un cookie. T'en as envie ou pas ?

Elle ignorait où tout ça la mènerait, pour la simple raison que le cerveau de son frère fonctionnait parfois à l'opposé du sien.

— Non, répondit-elle prudemment.

— Comment c'est possible que tu veuilles pas un cookie ?

— J'en ai pas envie, c'est tout.

— O.K., dit-il en agitant la main. Maintenant, on va dire que tu *meurs* d'envie de manger un cookie et qu'il y en a dans le placard. Tu fais quoi ?

— Ben... je vais me servir ?

Jonah fit claquer ses doigts.

— Exact ! C'est tout à fait ce que je dis !

— Et tu dis quoi, au juste ?

— Que si les gens veulent un cookie, ils vont se servir. Normalement, c'est ce qu'ils font.

Ah, je comprends mieux où il veut en venir...

— Laisse-moi deviner. P'pa ne veut pas te laisser manger un cookie ?

— Non. Même si je crève de faim, il veut rien savoir. Il dit que je dois d'abord prendre un sandwich.

— Et tu trouves ça injuste ?

— Tu viens de dire que t'irais te servir si t'en voulais un. Alors, pourquoi moi je peux pas ? Je suis plus un bébé et je peux prendre mes propres décisions, déclara-t-il en la regardant avec gravité.

— Hmm... Je comprends pourquoi ça te perturbe autant, dit-elle en portant l'index à son menton.

— Si p'pa veut un cookie, il peut se servir. Toi, pareil. Mais si moi j'en veux un, les règles changent. Comme tu dis, c'est pas juste.

— Qu'est-ce que tu vas faire, alors ?

— Je vais manger un sandwich. Parce qu'il le faut. Parce que le monde est injuste pour les enfants de dix ans.

Sans attendre sa réaction, il s'éloigna en traînant les pieds, sous le regard amusé de sa sœur. Peut-être qu'elle l'emmènerait plus tard manger une glace, se dit-elle. Ronnie hésita à le suivre dans la maison, puis changea d'avis et partit vers l'atelier. Il était peut-être temps de voir ce fameux vitrail !

Depuis l'entrée, elle aperçut son père qui soudait des plombs.

— Salut, ma puce ! Entre donc.

Ronnie pénétra dans l'atelier, qu'elle voyait pour la première fois. Elle grimaça à la vue des animaux bizarres sur les étagères et finit par s'approcher de l'établi où était posé le vitrail. Manifestement, ils n'étaient pas au bout de leurs peines... Ils avaient peut-être réalisé un quart de l'ouvrage, à en croire le motif.

Après avoir terminé sa soudure, son père se redressa et roula des épaules en s'étirant.

— Cet établi est un peu bas pour moi. Au bout d'un moment, j'attrape des courbatures.

— Tu veux du paracétamol ?

— Non, je vieillis, c'est tout. Le paracétamol ne peut pas y faire grand-chose.

Ronnie sourit et s'éloigna un peu. Punaisée au mur, près de l'article de journal décrivant l'incendie, il y avait une photo du vitrail. Elle se pencha pour la regarder en détail, avant de se retourner vers son père :

— Je lui ai parlé, annonça-t-elle. Je suis passée au garage où il travaille.

— Et ?

— Je crois que je lui plais...

— Pas étonnant, dit son père dans un haussement d'épaules. T'es une fille super !

Ronnie sourit à nouveau, pleine de gratitude envers son père. Elle se demanda s'il avait toujours été aussi sympa dans le passé, mais ne s'en souvenait pas vraiment.

— Pourquoi tu réalises ce vitrail pour l'église ? Parce que le pasteur Harris te laisse occuper la maison ?

— Non. J'en aurais fabriqué un de toute manière...

Comme il s'interrompait, Ronnie le regarda et attendit la suite avec impatience

— C'est une longue histoire. T'es sûre d'avoir envie de l'entendre ?

Elle hocha la tête.

— J'avais peut-être six ou sept ans, la première fois que je me suis aventuré dans l'église du pasteur Harris. Je m'y étais réfugié pour échapper à la pluie... En fait, elle tombait à verse et j'étais trempé. Quand je l'ai entendu jouer du piano, je me rappelle avoir pensé qu'il allait sans doute me dire que je ne pouvais pas rester. Eh bien pas du tout. Au lieu de ça, il m'a apporté une couverture et un bol de soupe, puis il a appelé ma mère pour qu'elle passe me récupérer. Mais avant qu'elle arrive, il m'a laissé jouer du piano. J'étais rien d'autre qu'un gamin qui martelait le clavier... et pourtant je suis revenu le lendemain et, de fil en aiguille, il est devenu mon premier prof. Il avait cet amour inconsidéré pour la musique. Il affirmait du reste qu'une belle mélodie s'apparentait au chant des anges, et j'ai fini par devenir accro. J'allais donc à l'église tous les jours et je jouais pendant des heures sous le vitrail d'origine, baigné dans cette lumière divine qui le traversait. C'est l'image que je garde en mémoire, chaque fois que je songe à mes heures passées là-bas... Et il y a quelques mois, quand l'église a brûlé...

Il désigna la coupure de journal accrochée au mur et poursuivit :

— Le pasteur Harris a failli mourir, cette nuit-là. Il se trouvait à l'intérieur et mettait la dernière main à son sermon... Bref, c'est à peine s'il a eu le temps de s'enfuir. Le feu a pris en quelques minutes et la bâtisse a été rapidement réduite à un tas de cendres. Le pasteur est resté un mois à l'hôpital, et depuis lors il officie dans un vieil entrepôt mis à sa disposition. L'endroit est sombre et assez miteux, mais je me disais que c'était provisoire jusqu'à ce qu'il m'annonce que l'assurance ne couvrait que la moitié des dégâts... et que la paroisse ne pourrait s'offrir un nouveau vitrail. Pour moi, c'était tout bonnement inconcevable. L'église ne serait plus celle dont j'avais le souvenir, et ça me paraissait injuste. Alors, je vais terminer ce vitrail.

Il s'éclaircit la voix et ajouta :

– J'ai intérêt à le terminer...

En l'écoutant parler, Ronnie tentait de l'imaginer enfant en train de jouer du piano, tandis que son regard allait à tour de rôle de son père à la photo puis au vitrail en chantier sur l'établi.

– C'est drôlement joli, ce que tu fais.

– Ouais... On verra ce que ça donne au final. Mais Jonah a l'air d'aimer travailler dessus.

– D'ailleurs... à propos de Jonah. Il râle parce que tu ne veux pas le laisser manger un cookie.

– Il doit d'abord déjeuner.

– Je cherche pas à te contredire, précisa-t-elle avec un sourire en coin. Je trouvais ça drôle, c'est tout.

– Il t'a dit qu'il en avait déjà pris deux dans la matinée ?

– J'ai bien peur qu'il n'ait omis de le mentionner.

– Tu m'étonnes ! répliqua Steve en posant ses gants sur l'établi. Tu veux manger avec nous ?

– Ouais... volontiers, dit-elle en hochant la tête.

Ils se dirigèrent vers la porte.

– Au fait, dit-il d'un ton qui se voulait désinvolte, aurai-je l'occasion de rencontrer ce jeune homme qui apprécie tant ma fille ?

Elle passa devant lui et sortit à la lumière.

– Probablement...

– Et si on l'invitait à dîner ? Ensuite, on pourra peut-être... tu sais bien, s'amuser comme on le faisait dans le temps, suggéra-t-il à tout hasard.

Ronnie réfléchit à la suggestion.

– J'en sais trop rien, p'pa. Ça risque d'être drôlement animé à la maison, du coup.

– Tu sais quoi ? Je te laisse décider, O.K. ?

– 18 –

Will

– Allez, mon pote, tâche de rester concentré ! Si t'es à fond dans le jeu, on va écraser Landry et Tyson au championnat.

Will jonglait avec la balle, tandis que Scott et lui se tenaient sur le sable, encore en sueur. L'après-midi touchait à sa fin. À trois heures, leur travail au garage terminé, ils avaient filé à la plage pour s'entraîner avec deux équipes de Géorgie qui passaient la semaine dans la région. Tous se préparaient pour le tournoi du Sud-Est qui se déroulerait en août à Wrightsville Beach.

– Ils n'ont pas perdu un seul match cette année. Et ils viennent de remporter le championnat national junior, observa Will.

– Et alors ? On jouait pas contre eux. Ils ont battu une tripotée de gros nazes.

À son humble avis, Will pensait que les équipes disputant le championnat national étaient loin de rassembler des nullités. Dans le petit monde de Scott, en revanche, le moindre perdant était forcément nul.

– Ils nous ont battus l'an dernier.

– Ouais, mais à l'époque tu jouais encore moins bien que cette année. Toute l'équipe se reposait sur moi.

– Merci.

– Tout ce que je dis, c'est que tu manques de rigueur. Comme hier, par exemple ? Dès que cette nana sortie tout droit de *Twilight* a fichu le camp, t'as passé le reste de la partie à jouer à l'aveuglette !

– Primo, elle sort pas de *Twilight*. Et deuzio, elle s'appelle Ronnie.

– Peu importe. Tu sais ce que c'est, ton problème ?

Oui, Scott, dis-moi donc quel est mon problème. Je meurs d'envie de le savoir !

Scott enchaîna, sans se douter que son ami se moquait de lui en pensée.

– Ton problème, c'est que t'es pas concentré. Au moindre petit incident, paf ! T'es dans les nuages. Mince ! J'ai renversé du soda sur le tee-shirt d'Elvira... et je loupe cinq manchettes de défense ! Oh, Vampirella est en pétard contre Ashley... et hop ! Je rate les deux services qui suivent...

– Tu veux bien arrêter ?

– Quoi donc ?

– De lui donner des tas de surnoms.

– Tu vois ! s'exclama Scott. C'est tout à fait ce que je disais ! C'est pas d'elle que je parle, mais de toi et de ton absence de concentration. T'es incapable de te focaliser sur le jeu.

– On a remporté deux manches d'affilée, et ils n'ont marqué que sept points en tout ! On les a écrasés, protesta Will.

– Mais ils auraient même pas dû en marquer cinq. On aurait dû les écrabouiller.

– T'es sérieux ?

– Ouais, mon pote. Ils sont pas très bons.

– M'enfin, on a gagné ! Ça te suffit pas ?

– Pas si on peut remporter le match en creusant davantage l'écart. On aurait pu carrément leur casser le moral, si bien qu'au moment de nous rencontrer pour de bon au championnat, ils auraient abandonné dès le début. Ça s'appelle de la psychologie, mec.

– Je crois qu'on appelle ça « cumuler les points pour rien ».

– Eh ben, c'est justement pour ça que t'as l'esprit ailleurs, sinon t'aurais jamais fini par rouler une pelle à Cruella de Vil !

Elvira, Vampirella, et maintenant Cruella. Il ne se renouvelle pas des masses...

– Je crois bien que t'es jaloux, déclara Will.

– Non. Personnellement, je pense que tu devrais ressortir avec Ashley, comme ça je pourrais sortir avec Cassie.

– T'en es encore là ?

– Redescends sur terre, mon pote ! Comment je pourrais faire autrement ? T'aurais dû la voir hier dans son Bikini...

– Alors, demande-lui de sortir avec toi.

– Elle voudra rien savoir, répliqua Scott dans un froncement de sourcils accablé.

– Peut-être qu'elle te trouve moche.

Scott lui décocha un regard noir.

– Ha ! Ha ! Trop drôle ! Tu devrais écrire des sketches pour la télé.

– Moi, ce que j'en dis...

– Eh ben, ne dis rien, O.K. ? Et puis d'abord, il y a quoi entre toi et...

– Ronnie ?

– Ouais. À quoi ça rime ? Hier, t'as passé toute la journée

avec elle, et voilà que ce matin elle se pointe et tu l'embrasses ? C'est... sérieux entre vous ou quoi ?

Will resta silencieux.

Dépité, Scott secoua la tête, tout en brandissant l'index pour appuyer son point de vue :

— Tu vois, c'est ça le truc ! La dernière chose dont t'as besoin, c'est d'une relation sérieuse avec une fille. Faut que tu te concentres sur ce qui est important. T'as un boulot à plein temps, t'es bénévole pour sauver les dauphins, les baleines, les tortues ou peu importe, et tu sais qu'on doit s'entraîner à mort pour être prêts pour le championnat. Bref, je te rappelle qu'il y a que vingt-quatre heures dans une journée !

Will restait muet, mais voyait bien que Scott paniquait de plus en plus à mesure que les secondes s'écoulaient.

— Allez, quoi ! Ne raconte pas d'histoires. Franchement, qu'est-ce que tu lui trouves ?

Will se taisait toujours.

— Non, non et non ! psalmodia Scott comme un mantra. Je savais que ça allait arriver. C'est pour ça que je t'ai dit de ressortir avec Ashley ! Pour éviter de te relancer dans un truc sérieux. Tu sais ce qui va se passer. Tu vas te transformer en ermite. Tu vas larguer tous tes copains pour pouvoir être avec elle. Crois-moi, t'as besoin de tout, sauf d'une histoire sérieuse avec...

— Ronnie, compléta Will.

— Peu importe ! l'interrompit Scott. C'est pas le problème.

Will sourit.

— Tu t'es jamais rendu compte que t'avais bien plus d'opinions sur ma vie que sur la tienne.

— Parce que je mélange pas tout comme toi.

Will se crispa malgré lui, tandis que la nuit de l'incendie

lui revenait soudain en mémoire... Et il se demanda si Scott ne jouait pas volontairement les abrutis.

— J'ai pas envie d'en parler, dit-il.

Mais Scott ne l'écoutait plus, trop occupé à regarder par-dessus l'épaule de son copain quelque chose sur la plage.

— J'hallucine, marmonna-t-il.

Will se retourna et vit Ronnie s'approcher. En jean et tee-shirt noir, bien sûr, aussi déplacée qu'un crocodile sur l'Antarctique. Will souriait déjà jusqu'aux oreilles.

Il s'avança vers elle, ravi de la voir, tout en se demandant une fois de plus ce qu'elle pensait. Mais à vrai dire, cette part de mystère lui plaisait.

— Salut ! lança-t-il en tendant la main comme pour la prendre par la taille.

Ronnie s'arrêta net pour se tenir hors de sa portée. Elle arborait un visage tout ce qu'il y a de sérieux.

— Ne m'embrasse pas, dit-elle. Tu m'écoutes, O.K. ?

Assise à son côté dans la camionnette, Ronnie paraissait plus énigmatique que jamais. Un léger sourire aux lèvres, elle regardait par la fenêtre, apparemment. Mais au bout de quelques minutes, elle joignit les mains sur ses genoux et se tourna vers lui.

— Si t'arrives en short et en débardeur, mon père ne va pas se formaliser, tu sais.

— Ça me prendra quelques minutes à peine.

— Mais c'est juste un dîner à la fortune du pot.

— J'ai chaud et je suis en nage. J'ai pas envie de débarquer en débraillé devant ton père.

— Je viens de te dire que ça lui est égal.

— Ben moi, non. Contrairement à certaines personnes, j'aime faire bonne impression.

Ronnie se hérissa un peu.

— Je dois me sentir visée ?

— Bien sûr que non. Tous les mecs que je connais, par exemple, adorent rencontrer des filles aux cheveux violets.

Bien qu'elle sût qu'il la taquinait, elle écarquilla les yeux.

— Ça n'a pas l'air de te poser de problème, pourtant.

— Oui, mais parce que moi, je suis à part.

Elle croisa les bras en le dévisageant.

— Tu vas faire ça toute la soirée ?

— Quoi donc ?

— Jouer à celui qui s'en remettra jamais de m'avoir embrassée ?

Il éclata de rire.

— Excuse-moi. C'est pas ce que je voulais dire. En fait, j'aime bien les mèches violettes. C'est... ton look, après tout.

— Mouais... fais quand même gaffe à ce que tu dis la prochaine fois.

Tout en parlant, elle ouvrit la boîte à gants et farfouilla dedans.

— Qu'est-ce que tu fabriques ?

— Je jette juste un œil. Pourquoi ? T'as des trucs à cacher ?

— Tu peux tout retourner... Et même en profiter pour y mettre un peu d'ordre.

Elle sortit une cartouche et la lui montra.

— Je suppose que c'est avec ça que tu assassines les canards ?

— Non, ça c'est pour les chevreuils. Trop gros pour un canard. Il serait en miettes si je lui tirais dessus avec ça.

— T'as de sacrés problèmes, tu sais.

— C'est ce que j'ai cru comprendre...

Elle ne put s'empêcher de glousser.

Ils longeaient l'Intracoastal Waterway, et les villas se

236

succédaient au bord de l'eau qui miroitait sous la lumière. Elle ferma la boîte à gants et abaissa le pare-soleil, où était accrochée la photo d'une séduisante blonde qu'elle retira pour l'examiner.

— Elle est jolie, observa Ronnie.

— Ouais, c'est vrai.

— Je te parie dix dollars que t'as mis ce cliché sur ta page Facebook.

— Perdu. C'est ma frangine.

Il observa Ronnie à la dérobée, tandis qu'elle regardait tour à tour son poignet et la photo.

— Pourquoi vous portez les mêmes bracelets en macramé ? demanda-t-elle.

— C'est ma sœur et moi qui les avons réalisés.

— Pour soutenir une noble cause, j'imagine ?

— Non.

Il ne dit rien de plus et constata avec surprise qu'elle respectait son silence, après avoir manifestement deviné que c'était le souhait de Will. Elle rangea donc le cliché avec soin, puis releva le pare-soleil.

— C'est encore loin ? reprit-elle.

— On est presque arrivés, lui assura-t-il.

— Si j'avais su que t'habitais à perpète, je serais rentrée à pied pour t'attendre tranquillement chez moi.

— Mais t'aurais été privée de ma brillante conversation !

— Et en plus tu te vantes !

— T'as l'intention de m'insulter tout le long du chemin ? dit-il en la regardant du coin de l'œil. Juste pour savoir si je dois monter le son de l'autoradio...

— Tu sais, t'aurais pas dû m'embrasser ce matin. C'était pas franchement romantique, répliqua Ronnie.

— Ben moi, j'ai trouvé ça très romantique.

– On était dans un garage, t'avais les mains pleines de cambouis, et ton copain nous matait d'un air ahuri.

– Un cadre idéal, je trouve.

Il ralentit alors et mit son clignotant. Puis, après avoir tourné, il s'arrêta et s'empara d'une télécommande qu'il actionna. Deux grilles en fer forgé s'ouvrirent en coulissant, puis le pick-up s'engagea dans l'allée. Tout excité à la perspective de dîner plus tard chez Ronnie, Will ne sembla pas remarquer le mutisme soudain de sa passagère.

19

Ronnie

O.K., se dit-elle, *c'est ridicule.* Pas seulement les haies, les buissons de roses taillés, les statues en marbre, la demeure de style géorgien à colonnades, ou les voitures étrangères hors de prix qu'on briquait à la main dans un coin... mais l'ensemble était si grandiose qu'il en devenait grotesque !

Ronnie savait pourtant que de riches New-Yorkais possédaient des appartements d'une vingtaine de pièces dans Park Avenue et de superbes maisons dans les Hamptons, mais bon... elle ne les fréquentait pas et n'était jamais invitée chez eux. Ce genre d'endroit, elle ne l'avait vu que dans des magazines, et encore... il s'agissait la plupart du temps d'images volées par des paparazzi.

Et elle qui se pointait là avec son tee-shirt et son jean destroy. Le comble du chic ! Il aurait pu la prévenir, au moins.

Ronnie ne pouvait quitter la maison des yeux, alors que le pick-up remontait l'allée circulaire avant de se garer juste devant l'entrée. Elle se tourna vers Will et allait lui demander s'il vivait réellement là, puis réalisa que c'était une question idiote. Bien sûr qu'il habitait là ! D'ailleurs, il descendait déjà du pick-up.

Elle descendit à son tour. Les deux hommes occupés à nettoyer les voitures levèrent les yeux sur elle, puis revinrent aussitôt à leur tâche.

— Je vais me doucher vite fait. J'en ai pas pour longtemps.

— Super.

Ronnie ne trouva rien de mieux à dire. C'était la demeure la plus imposante qu'elle ait jamais vue.

Elle le suivit, gravit les marches qui menaient à la véranda et s'arrêta un bref instant à la porte, le temps de découvrir une petite plaque en cuivre indiquant : *Résidence Blakelee*.

Comme dans *Blakelee* Brakes... À savoir la chaîne nationale d'entretien et de réparation automobile. Donc le père de Will ne possédait pas une simple succursale, mais carrément toute la société !

Elle digérait à peine la nouvelle quand Will poussa la porte et l'entraîna dans un hall imposant où trônait un escalier gigantesque. Sur sa droite, une bibliothèque lambrissée de bois sombre ; à gauche, une sorte de salon de musique. Juste devant elle, une immense pièce baignée de lumière, et un peu plus loin les eaux scintillantes de l'Intracoastal Waterway.

— Tu m'as pas dit que tu t'appelais Blakelee, marmonna Ronnie.

— Tu me l'as pas demandé, répliqua-t-il dans un haussement d'épaules. Allez, suis-moi.

Ils passèrent devant l'escalier pour rejoindre la grande salle. À l'arrière de la maison, elle aperçut la superbe véranda au bord de l'eau, et entrevit un yacht de taille moyenne amarré au ponton.

Bon, inutile de se voiler la face. Elle ne se sentait pas du tout à sa place. Et le fait que beaucoup de gens avaient dû partager cette impression leur première visite ne la consolait pas vraiment. Elle aurait aussi bien pu atterrir sur Mars.

— Tu veux boire quelque chose pendant que je me prépare ?

— Non, non... ça va, merci, dit-elle en évitant d'avoir l'air éberlué par le cadre ambiant.

— Tu veux faire le tour du propriétaire ?

— Non, c'est bon.

Un peu plus loin, sur le côté, elle entendit une voix s'exclamer :

— Will ? C'est toi qui viens de rentrer ?

Ronnie se tourna et vit apparaître une femme séduisante, proche de la cinquantaine, vêtue d'un sublime tailleur-pantalon en lin et tenant en main un magazine sur le mariage.

— Salut m'man, dit Will.

Il se débarrassa des clés de voiture dans une coupe posée sur la console de l'entrée, à côté du vase rempli de lis fraîchement coupés.

— J'ai amené quelqu'un, ajouta-t-il. Je te présente Ronnie. Et voici Susan, ma mère.

— Oh... bonjour Ronnie, dit Susan avec froideur.

Même si Mme Blakelee tentait de le dissimuler, Ronnie voyait bien qu'elle n'était pas enchantée de découvrir l'invitée surprise de Will. Son mécontentement portait moins sur l'aspect inopiné de la visite que sur la visiteuse elle-même... autrement dit, Ronnie.

Toutefois, si Ronnie sentait la tension ambiante, Will ne s'en rendait visiblement pas compte. Peut-être était-ce dû à l'intuition féminine, se dit-elle, car Will continuait à bavarder avec sa mère comme si de rien n'était.

— P'pa est dans les parages ? demanda-t-il.

— Je crois qu'il est dans son bureau.

— Avant de repartir, j'ai besoin de lui parler.

— Tu ressors ? s'enquit Susan en tripotant nerveusement son magazine.

– Je vais dîner chez Ronnie ce soir.

– Oh... C'est formidable.

– Ronnie est végétarienne. Ça devrait te plaire.

– Oh, répéta Susan en détaillant Ronnie du regard. C'est vrai ?

– Oui, confirma Ronnie en ayant l'impression de rétrécir à vue d'œil.

– Intéressant...

Ronnie devinait que l'intérêt de Susan relevait uniquement de la politesse, mais Will semblait toujours dans les nuages.

– O.K., le temps de faire un saut au premier, et je reviens tout de suite, annonça-t-il.

Bien que Ronnie ait envie de lui dire de ne pas traîner, elle se contenta d'acquiescer.

Il grimpa ensuite les marches quatre à quatre et laissa Ronnie et Susan seules. Dans le silence qui suivit, Ronnie prit conscience qu'en dépit de leurs rares points communs, elles étaient aussi contrariées l'une que l'autre de se retrouver face à face.

Elle avait envie d'étrangler Will ! Pourquoi ne pas l'avoir mise au courant ?

– C'est donc toi, reprit Susan avec un sourire factice quasi figé, qui as un nid de tortue derrière ta maison ?

– C'est bien moi.

Susan hocha la tête, visiblement à court d'idées... tandis que Ronnie faisait de son mieux pour meubler le silence.

– Vous avez une bien jolie maison, observa-t-elle en désignant le hall d'entrée.

– Merci.

Au tour de Ronnie de ne plus savoir quoi raconter... Et elles restèrent un long moment à s'observer d'un air gêné. Ronnie ignorait ce qui aurait pu se passer si la situation s'était éternisée... Par chance, un homme accusant une petite soixantaine les rejoignit. Habillé sport, il portait un pantalon de toile et un polo.

— Il me semblait bien avoir entendu quelqu'un entrer, lança-t-il d'un ton cordial, presque blagueur. Bonjour ! Moi, c'est Tom, le père de Will... Et tu dois être Ronnie, c'est ça ?

— Enchantée de faire votre connaissance, dit-elle.

— Et moi, je suis ravi d'avoir enfin l'occasion de rencontrer la jeune fille dont il ne cesse de nous parler.

Susan s'éclaircit la voix.

— Will est invité à dîner chez Ronnie.

— J'espère que ta famille ne mettra pas les petits plats dans les grands. Ce gosse se nourrit uniquement de pizzas au pepperoni et de hamburgers !

— Ronnie est végétarienne, précisa Susan.

Au ton employé, on aurait dit qu'elle annonçait que Ronnie était *terroriste*. Mais peut-être que Ronnie se trompait. Elle ne savait pas trop... Quoi qu'il en soit, Will aurait franchement dû la briefer... et elle se serait préparée. Mais Tom, à l'instar de Will, n'avait pas l'air de déceler la moindre tension.

— Sans rire ? reprit-il à l'adresse de Ronnie. C'est super. Eh bien, il va s'alimenter sainement pour une fois... Euh, je sais que tu l'attends, mais tu veux bien m'accorder quelques minutes ? J'ai quelque chose à te montrer.

— Je suis certaine que ton avion ne l'intéresse pas, Tom, protesta Susan.

— Je ne sais pas. Peut-être que si ?

Se tournant de nouveau vers Ronnie, il ajouta :

— Tu aimes les avions ?

Ben voyons... pourquoi cette famille ne posséderait pas un avion, après tout ? Ça cadrait avec le reste. Mais tout ça, c'était de la faute de Will ! Sitôt sortie d'ici, elle allait l'étriper !

Pour le moment, avait-elle d'autre choix que de suivre le mouvement ?

— Oui, répondit-elle. Bien sûr que j'aime les avions...

Ronnie imaginait un Learjet ou un Gulfstream, garé dans un hangar à l'autre bout de la propriété... mais l'image était assez floue dans sa tête, car les seuls jets privés qu'elle ait jamais vus apparaissaient sur des photos.

Ce qu'elle découvrit n'avait cependant aucun rapport... Un homme plus âgé que son père, armé d'une télécommande et s'amusant à faire voler un avion *modèle réduit.*

L'engin bourdonna en rasant la cime des arbres, puis descendit en piqué sur l'Intracoastal Waterway.

— Ce genre de joujou m'a toujours fait rêver, alors j'ai fini par craquer et m'en offrir un, annonça Tom. En fait, c'est le deuxième. Le premier est tombé à l'eau par accident.

— Dommage...

— Ouais, mais ça m'a appris à bien lire toutes les instructions dorénavant.

— Vous l'avez cassé ?

— Non, il était à court de carburant, dit-il en lui lançant un regard. Tu veux essayer ?

— Je préfère éviter, répliqua Ronnie. Je suis pas très douée avec ces trucs-là.

— Ce n'est pas trop difficile, tu sais. C'est un modèle pour débutants, autrement dit à l'épreuve des idiots. Bien sûr, le précédent l'était aussi... ce qui signifie quoi, d'après toi ?

— Que vous auriez peut-être dû lire le manuel jusqu'au bout ?

— Exact !

À la manière dont il avait prononcé le mot, Ronnie crut entendre Will.

— Susan et toi, vous avez discuté du mariage ? reprit-il.

— Non... Mais Will m'en a un peu parlé.

— Aujourd'hui, j'ai dû passer deux heures chez le fleuriste...Tu as déjà passé deux heures devant des compositions florales ?

— Non.

— Eh bien, tu peux t'estimer heureuse !

Ronnie gloussa, soulagée d'être sur la terrasse en sa compagnie. Au même moment, Will réapparut, douché de frais et vêtu d'un polo et d'un short, tous les deux griffés... mais elle devait s'y attendre.

— Faut que tu excuses mon père, ironisa-t-il. Il oublie parfois qu'il est adulte.

— En tout cas, je suis sincère. Et comme par hasard, tu n'es pas venu me donner un coup de main pour les fleurs...

— J'avais un match de volley.

— Mouais... je suis sûr que c'est la vraie raison. Et par ailleurs, fiston, sache que Ronnie ici présente est bien plus jolie que tu le prétendais.

Si Ronnie souriait et se sentait flattée, Will aurait volontiers disparu sous terre, en revanche.

— P'pa, enfin...

— C'est vrai, s'empressa d'ajouter Tom. Ne sois pas gêné.

Après s'être assuré que l'avion vole correctement, il lança un regard à Ronnie :

— Il est facilement gêné. C'était le gamin le plus timide du monde. Il ne pouvait même pas s'asseoir à côté d'une jolie fille sans piquer un fard.

Pendant ce temps, Will secouait la tête d'un air incrédule.

— J'en reviens pas que tu dises des trucs pareils, p'pa. Juste devant elle.

– Où est le problème ? s'exclama Tom en observant Ronnie du coin de l'œil. Ça t'ennuie ?

– Pas du tout.

– Tu vois ? s'exclama-t-il en tapotant la poitrine de son fils, comme s'il venait de démontrer qu'il avait raison. Elle s'en fiche.

– Merci, grimaça-t-il.

– À quoi serviraient les pères, sinon ? Dis donc, tu veux faire quelques loopings avec cet engin ?

– J'ai pas le temps, p'pa. Je suis censé ramener Ronnie chez elle, où on nous attend pour dîner.

– Alors, écoute-moi bien. Même si on te sert des aubergines et des rutabagas au tofu, je veux que tu finisses ton assiette et que tu n'oublies pas de complimenter le cuisinier, recommanda Tom.

– Ce sera sans doute un plat tout simple à base de pâtes, intervint Ronnie, toujours souriante.

– Vraiment ? répliqua Tom d'un air déçu. Eh bien, il les mangera... Toute nouvelle expérience est bonne à prendre. Sinon, c'était comment à l'atelier, aujourd'hui, fiston ?

– Justement, il fallait que je t'en parle. D'après Jay, il y a un problème avec l'ordinateur ou le logiciel... bref, tout s'imprime en double.

– Uniquement à la maison mère ou partout ?

– J'en sais rien, à vrai dire.

Tom soupira.

– Je ferais mieux d'aller y jeter un œil, soupira Tom. À condition que j'arrive à faire atterrir cet engin, bien sûr. Quant à vous deux, passez une bonne soirée !

Quelques minutes plus tard, une fois dans la camionnette, Will agita nerveusement ses clés avant de démarrer.

— Désolé pour tout ça. Il arrive à mon père de dire des trucs complètement dingues.

— T'as pas à t'excuser. Je le trouve sympa.

— Et j'étais pas aussi timide, soit dit en passant. Je ne rougissais pas à tout bout de champ.

— Bien sûr que non.

— Sérieux. Ça se passait toujours superbien.

— J'en doute pas un instant, dit-elle en lui tapotant le genou. Maintenant, écoute. À propos de ce soir... Ma famille a une tradition bizarre...

— Tu mens ! hurla Will. T'as menti toute la soirée et j'en ai ras-le-bol !

— Ne joue pas à ce petit jeu ! rétorqua Ronnie. C'est toi qui mens !

La table était débarrassée depuis longtemps... Comme prévu, Steve avait servi des spaghettis à la sauce marinara, et Will avait veillé à ne pas en laisser une miette dans son assiette. À présent, ils étaient tous encore attablés dans la cuisine et disputaient âprement une partie de poker menteur. Will détenait un huit de cœur, Steve un trois de cœur, et Jonah un neuf de pique. Chacun avait devant lui une pile de petite monnaie, et le pot du milieu regorgeait de pièces de cinq et de dix cents.

— Vous mentez tous les deux, renchérit Jonah. L'un comme l'autre, vous êtes incapables de dire la vérité,

Will prit son air le plus mauvais et piocha dans sa monnaie.

— Vingt-cinq cents que tu te trompes.

Son père secoua la tête en disant :

— Un choix peu judicieux, jeune homme. Trop tard. Je vais devoir relancer de cinquante cents.

– Pareil pour moi ! s'écria Ronnie.

Jonah et Will suivirent dans la foulée.

Tout le monde se tut, chacun lorgnant l'autre avant d'abattre ses cartes. Voyant qu'elle avait un huit en main, Ronnie supposa que Jonah remporterait la mise. Une fois de plus !

– Vous êtes tous des menteurs ! s'exclama-t-il.

Ses gains, remarqua sa sœur, atteignaient le double de ceux des autres joueurs, et en le regardant récupérer la monnaie, elle se dit que, jusque-là en tout cas, la soirée s'était bien passée.

Comme c'était la première fois qu'elle présentait un garçon à son père, Ronnie ne savait pas trop à quoi s'attendre en invitant Will. Steve allait-il les laisser entre eux en se planquant dans la cuisine ? Tenterait-il de copiner avec Will ? Allait-il dire ou faire quoi que ce soit qui la gênerait ? En roulant vers le bungalow, elle envisageait déjà plusieurs solutions pour filer en douce, sitôt le dîner achevé.

Cependant, dès qu'ils franchirent la porte d'entrée, Ronnie eut une bon pressentiment. Pour commencer, la maison était rangée... Quant à Jonah, son père avait dû lui faire la morale en lui interdisant de leur coller aux basques ou de tarabuster Will avec des tas de questions. Et Steve avait accueilli leur invité par une chaleureuse poignée de main en lui disant simplement : « Ravi de te rencontrer. » Will se montrait d'une politesse extrême, bien sûr, à grands renforts de « oui, monsieur » et « non, monsieur », ce qui attendrit Ronnie par son côté « Vieux Sud ».

À table, la conversation se déroula naturellement ; son père posa à Will des questions sur son travail au garage et à l'aquarium, tandis que Jonah poussa la politesse jusqu'à garder sa serviette sur les genoux ! Mais, le plus important, son père ne fit aucune remarque gênante, et même s'il aborda vaguement son passage chez Juilliard, il ne précisa pas qu'il avait été le prof de Ronnie, ni qu'elle avait eu l'occasion de jouer au Carnegie Hall. Ni qu'ils avaient écrit des chansons ensemble... et encore moins que Ronnie et lui n'étaient plus brouillés que depuis quelques jours.

Lorsque Jonah réclama des cookies après le repas, Ronnie et Steve éclatèrent de rire, et Will se demanda ce qu'il y avait de si drôle. Chacun mit la main à la pâte pour desservir la table, et quand Jonah proposa un poker menteur, Will accepta avec joie.

C'était tout à fait le genre de garçon qui aurait plu à sa mère : poli, respectueux, intelligent, et surtout sans tatouages... Du reste, Ronnie aurait apprécié qu'elle soit là, ne serait-ce que pour lui prouver que sa fille ne partait pas totalement en vrille ! Sauf que Kim aurait manifesté un tel enthousiasme qu'elle était capable de vouloir adopter Will sur-le-champ, de même qu'elle aurait soûlé Ronnie, après le départ de Will, à force de lui répéter combien il était parfait... ce qui aurait poussé Ronnie à vouloir tout arrêter avant que l'emballement de sa mère ne vire au cauchemar.

Son père, en revanche, ne se comporterait jamais comme ça... Il semblait se fier au jugement de Ronnie et la laisser prendre ses propres décisions.

Ce qui était franchement bizarre, compte tenu du fait qu'il venait à peine de renouer avec elle, et en même temps assez triste, car Ronnie commençait à se dire qu'elle avait commis une grosse erreur en l'évitant ces trois dernières années. Alors qu'elle aurait pu justement lui parler quand sa mère la rendait folle.

Dans l'ensemble, elle était ravie d'avoir invité Will. Nul doute qu'il avait été plus facile pour lui de rencontrer Steve que pour Ronnie de voir Susan. Cette femme lui faisait froid dans le dos ! Bon... peut-être que Ronnie exagérait, mais en tous cas Susan l'intimidait.

Son attitude montrait clairement qu'elle n'appréciait pas Ronnie ou le simple fait que celle-ci plaise à son fils.

D'ordinaire, Ronnie ne moquait de ce que les parents des autres pouvaient penser d'elle, de même qu'elle se souciait peu de son apparence vestimentaire. Elle était comme elle était, après tout... À vrai dire, cela faisait une éternité qu'elle ne s'était pas sentie aussi peu à la hauteur en présence de quelqu'un, et ça la perturbait bien plus qu'elle ne l'aurait cru.

Tandis que la nuit tombait et que la partie de poker menteur commençait à s'essouffler, elle sentit le regard de Will posé sur elle. Ronnie le lui rendit en souriant.

— J'ai presque plus de pièces, annonça-t-il en tripotant le peu de monnaie qui lui restait.

— Je sais. Moi, c'est pareil.

Il jeta un coup d'œil en direction de la fenêtre.

— Ça te dirait d'aller faire un tour sur la plage ?

Cette fois, elle savait avec certitude qu'il lui posait la question pour passer un peu de temps avec elle... car il tenait à elle, même s'il ignorait si c'était réciproque.

— J'adorerais aller faire une balade, répondit-elle en le regardant droit dans les yeux.

20

Will

Séparée de Wilmington par le pont qui enjambait l'Intra-coastal Waterway, la plage s'étirait sur plusieurs kilomètres. Elle avait changé, bien sûr, depuis que Will était tout petit... D'un été l'autre, les gens y affluaient de plus en plus, à mesure que les imposantes villas du front de mer remplaçaient petit à petit les modestes bungalows, mais Will aimait toujours autant s'y promener la nuit. Enfant, il aimait s'y rendre à vélo, dans l'espoir d'y faire des découvertes, et il n'était presque jamais déçu. Il avait vu de gros requins échoués sur le rivage, de magnifiques châteaux de sable dignes de figurer au *Guinness des records*, et même une baleine qui se roulait dans les vagues à une cinquantaine de mètres de la côte.

Ce soir-là, l'endroit était désert, et tandis que Ronnie et lui flânaient pieds nus au bord de l'eau, il se surprit à penser que c'était la fille avec laquelle il aimerait affronter l'avenir.

Il n'ignorait pas qu'il était trop jeune pour ce genre de projets, d'autant qu'il allait jusqu'à envisager le mariage, mais curieusement il sentait que s'il rencontrait Ronnie dans dix ans, elle serait sans doute la même. Il savait que Scott n'y comprendrait rien... Scott paraissait incapable d'imaginer l'avenir au-delà du prochain week-end. Comme la plupart des garçons de son âge, de toute manière. À croire que leurs cerveaux fonctionnaient différemment du sien. Will n'était pas attiré par les plans drague, ne cherchait pas à multiplier les conquêtes pour se prouver qu'il avait du succès, en jouant les chevaliers servants afin d'obtenir ce qu'il voulait, puis couper les ponts avant de passer à la suivante. Il n'était pas comme ça, voilà tout. Et ne le serait jamais. Quand il rencontrait une fille, il ne se demandait pas si elle ferait l'affaire pour quelques soirs, mais s'il pouvait envisager avec elle une relation durable.

C'était en partie à cause de ses parents, supposait-il. Mariés depuis trente ans, ils avaient dû, comme la plupart des couples, se battre pour démarrer dans la vie. Au fil des années, ils avaient cependant réussi à fonder une entreprise et une famille. Depuis le début, ils n'avaient cessé de s'aimer, fêtant chacun de leurs succès et se soutenant mutuellement lorsqu'une tragédie venait assombrir leur bonheur. Ni l'un ni l'autre n'étaient parfaits, mais Will avait grandi avec la certitude qu'ils formaient un couple soudé, lequel finit par lui servir d'exemple.

N'importe qui aurait été tenté de croire qu'il avait passé deux ans avec Ashley parce qu'elle était riche et belle, et même si ç'avait été mentir d'affirmer que sa beauté n'entrait pas en ligne de compte, celle-ci avait moins d'importance que les qualités qu'il pensait voir en elle. Ashley l'avait écouté et il lui avait rendu la pareille ; il avait cru pouvoir tout lui confier et la réciproque était vraie. Mais avec le temps, elle n'avait cessé de le décevoir, surtout quand elle admit, en larmes, avoir flirté au cours d'une soirée avec un gars de l'université locale. Depuis lors, leur relation avait changé. Pas seulement parce qu'il craignait une récidive de la part d'Ashley – tout le monde commettait des erreurs, et il n'allait pas faire un drame pour un simple baiser –, mais parce que l'incident avait permis à Will de réaliser exactement ce qu'il espérait de son entourage proche.

Il se mit ainsi à remarquer la manière dont elle traitait les autres, et il n'était pas franchement certain d'apprécier. Cette manie qu'elle avait de parler à tort et à travers – qu'il considérait jusque-là comme inoffensive – commença à l'agacer, de même que les longues attentes qu'elle lui faisait subir lorsqu'elle se préparait pour sortir le soir. Quand il finit par rompre avec elle, Will éprouva un certain malaise, mais se consola en songeant qu'il avait quinze ans à peine au début de leur idylle, et qu'elle était sa première petite amie. Au bout du compte, il sentait qu'il n'avait pas d'autre choix que de mettre un terme à leur relation. Désormais, il se connaissait mieux et savait qu'il attachait de l'importance à certaines valeurs, dont aucune ne semblait se retrouver chez Ashley. Il préféra donc rompre avant que la situation n'empire.

Sur ce plan, sa sœur Megan lui ressemblait. Belle et intelligente, elle avait toujours intimidé la plupart de ses petits copains. D'ailleurs, elle avait longtemps papillonné d'une relation à l'autre, mais pas par coquetterie ou esprit volage. Quand il lui demanda un jour pourquoi elle ne parvenait pas à se stabiliser, elle lui répondit sans détour : « Certains mecs grandissent en pensant pouvoir se caser dans un futur lointain, d'autres sont prêts pour le mariage dès qu'ils croisent la bonne personne. Les premiers me gonflent, surtout parce que je les trouve pitoyables... Quant aux autres, franchement, ça court pas les rues ! Mais c'est les types sérieux qui m'intéressent, et ça prend du temps pour en trouver un. Crois-moi, si une relation ne peut pas tenir à long terme, à quoi ça me servirait de perdre mon temps et mon énergie pour du court terme ? ».

Megan... Il sourit en pensant à elle. Elle menait sa vie selon ses propres règles. Ces six dernières années, son comportement avait bien sûr rendu leur mère folle, car Megan s'empressait d'éliminer tous les prétendants de la ville dont les origines familiales portaient le sceau de l'approbation maternelle. Toutefois, Will devait bien admettre que Megan avait fait le bon choix et, par chance, pu rencontrer un gars à New York qui satisfaisait à tous ses critères.

Ronnie lui rappelait étrangement Megan. Pour son côté excentrique, sa liberté d'esprit et son indépendance farouche. En apparence, elle n'avait rien qui puisse l'attirer, mais... son père était génial, son frère le faisait hurler de rire, et elle se révélait plus intelligente et attentionnée que toutes les filles qu'il avait pu rencontrer.

Qui d'autre passerait la nuit à la belle étoile pour protéger un nid de tortue ? Qui d'autre interromprait une bagarre pour venir en aide à un enfant ? Qui d'autre lisait Tolstoï à ses moments perdus ?

Et enfin... qui d'autre, du moins dans cette ville, craquerait pour Will avant de savoir à quelle famille il appartenait ?

Il devait bien reconnaître que c'était un détail non négligeable, même s'il aurait préféré ne pas s'y attarder. Il aimait son père, était fier de son nom de famille et de la société qu'il avait fondée. Will ne reniait pas les avantages que lui apportait sa vie, mais... voulait aussi se faire un prénom. Il souhaitait que les gens apprécient d'abord Will, et non pas Will Blakelee... et la seule personne au monde avec laquelle il pouvait en discuter n'était autre que sa sœur. Il ne vivait pas à Los Angeles, où l'on trouvait des enfants de célébrités quasiment dans chaque école. Ici, c'était moins évident, car tout le monde se connaissait, à tel point qu'en grandissant il avait appris à se méfier de ses amitiés. Il s'ouvrait volontiers aux autres, mais en gardant toujours une certaine distance, du moins jusqu'à ce qu'il soit certain que sa famille n'avait rien à avoir avec cette nouvelle connaissance ou le fait qu'une fille s'intéresse à lui, par exemple. S'il en avait douté concernant Ronnie, sa méfiance avait disparu lorsqu'il s'était garé tout à l'heure devant chez lui.

— À quoi tu penses ? lui demandait-elle à présent, alors que la brise soulevait ses cheveux qu'elle tentait en vain de rassembler en queue-de-cheval. T'es drôlement silencieux.

— Je me disais que j'étais content d'être venu.

— Dans notre modeste bungalow ? Ça doit te changer de ce que tu connais.

— Ta maison est super, insista-t-il. Idem pour ton père et Jonah. Même s'il m'a écrabouillé au poker menteur.

— Il gagne toujours... depuis tout petit, je veux dire. Mais ne me demande pas comment il fait. Je pense qu'il triche, mais j'ai toujours pas trouvé sa technique.

— Peut-être que tu dois apprendre à mieux mentir.

— Oh... comme toi, quand tu m'as annoncé que tu travaillais pour ton père ?

— Je travaille effectivement pour lui.

— Tu sais très bien où je veux en venir.

— Comme je l'ai déjà dit, je pensais pas que c'était important à tes yeux.

Il s'arrêta de marcher et se tourna vers elle, en ajoutant :

— Ça l'est ?

Ronnie parut choisir ses mots avec soin.

— C'est intéressant, en tout cas, et ça permet de comprendre deux ou trois choses sur toi. Mais si je t'annonçais que ma mère travaille comme assistante juridique dans un cabinet d'avocats de Wall Street, est-ce que tu me verrais sous un autre jour ?

Il savait qu'il pouvait lui répondre en toute franchise.

— Non, admit-il. Mais ça n'a rien à voir.

— Pourquoi ? Parce que tu viens d'une famille riche ? Ce genre d'affirmation n'a de sens qu'aux yeux de quelqu'un qui pense que l'argent compte par-dessus tout.

— J'ai pas dit ça.

— Qu'est-ce que tu voulais dire, alors ? répliqua-t-elle comme pour le défier, avant de se radoucir. Écoute... autant que ce soit clair entre nous. Je me moque que ton père soit le sultan de Brunei. Il se trouve que t'es né dans une famille privilégiée. C'est toi que ça regarde, après tout. Si je suis là en ce moment, c'est parce que j'en ai envie. L'argent n'a rien à voir avec mes sentiments envers toi.

Il la regardait s'animer à mesure qu'elle parlait.

— Pourquoi j'ai l'impression que c'est pas la première fois que tu tiens ce discours ?

— Parce que je l'ai déjà tenu en effet. Viens à New York et tu comprendras pourquoi j'ai appris à dire ce que je pensais. Le soir, dans certaines boîtes, tu croises des tas de snobs qui en font des tonnes sur leurs familles et le fric qu'elles gagnent... et ça me gonfle prodigieusement. J'aurais envie de leur balancer : « Bravo pour ta famille ! Mais toi, qu'est-ce que tu sais faire de tes dix doigts ? ». Pourtant je la boucle, parce qu'ils pigent rien de toute manière. Ils se considèrent comme des heureux élus. C'est tellement nul que ça vaut même pas la peine de s'énerver. Mais si tu crois que je t'ai invité parce que ta famille est...

— Pas du tout ! l'interrompit-il. L'idée ne m'a jamais traversé l'esprit.

Il savait qu'elle se demandait s'il disait vrai ou simplement ce qu'elle avait envie d'entendre. Souhaitant mettre un terme à la discussion, il se tourna et désigna l'atelier derrière eux, près de la maison.

— C'est quoi, cette remise ? demanda-t-il.

Elle ne répondit pas tout de suite et Will sentit qu'elle hésitait encore à le croire sur parole.

– Ça fait partie de la propriété, finit-elle par répondre. Mon père et Jonah y réalisent un vitrail cet été.

– Ton père fabrique des vitraux ?

– En ce moment, oui.

– Il en a toujours fait ?

– Non. Comme il te l'a dit pendant le repas, il enseignait le piano...

Ronnie marqua une pause, souhaitant à son tour changer de sujet.

– Et toi, t'as prévu quoi à la rentrée ? reprit-elle. Tu vas continuer à travailler pour ton père ?

Il souhaitait l'embrasser, mais réprima son envie.

– Je bosse au garage jusqu'à la fin août. Ensuite je rentre à Vanderbilt[1].

Au loin, on entendait de la musique dans une des villas du front de mer. Will plissa les yeux et aperçut un groupe de gens sur la véranda. Il reconnut vaguement une chanson des années quatre-vingt, dont le titre lui échappait.

– Ça devrait être sympa.

– Ouais, j'imagine.

– T'as pas l'air convaincu...

Will lui prit la main et ils se remirent à marcher.

– C'est une grande université et le campus est superbe, déclara-t-il comme s'il récitait maladroitement sa leçon.

– Mais t'as pas envie d'y aller ? dit-elle en le dévisageant.

Ronnie semblait deviner la moindre de ses pensées, ce

---

1. Université privée, fondée en 1873 par Cornelius Vanderbilt, un magnat du chemin de fer et du transport maritime, à Nashville, dans le Tennessee (N.d.T.).

qui le déconcertait tout en le soulageant. Au moins, il pouvait jouer franc jeu.

— Je voulais aller ailleurs, et j'étais accepté dans une école qui propose un cursus scientifique génial entièrement axé sur l'écologie, mais ma mère souhaitait me voir entrer à Vanderbilt.

— Tu fais toujours ce qu'elle veut ?

— Tu comprends pas, dit-il en secouant la tête. C'est une tradition familiale. Mes grands-parents y sont allés, idem pour mes parents, et ma sœur aussi y a étudié. Ma mère siège au conseil d'administration, et... elle...

Il peinait à trouver les mots justes. Il sentait les yeux de Ronnie posés sur lui, mais ne pouvait croiser son regard.

— Je sais qu'elle peut paraître... distante, disons, quand les gens la rencontrent pour la première fois. Mais dès qu'on apprend à mieux la connaître, c'est la personne la plus authentique qui puisse exister. Elle ferait n'importe quoi... je dis bien n'importe quoi... pour moi. Mais ces dernières années, la vie ne lui a pas vraiment fait de cadeau...

Will s'interrompit pour ramasser un coquillage, qu'il lança dans les vagues.

— Tu te rappelles quand tu m'as posé la question à propos du bracelet ?

Ronnie hocha la tête et attendit la suite.

— Ma sœur et moi le portons en mémoire de notre frère cadet. Il s'appelait Mike et c'était un sacré petit bonhomme... le genre de bout de chou qui adorait la compagnie, avec un rire tellement contagieux qu'on pouvait pas s'empêcher de rigoler avec lui.

Will se tourna vers l'océan, puis enchaîna :

— Bref... il y a quatre ans, Scott et moi on devait se rendre à un match de basket, et c'était au tour de ma mère de nous y conduire en voiture. Comme toujours, Mike nous accompagnait... Il avait plu toute la journée et les routes étaient glissantes. J'aurais dû faire gaffe, mais Scott et moi on a commencé à faire les fous sur la banquette arrière. On jouait à la lutte en se tenant par les mains, doigts entrelacés, et chacun essayait de tordre le poignet de l'autre jusqu'à ce qu'il cède...

Il hésita, tandis qu'il rassemblait son courage pour la suite de l'histoire.

— Chacun tentait donc de vaincre l'autre ; on gigotait et on donnait des coups de pied dans le dossier du siège avant... Et ma mère nous disait sans cesse d'arrêter, mais on faisait la sourde oreille. À la fin, j'ai réussi à dominer Scott jusqu'à ce qu'il se mette à hurler. Affolée, ma mère a tourné la tête pour voir ce qui se passait. Et cette seconde d'inattention a suffi. Elle a perdu le contrôle du véhicule. Et...

Sa voix se brisa, tandis qu'il ajoutait dans un sanglot :

— ... Mike n'a pas pu s'en sortir. D'ailleurs, sans l'aide de Scott, ma mère et moi, on n'en réchappait pas non plus. La voiture a défoncé la glissière de sécurité et on s'est retrouvés à l'eau. Mais Scott est un excellent nageur, qui a quasiment grandi sur la plage... Bref, il a réussi à nous extraire tous les trois, alors qu'il avait douze ans à l'époque. Mais Mikey... est mort sur le coup. Il n'avait même pas fini sa première année de maternelle.

Ronnie lui reprit la main.

— C'est atroce... Je suis vraiment désolée.

— Et moi donc... dit-il en battant des paupières pour retenir ses larmes, comme chaque fois qu'il se remémorait l'événement.

— Tu sais pertinemment que c'était un accident, pas vrai ?

— Ouais, bien sûr. Et ma mère le sait aussi. Malgré tout, ça l'empêche pas de s'en vouloir de n'avoir pas pu maîtriser son véhicule, tout comme je sais qu'une partie d'elle-même m'en veut aussi. Le fait est que, depuis ce jour-là, elle se croit obligée de tout contrôler. Y compris moi. Je sais qu'elle tient seulement à ce que je sois en sécurité, à éviter qu'il m'arrive du mal, et je pense que j'y crois aussi plus ou moins. Regarde ce qui s'est passé... Elle a complètement pété les plombs à l'enterrement, et je m'en voulais de lui avoir fait subir ça. Je me sentais responsable. Alors, je me suis promis d'essayer de réparer le mal que je lui ai fait. Même si je savais que c'était impossible.

Tout en parlant, il se mit à faire tourner le bracelet en macramé.

— Que signifient les lettres inscrites dessus, ATJDMC ?

— *À tout jamais dans mon cœur.* C'était une idée de ma sœur, une façon de garder le souvenir de Mikey. Elle m'en a parlé juste après les obsèques, mais je l'entendais à peine. C'était si horrible, à l'église. Avec ma mère qui hurlait de chagrin, mon petit frère dans le cercueil, mon père et ma sœur en sanglots... Je me suis juré de ne plus aller à un enterrement.

Ronnie semblait à court de mots pour le réconforter. Will se ressaisit, sachant que ça faisait beaucoup de confidences en une seule soirée... Du reste, il se demandait pourquoi il lui avait raconté cette histoire.

— Désolé, je n'aurais pas dû te raconter tout ça.

— Ne t'inquiète pas, dit-elle aussitôt en lui pressant affectueusement la main. Je suis contente que tu te sois confié.

— Rien à voir avec la vie rêvée que tu devais imaginer, hein ?

— Je n'ai jamais supposé qu'elle était parfaite.

Il se taisait, et d'instinct Ronnie se pencha pour l'embrasser sur la joue.

— J'aurais préféré que tu n'aies pas à traverser une épreuve pareille.

Il prit une longue inspiration et tous deux se remirent en marche.

— Tout ça pour t'expliquer combien c'est important pour ma mère que j'étudie à Vanderbilt. C'est donc là-bas que j'irai à la rentrée.

— Je suis certaine que ça va te plaire. On m'a dit que c'était une fac géniale.

Il prit ses doigts dans les siens en appréciant la douceur de la peau de Ronnie.

— À ton tour, maintenant. Qu'est-ce que je sais pas sur toi ?

— Rien de comparable avec ce que tu viens de me raconter, en tout cas.

— Peu importe. Je veux juste savoir comment tu es devenue celle que tu es aujourd'hui.

Elle lança un regard vers la maison.

— Ben... je n'ai pas communiqué avec mon père pendant trois ans. En fait, ça fait deux ou trois jours qu'on se reparle vraiment, lui et moi. Après que ma mère et lui se sont séparés, j'étais... en colère contre lui. Honnêtement, je voulais plus jamais le revoir... et la dernière des choses dont j'avais envie, c'était de passer l'été ici.

— Et maintenant ? demanda-t-il en voyant la lune se refléter dans les yeux de Ronnie. T'es contente d'être venue ?

— Probablement...

Il éclata de rire en la poussant gentiment.

— T'étais quel genre de gamine ?

— Soûlante... Je passais mon temps au piano.

— J'aimerais bien t'entendre jouer.

— J'en joue plus, rétorqua-t-elle, une nuance obstinée dans la voix.

— Plus jamais ?

Elle secoua la tête, et même s'il se doutait qu'elle avait ses raisons, Ronnie ne souhaitait visiblement pas les aborder. Il la laissa donc parler de ses amis new-yorkais, de ses week-ends à Manhattan, et sourit en écoutant ses anecdotes sur Jonah. Ça paraissait si naturel de passer du temps avec elle ; c'étaient des moments à la fois simples et authentiques. Il lui avait confié des choses dont il n'avait même jamais discuté avec Ashley. Il supposait que Ronnie désirait connaître le véritable Will, et nul doute qu'elle saurait comment réagir en le découvrant petit à petit.

Décidément, elle ne ressemblait à aucune autre. Il était sûr de ne plus vouloir lui lâcher la main... Leurs doigts s'entrelaçaient à merveille... telles les pièces d'un puzzle, parfaitement complémentaires et s'imbriquant sans effort.

Hormis la fête qui avait lieu dans une villa et dont ils percevaient à peine la musique au loin, Will et Ronnie étaient seuls sur la plage. En levant la tête par hasard, il aperçut une étoile filante dans le ciel et, quand il regarda Ronnie, Will comprit à son expression qu'elle l'avait vue aussi.

— T'as fait un vœu ? murmura-t-elle.

Incapable de répondre, Will s'approcha et la couva d'un regard tendre, sachant avec certitude qu'il était en train de tomber amoureux.

Il l'attira à lui et la prit dans ses bras pour l'embrasser sous la voûte étoilée... en se demandant par quel miracle il avait eu la chance de trouver Ronnie sur son chemin.

21

Ronnie

O.K., elle admettait qu'elle pouvait s'habituer à ce genre de vie... Se prélasser sur le plongeoir de la piscine, un verre de thé glacé à portée de main, sans parler du plateau de fruits dans la cabine, servi par le chef, avec la vaisselle fine et l'argenterie, le tout agrémenté de feuilles de menthe fraîches.

Pourtant, elle avait peine à imaginer Will grandir dans ce genre d'environnement. Mais après tout, comme il n'avait jamais rien connu d'autre, il ne devait sans doute plus y prêter attention. Tout en peaufinant son bronzage, elle le vit grimper sur le toit de la cabine et se préparer à sauter. On aurait dit un gymnaste et, même à distance, elle pouvait admirer ses biceps, pecs et autres tablettes de chocolat.

— Hé, regarde ! s'écria-t-il. Je vais faire un saut périlleux !

— Un seul et basta ? Tu t'es donné tout ce mal en grimpant là-haut pour un malheureux saut périlleux ?

— Où est le problème ?

— Bah... n'importe qui peut faire ça, ironisa-t-elle. Même moi !

— J'aimerais bien t'y voir, dit-il d'un air sceptique.

— Pas envie de me mouiller...

– Mais je t'ai invitée chez moi pour nager !

– C'est comme ça que les filles aiment nager. En clair, ça s'appelle bronzer.

Il éclata de rire.

– Remarque, t'as raison de vouloir prendre le soleil. J'imagine qu'il brille pas souvent à New York, hein ?

– Ça veut dire que j'ai le teint pâle ? rétorqua-t-elle en fronçant les sourcils.

– Non. C'est pas le mot que j'emploierais. Je crois que « terreux » conviendrait mieux.

– Waouh ! Quel flatteur ! Je me demande ce qui m'a plu chez toi quand je t'ai rencontré...

– Ce qui t'a plu ?

– Oui, et je te prie de croire que si tu continues à utiliser des mots comme « terreux » pour décrire mon teint de pêche, notre relation ne risque pas de faire long feu.

Il parut réfléchir à la menace.

– Et si je fais un double saut périlleux, tu me pardonnes ?

– Uniquement si tu termines par un plongeon impeccable. Mais si tu rates plus ou moins ton entrée dans l'eau... Disons que je ferai mine d'être épatée tant que tu m'éclabousses pas.

Will haussa un sourcil narquois avant de reculer, puis s'élança et bondit dans les airs. Il se replia sur lui-même, effectua deux rotations, puis pénétra dans l'eau à la verticale, les bras en premier, quasiment sans faire de vagues.

Impressionnant, pensa Ronnie, même si elle n'était pas vraiment étonnée, après l'avoir vu se déplacer en souplesse sur le terrain de volley. Lorsqu'il refit surface au bord du plongeoir, elle constata qu'il était fier de lui.

– C'était pas mal, commenta-t-elle.

– Juste « pas mal » ?

– Je te mettrais 4,6.

– Sur 5 ?

– Sur 10, précisa-t-elle.

– Ça méritait au moins un 8 !

– Normal que tu penses ça. Mais c'est moi le juge !

– Comment je peux faire appel de ta décision ? demanda-t-il en tendant une main pour s'accrocher au plongeoir.

– Impossible. C'est la note officielle.

– Et si ça me plaît pas ?

– Alors, peut-être que t'y réfléchiras à deux fois avant d'employer « teint terreux ».

Il rit de bon cœur en se hissant sur la planche, tandis que Ronnie s'agrippait aux bords.

– Hé ! Arrête... Fais pas ça !

– Tu veux dire... ça ? répliqua-t-il en appuyant davantage sur le plongeoir.

– Je t'ai dit que je voulais pas me mouiller !

– Et moi, je veux que tu nages avec moi !

Sans autre préambule, il la saisit par le bras et Ronnie poussa un cri en plongeant dans l'eau. Dès qu'elle remonta à la surface et reprit son souffle, il essaya de l'embrasser, mais elle recula.

– Non ! hurla-t-elle dans un éclat de rire, tout en appréciant la fraîcheur de l'eau et la douceur de la peau de Will au contact de la sienne. T'es impardonnable !

Tandis qu'elle faisait mine de se bagarrer avec lui, elle aperçut Susan qui les observait depuis la terrasse. À voir sa tête, la mère de Will n'avait pas l'air de trouver ça drôle.

Plus tard dans l'après-midi, comme ils regagnaient la plage pour aller examiner le nid de tortue, ils s'arrêtèrent pour manger une glace. Ronnie marchait à côté de Will et s'empressait de lécher le cône de crème qui fondait à vue d'œil. Perdue dans ses pensées, elle n'en revenait pas qu'ils se soient embrassés pour la première fois la veille. Si la soirée d'hier avait été quasi parfaite, la journée se déroulait jusqu'ici à merveille. Elle aimait la facilité avec laquelle ils passaient du sérieux au léger, d'autant qu'il n'avait pas son pareil pour la taquiner, et elle adorait ça !

Bon, O.K... il avait réussi à la pousser dans la piscine. Ronnie devait donc programmer sa vengeance à la seconde près. Plus facile à dire qu'à faire, puisqu'elle était censée le surprendre. Mais dès qu'il approcha le cône de sa bouche, elle lui flanqua un coup de coude et Will se retrouva les lèvres barbouillées de crème glacée ! Hilare, Ronnie se sauva et disparut au coin de la rue... où elle atterrit dans les bras de Marcus.

Blaze l'accompagnait, ainsi que Teddy et Lance.

– Quelle agréable surprise, susurra Marcus en resserrant son étreinte.

– Lâche-moi ! s'écria-t-elle, bien qu'elle s'en voulût de céder à la panique.

– Lâche-la, renchérit Will en arrivant par derrière. Tout de suite ! ajouta-t-il d'un ton qui ne supportait pas la contra-diction.

La situation avait l'air d'amuser Marcus, en revanche.

– Tu devrais regarder où tu vas, Ronnie, dit-il.

– Tout de suite ! exigea Will, furieux, en s'interposant.

– Hé, du calme, le gosse de riche. Elle m'est quasiment tombée dans les bras... je lui ai évité de dégringoler. T'as des nouvelles de ce brave Scott, au fait ? Il fait toujours mumuse avec ses fusées d'artifice ?

À la grande surprise de Ronnie, Will se figea sur place. Sourire narquois aux lèvres, Marcus se tourna vers elle, resserra encore son étreinte, puis finit par la lâcher. Comme Ronnie reculait aussitôt, Blaze alluma une pelote de feu d'un air désinvolte.

— Ravi d'avoir pu t'empêcher de trébucher, reprit Marcus. Ça la foutrait mal de te présenter mardi au tribunal avec des bleus partout, non ? T'as sans doute pas envie que le juge te prenne pour une petite frappe, en plus d'être une voleuse.

Ronnie le contempla bouche bée, jusqu'à ce qu'il tourne les talons. Comme le petit groupe s'éloignait, Blaze lança la boule de feu à Marcus, qu'il récupéra sans peine, avant de la lui renvoyer.

Ils étaient assis tous les deux sur la dune devant la maison. Will l'écoutait en silence raconter tout ce qui s'était passé depuis son arrivée, y compris l'épisode du magasin de disques. Lorsqu'elle eut fini, Ronnie se tordait les mains avec nervosité.

— Et voilà... Quant au vol à l'étalage de New York, je me souviens même plus pourquoi j'ai piqué ce truc. J'en avais pas besoin. C'était juste histoire d'imiter les copines, quoi... Lorsque je suis passée au tribunal, j'ai reconnu mes torts, car je savais que j'avais commis une erreur et que j'allais pas la réitérer. Et d'ailleurs, j'ai pas recommencé... ni là-bas ni ici. Mais sauf si la proprio retire sa plainte ou si Blaze admet m'avoir piégée, je vais avoir de gros ennuis, non seulement ici, mais également chez moi. Je sais que ça paraît fou, et je suis sûre que tu me crois pas, mais je te jure que je te raconte pas d'histoires.

Il posa doucement ses mains sur celles de Ronnie.

— Je te crois, dit-il. Et, de toute manière... rien ne me surprend chez Marcus. Il est cinglé depuis tout petit.

Ma sœur était en classe avec lui, et elle m'a raconté qu'un jour la prof avait retrouvé un rat mort dans son tiroir. Tout le monde savait qui avait fait le coup, même le principal, mais ils ne pouvaient rien prouver, tu vois ? Aujourd'hui, il continue à faire des mauvaises blagues, sauf qu'il se sert de Teddy et Lance, qui lui obéissent au doigt et à l'œil. J'ai entendu des trucs sur lui à faire dresser les cheveux sur la tête. Galadriel, en revanche... c'était une fille hypersympa, autrefois. Je la connais depuis tout gamin, et je me demande ce qui a bien pu se passer chez elle, ces derniers temps. Je sais que ses parents ont divorcé et que ça l'a pas mal perturbée. Pourtant, j'ignore ce qu'elle peut bien trouver à Marcus, et pourquoi elle s'escrime à foutre sa vie en l'air. J'avais tendance à la plaindre, mais ce qu'elle t'a fait, c'est franchement dégueulasse.

Ronnie sentit soudain l'accablement l'envahir.

– Je vais devoir me présenter au tribunal la semaine prochaine.

– Tu veux que je t'accompagne ?

– Non. J'ai pas envie que tu me voies comparaître devant le juge.

– Ça n'a aucune importance...

– Ça en aura si ta mère le découvre. Je suis certaine qu'elle m'apprécie pas.

– Pourquoi tu dis ça ?

Parce que j'ai vu la façon dont elle me regardait tout à l'heure...

– Juste une impression.

– Tout le monde ressent ça en la voyant pour la première fois, lui assura-t-il. Comme je te l'ai dit, quand tu la connaîtras mieux, tu verras qu'elle peut se décoincer.

Ronnie en doutait. Derrière elle, le soleil rejoignait peu à peu l'horizon et parait le ciel d'une vive nuance orangée.

— C'est quoi, le problème entre Scott et Marcus ? demanda-t-elle.

— Qu'est-ce que tu veux dire par là ? demanda Will en se crispant.

— Tu te rappelles le soir de la fête foraine ? Après qu'il a fait son numéro, j'ai senti que Marcus mijotait un truc et j'ai tenté de garder mes distances. On aurait dit qu'il cherchait quelqu'un dans la foule, et dès qu'il a repéré Scott, il a eu ce... regard bizarre. Et juste après... le voilà qui froisse en boule son cornet de frites vide pour le balancer sur Scott.

— J'étais là aussi, figure-toi.

— Mais tu te souviens qu'il a dit un drôle de truc ? Il a demandé si Scott allait lui balancer une fusée d'artifice... Et quand il t'a dit ça tout à l'heure, j'ai eu l'impression que t'étais comme tétanisé.

Will détourna le regard.

— C'est rien, protesta-t-il en lui pressant les mains. Je voulais surtout éviter qu'il te fasse du mal.

Il s'allongea en s'appuyant sur les coudes.

— Je peux te poser une question... sur un truc qui n'a rien à voir ? demanda-t-il.

Ronnie fit la grimace, peu satisfaite de la réponse de Will, mais décida de laisser couler.

— Pourquoi il y a un piano caché par une cloison de contreplaqué, chez toi ?

Comme elle paraissait étonnée, il ajouta en haussant les épaules :

— On peut le voir par la fenêtre, et cette cloison détonne par rapport au reste.

C'était au tour de Ronnie de détourner les yeux à présent.

— J'ai déclaré à mon père que je voulais plus jamais voir

le piano, dit-elle en plongeant les mains dans le sable. Alors, il a fabriqué cette cloison.

Will battit des paupières, incrédule.

— Tu détestes le piano à ce point-là ?

— Oui, affirma-t-elle, catégorique.

— Parce que ton père a été ton prof ?

Elle le dévisagea d'un air stupéfait, tandis qu'il enchaînait :

— Il enseignait à l'académie Juilliard, c'est bien ça ? Ça paraît donc évident qu'il t'a appris à jouer. Et je parie même que t'étais hyperdouée... Pour détester autant quelque chose, il faut d'abord l'avoir adoré.

Drôlement perspicace, le mécano-volleyeur...

Ronnie enfouit davantage ses doigts dans le sable, là où il devenait plus dense et plus frais.

— Il m'a appris à jouer dès que j'ai su marcher. J'ai joué des heures entières, sept jours par semaine, pendant des années. On a même composé ensemble. C'était quelque chose d'unique, qu'on était les seuls à partager, tu vois ? Et quand il nous a quittés... J'ai eu l'impression que non seulement il trahissait notre famille, mais moi aussi en particulier... Et je lui en ai tellement voulu que j'ai juré de ne plus jamais jouer ou écrire une chanson. Alors quand je me suis retrouvée ici, que j'ai vu le piano et que j'ai entendu mon père en jouer chaque fois que j'étais dans les parages, j'ai bien cru qu'il faisait comme si de rien n'était... Comme s'il s'imaginait qu'on pouvait tout recommencer de zéro. Impossible... On peut pas défaire le passé.

— Tu m'avais pourtant l'air de bien t'entendre avec lui, l'autre soir ? observa Will.

Ronnie retira lentement ses mains du sable.

— Ouais, comme je te l'ai dit, ça va mieux depuis quelques jours. Mais je vais pas rejouer pour autant, précisa-t-elle avec obstination.

— Ça me regarde pas, mais si t'étais aussi douée, alors tu te fais du mal pour rien. C'est un don, pas vrai ? Et puis, qui sait ? Peut-être que tu pourrais entrer chez Juilliard ?

— Je sais que j'en ai les capacités. L'école continue de m'écrire. Ils m'ont promis une place, si je changeais d'avis.

— Alors, qu'est-ce que t'attends ?

— C'est si important pour toi ? lâcha-t-elle en lui décochant un regard noir. Le fait que je sois pas uniquement celle que tu croyais connaître ? Que j'aie en plus un talent particulier ? Ça fait de moi une fille suffisamment convenable pour toi ?

— Pas du tout, dit-il avec douceur. Tu restes celle que j'ai cru voir en toi dès l'instant où on s'est rencontrés. Tu ne pourrais pas mieux me convenir.

Sitôt qu'il eut prononcé ces mots, elle eut honte de s'être emportée. Elle percevait la sincérité dans le ton de sa voix et savait qu'il pensait vraiment ce qu'il disait.

Ronnie se rappela qu'ils ne se connaissaient que depuis peu, et pourtant... Will était attentionné, intelligent, et elle savait déjà qu'elle l'aimait. Comme s'il devinait ses pensées, il se rapprocha d'elle.

Will se pencha et l'embrassa tendrement sur les lèvres. Ronnie comprit qu'elle ne souhaitait rien d'autre que de passer simplement des heures et des heures lovée dans ses bras...

22

Marcus

Marcus les observait de loin.

Alors, ça va se passer comme ça, maintenant ? Rien à foutre !
Qu'elle aille au diable ! Et que la fête commence...

Teddy et Lance avaient apporté l'alcool, et les premières
personnes arrivaient. Un peu plus tôt, il avait repéré une
famille de vacanciers qui chargeait son monospace merdique, avec son affreux chien et ses gosses encore plus
moches, devant l'une des maisons situées à deux pas du
bungalow tout aussi naze de Ronnie. Marcus traînait dans
le coin depuis assez longtemps pour savoir que la prochaine
location ne démarrerait pas avant le lendemain, quand la
boîte de nettoyage serait passée. Il lui suffisait donc de se
faufiler à l'intérieur, et ses potes et lui auraient la baraque
pour la nuit.

Facile... vu qu'il avait les clés et le code de l'alarme. Les
vacanciers ne fermaient jamais la porte quand ils partaient
à la plage. Pourquoi ils l'auraient fait ? Ils n'emportaient
avec eux que de la bouffe et des jeux vidéo, puisque la
plupart ne restaient qu'une semaine. Et les proprios, qui
n'habitaient pas sur place, mais en général à Charlotte ou
ailleurs, et qui en avaient marre de répondre aux appels de

la société de surveillance quand leurs abrutis de locataires déclenchaient l'alarme en pleine nuit, étaient assez sympa pour laisser le code sur un Post-it, juste au-dessus du boîtier dans la cuisine. Futé. Très futé.

Avec un peu de patience, Marcus dénichait toujours une maison ou deux, mais pour être sûr de pouvoir y faire la fête, fallait pas abuser des occasions qui se présentaient. Teddy et Lance adoraient s'éclater dans ces villas, mais Marcus savait que s'ils remettaient ça trop souvent, les agences de location allaient avoir la puce à l'oreille. Elles enverraient quelqu'un pour voir ce qui se passait, demanderaient aux flics et aux vigiles de multiplier les rondes, et mettraient en garde les futurs locataires et les proprios. Et ensuite ? Marcus et sa bande se retrouveraient coincés à Bower's Point, comme d'hab.

Une fois par an. En été. C'était sa règle, et ça suffisait... Sauf s'il faisait cramer la baraque après. Marcus sourit. Au moins, ça résoudrait le problème. Personne ne se douterait qu'une soirée avait eu lieu. Rien de tel qu'un bon gros incendie, parce que le *feu*, c'était plein de vie. Surtout quand les flammes dévoraient tout et ne laissaient rien sur leur passage. Il se rappelait avoir mis le feu à une grange quand il avait douze ans, et regardé celle-ci se consumer pendant des heures, en songeant qu'il n'avait jamais rien vu d'aussi fabuleux. Alors il avait recommencé, cette fois dans un entrepôt abandonné. Au fil des années, Marcus avait déclenché pas mal d'incendies. Il ne connaissait rien de plus jouissif. Rien ne le faisait plus planer que le pouvoir d'un simple briquet entre ses mains.

Mais ce soir, pas question. Pas envie que Teddy ou Lance ne découvrent son passé. Et puis, ce serait une fiesta d'enfer. De la bière, de la came et de la zik. Et des nanas. Éméchées, si possible. Il se taperait Blaze en premier, et peut-être une ou deux autres après, à condition qu'elles soient déjà trop défoncées pour faire gaffe. Ou peut-être qu'il se ferait d'emblée une petite conne bien sexy, même si Blaze était assez lucide pour réaliser ce qui se passait. Il savait qu'elle reviendrait vers lui. Elle revenait toujours en pleurnichant et en le suppliant de la reprendre. Elle était tellement prévisible, putain ! Et fallait toujours qu'elle chiale sa race.

Pas comme Miss New York, qui créchait quelques baraques plus loin.

Il essayait pourtant de ne pas penser à elle. Alors, comme ça, elle ne l'aimait pas et préférait passer son temps avec l'héritier de l'empire Blakelee, le prince des mécanos ? De toute façon, c'était pas le genre à coucher. Une allumeuse frigide, à tous les coups ! Mais il ne comprenait toujours pas à quel moment il avait fait fausse route avec elle, ni même comment elle parvenait à le percer à jour.

Bah... il était mieux sans elle. Il n'avait pas besoin d'elle. Ni de qui que ce soit... Alors, pourquoi il continuait à la mater ? Pourquoi ça le gênait encore de savoir qu'elle traînait avec Will ?

Bien sûr, ça rendait tout ça plus excitant, ne serait-ce que parce qu'il connaissait le point faible de Will.

D'ailleurs, Marcus pourrait en profiter ! Tout comme il allait profiter un max de sa soirée...

Will

Pour Will, l'été passait bien trop vite. Entre le boulot au garage et la plus grande partie de son temps libre consacrée à Ronnie, les journées filaient à la vitesse grand V. À mesure que le mois d'août approchait, il angoissait de plus en plus à l'idée que Ronnie regagnerait bientôt New York, et lui l'université Vanderbilt.

Ronnie était pleinement entrée dans sa vie... elle en occupait même la majeure partie, désormais. S'il ne la comprenait pas toujours, leur relation semblait se nourrir et se renforcer de leurs différences. Ronnie avait refusé qu'il l'accompagne à l'audience, mais il la surprit à la sortie du tribunal en lui offrant des fleurs. Même si Ronnie était bouleversée par le maintien de la plainte – sa prochaine comparution aurait lieu le 28 août, trois jours après le départ de Will pour la fac –, il sut qu'il avait bien agi lorsqu'elle le remercia d'un timide baiser.

Ronnie l'étonna en décrochant un job à mi-temps à l'aquarium. Elle ne lui en avait pas parlé au préalable, ni demandé de la pistonner. Du reste, il ne se serait jamais douté qu'elle souhaitait travailler. Quand il l'interrogea par la suite à ce sujet, elle expliqua :

– Tu bosses toute la journée, mon père et Jonah fabriquent leur vitrail. J'ai besoin de m'occuper, et puis je tiens à payer moi-même les frais d'avocat. Mon père ne roule pas sur l'or, tu sais.

Lorsqu'il vint la chercher après son premier jour de boulot, il remarqua qu'elle avait la mine un peu verdâtre.

– J'ai dû nourrir les loutres, expliqua-t-elle. T'as déjà plongé la main dans un seau rempli de poisson mort tout gluant ? C'est écœurant !

Ronnie et Will bavardaient sans arrêt. À croire que le temps leur manquait pour partager tout ce qu'ils avaient envie de se dire. Quelquefois c'étaient des discussions tranquilles, sur leurs films préférés, par exemple, ou les raisons ayant poussé Ronnie à opter pour le végétarisme.

À d'autres moments, ils abordaient des sujets graves. Ronnie se confia davantage sur l'époque où elle jouait du piano et sa relation avec son père ; Will, quant à lui, reconnut que le rôle que sa mère tenait à le voir endosser lui pesait parfois comme une lourde responsabilité.

Ils discutaient de Jonah et Megan, le frère et la sœur. De leur propre avenir, aussi. Pour Will, il semblait tout tracé. Quatre ans à Vanderbilt puis, une fois son diplôme en poche, il tâcherait d'acquérir de l'expérience dans une société, avant de revenir diriger celle de son père. Mais tout en décrivant ses plans, Will se demandait si tout cela correspondait à ce que lui-même souhaitait vraiment, tandis qu'il entendait la voix de sa mère lui souffler son approbation à l'oreille.

Ronnie, pour sa part, admit ne pas trop savoir ce qu'elle allait faire d'ici un an ou deux. Toutefois, cette incertitude ne paraissait pas l'effrayer... ce qui poussait Will à l'admirer d'autant plus. Du reste, en réfléchissant par la suite à leurs projets respectifs, il se rendit compte que parmi eux deux, c'était sans doute Ronnie qui prenait davantage son destin en main.

Malgré les cages de protection posées le long de la plage, les ratons laveurs avaient creusé sous le grillage et détruit six nids de tortues. Dès que Ronnie apprit la nouvelle, elle insista pour que Will et elle surveillent à tour de rôle le nid derrière la maison. Bien qu'il fût inutile d'y camper ensemble la nuit entière, ils y passaient la plupart de leurs soirées enlacés, à s'embrasser et à bavarder longtemps après minuit.

Scott, bien sûr, n'y comprenait rien. Plus d'une fois, Will arriva en retard à l'entraînement, alors que Scott faisait les cent pas, se demandant ce que son copain pouvait bien avoir dans la tête.

Au garage, les rares fois où il demanda à Will comment ça se passait avec Ronnie, Will répondit à peine... sachant que ça ne l'intéressait pas vraiment. Scott veillait à ce que Will ne perde pas de vue le tournoi de volley, et se disait qu'il finirait par entendre raison. Ou faisait carrément comme si Ronnie n'existait pas.

Cette dernière, par ailleurs, ne s'était pas trompée au sujet de Susan, qui se gardait pourtant de faire la moindre remarque à son fils à propos de sa nouvelle relation. Will devinait la réprobation de sa mère à son sourire forcé, chaque fois qu'elle prononçait le prénom de Ronnie, ou à son attitude guindée lorsqu'il amenait sa petite amie à la maison.

Sa mère ne lui posait jamais de question sur elle, et quand il faisait allusion à Ronnie – les bons moments qu'ils partageaient, son intelligence, le fait qu'elle le comprenait mieux que quiconque –, Susan lui rétorquait : « Tu vas bientôt entrer à Vanderbilt, et il est difficile d'entretenir une relation à distance. » Ou alors, elle allait jusqu'à se demander à voix haute s'ils « ne passaient pas trop de temps ensemble ».

Will détestait ce genre de remarques et se retenait de ne pas lui répondre sèchement, car il les trouvait particulièrement injustes. À l'inverse de la plupart des jeunes qu'il connaissait, Ronnie ne touchait ni à l'alcool ni à la drogue, n'émaillait pas ses phrases d'une kyrielle de jurons et ne jugeait pas les autres en les critiquant sans arrêt... Qui plus est, elle et lui n'avaient pas dépassé le stade du baiser, mais Will savait d'instinct qu'aux yeux de sa mère rien de tout cela ne pèserait dans la balance. Elle se murait dans ses préjugés, et personne ne réussirait à la faire changer d'opinion sur Ronnie.

De rage, Will multipliait les prétextes pour éviter le plus souvent de rentrer chez lui. Non seulement en raison de l'attitude de sa mère, mais aussi parce qu'il commençait à la voir sous un autre angle... et s'en voulait, bien sûr, de ne pas pouvoir lui démontrer qu'elle se trompait.

Hormis la seconde comparution de Ronnie au tribunal, un seul sujet d'inquiétude vint troubler leur été, par ailleurs idyllique : la présence continuelle de Marcus. Même s'ils purent l'éviter la plupart du temps, ce fut parfois impossible. Lorsqu'ils tombaient sur lui, Marcus trouvait toujours le moyen de provoquer Will, faisant si possible allusion à Scott, ce qui paralysait Will. S'il s'emportait, Marcus risquait d'aller voir la police ; mais s'il ne réagissait pas, Will se sentait minable et plus honteux que jamais.

Bref, il se retrouvait là, en compagnie d'une fille ayant admis sa culpabilité devant un juge de New York... alors que lui n'arrivait pas à trouver le courage d'agir, et ça commençait sérieusement à le miner.

Il avait tenté de convaincre Scott d'aller tout avouer à la police, mais celui-ci avait refusé... en lui rappelant à l'occasion, de manière sournoise, ce qu'il avait fait pour sa famille et lui, lors de cet atroce accident où Mikey avait trouvé la mort. Will reconnaissait que Scott avait agi en héros, mais à mesure que l'été avançait il finissait par se demander si le fait d'avoir accompli un acte de bravoure par le passé suffisait à effacer totalement un délit plus récent... Et dans ses moments les plus sombres, Will doutait même de pouvoir continuer à payer le véritable prix de l'amitié de Scott.

Un soir, au début du mois d'août, Will emmena Ronnie à la chasse aux araignées de mer.

— Je t'ai dit que j'aimais pas les crabes ! hurla-t-elle en s'agrippant au bras de Will.

— C'est juste des petites araignées de mer ! répliqua-t-il dans un éclat de rire. Tu risques pas grand-chose.

— On dirait des insectes rampants venus de l'espace ! grimaça-t-elle.

— T'as l'air d'oublier que c'était ton idée, au départ.

— Non, celle de Jonah. Il m'a assuré que c'était marrant. Ça m'apprendra à écouter un gamin qui apprend la vie en regardant des dessins animés !

— C'est pas quelques crabes inoffensifs qui vont effrayer une fille qui donne du poisson tout gluant à manger aux loutres.

Il balaya le sol du faisceau de sa lampe électrique et les petites créatures se mirent à grouiller sous leurs yeux.

Ronnie scrutait le sable avec frénésie, au cas où l'une des araignées s'approcherait de ses pieds.

— Primo, ces bestioles n'ont pas l'air cool et il y en a des centaines ! Deuzio, si j'avais su que cette invasion se produisait la nuit sur la plage, je t'aurais fait dormir près du nid de tortue tous les soirs. Alors, je t'en veux un peu de pas m'avoir prévenue. Et puis, c'est pas parce que je bosse à l'aquarium que j'adore voir des crabes me grimper dessus !

Will fit de son mieux pour garder son sérieux, mais Ronnie vit sa mine narquoise en croisant son regard.

— Arrête de ricaner. C'est pas drôle !

— Mais si ! Enfin quoi... il doit y avoir une vingtaine de gamins avec leurs parents sur la plage.

— C'est pas de ma faute si leurs parents manquent de bon sens.

— Tu veux repartir ?

— Non, ça va. Maintenant que tu m'as entraînée ici, au beau milieu de l'invasion, autant que je m'y habitue.

— On s'est pourtant pas mal promenés dans les parages, ces temps-ci.

— Exact. Et encore merci d'avoir apporté la torche électrique pour me gâcher mes souvenirs.

— Comme tu veux, dit-il en éteignant la lampe.

Elle enfonça ses ongles dans le bras de Will, en s'écriant, affolée :

— Qu'est-ce que tu fais ? Rallume !

— Tu viens de dire que la lumière te dérangeait.

— Mais si tu la coupes, je ne verrai pas ces bestioles !

— Très juste.

— Ça veut dire qu'elles pourraient m'encercler là, maintenant. Rallume, je t'en supplie !

Il obtempéra et tous deux reprirent leur balade.

— Peut-être qu'un jour je réussirai à te piger, observa-t-il en riant.

— Ça m'étonnerait. Si tu n'y es pas encore arrivé, c'est que ça te dépasse complètement.

— C'est possible, admit-il en la prenant par l'épaule. Tu m'as toujours pas dit si tu venais au mariage de ma sœur.

– Parce que j'ai encore rien décidé.

– Je tiens à ce que tu rencontres Megan. Elle est géniale.

– C'est pas ta sœur qui m'inquiète. Je pense pas que ta mère ait envie de me voir rappliquer, en revanche.

– Et alors, c'est pas son mariage. Ma sœur souhaite ta présence.

– Tu lui as parlé de moi ?

– Bien sûr.

– Et tu lui as dit quoi ?

– La vérité.

– Que tu trouves que j'ai le teint terreux ?

Il la dévisagea en plissant les yeux.

– Ça te tracasse encore ?

– Naaan... c'est oublié, tout ça.

– Mouais... Pour répondre à ta question, je lui ai juste dit que *t'avais* le teint terreux *au début*.

Ronnie lui flanqua un coup de coude dans les côtes et il fit mine d'implorer sa pitié :

– Je rigole, je rigole... Je dirai plus jamais ça.

– Alors, qu'est-ce que tu lui as raconté, finalement ?

Will s'arrêta et se tourna pour la regarder droit dans les yeux.

– La vérité, je te dis... Que tu étais intelligente, drôle, facile à vivre et très jolie.

– Oh, ben alors ça va.

– Après tous ces compliments, t'es pas censée me dire que tu m'aimes ?

– Je suis pas certaine de pouvoir aimer un mec avec autant d'exigences, dit-elle pour le taquiner, l'entourant de ses bras. Ben quoi ? Faut bien que je me venge de tous ces crabes que t'as laissés grimper sur mes pieds. Bien sûr que je t'aime !

Ils s'embrassèrent avec fougue, puis se remirent à marcher. Ils avaient presque atteint la jetée et allaient faire demi-tour quand ils aperçurent Scott, Ashley et Cassie qui venaient de la ville. Ronnie se crispa un peu, comme Scott changeait de direction pour les intercepter.

— Ah, t'es là, mon pote ! s'écria-t-il en se plantant devant eux. Je t'ai envoyé des SMS toute la soirée.

Will resserra son bras autour de Ronnie.

— Excuse. J'ai laissé mon portable chez elle. Qu'est-ce qui se passe ?

Tandis que Scott répondait, Will sentait le regard d'Ashley observant Ronnie de loin.

— Il y a cinq des équipes participant au championnat qui m'ont appelé, et tous les gars veulent s'entraîner avec nous avant le tournoi. Ils sont vachement doués et veulent organiser une espèce de stage intensif pour qu'on soit tous prêts à affronter Landry et Tyson. Entraînements, exercices, matchs amicaux... la totale, quoi. On pense même intervertir ici ou là les membres de chaque duo, histoire d'améliorer nos temps de réaction, parce qu'on a tous des styles différents.

— Ils viennent quand ?

— Dès qu'on est prêts, mais on pensait mettre ça en place cette semaine.

— Ils vont rester combien de temps ?

— J'en sais rien. Trois ou quatre jours... Jusqu'au début du championnat, j'imagine. Je sais que t'as le mariage de ta sœur et tout ça, mais on peut se débrouiller.

Will songea une fois de plus qu'il ne verrait bientôt plus Ronnie.

— Trois ou quatre jours ?

Scott fronça les sourcils.

— Allez, mec. C'est juste ce qui nous manque pour être vraiment au point.

— Tu crois pas qu'on l'est déjà ?

— M'enfin, tu rêves ou quoi ? Tu sais combien d'entraîneurs de la côte Ouest se déplacent... T'as peut-être pas besoin d'une bourse de volley pour la fac, déclara Scott en pointant un index sur Will, mais moi si ! Et c'est la seule occasion qu'ils auront de me voir jouer.

Will hésita.

— Laisse-moi le temps d'y réfléchir, O.K. ?

— T'as besoin d'y réfléchir ?

— Faut d'abord que j'en parle à mon père. Je peux pas m'absenter trois ou quatre jours du garage, en le prévenant au dernier moment. Et je crois pas que tu puisses le faire non plus.

Scott lança un regard en direction de Ronnie.

— T'es sûr que c'est le boulot, le vrai problème ?

Will comprenait fort bien le sous-entendu, mais ne voulait pas céder à ce genre de provocation. Scott parut lui aussi savoir à quoi s'en tenir et recula d'un pas.

— O.K., ça marche. Parles-en à ton père... peut-être que t'arriveras à caser le stage dans ton emploi du temps.

Sur ces paroles, il s'en alla sans se retourner. Un peu décontenancé, Will décida de raccompagner Ronnie chez elle. Ils étaient assez loin et Scott ne pouvait plus les entendre, lorsqu'elle prit Will par la taille et lui demanda :

— Il faisait allusion au fameux tournoi dont tu m'as parlé ?

Will hocha la tête.

— Le week-end prochain. Le lendemain du mariage de ma sœur.

— Un dimanche ?

— Ça se déroule sur deux jours, mais les filles jouent le samedi.

Ronnie réfléchit.

— Et il a besoin d'une bourse de volley pour la fac ?

— C'est certain que ça l'aiderait à payer ses études.

Elle l'obligea à s'arrêter et reprit la parole :

— Alors arrange-toi pour faire ce stage d'entraînement intensif. Fais ce que tu dois faire pour être au point. C'est ton ami, pas vrai ? On se débrouillera quand même pour se voir, toi et moi. Même si on doit tous les deux garder le nid de tortue non-stop. C'est pas gênant si je suis un peu fatiguée pour aller bosser.

Tout en l'écoutant parler, Will la trouvait plus belle que jamais et se disait qu'elle allait énormément lui manquer quand il serait à Vanderbilt.

— Qu'est-ce qui va nous arriver à la fin de l'été, Ronnie ? demanda-t-il en l'interrogeant du regard.

— Tu vas aller à la fac, répondit-elle en détournant les yeux. Et moi je rentrerai à New York.

Il ramena doucement le visage de Ronnie vers le sien.

— Tu vois très bien ce que je veux dire.

— Oui. Évidemment. Mais j'ignore ce que tu veux entendre. Tout comme j'ignore ce que toi ou moi on va dire...

— Et si moi je te disais que je ne veux pas que ça se termine ?

— Je ne veux pas non plus que ça se termine, murmura-t-elle d'une voix tendre, presque intimidée, tandis que ses yeux prenaient une nuance vert océan.

Même si c'était les mots qu'il souhaitait entendre, et qu'à l'évidence Ronnie ne mentait pas, il en arrivait à la même conclusion qu'elle. Dire la vérité n'avait rien de rassurant et ne changerait rien à l'inévitable.

— Je viendrai te voir à New York, promit-il.

— J'espère bien.

— Et je veux que tu viennes dans le Tennessee.

— Si j'ai une bonne raison d'y aller, je devrais pouvoir me fendre d'un autre voyage dans le Sud...

Il sourit, tandis qu'ils s'étaient remis à marcher.

— Tu sais quoi ? Je vais faire tout ce que souhaite Scott pour être fin prêt avant le championnat, à condition que tu veuilles bien venir au mariage de ma sœur.

— Autrement dit, tu vas faire ce que tu devrais faire de toute manière, et en échange t'obtiens de moi ce que tu veux !

Will ne l'aurait pas formulé comme ça, mais Ronnie marquait un point.

— Ouais, t'as raison, j'imagine, dit-il.

— Autre chose te ferait plaisir, sinon ? Vu que t'es si dur en affaires...

— Puisque t'en parles... J'aimerais que tu essayes de raisonner Blaze.

— Tu rigoles ou quoi ? J'ai déjà tenté de lui parler.

— Je sais, mais ça remonte à quand ? Six semaines ? Elle nous a vus ensemble depuis, alors elle sait pertinemment que Marcus ne t'intéresse pas. Et puis elle a eu le temps de s'en remettre.

— Elle ne voudra jamais avouer ce qu'elle a fait, riposta Ronnie. Sinon, elle aurait des ennuis.

— Comment ça ? On pourrait l'accuser de quoi, au juste ? Pour ma part, j'ai pas envie que t'aies des problèmes pour un vol que t'as pas commis. La proprio du magasin veut rien savoir, le procureur non plus, et Blaze fait aussi la sourde oreille, c'est vrai... mais je vois pas d'autre solution pour te tirer de cette galère.

— Ça marchera pas, je te dis, insista Ronnie.

– Peut-être, mais je pense que ça vaut le coup d'essayer. Je connais Blaze depuis longtemps, et elle n'a pas toujours été comme ça. Peut-être qu'au fond d'elle-même, Blaze sait qu'elle a mal agi et a juste besoin d'un argument valable pour tenter de réparer sa faute.

Ronnie n'était pas d'accord, mais ne pouvait pas non plus lui donner tort... Ils regagnèrent la maison en silence. En s'approchant, Will aperçut de la lumière par la porte ouverte de l'atelier.

– Ton père bosse sur le vitrail ce soir ?

– On dirait...

– Je peux aller voir ?

– Pourquoi pas ?

Ils se dirigèrent ensemble vers la remise délabrée. À l'intérieur, Will vit une simple ampoule électrique qui pendouillait au-dessus du grand plan de travail occupant le centre de la pièce.

– Je crois bien qu'il est pas là, constata Ronnie en regardant autour d'elle.

– C'est le fameux vitrail ? s'enquit Will en s'approchant de l'établi. Il est immense !

Ronnie le rejoignit.

– Et magnifique, hein ? C'est pour l'église qu'ils reconstruisent en bas de la rue.

– Tu me l'avais pas dit, s'étonna Will d'une voix que lui-même trouvait nerveuse.

– J'ai pas cru bon de le préciser... Pourquoi ?

Will chassa de son esprit les images de Scott et de l'incendie.

– Pour rien, s'empressa-t-il de répondre en faisant mine d'examiner le vitrail de près. Je me rendais pas compte que ton père était capable de réaliser une véritable œuvre d'art.

– Moi non plus. Et lui pareil, jusqu'à ce qu'il s'y mette,

en tout cas. Mais il m'a dit que c'était important à ses yeux, alors c'est pas un hasard s'il s'applique autant.

– Pourquoi c'est si important pour lui ?

Tandis que Ronnie lui racontait l'histoire que son père lui avait confiée, Will contemplait le vitrail en se rappelant ce que Scott avait fait... Son visage dut le trahir, car lorsqu'elle eut terminé, Ronnie le regarda d'un air intrigué.

– À quoi tu penses ?

Il passa doucement la main sur l'objet avant de reprendre :

– Tu t'es déjà demandé ce que signifiait l'amitié ?

– Je vois pas trop où tu veux en venir...

Will la dévisagea :

– Jusqu'où tu irais pour protéger un ami ?

Elle hésita.

– Je suppose que ça dépend de ce que cet ami a fait. Et de la gravité de son acte, dit-elle en le prenant par la taille. Qu'est-ce que t'essayes de me dire ?

Comme il ne répondait pas, elle vint plus près de lui.

– Au bout du compte, on devrait toujours faire le bon choix. Je sais que ça risque pas de t'aider, parce que c'est pas toujours facile de savoir comment bien agir. En apparence, du moins. Mais même quand j'essayais de me trouver des excuses en me disant que voler, après tout, c'était pas si grave, je savais que je me trompais. En fait, je me sentais... mal au fond de moi.

Elle approcha son visage de celui de Will, qui se délecta de l'odeur de sable et de mer sur sa peau, tandis qu'elle poursuivait.

– J'ai pas cherché à réfuter l'accusation, car je savais que je m'étais mal conduite. Il y a des gens qui peuvent vivre avec leur mauvaise conscience, tant qu'ils s'en tirent à bon compte. Chez eux, le bien et le mal se confondent plus ou moins. Alors que pour moi, les choses sont beaucoup plus tranchées... c'est noir ou blanc, et pas une sorte de grisaille un peu floue. Et je pense que tu fonctionnes comme moi.

Will détourna le regard. Il savait qu'elle disait vrai et mourait d'envie de se confier à elle, mais semblait ne pas pouvoir trouver les mots. Ronnie le comprenait comme personne. Il pouvait apprendre beaucoup à son contact, et sans doute devenir quelqu'un de meilleur. Sur bien des points, il avait besoin d'elle, en réalité. Comme il hochait la tête d'un air songeur, elle posa tendrement la sienne sur son épaule.

Quand ils quittèrent l'atelier, il la retint par la main et l'embrassa. Sur les lèvres, les joues, puis dans le cou. Sa peau était brûlante comme la braise, et lorsque leurs lèvres se joignirent à nouveau, il sentit le corps de Ronnie ne faire plus qu'un avec le sien. Il enfouit les mains dans ses cheveux, tout en la couvrant de mille et un baisers, tandis qu'il l'amenait lentement à s'adosser au mur de l'atelier. Il l'aimait, la désirait, et sentait les mains de Ronnie l'électriser à mesure qu'elle caressait son dos, ses épaules... Leur étreinte enfiévrée l'entraînait peu à peu dans un monde uniquement gouverné par ses sens... lorsque Ronnie posa finalement les mains sur son torse et l'écarta en douceur.

— S'il te plaît, murmura-t-elle, il faut qu'on s'arrête.

— Pourquoi ?

— Parce que j'ai pas envie que mon père nous surprenne. Si ça se trouve, il nous regarde en ce moment même depuis la fenêtre.

— On ne fait que s'embrasser.

— Ouais, bien sûr... en toute innocence, gloussa-t-elle.

Un sourire langoureux se dessina sur les lèvres de Will.

— Ben quoi. On faisait rien de mal, si ?

— Je dis seulement... qu'on se contrôlait plus...

— Et c'est quoi, le problème ?

Elle le regarda d'un air de dire : « Arrête de faire l'imbécile », et il savait qu'elle avait raison, même s'il souhaitait prolonger leur étreinte.

— C'est vrai, soupira-t-il en la prenant par la taille. Je vais tâcher de me reprendre.

Elle lui planta un baiser sur la joue.

— J'ai une totale confiance en toi !

— Waouh, merci...

Ronnie lui fit un clin d'œil en ajoutant :

— Je vais aller voir où est passé mon père, O.K. ?

— O.K. De toute manière, je dois être tôt au boulot, demain.

— Pas de bol... Pour ma part, on m'attend pas avant dix heures à l'aquarium.

— Tu dois toujours nourrir les loutres ?

— Tu rigoles ? Elles mourraient de faim, sinon. C'est bien simple, elles peuvent plus se passer de moi !

— Je t'ai déjà dit que tu gagnais à être connue ? ironisa-t-il.

— Non, mais je peux te retourner le compliment. Quand on te connaît, on a du mal à se passer de toi, tu sais.

– 24 –

Ronnie

Avant de regagner le bungalow, Ronnie regarda Will s'éloigner en s'interrogeant... Est-ce qu'il disait vrai à propos de Blaze ? Tout l'été, la date de la future audience au tribunal n'avait cessé de la hanter, au point de se demander si la perspective d'une éventuelle condamnation n'était pas pire que la sanction elle-même. Au fil des semaines, elle s'éveillait parfois au beau milieu de la nuit, sans pouvoir se rendormir. Bien sûr, Ronnie ne paniquait pas à l'idée de se retrouver en prison – elle n'avait pas commis de meurtre et ne risquait pas d'être enfermée –, mais craignait que ces petites infractions ne la suivent à jamais. Allait-elle devoir révéler son passé en s'inscrivant plus tard à la fac ? Ou bien le signaler à ses futurs employeurs ? Pourrait-elle décrocher un job de prof ? À vrai dire, elle ignorait si elle serait étudiante ou voudrait enseigner, mais sa crainte n'en demeurait pas moins présente. Bref, ses erreurs allaient-elles toujours lui coller aux basques ?

Apparemment non, à en croire son avocat... Mais elle ne pouvait rien lui promettre.

Quant au mariage... Facile pour Will de l'inviter comme si de rien n'était. Elle savait que Susan ne souhaitait pas sa présence, et Ronnie n'avait franchement pas envie de se faire remarquer. C'était la journée de Megan, après tout.

Elle se trouvait sur la véranda et allait entrer, quand elle entendit grincer le rocking-chair. Effrayée, elle fit un bond en arrière et découvrit Jonah qui l'observait.

— C'était é-cœu-rant...

— Qu'est-ce que tu fais là ? répliqua-t-elle, le cœur encore palpitant.

— Je vous regardais, Will et toi, répondit-il en grimaçant. Beurk... Vous m'avez carrément dégoûté...

— Tu nous espionnais ?

— Difficile de faire autrement. T'étais juste là près de l'atelier avec Will. J'ai bien cru qu'il allait t'étouffer.

— Rassure-toi, c'était pas le cas.

— C'est l'impression que j'ai eue, c'est tout.

Elle eut un petit sourire.

— Tu comprendras quand tu seras un peu plus vieux.

Jonah secoua la tête.

— J'ai très bien pigé ce que vous faisiez. J'ai vu des films, d'abord. Mais je trouve ça écœurant.

— Tu te répètes, observa-t-elle.

Ça lui coupa le sifflet l'espace d'une seconde.

— Il s'en va où ? reprit-il.

— Chez lui. Demain il travaille, figure-toi.

— Tu vas surveiller le nid ce soir ? Parce que t'es pas obligée, tu sais. P'apa a dit qu'on pourrait s'en occuper.

— Tu l'as convaincu de dormir dehors ?

— Il veut bien. Il dit que ce sera sympa.

Ça m'étonnerait...

— Moi, ça me va.

— J'ai déjà préparé mes affaires. Sac de couchage, lampe, jus de fruits, sandwichs, paquet de crackers, marshmallows, chips, cookies... et une raquette de tennis.

– T'as l'intention d'y jouer ?

– Juste au cas où le raton laveur se pointerait. S'il essaye de nous attaquer, tu vois ?

– Il risque pas de le faire.

– Ah bon ?

Jonah semblait presque déçu.

– Enfin, c'est peut-être une bonne idée, admit-elle. On sait jamais...

– C'est ce que je pensais aussi.

– Au fait, le vitrail est drôlement joli, dit-elle en désignant l'atelier.

– Merci. P'pa tient à ce que chaque pièce soit parfaite. Il m'oblige même à les refaire deux ou trois fois. Mais je suis de plus en plus doué.

– Ça m'en a tout l'air, en effet.

– Le problème, c'est qu'il fait chaud là-dedans. Surtout quand il allume le four.

– Ouais, j'imagine... Et la guerre des cookies, c'en est où ?

– Oh, ça va. Suffit que je les mange quand il fait sa sieste.

– P'pa fait jamais la sieste.

– Ben maintenant, si. Tous les après-midi, pendant deux ou trois heures. Y a même des fois où je dois le secouer très fort pour le réveiller.

Ronnie dévisagea son frère d'un air intrigué, avant je jeter un œil dans la maison.

– D'ailleurs, il est où, en ce moment ?

– À l'église. Le pasteur Harris est passé tout à l'heure. Il vient souvent nous voir en ce moment. P'pa et lui aiment bien discuter.

– Normal, ils sont amis.

— Je sais. Mais je crois que ça lui sert d'excuse. Je pense que p'pa est allé jouer du piano.

— Lequel ? répliqua Ronnie, interloquée.

— Celui qu'ils ont livré à l'église la semaine dernière. P'pa est allé en jouer là-bas.

— Ah bon ?

— Attends deux secondes... Je suis pas sûr que j'étais censé te le dire. Vaudrait mieux que t'oublies ça.

— Pourquoi tu devrais me le cacher ?

— Parce que tu risquerais encore de l'engueuler.

— Mais non, protesta-t-elle. C'était quand, la dernière fois que je lui ai crié après ?

— Quand il jouait du piano. Tu te rappelles ?

Ouais, très juste. Ce gosse, rien ne lui échappe...

— Eh ben, c'est fini, maintenant.

— Tant mieux. J'ai pas envie que tu te disputes avec lui, parce qu'on doit aller à Fort Fisher demain, et je préfère le voir de bonne humeur.

— Ça fait longtemps qu'il est à l'église ?

— J'en sais rien. J'ai l'impression que ça fait des heures. C'est pour ça que je l'attendais là, dehors. Et pis, voilà que tu rappliques avec Will et que vous commencez à vous peloter.

— Hé ! On faisait que s'embrasser !

— Non, je crois pas. Je suis même certain que vous faisiez pas que ça, affirma Jonah avec conviction.

— T'as déjà dîné ? demanda Ronnie, pressée de changer de sujet.

— J'attendais papa, je te dis.

— Tu veux que je te prépare un ou deux hot-dogs ?

— Uniquement avec du ketchup, alors ?

— Oui, soupira-t-elle.

— Bizarre... je croyais que tu supportais même pas de les toucher.

— C'est marrant, mais depuis que je tripote les poissons morts, les hot-dogs me dégoûtent bien moins qu'avant.

Jonah sourit, avant de lui demander :

— Tu voudras bien m'emmener une fois à l'aquarium, pour que je te voie nourrir les loutres ?

— Si tu veux. Je pourrais peut-être même te laisser les nourrir à ma place.

— Pour de vrai ? s'exclama-t-il, tout excité.

— Oui, je crois. Faudra que je demande la permission, bien sûr, mais ils laissent certains groupes de jeunes le faire, alors ça devrait pas poser de problème, à mon avis.

Jonah sourit jusqu'aux oreilles.

— Waouh ! Merci, alors !

Il se leva du rocking-chair et ajouta :

— Au fait... tu me dois dix dollars.

— En quel honneur ?

— Hé, reviens sur terre, ma vieille ! Faut payer, si tu veux pas que je répète à papa ce que Will et toi vous étiez en train de faire.

— Sérieux ? Alors que je vais te préparer à dîner ?

— Ben ouais. Tu travailles, toi... Moi, je suis pauvre.

— Tu t'imagines que je gagne des mille et des cents ? J'ai pas dix dollars sur moi. Tout ce que j'ai gagné, c'était pour régler une partie des honoraires de l'avocat.

Il prit le temps de réfléchir, puis :

— Et cinq, alors ?

— Tu me piquerais cinq dollars, alors que je viens de te dire que j'en ai même pas dix ? riposta Ronnie en prenant un air outragé.

Nouveau temps de réflexion...

— Deux, ça te va ?

— Si on disait un dollar ?

— O.K., ça marche, dit-il en souriant.

Après avoir préparé le repas de Jonah – il insista pour une cuisson des saucisses à l'eau bouillante et non pas au micro-ondes –, Ronnie reprit le chemin de la plage pour se rendre à l'église. Celle-ci ne se trouvait pas très loin, mais dans la direction opposée à son itinéraire habituel, et les rares fois où elle était passée devant, Ronnie l'avait à peine remarquée.

En s'approchant, elle distingua les contours de la flèche qui se découpaient dans le ciel crépusculaire. Hormis ce détail, la bâtisse disparaissait au milieu des luxueuses villas du quartier. Ses murs étaient recouverts de simples bardeaux et, bien qu'il s'agisse d'une construction récente, l'ensemble avait déjà un aspect vieillot.

Ronnie dut franchir la dune pour atteindre le parking, où elle découvrit les signes des travaux en cours : une benne remplie de gravats, une pile récente de panneaux de contre-plaqué près de la porte qu'une cale gardait ouverte, et une grosse fourgonnette garée à proximité. L'entrée baignait dans une douce lumière, alors que l'intérieur restait dans la pénombre.

En pénétrant dans l'édifice, Ronnie promena son regard ici et là et constata que le chantier ne serait pas terminé de sitôt. Le sol se limitait à une dalle de béton, et il manquait apparemment certaines cloisons en Placoplâtre, sans parler de l'absence de sièges ou de bancs. La poussière recouvrait tous les tasseaux à nu, mais pourtant, droit devant elle, à l'endroit où Ronnie imaginait déjà le pasteur Harris faisant son sermon dominical, son père était assis derrière un piano flambant neuf et totalement incongru dans l'église en travaux. Branchée sur une rallonge, une vieille lampe en alu fournissait l'unique source d'éclairage.

Il ne l'avait pas entendue entrer et continuait à jouer, mais elle ne reconnut pas la mélodie ; celle-ci semblait presque contemporaine, différente de ce qu'il jouait d'habitude... et sans doute inachevée, même à l'oreille de Ronnie qui l'entendait pour la première fois. Son père dut partager son avis, car il s'interrompit quelques instants, réfléchit, puis reprit depuis le début.

Elle percevait maintenant les subtiles variations qu'il venait d'introduire. La mélodie s'en trouvait améliorée, mais quelque chose clochait encore. Ronnie éprouva un sentiment de fierté à l'idée d'avoir conservé une si bonne oreille. Quand elle était plus jeune, ce don particulier émerveillait son père.

Il recommença encore, apporta d'autres changements et elle comprit en l'observant qu'il était heureux. Même si la musique ne faisait plus partie de la vie de Ronnie, elle restait liée à celle de son père. Et elle se sentit coupable de l'en avoir privé. Avec le recul, elle se souvint de sa rage à la seule idée qu'il puisse tout faire pour l'inciter à jouer, mais avait-il seulement essayé ? Était-ce réellement Ronnie le problème ? Ou bien son père jouait-il parce que c'était l'essence même de sa personnalité ?

À force de le regarder, elle était touchée par sa concentration et son aisance à opérer des modifications... tant et si bien qu'elle comprit tout ce qu'il avait dû sacrifier pour satisfaire au caprice infantile de sa fille.

Il commença à toussoter et elle crut qu'il s'éclaircissait la voix, mais il toussa et toussa encore, d'une toux grasse, maladive... qui ne semblait plus s'arrêter. Affolée, Ronnie se précipita vers lui.

– P'pa ! Tu vas bien ?

Il leva la tête et sa quinte cessa comme par miracle. Elle se pencha sur lui et constata qu'il respirait poussivement.

– Ça va..., soupira-t-il d'une voix faible. Il y a tellement de poussière ici... Au bout d'un moment, ça m'irrite la gorge. Ça m'arrive tout le temps.

Elle le dévisagea et le trouva un peu pâle.

– Tu es sûr que ça va ?

– Certain, affirma-t-il en lui tapotant la main. Qu'est-ce que tu fais là, ma puce ?

– Jonah m'a dit que t'étais à l'église.

– Tu me surprends en flagrant délit, alors ?

Ronnie agita doucement la main en signe d'apaisement.

– Aucun souci, p'pa. C'est un don du Ciel, non ?

Comme il ne répondait pas, elle s'approcha du clavier en se rappelant tout ce qu'ils avaient composé ensemble.

– C'était quoi, ce que tu jouais ? reprit-elle. Tu écris une nouvelle chanson ?

– Oh... ça ? Disons que j'essaye d'en écrire une, plutôt. En fait, c'est juste une mélodie sur laquelle je travaille. Rien d'extraordinaire.

– C'était bien...

– Non... J'ignore ce qui cloche. Tu pourrais peut-être... En fait, tu étais plus douée que moi pour composer... Je n'arrive pas à obtenir ce que je veux.

– C'était bien, insista-t-elle. Et je dirais même... plus contemporain que ce que tu joues d'habitude.

Il sourit.

– T'as remarqué, hein ? Au début, ça ne démarrait pas comme ça, en fait. Pour ne rien te cacher, je ne sais pas trop ce qui m'arrive.

– Peut-être que t'as écouté mon iPod en douce...

Nouveau sourire complice.

– Non, je t'assure.

Ronnie regarda autour d'elle.

– Quand est-ce que l'église sera terminée, alors ?

— Aucune idée. Je crois t'avoir dit que l'assurance ne couvrait pas tous les dégâts... Le chantier tourne donc au ralenti pour l'instant.

— Et le vitrail ?

— J'ai bien l'intention de le finir.

Puis il désigna l'ouverture dans le mur, recouverte de contreplaqué.

— Il ira là, même si je dois l'installer moi-même.

— Tu sais faire ça ? répliqua-t-elle, incrédule.

— Pas encore...

Au tour de Ronnie d'esquisser un sourire.

— Pourquoi ils ont mis un piano, si l'église est encore en travaux ? T'as pas peur qu'on le vole ?

— Normalement, on ne devait le livrer qu'une fois l'église achevée. Il n'est donc pas censé être là. Le pasteur Harris espère trouver quelqu'un qui veuille bien le garder chez lui en attendant, mais il n'a aucune date en vue pour la fin des travaux. Bref, c'est pas si facile...

Son père se tourna vers l'entrée et parut surpris de constater qu'il faisait nuit.

— Il est quelle heure, ma puce ?

— Neuf heures passées.

— Bon sang ! s'exclama-t-il en se levant. Je n'ai pas vu l'heure tourner. Je suis censé camper sur la plage avec Jonah ce soir. En plus, il doit avoir une faim de loup, le pauvre !

— T'inquiète pas. Je m'en suis occupée.

Il poussa un soupir de soulagement et rassembla ses partitions, puis éteignit la lampe. Dans la pénombre, Ronnie le trouva plus épuisé et plus frêle que jamais...

25

Steve

Ronnie a raison. C'est une mélodie tout ce qu'il y a de moderne.
Steve ne lui mentait pas en affirmant qu'elle était différente au début. La première semaine, il avait tenté une
composition dans l'esprit de Schumann ; quelques jours
plus tard, il s'inspira de Grieg. Ensuite, ce fut Saint-Saëns.
Mais en fin de compte, rien ne sonnait juste... Impossible
de retrouver la même émotion que ce fameux matin où il
avait griffonné ses premières notes sur un bout de papier.

Si, par le passé, il avait espéré composer pour la postérité,
l'idée ne l'effleurait plus désormais. Il testait des mélodies,
laissait en quelque sorte la musique naître d'elle-même...
Tant et si bien qu'il cessa d'essayer d'imiter les grands
compositeurs pour recouvrer enfin sa confiance en lui. Son
œuvre actuelle n'était certes pas encore aboutie... et peut-
être qu'elle ne le serait jamais, du reste, mais ça ne le dérangeait plus vraiment.

Et si c'était son problème depuis le début ? Autrement
dit, d'avoir passé sa vie à prendre modèle sur autrui ? Il
jouait de la musique écrite voilà des centaines d'années par
d'autres compositeurs ; il croyait pouvoir trouver Dieu en

se promenant sur la plage, car le pasteur disait dialoguer avec Lui au cours de ses balades en solitaire.

Maintenant qu'il était assis à côté de son fils au pied de la dune et scrutait le ciel avec des jumelles — même s'il ne devait pas voir grand-chose —, Steve se demandait s'il n'avait pas toujours cru que les autres détenaient les réponses à ses questions, par crainte de se fier à son propre instinct. Peut-être que ses maîtres avaient fini par lui servir de béquilles et qu'au bout du compte il avait tout bonnement peur d'être lui-même ?

— Dis, p'pa ?

— Ouais, fiston.

— Tu vas venir nous voir à New York ?

— J'en serais ravi, bien sûr.

— Parce que je pense que Ronnie voudra bien te parler maintenant.

— C'est ce que j'espérais.

— Elle a drôlement changé, tu trouves pas ?

Steve posa les jumelles.

— Je pense qu'on a tous beaucoup changé, cet été.

— Exact. Moi, par exemple, j'ai grandi !

— C'est certain. Et tu as appris à fabriquer un vitrail.

Jonah parut réfléchir, puis :

— Hé, p'pa ?

— Ouais ?

— Je crois que je veux apprendre à faire le poirier.

Allons bon... Où a-t-il bien pu pêcher cette idée ?

— Je peux savoir pourquoi ?

— J'aime bien avoir la tête en bas. Je sais pas pourquoi. Mais je pense que j'aurai besoin de toi pour me tenir les jambes. Au début, en tout cas.

— Je serai ravi de pouvoir t'aider.

Ils se turent pendant un long moment. La nuit était douce, le ciel constellé d'étoiles, et Steve se sentit soudain envahi par une énorme bouffée de bonheur. Il était heureux d'avoir passé l'été en compagnie de ses enfants, d'être assis là, au pied de la dune avec son fils, à discuter de choses et d'autres. Au fil des jours, il s'était habitué à la présence de Jonah et de Ronnie, et appréhendait déjà leur départ.

— Dis, p'pa ?

— Ouais, Jonah ?

— On s'ennuie un peu là, non ?

— Moi, je trouve que c'est paisible, dit Steve.

— Mais je vois quasiment rien.

— Tu peux voir les étoiles. Et entendre les vagues.

— Bof... je les entends tout le temps. D'un jour à l'autre, toujours la même rengaine.

— Quand est-ce que tu veux commencer à t'entraîner à faire le poirier ?

— Demain, peut-être...

Steve le prit par les épaules.

— Qu'est-ce qui t'arrive, fiston ? T'as l'air tristounet.

— Non, c'est rien... murmura Jonah d'une voix à peine audible.

— T'es sûr ?

— Je peux aller à l'école ici ? demanda-t-il tout à trac. Et vivre avec toi ?

Steve savait qu'il allait devoir user de diplomatie.

— Et maman, alors ?

— Je l'adore. Et elle me manque aussi. Mais ça me plaît, ici. J'aime passer du temps avec toi. Comme fabriquer le vitrail, jouer au cerf-volant, tu sais... Quand on se balade ici ou là. C'était sympa, cet été. J'ai pas envie que ça se termine.

Steve le serra contre lui.

— Moi aussi, j'adore être avec toi, fiston. C'est le plus bel été de ma vie. Mais quand tu iras en classe, on ne sera plus ensemble comme en ce moment.

– Peut-être que tu pourrais me faire cours toi-même, tu sais ?

Jonah parlait d'une voix étouffée, presque craintive, et Steve prit conscience, la gorge serrée, qu'il avait encore affaire à un jeune enfant. Il s'en voulait déjà des paroles qu'il allait prononcer, mais n'avait pourtant guère le choix.

– Je pense que tu manqueras à ta mère si tu restes avec moi.

– Peut-être que tu pourrais revenir. Peut-être que maman et toi, vous pourriez vous remarier ?

Steve prit une profonde inspiration et, la mort dans l'âme, lui expliqua :

– Je sais que c'est dur et que tu trouves ça injuste. J'aimerais bien pouvoir changer la situation, mais c'est impossible. Tu as besoin d'être auprès de maman. Elle t'aime très fort, tu sais, et elle serait perdue sans toi. Mais sache que moi aussi je t'aime. N'oublie jamais ça.

Jonah hocha la tête, comme s'il s'attendait à la réaction de son père.

– On va toujours au Fort Fisher demain ?

– Si t'en as toujours envie. Et après, on pourrait peut-être faire un tour sur les toboggans aquatiques.

– Ils en ont, là-bas ?

– Non. Mais je connais un endroit où il y en a, pas loin du fort. Faut juste qu'on n'oublie pas d'emporter nos maillots de bain.

– O.K., dit Jonah d'une voix plus enjouée.

– Peut-être qu'on ira au Chuck E. Cheese[1] aussi.

---

1. Chaîne de pizzerias familiales avec jeux d'arcades *(N.d.T.)*.

— Vraiment ?

— Si ça te tente, pourquoi pas ?

— Alors, ça me tente !

Jonah resta un instant silencieux avant d'ouvrir la glacière, dont il sortit un sac en plastique rempli de cookies. Steve se garda de faire la moindre réflexion.

— Hé, p'pa ?

— Ouais ?

— Tu penses que les bébés tortues vont naître cette nuit ?

— Je ne crois pas qu'ils soient déjà prêts, mais il a fait chaud cet été, alors ils ne devraient plus tarder.

Jonah pinça les lèvres d'un air songeur, et Steve devina que son fils pensait de nouveau à son prochain départ. Il le serra encore plus fort dans ses bras, mais sentit quelque chose se briser en lui, comme une blessure dont il savait qu'il ne guérirait jamais tout à fait.

Tôt, le lendemain, Steve contempla la plage, en sachant que s'il foulait le sable il le ferait simplement pour profiter de la matinée.

Dieu, comprenait-il enfin, n'était pas présent. Pas pour lui, du moins. Mais en y réfléchissant, ça lui paraissait logique. Si déterminer Sa présence se révélait aussi facile, les plages seraient bondées dès le matin, supposait Steve. Elle grouilleraient de gens avides de poursuivre leur propre quête spirituelle, plutôt que de faire leur jogging, promener leur chien ou pêcher.

Il comprenait enfin que chercher la preuve de l'existence de Dieu relevait autant du mystère que Dieu lui-même... et qui était-Il, sinon un mystère ?

Le plus étrange, c'était que Steve ait mis tout ce temps à s'en rendre compte.

Ainsi qu'ils l'avaient prévu la veille, Jonah et lui jouèrent les touristes. Comme il avait une certaine connaissance de la guerre de Sécession et du rôle majeur du port de Wilmington au sein des États confédérés, Steve fut sans doute plus intéressé par le fort que Jonah. En revanche, son fils s'amusa plus que lui sur les toboggans aquatiques. Chacun devait transporter son propre tapis jusqu'en haut de l'escalier d'accès, et si Jonah le fit sans problème les deux ou trois premières fois, Steve dut ensuite prendre le relais.

Il crut sincèrement y laisser sa peau.

La pizzeria Chuck E. Cheese et sa dizaine de jeux vidéo occupèrent son fils encore deux bonnes heures. Ils disputèrent trois parties d'air hockey, cumulèrent des centaines de tickets de jeu, qu'ils se firent ensuite rembourser pour acheter des tas de choses... et quittèrent l'établissement avec deux pistolets à eau, trois balles rebondissantes, un assortiment de crayons de couleur et deux gommes. Steve préféra éviter de penser à tout ce que ça lui avait coûté.

Ce fut une journée formidable, remplie de joie et d'éclats de rire, mais épuisante. Au retour, après avoir passé un petit moment avec Ronnie, il gagna son lit et s'endormit en quelques minutes.

26

Ronnie

Après le départ de Jonah et de son père pour la journée, Ronnie partit en quête de Blaze, dans l'espoir de la trouver avant d'aller travailler à l'aquarium. Elle se disait qu'elle n'avait rien à perdre. Au pire, Blaze lui ferait la gueule ou l'enverrait d'emblée promener, ce qui ne changerait rien à la situation actuelle. Comme elle ne s'attendait pas à ce que Blaze change subitement d'avis, elle préférait ne pas se faire trop d'illusions... Mais comment éviter de se voiler la face ? Will disait vrai, Blaze n'avait rien à voir avec Marcus, lequel ne se laissait jamais démonter par les scrupules... et Blaze devait se sentir un peu coupable, non ?

Ronnie ne mit pas bien longtemps à la dénicher. Blaze était assise sur la dune proche de la jetée et regardait les surfeurs. Elle ne dit rien quand Ronnie s'approcha.

Ne sachant trop comment amorcer le sujet, Ronnie commença par le plus évident :

— Salut, Blaze...

L'autre ne desserra pas les dents et Ronnie se ressaisit avant d'enchaîner.

— Je sais que t'as sans doute pas envie de me parler...

— T'as l'air d'un œuf de Pâques.

Ronnie jeta un œil sur sa tenue de travail : tee-shirt turquoise avec le logo de l'aquarium, short blanc et tennis assorties.

— Je leur ai demandé de changer l'uniforme en noir, mais ils n'ont rien voulu savoir.

— Dommage, le noir est ta couleur, répliqua Blaze avec un petit sourire. Qu'est-ce que tu veux ?

Ronnie reprit son souffle.

— J'essayais pas de draguer Marcus ce fameux soir. C'est lui qui me cherchait, et je sais pas ce qui lui a pris de crier ça... sauf qu'il devait vouloir te rendre jalouse. Je suis sûre que tu me crois pas, mais je veux que tu saches que je t'aurais jamais fait un coup pareil. Je suis pas ce genre de fille.

Ronnie avait tout débité d'une traite, mais au moins c'était dit !

Blaze marqua un temps d'arrêt, puis :

— Je sais.

Pas du tout la réponse à laquelle Ronnie s'attendait.

— Alors, pourquoi t'as fourgué ces disques dans mon sac ? lâcha-t-elle.

Blaze la regarda en plissant les yeux.

— Je t'en voulais à mort. Parce que tu lui plaisais, c'est clair.

Ronnie se mordit la lèvre inférieure et réprima une réaction qui aurait clos sur-le-champ la conversation, préférant laisser Blaze continuer. Celle-ci se focalisait à nouveau sur les surfeurs.

— Je constate que tu passes beaucoup de temps avec Will cet été.

— Il m'a dit que vous étiez amis par le passé.

— Ouais, c'est vrai. Ça fait un bail. Il est sympa. T'as de la chance, dit Blaze en frottant ses mains sur son jean.

Ma mère va épouser son petit copain. Quand elle m'a annoncé la nouvelle, on s'est engueulées comme du poisson pourri, et elle m'a foutue dehors. Elle a changé les serrures et tout ça...

— Désolée, dit sincèrement Ronnie.

— Bah... je m'en remettrai.

Ronnie pensa alors aux points communs de leurs vies respectives : divorce, colère et rébellion, remariage d'un des deux parents... Pourtant, elles ne se ressemblaient plus du tout. Blaze avait changé depuis le début des vacances. Disparue, sa joie de vivre que Ronnie avait remarquée dès leur première rencontre... Et Blaze semblait plus âgée, comme si des années et non pas des semaines s'étaient écoulées. À tel point qu'elle avait des poches sous les yeux et le teint cireux. Elle avait maigri. Énormément. Ronnie éprouvait une impression étrange... comme si elle voyait la fille qu'elle aurait pu devenir, et cette fille-là ne lui plaisait pas.

— C'est moche, ce que tu m'as fait, reprit-elle. Mais tu peux encore rattraper le coup.

Blaze secoua lentement la tête.

— Marcus m'en empêchera. Il m'a prévenue que sinon il me reparlerait plus.

En l'écoutant parler d'une voix monocorde, Ronnie eut envie de la bousculer pour la faire réagir. Blaze parut lire dans ses pensées et soupira avant de poursuivre.

— J'ai plus d'endroit où aller. Ma mère a appelé la famille et a demandé à tout le monde de ne pas m'héberger. Elle leur a dit que c'était dur pour elle, mais qu'il fallait qu'on soit ferme avec moi, là, maintenant. J'ai pas d'argent, et à moins de vouloir dormir chaque soir sur la plage pour le restant de mes jours, je suis bien obligée de faire ce que Marcus me demande. Quand il est en pétard contre moi, il me laisse même pas utiliser la douche de sa chambre. Et il refuse de me filer l'argent qu'on gagne en faisant notre numéro, alors je peux pas manger non plus. Y a des jours où il me traite comme un chien, et j'ai horreur de ça. Mais vers qui d'autre je peux me tourner ?

— T'as essayé de parler à ta mère ?

— À quoi ça servirait ? Pour elle, je suis une cause perdue d'avance, et elle me déteste.

— Je suis certaine que non.

— On voit bien que tu la connais pas.

Ronnie se remémora le jour où elle était allée chez Blaze et avait vu l'argent glissé dans l'enveloppe. *À croire qu'il s'agissait d'une autre mère...* Mais Ronnie évita ce genre de commentaire. Dans le silence qui suivit, Blaze se releva. Ses vêtements étaient sales et froissés, comme si elle les portait depuis une semaine... ce qui était sans doute le cas.

— Je sais ce que tu veux que je fasse, reprit Blaze. Mais je peux pas. Et c'est pas parce que je t'aime pas. Je te trouve sympa, en fait, et j'aurais pas dû te faire un truc pareil. Mais je suis prise au piège comme toi. Et je crois que Marcus n'en a pas encore terminé avec toi...

Ronnie se figea sur place.

— Comment ça ?

— Il recommence à parler de toi. Et pas en bien... À ta place, j'éviterais de traîner avec moi.

Avant que Ronnie puisse réagir, Blaze s'en allait déjà.

— Hé, Blaze !

Blaze se tourna lentement.

— Si jamais t'as faim ou besoin d'un endroit où dormir, tu sais où j'habite.

L'espace d'un instant, Ronnie crut voir une lueur de gratitude dans son regard, une brève étincelle qui lui rappela la fille marrante, pleine de vie, qu'elle avait rencontrée en juin.

– Encore un truc, ajouta Ronnie. Ce numéro avec le feu que tu fais avec Marcus, c'est du délire...

Blaze lui adressa un sourire triste.

– Tu crois franchement que c'est plus délirant que le reste, dans ce que je vis en ce moment ?

Le lendemain, dans l'après-midi, Ronnie se tenait debout devant son placard, se disant qu'elle n'avait absolument rien à se mettre. Si elle allait au mariage – et elle hésitait encore –, aucune de ses tenues ne ressemblerait, même vaguement, à ce qu'on portait pour ce genre d'occasion... à moins que ce soit en compagnie d'Ozzy Osbourne et toute sa bande !

En l'occurrence, il s'agissait de noces classiques : smokings et robes longues de rigueur pour les *invités*. Ronnie n'aurait jamais imaginé se rendre à ce genre de cérémonie quand elle préparait ses affaires à New York. Du reste, elle n'avait même pas apporté la paire d'escarpins noirs que sa mère lui avait offerts au Noël dernier... ceux qui étaient encore dans leur boîte.

Franchement, elle ne comprenait pas pourquoi Will tenait tant à sa présence. Même si elle dénichait une tenue présentable, avec qui allait-elle bien pouvoir discuter ? Comme Will faisait partie de la famille de la mariée, il participerait à toutes les photos de groupe, pendant qu'elle devrait se coltiner la réception... Et il occuperait la table d'honneur, forcément ! Si bien que tous deux ne seraient même pas ensemble pendant le repas. Elle allait sans doute se retrouver attablée en compagnie du gouverneur, d'un sénateur ou d'un parent éloigné venu en jet privé... Bonjour l'ambiance ! Sans compter que Susan la détestait. Bref, toute cette histoire d'invitation était une mauvaise idée. Très mauvaise. Horrible

D'un autre côté...

Quand aurait-elle l'occasion d'être réinvitée à un mariage pareil ? Depuis deux semaines, la propriété des Blakelee subissait d'énormes transformations... On avait agrandi la terrasse, en ajoutant une plate-forme amovible sur la piscine, dressé des tentes dans le parc, planté des dizaines de milliers de fleurs, et non seulement loué des projecteurs à l'un des studios de cinéma de Wilmington, mais carrément fait venir une équipe qui avait répété le déroulement de la réception avec des doublures. La restauration – du caviar au champagne, en passant par les amuse-gueules et les différents plats – serait assurée par trois traiteurs de Wilmington, le tout supervisé par un chef de Boston que connaissait Susan, et qui aurait été pressenti pour diriger les cuisines de la Maison-Blanche ! Bref, c'était le mariage du siècle... Sans aucun rapport avec celui qu'elle pourrait envisager plus tard pour elle-même – une petite fête au bord de la mer, quelque part au Mexique, avec une dizaine d'invités –, mais Ronnie se dit que ça faisait sans doute partie de l'attrait de ce genre d'événement. Elle ne le revivrait pas une seconde fois dans son existence.

Encore faudrait-il qu'elle puisse se dégoter une tenue potable ! À quoi bon farfouiller dans son placard, de toute façon ? Elle n'allait pas transformer un de ses jeans en robe d'un coup de baguette magique ? Et ce n'est pas en relevant ses cheveux en chignon qu'elle passerait inaperçue avec un de ses tee-shirts de concert. La seule tenue à peu près correcte, qui n'aurait pas horrifié Susan, était celle qu'elle portait pour l'aquarium... et qui la faisait ressembler à un œuf de Pâques !

– Qu'est-ce que tu fais ?

Debout à l'entrée de la chambre, Jonah l'observait.

– Faut que je me trouve une tenue, répondit-elle d'un air abattu.

– Tu sors ?

– Non, je parle du mariage...

Son frère pencha la tête, intrigué.

– Tu vas te marier ?

– Bien sûr que non. C'est la sœur de Will qui se marie.

– Elle s'appelle comment ?

– Megan.

– Sympa ?

– Aucune idée, dit Ronnie en secouant la tête. Je ne l'ai jamais rencontrée.

– Alors, pourquoi tu vas à son mariage ?

– Parce Will m'a demandé d'y aller, figure-toi. Ça se passe comme ça, expliqua-t-elle. Il peut inviter quelqu'un... et l'invitée, c'est moi.

– Ah, d'accord... Et qu'est-ce que tu vas te mettre ?

– Ben rien... J'ai rien de potable.

Il désigna la tenue de Ronnie.

– Ce que tu portes là, c'est cool.

Tu parles... Un œuf de Pâques ambulant !

– Je peux pas porter ce truc, dit-elle en tripotant son tee-shirt. C'est un mariage en grande pompe. Je suis censée y aller en robe.

– T'en as pas ?

– Non.

– Alors, pourquoi tu restes plantée là devant tes fringues ?

Ce gosse est d'une logique imparable...

Elle ferma la porte du placard, puis s'affala sur son lit.

– T'as raison, dit-elle. Je peux pas y aller. C'est tout bête.

– T'en as envie ou pas ? demanda Jonah avec curiosité.

En un clin d'œil, elle eut envie de répondre « Pas du

311

tout », puis « Un peu, quand même » et enfin « Ouais, c'est sûr ! ».

Ronnie se redressa, puis s'assit en repliant ses jambes sous elle.

— Will tient à ce que j'y aille. C'est important pour lui. Et puis ça va être grandiose !

— Alors, pourquoi tu t'achètes pas une robe ?

— Parce que j'ai pas d'argent.

— Oh... ça peut s'arranger, alors.

Il se dirigea vers sa collection de jouets dans un coin de la chambre, puis s'empara d'un avion miniature. Il dévissa ensuite le nez de la maquette et versa son contenu sur le lit, tandis que Ronnie restait bouche bée à la vue de tout l'argent stocké dans cette tirelire inattendue. Il devait y avoir plusieurs centaines de dollars.

— C'est ma banque déclara-t-il. Ça fait un bout de temps que j'épargne...

— Mais où t'as eu tout ce fric ?

Jonah désigna un billet de dix :

— Celui-ci, c'est pour pas dire à papa que je t'avais vue le soir de la fête foraine.

Il montra un billet d'un dollar :

— Celui-là, c'est pour pas lui répéter que vous vous pelotiez avec Will.

Il continua en pointant tour à tour l'index sur différents billets :

— Ça, c'est pour le gars aux cheveux bleus que tu fréquentais... Ça, c'est mes gains au poker menteur. Ça, c'est quand t'as filé en douce après minuit...

— O.K., j'ai pigé, l'interrompit-elle. Mais j'en reviens pas quand même... T'as mis tout ça de côté ? dit-elle en battant des paupières.

— Qu'est-ce que tu voulais que j'en fasse ? Les parents

m'achètent tout ce que je veux. Suffit que je les supplie assez longtemps. C'est assez facile d'obtenir un truc qui me fait envie. Mais faut d'abord savoir comment ça marche... Avec maman, je dois pleurnicher. Mais avec papa, faut que je lui explique pourquoi je mérite le truc qu'il va m'offrir.

Elle sourit, visiblement époustouflée.

Mon frangin, le maître-chanteur psychologue... Incroyable !

– Alors, j'ai pas vraiment besoin de tout ça. Et puis, j'aime bien Will. Je suis content quand je le vois.

Ouais, moi aussi...

– T'es un petit frère adorable, tu sais ?

– Ouais, je sais. Et tu peux tout prendre... à une seule condition.

C'était trop beau...

– Laquelle ?

– Pas question de faire les boutiques avec toi. Ça me soûle.

Ronnie n'y réfléchit pas à deux fois avant de répondre.

– Aucun problème !

Ronnie contemplait son reflet et avait peine à se reconnaître dans le miroir. C'était l'après-midi du mariage, et elle venait de passer quatre jours à essayer quasiment toutes les robes de cérémonie des magasins de la ville, en faisant les cent pas dans d'innombrables paires de chaussures, sans oublier sa longue séance chez le coiffeur.

Elle avait mis près d'une heure à arranger et à sécher ses cheveux comme la fille du salon le lui avait appris, avant de lui glisser au passage quelques conseils de maquillage... que Ronnie suivit à la lettre. Quant à la robe – malgré toutes les boutiques écumées, le choix n'était pas immense –, elle avait opté pour un modèle noir à paillettes et au décolleté plongeant en V... le genre de toilette qu'elle n'aurait jamais imaginé porter. La veille au soir, Ronnie avait limé ses ongles avant de les laquer en prenant son temps, ravie de ne pas avoir mis du vernis partout.

« Je ne te connais pas », dit-elle à son reflet, en se tournant d'un côté, puis de l'autre. « Je ne t'ai jamais vue ». Elle rajusta légèrement sa robe et dut admettre qu'elle lui allait comme un gant. Elle sourit, ravie d'avoir trouvé la tenue idéale.

Ronnie enfila ensuite ses chaussures et traversa le couloir menant au salon. Son père lisait à nouveau la Bible et Jonah, comme d'habitude, regardait des dessins animés à la télé. Quand tous deux levèrent le nez, ils durent y regarder à deux fois avant d'être certains que c'était bien elle.

– Ben merde, alors ! lâcha son frère.

Son père lui fit les gros yeux :

– Tu ne devrais pas dire ce mot.

– Quel mot ?

– Tu le sais très bien.

– Désolé, p'pa. Je voulais dire... euh... mer... credi !

Ronnie et son père éclatèrent de rire, tandis que Jonah s'approchait d'elle pour la regarder en détail.

– Qu'est-ce qui est arrivé à ta mèche violette ? s'enquit-il. Elle a disparu.

– C'est provisoire, répondit Ronnie en agitant ses boucles. Sinon, de quoi j'ai l'air ?

Avant que leur père puisse répondre, Jonah remit son grain de sel :

– T'as l'air normal, comme avant. Mais tu ressembles plus du tout à ma sœur.

– Tu es superbe, s'empressa d'ajouter son père.

Malgré elle, Ronnie poussa un soupir de soulagement.

– La robe, ça va ?

314

— Parfaite, répondit son père.

— Et mes chaussures ? J'ai quand même un doute...

— Impeccables.

— J'ai essayé de me maquiller, j'ai mis du vernis à ongles et...

Avant même qu'elle finisse, son père la rassura :

— Tu n'as jamais été aussi jolie. En fait, je me demande s'il existe une fille plus jolie au monde.

Il l'avait déjà dit des centaines de fois...

— P'pa...

— Il le pense vraiment ! intervint Jonah. Sans mentir, t'as un look d'enfer. Je te reconnais à peine.

Elle fronça les sourcils en prenant un air faussement indigné.

— Alors, ça veut dire que t'aimes pas mon look habituel ?

— Faut être débile pour aimer les cheveux violets...

Comme elle éclatait de rire, elle surprit son père qui lui souriait d'un air émerveillé.

Une demi-heure plus tard, le cœur battant, Ronnie franchissait les grilles de la résidence Blakelee. Ils venaient de franchir le cordon de policiers stationnés le long de la route pour contrôler l'identité des invités, et à présent des hommes en costumes stricts s'approchaient d'eux pour garer leur véhicule. Son père tenta de leur expliquer avec calme qu'il ne faisait que la déposer... Mais comment expliquer à ces trois voituriers qu'une invitée ne possédait pas son propre moyen de locomotion ?

Quant aux transformations opérées dans la propriété...

Ronnie devait bien avouer que l'endroit était aussi spectaculaire qu'un décor de cinéma. Fleurs à profusion, haies taillées à la perfection, et on avait même repeint le mur de brique et de stuc qui entourait la propriété.

Lorsqu'ils purent enfin se diriger vers l'allée circulaire, son père resta bouche bée devant la demeure, laquelle grossissait à vue d'œil à mesure qu'ils s'en approchaient. Ronnie n'avait pas l'habitude de le voir ébahi, mais nul doute qu'elle perçut la stupéfaction dans sa voix.

— C'est la maison de Will ? dit-il en l'observant à la dérobée.

— Exact.

Elle imaginait déjà la suite : « Cette maison est gigantesque... » Ou bien : « J'ignorais que sa famille était aussi riche... » Ou encore : « Tu es sûre de te sentir à ta place dans ce genre d'endroit ? »

Mais son père lui sourit simplement en remarquant :

— Quel endroit fabuleux pour un mariage...

Il conduisait en douceur et, heureusement, n'attirait pas trop l'attention sur leur vieille guimbarde, qui appartenait en fait au pasteur Harris. Une Toyota du style « caisse à savon », déjà démodée à sa sortie d'usine dans les années quatre-vingt-dix... Mais après tout, elle roulait et c'était le principal.

Ronnie avait déjà mal aux pieds... et se demandait comment certaines femmes pouvaient porter des escarpins à longueur de journée. Ils lui faisaient l'effet d'instruments de torture, même assise. Elle aurait dû s'entourer les orteils de sparadrap. Sa robe elle non plus n'était visiblement pas conçue pour la position assise... elle comprimait sa poitrine et l'étouffait presque. Mais bon... Ronnie était sans doute trop nerveuse.

Son père se faufila dans l'allée circulaire, les yeux rivés sur la maison, comme elle lors de sa première visite. Elle aurait dû s'y habituer à présent, mais la bâtisse l'impressionnait toujours autant. Ajoutez à cela les invités – elle n'avait jamais vu autant de smokings et de robes de cérémonie –, et Ronnie se sentait déjà décalée. Ce n'était décidément pas son monde.

Un peu plus loin, un homme en costume sombre faisait signe aux chauffeurs, et Ronnie n'eut pas le temps de souffler que vint son tour de descendre de voiture. Comme l'individu ouvrait la portière et lui tendait la main pour l'aider à mettre pied à terre, son père lui tapota affectueusement le genou.

– Tout va bien se passer, lui dit-il en souriant. Et n'oublie pas que je suis fier de toi.

– Merci, p'pa.

Elle jeta un dernier coup d'œil dans le miroir de courtoisie, puis sortit du véhicule. Elle ajusta sa robe, remarquant qu'elle respirait plus facilement maintenant qu'elle était debout. Des lis et des tulipes ornaient la balustrade de la véranda, et quand elle gravit les marches pour gagner la porte d'entrée, celle-ci s'ouvrit comme par enchantement.

Dans son smoking, Will ne ressemblait plus au volleyeur torse nu qu'elle avait rencontré le premier soir, et encore moins au jeune Sudiste insouciant qui l'avait emmenée à la pêche... Ronnie eut l'impression d'entrevoir l'homme élégant et prospère qu'il serait dans quelques années. En un sens, elle ne s'attendait pas à le découvrir aussi... *raffiné*, et allait même le taquiner sur son look « tiré à quatre épingles » quand elle se rendit compte qu'il ne lui avait pas encore dit bonjour.

Pendant un long moment, il resta planté devant elle à la contempler. Pendant cet interminable silence, Ronnie sentit le trac la gagner de plus en plus... au point de se demander si elle avait commis une faute de goût. Peut-être arrivait-elle trop tôt ? À moins que sa robe ne soit trop clinquante ? Ou qu'elle ait un peu forcé sur le maquillage ? Ne sachant trop quoi penser, elle s'imaginait déjà le pire quand Will lui sourit enfin.

— Tu es... incroyable, déclara-t-il, admiratif.

Et ces quelques mots suffirent à la détendre. Enfin... un peu. Tant qu'elle n'avait pas vu Susan, Ronnie n'était pas tirée d'affaire

Toutefois, elle se réjouissait que Will apprécie sa tenue.

— J'en ai fait un peu trop, non ? demanda-t-elle.

Will s'avança vers elle et la prit par la taille.

— Certainement pas.

— Ou alors pas assez, c'est ça ?

— Juste ce qu'il faut, murmura-t-il.

Elle tendit les mains pour rajuster son nœud papillon, puis les glissa autour de son cou en disant :

— Je dois reconnaître que tu n'es pas mal non plus.

Ce ne fut pas si horrible qu'elle aurait pu le penser. En fait, la plupart des photos de famille étaient déjà prises, si bien que Will et elle purent passer du temps ensemble avant la cérémonie. Ils se promenèrent surtout dans le parc et Ronnie resta ébahie devant tous les aménagements. Will ne plaisantait quand il lui en avait parlé... L'arrière de la maison était totalement relooké, la plate-forme recouvrant la piscine pour agrandir la terrasse ressemblait à tout sauf à du provisoire. Des dizaines de chaises y étaient disposées en éventail, face à un treillage blanc où Megan et son fiancé allaient échanger leurs vœux. On avait créé de nouvelles allées dans le jardin, afin d'accéder facilement aux nombreuses tables où les convives déjeuneraient, sous une immense marquise immaculée. Ronnie admira les cinq ou six sculptures de glace, finement ouvragées et assez grandes pour conserver leur forme pendant des heures, mais ce furent les fleurs qui éveillèrent le plus son intérêt, un véritable océan de lis et de tulipes multicolores jonchant le sol.

L'assistance correspondait plus ou moins à celle que Ronnie s'attendait à trouver. Hormis Will, les seuls invités qu'elle connaissait vaguement étaient Scott, Ashley et Cassie, et aucun des trois ne parut franchement ravi de la voir. Mais quelle importance ? Quand chacun eut pris sa place, tout le monde, sauf peut-être Will, attendait l'apparition imminente de Megan. Il avait l'air heureux de pouvoir admirer Ronnie depuis le treillage où il se trouvait.

Comme elle tenait à se faire remarquer le moins possible, elle choisit un siège situé à trois rangées du fond et loin de l'allée centrale. Jusqu'ici... pas de Susan en vue. Elle ne devait pas lâcher Megan d'une semelle, en priant pour qu'elle ne repère pas Ronnie avant la fin de la cérémonie.

De toute manière, Susan, comme à sa habitude, ne risquait pas de faire attention à elle non plus... mais ce serait peu probable, puisque Ronnie serait de temps en temps avec Will.

— Excusez-moi...

En levant la tête, Ronnie découvrit un homme d'un certain âge et son épouse, qui tentaient de passer devant elle pour atteindre les sièges vides de l'autre côté.

— Je vais me déplacer, ce sera plus simple, proposa-t-elle.

— Vraiment ?

— Aucun problème, dit Ronnie en gagnant la dernière chaise vacante au bout de la rangée.

L'homme lui disait vaguement quelque chose. L'aurait-elle aperçu à l'aquarium ? Non, pas vraiment...

Avant qu'elle puisse y réfléchir, un quatuor à cordes attaqua la célèbre *Marche nuptiale*. Elle se tourna vers la maison, à l'instar des autres invités, et chacun retint son souffle quand Megan apparut sur la véranda. Tandis que la sœur de Will descendait l'escalier pour rejoindre son père, Ronnie décida sur-le-champ que Megan était sans l'ombre d'un doute la plus époustouflante jeune mariée qu'elle ait jamais vue.

Captivée par cette apparition, elle remarqua à peine que son voisin semblait plus intéressé par elle-même que par Megan.

La cérémonie se distingua par son raffinement, mais aussi, étonnamment, par son atmosphère intime. Le pasteur lut un extrait de la seconde épître aux Corinthiens, puis Megan et Daniel récitèrent les vœux qu'ils avaient rédigés ensemble. Ils se promirent de ne jamais céder à l'impatience ou au mensonge, mais de toujours leur préférer la constance et la franchise, et chacun à sa manière déclara qu'un véritable engagement dans le couple résisterait à l'épreuve du temps.

En les regardant échanger leurs alliances, Ronnie apprécia qu'ils aient opté pour un mariage en plein air. C'était moins guindé que ceux auxquels elle avait assisté dans une église, sans pour autant bousculer la tradition, et le cadre se révélait absolument parfait.

Elle comprit aussi que Will disait vrai : Megan lui plairait. Dans les autres mariages auxquels elle avait assisté, Ronnie sentait bien que la jeune mariée tenait à tout prix à suivre le scénario à la lettre, et plus d'une fois elle avait vu celle-ci s'affoler si le moindre détail clochait. Megan, en revanche, paraissait sincèrement profiter de la cérémonie. Lorsqu'elle remonta l'allée centrale au bras de son père, elle fit un clin d'œil à ses amis et prit même le temps d'embrasser sa grand-mère au passage. Quand le porteur des alliances – un bout de chou adorable dans son petit smoking – s'arrêta à mi-parcours pour grimper sur les genoux de sa mère, Megan, attendrie, éclata de rire et désamorça du même coup la légère tension.

Ensuite, Megan sembla moins intéressée par les autres photos, où elle devait prendre la pose comme dans les magazines, que par ses amis avec qui elle souhaitait bavarder. Aux yeux de Ronnie, soit Megan était incroyablement sûre d'elle, soit totalement inconsciente de l'attention que portait sa mère au moindre détail. Même en l'observant à distance, Ronnie aurait juré que rien ne se déroulait tout à fait comme Susan l'avait programmé.

— Tu me dois une danse, murmura Will.

Elle se tourna et le trouva plus séduisant que jamais.

— Je crois pas que ça faisait partie de notre accord, ironisa-t-elle. Tu m'as simplement demandé de venir au mariage.

— Quoi ? Tu veux pas danser avec moi ?

— Il n'y a pas de musique.

— Plus tard, je veux dire...

— Oh... ben, dans ce cas, je pourrais peut-être y réfléchir. Mais... tu ne devrais pas être en train de poser pour la postérité ?

— Je fais ça depuis des heures. J'ai besoin de souffler un peu.

— À force de sourire, t'as pas mal aux zygomatiques ?

— On va dire ça, ouais. Au fait, je suis censé t'annoncer que tu seras assise à la table 16, en compagnie de Scott, Ashley et Cassie.

Quelle poisse !

— Super...

Il éclata de rire.

— Ce sera pas si pénible, je t'assure. Ils vont bien se tenir. Sinon, ma mère serait capable de leur arracher la tête !

Au tour de Ronnie de s'esclaffer.

— Tu peux lui dire qu'elle a fait un boulot d'enfer en organisant tout ça. C'est magnifique.

– Je lui dirai.

Will continuait à la dévorer des yeux lorsqu'il entendit quelqu'un l'appeler. Comme ils se tournaient tous les deux, Ronnie crut deviner de l'amusement dans le regard de Megan, qui constatait que son frère leur avait faussé compagnie.

– Faut que j'y retourne, dit-il. Mais je te retrouverai au dîner. Et n'oublie pas notre danse.

Il est d'une beauté renversante...

– Autant te prévenir que j'ai déjà mal aux pieds.

Main sur le cœur, il répliqua :

– Si tu boites, je me moquerai pas de toi, promis !

– C'est toujours bon à savoir...

Il se pencha pour l'embrasser.

– Je t'ai déjà dit que tu étais superbe ?

Elle sourit, se délectant encore de la douceur de ses lèvres.

– Pas depuis une bonne vingtaine de minutes. Mais tu ferais mieux de filer. On t'attend là-bas, et j'ai pas envie de m'attirer des ennuis.

Il l'embrassa de nouveau, avant de rejoindre le reste de la famille. Elle se retourna, envahie par une bouffée de bonheur... et découvrit que son voisin âgé l'observait toujours.

Au dîner, Scott, Cassie et Ashley ne firent pas vraiment d'effort pour l'inclure dans leur discussion, mais Ronnie découvrit qu'elle s'en moquait. Elle n'était pas d'humeur à leur parler, et n'avait d'ailleurs pas grand faim. Si bien qu'après quelques bouchées, elle s'excusa et gagna la véranda. De cet endroit, elle jouissait d'une vue panoramique sur les festivités, d'autant plus enchanteresses à la tombée de la nuit. Sous la lune, la marquise prenait une nuance argentée. Ronnie percevait des bribes de conversation, mêlées à la musique que l'orchestre jouait à présent, et elle se demanda ce qu'elle aurait fait ce soir-là si elle était restée à New York. À mesure que l'été avançait, elle appelait Kayla de moins en moins souvent. Même si Ronnie la considérait toujours comme une amie, elle se rendait compte que son petit univers de Manhattan ne lui manquait pas. Cela faisait des semaines que l'envie d'aller en boîte ne la démangeait pas, et quand Kayla lui parlait du dernier mec génial qu'elle venait de rencontrer, les pensées de Ronnie s'envolaient vers Will. Quel que soit le dernier gars en date qui faisait craquer Kayla, il n'avait absolument rien à voir avec Will.

Elle n'en parlait pas beaucoup à Kayla. Celle-ci savait qu'ils continuaient à sortir ensemble, mais chaque fois que Ronnie décrivait leurs activités – qu'il s'agisse de parties de pêche, de faire les fous en pick-up dans la boue ou de promenades sur la plage –, elle sentait bien que Kayla n'était pas sur la même longueur d'onde. À l'évidence, Kayla ne pouvait concevoir que Ronnie soit simplement heureuse en compagnie de Will... à tel point que Ronnie s'interrogeait sur les futurs rapports avec son amie, à son retour à New York. Elle savait qu'elle n'était plus la même après toutes ces semaines passées ici, alors que Kayla n'avait manifestement pas changé d'un iota. À vrai dire, Ronnie se rendait compte que sortir en boîte ne l'intéressait plus. Avec le recul, elle se demandait même quel intérêt elle avait pu y trouver... La musique braillait, on ne s'entendait pas parler, et elle n'y croisait que des tas de gens dévorés par l'ambition. Et si c'était si génial, pourquoi tout le monde buvait ou s'adonnait à la drogue dans l'espoir d'enrichir son expérience ? Bref, tout ça ne rimait à rien, et comme elle entendait au loin le bruit de l'océan, Ronnie comprit soudain que cette vie-là n'avait jamais eu aucun sens à ses yeux.

Désormais, elle souhaitait aussi une meilleure relation avec sa mère. Après tout, son père lui avait montré que les parents pouvaient être cool. Bien sûr, Ronnie ne se voilait pas la face et savait que sa mère ne lui faisait pas autant confiance que son père, mais l'une comme l'autre partageaient la responsabilité des tensions dans leurs rapports. Peut-être qu'en essayant de parler à sa mère comme elle le faisait avec son père, la situation pourrait s'améliorer entre elles.

Incroyable ce qu'on peut changer, dès qu'on est contraint d'adopter un autre rythme de vie.

— Ça ne va pas durer, tu sais...

Perdue dans ses réflexions, Ronnie n'avait pas entendu Ashley s'approcher, mais elle reconnut sa voix.

— Pardon ? dit-elle, en se tournant vers la blonde d'un air méfiant.

— Euh... je suis ravie que Will t'ait invitée au mariage... Mais profites-en bien, parce que ça va pas durer. Il s'en va dans peu de temps. Tu y as déjà réfléchi ?

Ronnie la regarda de haut en bas.

— Je vois pas en quoi ça te concerne.

— Même si lui et toi avez prévu de vous revoir, tu crois sincèrement que la mère de Will va t'accepter un jour ? poursuivit Ashley. Megan a été fiancée deux fois avant de se marier, et sa mère a fait fuir les deux prétendants. Elle fera pareil avec toi, que tu le veuilles ou non. De toute manière, tu vas t'en aller et lui aussi... et votre relation ne va pas durer.

Ronnie se crispa. Elle en voulait à Ashley de dire tout haut ce qu'elle-même pensait tout bas, dans ses moments d'inquiétude les plus sombres. Toutefois, elle ne supportait plus cette fille, qui commençait sérieusement à la fatiguer

– Maintenant, écoute-moi bien, Ashley reprit-elle en s'avançant vers elle. Ouvre tes oreilles en grand, car j'ai pas l'intention de répéter.

Ronnie fit un autre pas en avant, jusqu'à ce qu'elles se retrouvent quasiment nez à nez, puis ajouta :

– J'en ai marre d'entendre tes conneries, alors si jamais tu t'amuses encore à m'adresser la parole, je te colle mon poing dans la gueule et tes jolies dents blanchies vont voler en éclats ! Pigé ?

L'expression de Ronnie dut se révéler assez convaincante, car Ashley tourna aussitôt les talons sans piper mot et battit en retraite vers la marquise.

Un peu plus tard, sur l'embarcadère, Ronnie n'était pas mécontente d'avoir fini par clouer le bec à Ashley, mais les paroles pleines de rancune de la blonde continuaient à la tracasser. Will s'en irait dans deux semaines à Vanderbilt, et elle-même regagnerait New York la semaine suivante. Ronnie ignorait ce qu'il adviendrait d'eux, sauf que la situation allait forcément changer.

Le contraire serait étonnant, non ? Leur relation se nourrissait du simple fait qu'ils se voyaient chaque jour, et Ronnie avait beau essayer... elle ne parvenait pas à s'imaginer ce que ça donnerait lorsqu'ils communiqueraient par téléphone, SMS ou e-mail. Elle savait qu'il existait d'autres possibilités, comme utiliser la webcam de son ordinateur, par exemple, mais à quoi bon nier l'évidence ? Ça n'aurait rien à voir avec ce qu'ils vivaient en ce moment, ce qui signifiait... quoi ?

Derrière elle, la réception battait son plein. On avait retiré les sièges de la terrasse provisoire pour la transformer en piste de danse, et depuis le ponton Ronnie avait souri en voyant Will danser avec la gamine qui accompagnait les demoiselles d'honneur, puis avec sa sœur. Quelques minutes après sa confrontation avec Ashley, elle avait regardé Megan et Daniel couper le gâteau. La musique reprit et Tom rouvrit le bal avec Megan. Puis, lorsque celle-ci lança son bouquet, la jeune femme qui l'attrapa poussa un tel cri de joie que même les voisins éloignés durent l'entendre.

— Te voilà enfin ! s'écria Will en l'arrachant à sa rêverie. Je te cherchais partout. C'est l'heure de notre danse.

Ronnie le regarda s'approcher dans l'allée, et tenta de s'imaginer ce que penseraient les étudiantes qu'il rencontrerait à la fac si elles se trouvaient en ce moment à sa place. Sans doute la même chose qu'elle. *Waouh ! Quel canon !*

Il sauta les dernières marches pour la rejoindre, tandis qu'elle détournait les yeux. Contempler le clapotis de l'eau lui semblait plus facile que d'affronter le regard de Will.

Il la connaissait assez à présent pour deviner qu'un truc la tracassait.

— Qu'est-ce qui va pas ?

Comme elle ne répondait pas, il ramena doucement ses mèches de cheveux en arrière.

— Parle-moi...

Elle ferma brièvement les yeux, avant de lui faire face.

— Tout ça va nous mener où ? Toi et moi...

Will fronça les sourcils d'un air inquiet.

— Je vois pas vraiment où tu veux en venir.

Elle lui adressa un sourire mélancolique.

— Bien sûr que si...

Et sitôt qu'il éloigna sa main des cheveux de Ronnie, elle sut qu'il avait compris.

— D'ici deux semaines, tout va changer, ajouta-t-elle.

— Ça veut pas dire que tout sera terminé...

— À t'entendre, ça a l'air simple.

— C'est pas compliqué d'aller de Nashville à New York. Ça représente quoi ? Deux heures d'avion ? C'est pas comme si je devais te rejoindre à pied.

— Et tu viendras me voir, alors ? s'enquit Ronnie, sans pouvoir réprimer le tremblement dans sa voix.

— C'est prévu. Et j'espère que tu viendras aussi à Nashville. On pourra aller au Grand Ole Opry [1].

Malgré l'angoisse qui la rongeait, elle éclata de rire.

Will la prit dans ses bras.

— J'ignore pourquoi tu mets ça brusquement sur le tapis, mais tu te trompes. Bon... je sais que ça ne sera plus pareil pour nous deux, mais il y aura peut-être certains avantages aussi. Ma sœur vit à New York, tu te souviens ? Et puis, on n'a pas cours toute l'année en continu. Il y a les vacances, à l'automne, au printemps, à Noël, et bien sûr tout l'été. Comme je te disais, ce sera facile de se rejoindre en avion, même pour un week-end.

Ronnie se demanda ce que les parents de Will en penseraient, mais préféra ne rien dire.

— M'enfin, c'est quoi le problème ? Tu veux même pas essayer ?

— Bien sûr que si, dit-elle.

— On va se débrouiller pour que ça marche, O.K. ? Je veux être auprès de toi le plus possible, Ronnie. T'es une fille intelligente, drôle, et franche. J'ai confiance en toi... en *nous*. Bon, c'est vrai que je vais partir à la fac et que tu vas

---

1. Célèbre show radiophonique hebdomadaire de musique country, bluegrass et rockabilly, diffusé depuis 1925. Désormais, il est également retransmis à la télévision depuis l'auditorium Grand Ole Opry House *(N.d.T.)*.

rentrer chez toi. Mais mes sentiments ne vont pas changer parce que je m'en vais à Vanderbilt. Je n'ai jamais aimé quelqu'un aussi fort que toi.

Elle savait qu'il était sincère, mais au fond d'elle-même une petite voix la tarabustait... *Combien d'idylles de vacances résistent à l'épreuve du temps ?* Pas beaucoup, mais ça n'a rien à voir avec les sentiments. Les gens changent... les centres d'intérêt aussi. Il suffisait à Ronnie de se regarder dans le miroir pour l'admettre.

Pourtant, elle ne supportait pas l'idée de perdre Will. C'était lui qu'elle aimait, qu'elle aimerait toujours, et lorsqu'il se pencha pour l'embrasser, elle lui offrit volontiers ses lèvres. Tandis qu'il la serrait dans ses bras, elle lui caressa les épaules, le dos, sentit toute sa vigueur. Elle savait qu'il avait souhaité aller plus loin dans leur relation, mais jusque-là elle n'était pas prête à lui offrir davantage... Mais à présent, Ronnie réalisa soudain que le moment était venu... un moment privilégié, qui n'appartiendrait qu'à eux seuls.

Quand Will reprit la parole, sa voix se fit à la fois pressante et hésitante.

– Tu veux venir avec moi... dans le bateau de mon père ?

Elle se sentait frémir, ne sachant plus si elle voulait poursuivre... tout en éprouvant le formidable désir d'aller plus loin.

– Oui, murmura-t-elle.

Will saisit sa main, et elle eut l'impression qu'il était aussi nerveux qu'elle en la guidant vers l'embarcation. Elle savait qu'elle pouvait encore changer d'avis, mais refusait de faire machine arrière. À ses yeux, sa première fois devait avoir un véritable sens et se dérouler en compagnie d'un garçon auquel elle tenait beaucoup. Comme ils approchaient du bateau, elle se rendit à peine compte que l'air s'était rafraîchi et aperçut du coin de l'œil les invités sur la piste de danse. Un peu à l'écart, elle vit Susan discuter avec le monsieur d'un certain âge qui ne cessait de la regarder pendant la cérémonie... De nouveau, Ronnie se dit que le visage de cet homme ne lui était pas inconnu.

– Quel beau parleur... Dommage que je n'aie pas pu t'enregistrer, dit soudain quelqu'un dans le noir.

Will tressaillit. La voix venait de l'autre côté du ponton. Même s'il restait caché dans la pénombre, Ronnie le reconnut tout de suite. Blaze l'avait prévenue... Marcus surgit de derrière un poteau et alluma une de ses pelotes de feu.

– Sans déconner, le gosse de riche, tu l'as carrément enflammée, dit-il en souriant à belles dents. Enfin, presque...

– Fous le camp d'ici ! s'écria Will en s'avançant vers lui.

Marcus fit tourner la boule de feu entre ses doigts.

– Sinon, quoi ? Tu vas appeler les flics ? Tu serais pas fou à ce point-là, quand même...

Will se crispa. À l'évidence, Marcus avait touché un point sensible, même si Ronnie ignorait pourquoi.

– C'est une propriété privée, reprit Will d'une voix mal assurée.

– J'aime bien ce coin, pas toi ? Par ici, tout le monde est pote, genre country-club... Les gens ont construit cette belle allée le long de la berge, pour passer d'une maison à l'autre. J'adore venir par ici, tu sais ? Histoire de profiter de la vue...

– C'est le mariage de ma sœur, dit Will, excédé.

– Je l'ai toujours trouvée d'enfer. Un jour, je l'ai même invitée à boire un pot. Mais cette salope m'a envoyé balader. T'imagines ?

Will n'eut pas le temps de réagir que Marcus ajoutait, en désignant les invités :

– J'ai aperçu Scott, tout à l'heure, qui se trimballait comme s'il avait rien à se reprocher. Y a de quoi se poser des questions sur sa conscience, hein ? Mais bon... la tienne n'est pas très clean non plus, pas vrai ? Je parie que t'as même pas dit à ta chère môman que ta petite pouffe ici présente risquait d'aller en taule.

Le corps de Will était tendu comme un arc.

– Mais je suis sûr que le juge va la remettre dans le droit chemin, non ?

Le juge...

Tout à coup, Ronnie comprit pourquoi l'homme âgé lui semblait si familier... Et à présent, le juge parlait à Susan !

Cette prise de conscience se produisit au moment même où Will lui lâchait la main pour se jeter sur Marcus, lequel lui lança la boule de feu, puis s'éloigna de l'embarcadère pour bondir dans l'allée. Il remonta tant bien que mal vers le jardin, pour s'approcher de la marquise. Mais Will le rattrapa facilement... et quand Marcus lança un regard par-dessus son épaule, Ronnie vit dans ses yeux qu'il avait réussi son coup.

Elle eut à peine une demi-seconde pour s'interroger sur ses intentions, que Marcus plongeait déjà vers les cordes, à l'angle de la tente...

Ronnie se rua vers eux en hurlant :

– Non, Will ! Arrête !

Trop tard.

Will s'écrasa sur Marcus, et tous deux s'entortillèrent dans les cordes, alors que les piquets s'arrachaient de la pelouse. Elle regarda, horrifiée, un coin de la marquise s'effondrer peu à peu.

Des cris fusèrent çà et là, et Ronnie entendit un énorme fracas tandis que l'une des sculptures de glace basculait, semant la panique parmi les convives qui s'éparpillèrent, puis se rassemblèrent à l'extérieur. Les deux garçons se battaient toujours, jusqu'à ce que Marcus parvînt à s'extirper...

et, plutôt que de continuer à lutter, il s'enfuit à toutes jambes et disparut derrière la villa voisine.

Dans le tumulte qui suivit, Ronnie se demanda malgré elle si quiconque se souviendrait même d'avoir aperçu Marcus.

Elle, en revanche, tout le monde se rappelait l'avoir vue ! Assise dans le bureau, Ronnie se sentait dans la peau d'une collégienne convoquée chez le principal. Elle ne souhaitait qu'une chose, quitter cette maison au plus vite et se glisser dans son lit.

En entendant Susan vociférer dans la pièce adjacente, elle ne put s'empêcher de se repasser le film de la marquise qui s'effondrait.

— Elle a gâché le mariage de ta sœur !

— C'est faux ! hurlait Will. Je t'ai raconté ce qui s'est passé !

— Tu espères me faire croire que je ne sais quel inconnu se serait introduit en cachette dans la réception, et que tu aurais tenté de l'arrêter ?

— C'est exactement ce qui s'est produit !

Pourquoi Will ne citait pas le nom de Marcus, Ronnie l'ignorait... mais pas question pour elle de mettre son grain de sel ! D'une seconde à l'autre, elle s'attendait à entendre une chaise passer par la fenêtre et celle-ci voler en éclats. Ou bien à voir la mère et le fils débouler dans le bureau, afin que Susan puisse s'en prendre à elle.

— Will, je t'en prie... même en supposant que ton histoire soit vraie, par quel miracle s'est-il retrouvé là ? Chacun sait qu'on n'a pas lésiné sur la sécurité ! Tous les magistrats de la ville étaient présents au mariage. Le shérif surveillait l'accès à la propriété, pour l'amour du ciel ! Cette fille est forcément de mèche avec cet intrus ! Ne me raconte pas d'histoires... Je vois à ta tête que j'ai raison... Et, d'ailleurs, qu'allais-tu faire avec elle à bord du bateau de ton père ?

Susan avait dit « cette fille » avec l'air écœuré de celle qui vient de marcher par mégarde dans des détritus.

– Maman...

– Tais-toi ! N'essaye même pas de trouver des excuses ! Il s'agit du mariage de Megan ! Enfin, Will, tu ne te rends pas compte ? Son *mariage !* Tu n'ignores pas combien c'était important pour nous tous. Et ce que ton père et moi avons fait afin que tout soit prêt dans les temps !

– Je n'ai pas souhaité ce genre d'incident...

– Peu importe, Will..., dit Susan dans un soupir explosif. Tu savais ce qui risquait d'arriver en l'amenant ici. Tu sais qu'elle n'est pas de notre monde...

– Tu ne lui as même pas donné sa chance...

– Le juge Chambers l'a *reconnue* ! Il m'a confié qu'elle allait comparaître à la fin du mois pour vol à l'étalage. Alors, soit tu l'ignorais et elle t'a menti, soit tu le savais et tu m'as menti.

Silence...

Malgré elle, Ronnie tendit l'oreille pour écouter la réaction de Will. Lorsqu'il reprit la parole, sa voix était comme étouffée.

– Je ne t'ai rien dit, car je me doutais que tu ne comprendrais pas.

– Will, mon chéri... Tu ne saisis donc pas qu'elle ne te convient pas ? Tu as tout l'avenir devant toi, et la dernière chose dont tu aies besoin, c'est d'une personne comme elle. J'attendais que tu puisses t'en rendre compte par toi-même, mais tu es manifestement trop impliqué dans cette relation pour voir ce qui crève les yeux. Elle n'est pas assez bien pour toi. Elle est commune, sans la moindre distinction !

Tandis que la dispute reprenait de plus belle, Ronnie sentit la nausée la gagner et eut toutes les peines du monde à ne pas vomir. Susan se trompait sur de nombreux points, sauf un seul : Ronnie était la raison de la venue de Marcus. Si seulement elle avait écouté son intuition en restant chez elle ! Ronnie n'était pas à sa place ici.

— Tout va bien ? s'enquit Tom, qui se tenait dans l'entrée, ses clés de voiture à la main.

— Je suis infiniment désolée, monsieur Blakelee, bredouilla-t-elle. Je n'ai jamais voulu causer le moindre problème.

— Je sais bien...

Malgré sa réaction plutôt bienveillante, il était forcément contrarié. Comment ne pas l'être ? Bien que personne ne soit gravement blessé, deux invités renversés dans la cohue avaient été transportés à l'hôpital. Tom maîtrisait ses émotions et Ronnie lui en était reconnaissante. S'il avait à peine élevé la voix, elle aurait fondu en larmes.

— Tu veux que je te raccompagne ? C'est un peu la panique, là-dehors. Ton père aurait peut-être des problèmes pour accéder à la propriété.

Ronnie hocha la tête.

— Oui, s'il vous plaît.

Elle se leva et rajusta sa robe, espérant rentrer chez elle sans encombre.

— Vous voudrez bien saluer Will de ma part ?

Et aussi lui dire que je ne le reverrai plus.

— Pas de problème. Je m'en chargerai...

Sur le trajet du retour, qui lui parut le plus long de sa vie, elle ne versa pas une larme, ne dit pas un seul mot. Tom non plus, encore que ça n'avait rien de surprenant.

La maison était tranquille à son arrivée, les lumières éteintes, et Jonah et son père dormaient à poings fermés. Depuis le couloir, elle entendit la respiration de son père, profonde et pesante, comme s'il était exténué. En se glissant entre les draps, elle se mit à pleurer en pensant qu'elle n'avait, pour sa part, jamais vécu une journée aussi interminable et aussi pénible.

Elle avait encore les yeux tout bouffis quand elle sentit qu'on la secouait. Plissant les paupières, elle entrevit Jonah assis sur le lit.

— Faut que tu te lèves !

Les images de la veille au soir et les paroles de Susan lui revinrent aussitôt en mémoire, lui donnant subitement la nausée.

— Pas envie...

— T'as pas le choix. Y a quelqu'un qui veut te voir.

— Will ?

— Non, dit son frère. Quelqu'un d'autre.

— Demande à p'pa s'il veut bien s'en charger, répliqua Ronnie avant d'enfouir la tête sous les draps.

— Je voudrais bien, mais il dort encore. Et pis d'abord, c'est toi qu'elle veut voir.

— Qui ça ?

— Aucune idée, mais elle t'attend devant la porte. Même qu'elle est drôlement sexy !

Après avoir enfilé un jean et un tee-shirt, Ronnie sortit prudemment sur la véranda. Elle s'attendait à tout, sauf à cette visite.

— T'as une sale tête, observa Megan sans préambule.

La sœur de Will portait un short et un débardeur, mais Jonah avait raison... Elle était encore plus jolie que dans sa robe de mariée. Il émanait d'elle une telle assurance que Ronnie se trouva sur-le-champ beaucoup plus gamine.

— Je suis sincèrement désolée d'avoir gâché ta réception...

Megan leva la main pour l'interrompre :

— Tu n'as rien gâché du tout, dit-elle avec un sourire narquois. Tu as rendu la réception... mémorable !

Ronnie sentit les larmes lui monter aux yeux.

— Ne pleure pas, reprit Megan avec douceur. Je ne t'en veux pas. Le seul responsable, c'est Marcus.

Ronnie battit des paupières.

— Ouais, je sais ce qui s'est passé. Will et moi, on en a discuté, une fois terminée la dispute entre notre mère et lui. Je crois avoir bien pigé la situation. Alors, comme je te l'ai dit, je ne t'en veux pas. Marcus est cinglé. Il l'a toujours été.

Ronnie avait la gorge nouée. Même si Megan se confondait en excuses à sa place... ou peut-être *parce qu'elle se montrait si compréhensive*, Ronnie se sentait plus honteuse que jamais.

— Euh... si tu n'es pas venue pour m'enguirlander, alors pourquoi ? demanda-t-elle humblement.

— En partie parce que j'ai parlé avec Will. Mais surtout parce qu'il faut que je sache un truc. Et je veux que tu me dises la vérité.

Ronnie crut défaillir.

— Tu veux savoir quoi, au juste ?

– Si tu es amoureuse de mon frère.

Ronnie n'était pas sûre d'avoir bien entendu, mais Megan ne la quittait pas des yeux. Qu'avait-elle à perdre, après tout ? Leur relation était finie. L'éloignement y veillerait, de toute manière, si Susan ne s'en chargeait pas la première.

Megan exigeait la vérité et, compte tenu de la gentillesse qu'elle venait de lui témoigner, Ronnie se devait de lui répondre avec franchise.

– Oui, en effet.

– C'est pas juste une amourette de vacances ?

Ronnie secoua vivement la tête.

– Will et moi... c'est...

Sa voix s'évanouit, comme si elle craignait de s'exprimer, sachant que les mots ne pouvaient décrire ses sentiments.

Megan l'observa attentivement et lui à sourit.

– O.K., dit-elle. Je te crois.

Ronnie fronça les sourcils, consternée, tandis que Megan éclatait de rire.

– Je connais un peu la vie, tu sais. Et ce regard-là, je l'ai déjà vu. Comme ce matin quand je me suis regardée dans le miroir. J'éprouve la même chose pour Daniel, mais je dois avouer que c'est un peu bizarre de découvrir cette expression sur ton visage. Quand j'avais dix-sept ans, je crois bien que l'amour... je ne savais même pas ce que c'était. Mais quand on fait le bon choix, on le sait... Et toi, tu le sais, ça se voit !

Tandis que Ronnie l'écoutait parler, elle se dit que Will s'était trompé en décrivant sa sœur. Elle n'était pas seulement géniale... mais bien plus encore ! Le genre de personne que Ronnie aspirait à devenir dans quelques années... d'ores et déjà, c'était son modèle, son héroïne !

– Merci, murmura-t-elle, ne trouvant pas de réponse plus originale.

— Ne me remercie pas. Le problème, c'est pas toi, mais mon frère... qui est toujours fou de toi, dit-elle avec un sourire entendu. Bref, ce que je veux dire, c'est que si tu l'aimes, tu ne devrais pas t'inquiéter de ce qui est arrivé à la réception. Tu n'as fait qu'offrir à ma mère une anecdote qu'elle n'a pas fini de raconter, crois-moi. Et avec le temps, elle s'en remettra. Comme toujours.

— Je sais pas trop...

— C'est parce que tu ne la connais pas. Oh, elle est dure, je ne dis pas le contraire. Et très protectrice avec ses enfants. Mais quand tu as appris à la connaître, il n'existe personne de meilleur au monde. Elle fera tout ce qui est en son pouvoir pour une personne à laquelle elle tient.

Les paroles de Megan faisaient écho à celles de Will, mais jusqu'ici Ronnie n'avait toujours pas découvert cette facette de Susan.

— Tu devrais parler à mon frère, reprit Megan d'une voix grave, en rabaissant ses lunettes de soleil, comme elle se préparait à partir. Pas de panique... Je ne te demande pas de rappliquer à la maison. De toute façon, il n'y est pas.

— Il est où ?

Megan désigna la jetée par-dessus son épaule.

— Au tournoi. Leur premier match commence dans quarante minutes.

Le fameux tournoi ! Dans la précipitation des derniers événements, Ronnie l'avait complètement oublié !

— J'y ai fait un saut tout à l'heure, mais quand j'ai quitté Will, le pauvre était complètement à côté de la plaque. Tout ce qui s'est passé l'a drôlement perturbé. À mon avis, il n'a pas fermé l'œil de la nuit. Surtout après ce que t'as dit à mon père. Tu dois à tout prix remettre les pendules à l'heure avec Will.

La voix de Megan était on ne peut plus ferme.

Elle s'apprêtait à descendre les marches de la véranda, quand elle se retourna vers Ronnie :

– Au cas où tu ne le saurais pas... Daniel et moi, on a reculé d'un jour notre lune de miel pour voir jouer mon frangin. Ce serait super s'il pouvait se concentrer sur le jeu. Il a peut-être minimisé l'importance du championnat, mais je sais que ça compte beaucoup pour lui.

Après s'être douchée et habillée, Ronnie fila sur la plage. Les alentours de la jetée grouillaient de monde, un peu comme le soir de son arrivée.

De l'autre côté du quai, on avait installé des gradins qui entouraient deux terrains de volley, et un bon millier de spectateurs s'y entassaient. Il y en avait encore davantage, massés le long de la jetée, laquelle offrait une vue plongeante sur les matchs. À cet endroit, la plage était si bondée que Ronnie put à peine se frayer un chemin dans la foule. Elle craignait de ne pas pouvoir trouver Will à temps.

Pas étonnant qu'il soit si important de gagner ce tournoi !

Elle balaya le public des yeux, aperçut certains joueurs de l'équipe adverse... ce qui l'affola encore davantage. À ce qu'elle pouvait en juger, il n'existait pas d'espace particulier réservé aux volleyeurs... et elle commençait à désespérer d'apercevoir Will parmi cette multitude.

Le match allait débuter dans dix minutes...

Ronnie était sur le point d'abandonner, quand elle le repéra enfin ! Il marchait avec Scott vers des secouristes, adossés à leur fourgonnette. Will retira son tee-shirt et disparut derrière le véhicule.

Elle s'élança dans la foule et bouscula des spectateurs en s'excusant au passage. En moins d'une minute, elle atteignit l'endroit où elle avait aperçu Will... mais il n'était nulle part en vue. Elle s'avança encore et, cette fois, crut voir Scott...

Pfff ! Pas facile à repérer dans cet océan de têtes blondes...

Elle soupirait, contrariée, quand elle découvrit Will dans un coin isolé, à l'ombre des tribunes, prenait une longue goulée de Gatorade.

Megan ne mentait pas. Il avait l'air abattu, et pas franchement boosté à l'adrénaline comme un joueur prêt à disputer un match.

Elle contourna un petit groupe, puis accéléra le pas en s'approchant de lui.

L'espace d'un instant, elle crut lire la surprise sur le visage de Will, mais il se détourna aussitôt et Ronnie comprit que Tom lui avait transmis le message.

Son expression semblait mi-peinée mi-confuse. Ronnie allait tout lui expliquer, mais avec le match qui commençait dans quelques minutes, elle devait parer au plus pressé. Dès qu'elle parvint à sa hauteur, elle se jeta à son cou et l'embrassa avec une fougue incroyable. Will ne resta pas longtemps stupéfait et retrouva rapidement son énergie pour lui rendre son baiser.

Dès qu'elle s'écarta, il lui dit :

— À propos de ce qui s'est passé hier...

Ronnie secoua la tête et posa doucement l'index sur les lèvres de Will.

— On en parlera plus tard... Mais sache que je ne pensais pas un traître mot de ce que j'ai dit à ton père. Je t'aime, Will. Mais j'ai une faveur à te demander...

Comme il penchait la tête de côté d'un air perplexe, elle précisa sa pensée en souriant :

— Aujourd'hui, je veux te voir t'éclater à fond et jouer comme jamais tu n'as joué !

Marcus

À Bower's Point, Marcus shootait dans le sable d'un air agacé. Pourtant, il aurait dû se réjouir des dégâts qu'il avait causés la veille au soir. Tout s'était déroulé comme prévu. L'aménagement de la propriété correspondait au détail près à la description qu'il avait lue dans le journal. Si bien que pendant que ces messieurs-dames dînaient, ç'avait été un jeu d'enfant de retirer les piquets de la marquise... oh, à peine... juste ce qu'il fallait pour qu'ils se détachent lorsqu'il se jetterait dans les cordes.

Ça l'avait excité de voir Ronnie se diriger vers l'embarcadère, Will dans son sillage ; ces deux-là ne l'avaient pas déçu. Et ce bon vieux Will, fidèle à sa réputation, avait joué son rôle à merveille. Marcus ne connaissait aucun mec plus prévisible que ce brave Will. Il suffisait d'appuyer sur tel bouton, et Will faisait un truc... T'en pressais un autre, et Will faisait autre chose. C'en devenait presque chiant à la longue... mais Marcus avait bien rigolé quand même.

Marcus n'était pas comme les autres, il le savait depuis belle lurette. Ado, déjà, il ne se sentait jamais coupable de rien, et ça lui plaisait. C'était génial de pouvoir faire tout ce qui lui passait par la tête, chaque fois qu'il en avait envie ! Même si le plaisir se révélait en général de courte durée.

Hier soir, ça faisait des mois qu'il ne s'était pas autant éclaté. Il avait pris un pied d'enfer. D'ordinaire, après avoir mis à exécution un de ses « projets », comme il aimait les appeler, ça le calmait pendant des semaines. Une bonne chose, du reste, car à force de ne pas contrôler ses pulsions, il finirait par se faire choper. Marcus n'étais pas débile. Il connaissait la musique, voilà pourquoi il faisait toujours hypergaffe.

Mais là, maintenant... l'impression d'avoir commis une erreur ne le quittait pas. Peut-être qu'il avait poussé le bouchon un peu loin en faisant des Blakelee son dernier « projet ». À Wilmington, c'était *grosso modo* l'équivalent de la famille royale d'Angleterre, après tout... Ils avaient le pouvoir, des relations et le fric. Et Marcus savait que s'ils découvraient qu'il était responsable du grabuge, ils ne reculeraient devant rien pour le faire mettre à l'ombre le plus longtemps possible. Il avait donc un sérieux doute, qui le rongeait : Will avait couvert Scott dans le passé, mais est-ce qu'il continuerait à le faire... au détriment du mariage de sa sœur ?

Marcus n'aimait pas ce sentiment qui le taraudait. Ça ressemblait un peu à... de la peur. Il n'avait pas envie d'aller en taule, même pour un temps assez court. Il n'avait rien à faire là-bas. Il méritait mieux. Il était plus futé que ça... et ne se voyait pas enfermé dans une cage, obéir aux ordres d'une tripotée de matons, se faire reluquer par un codétenu de cent cinquante kilos en rut, manger de la bouffe saupoudrée de cafards... ou toutes ces horreurs qu'il pouvait facilement imaginer.

Les bâtiments et les gens qu'il avait brûlés n'avaient aucune importance à ses yeux, mais la seule idée de finir en prison lui filait... la gerbe. Et pas une fois il n'avait autant frôlé la peur que depuis hier soir.

Jusqu'ici, c'était plutôt cool. À l'évidence, Will n'avait pas donné son signalement, sinon Bower's Point grouillerait de flics à cette heure. Malgré tout, Marcus avait intérêt à se faire oublier pendant un petit moment. Sans déconner... Pas de fiesta dans les villas inhabitées, pas d'incendie dans les entrepôts... et il éviterait du même coup Will ou Ronnie. Ça coulait de source qu'il ne soufflerait pas un mot de tout ça à Teddy ou à Lance, ou même à Blaze. Pas la peine d'en rajouter...

À moins que Will ne change d'avis.

Cette possibilité lui faisait l'effet d'un coup de poing. Marcus détenait l'avantage sur Will dans le temps, mais les rôles s'étaient inversés à présent... où Will et lui se retrouvaient à égalité, disons.

Peut-être qu'il devrait quitter la ville un petit moment. Filer au sud vers Myrtle Beach, Fort Lauderdale ou Miami, jusqu'à ce que le petit scandale du mariage se dissipe.

C'était la meilleure décision à prendre, mais pour ça fallait du pognon. Un paquet de pognon. Et vite fait. Ça voulait dire qu'il allait devoir se produire devant pas mal de spectateurs. Coup de bol, le tournoi de volley démarrait aujourd'hui ! Will allait participer, évidemment, mais Marcus n'avait aucune raison de s'aventurer du côté du terrain. Il ferait son numéro sur la jetée... un numéro d'enfer !

Derrière lui, Blaze était assise au soleil, vêtue seulement d'un jean et d'un soutien-gorge ; son tee-shirt traînait quelque part près du feu de camp.

— Blaze ! s'écria-t-il, va nous falloir neuf boules de feu aujourd'hui. Y aura un peuple monstre et on a besoin de fric.

Elle ne lui répondit pas, mais soupira assez fort pour le hérisser. Il en avait plus que marre de cette nana. Depuis que sa mère l'avait foutue dehors, elle tirait la gueule un jour sur deux. Il la regarda se lever et s'emparer de la bouteille de liquide d'allumage. Bien. Au moins, elle bossait un peu pour gagner sa croûte.

Neuf boules de feu. Pas toutes en même temps, bien sûr ; normalement, ils en utilisaient six par numéro. Mais s'il en ajoutait une par-ci par-là, histoire de créer la surprise, ça suffirait peut-être pour gagner l'argent qui lui manquait. D'ici deux ou trois jours, il serait en Floride. Rien que lui. Teddy, Lance et Blaze se démerderaient seuls pendant un moment... ce qui lui allait parfaitement. Ces trois-là commençaient à le gonfler grave.

Tandis qu'il préparait déjà sa virée dans sa tête, c'est à peine si Marcus remarqua Blaze qui imbibait les pelotes de liquide inflammable, juste au-dessus du tee-shirt qu'elle porterait plus tard pendant le spectacle.

Will

Ils remportèrent la première manche avec une facilité déconcertante ; Will et Scott mouillèrent à peine leur maillot. Ils gagnèrent la deuxième les doigts dans le nez, leurs adversaires marquant un seul point. Et si le score s'inversa à la troisième, Will quitta le terrain en pensant que l'équipe qu'ils venaient de battre était bien meilleure que ne l'indiquait le résultat.

Ils attaquèrent les quarts de finale à deux heures de l'après-midi, la finale étant prévue à six heures. Will soufflait un peu, mains sur les genoux, et attendait que l'équipe d'en face serve le ballon ; il se savait à fond dans le jeu aujourd'hui. Leur équipe était menée 5 à 2, mais ça ne l'inquiétait pas. Il se sentait en forme, tonique, et envoyait chaque fois le ballon à l'endroit prévu. Même au moment où son adversaire le lança en l'air pour servir, Will eut l'impression d'être invincible.

Le ballon décrivit un arc de cercle par-dessus le filet avec un supereffet lifté. Will s'avança et l'amortit à merveille pour le renvoyer à Scott qui bondit dessus avec un parfait sens du timing, avant de faire un smash qui leur permit de récupérer le service. Ils marquèrent six points d'affilée, avant que l'autre duo puisse de nouveau servir. Le temps de se remettre en position, Will parcourut du regard les tribunes. Ronnie était assise en face de Megan et ses parents... sans doute une bonne idée.

Il s'en voulait de n'avoir pas pu dire à sa mère la vérité sur Marcus, mais comment agir autrement ? Si sa mère connaissait le nom du responsable, elle se battrait bec et ongles... ce qui entraînerait forcément des représailles. Si Marcus se faisait arrêter, il tenterait d'emblée d'alléger sa condamnation en échange d'« informations utiles » au sujet d'un autre délit, plus grave... celui commis par Scott. Et cela lui poserait de sérieux problèmes, au moment où il était aux abois pour sa bourse universitaire, sans parler de la peine qu'éprouveraient ses parents... lesquels se trouvaient être des amis intimes des parents de Will. Il avait donc menti, et malheureusement sa mère avait choisi de faire porter le chapeau à Ronnie.

Malgré tout, elle l'avait retrouvé ce matin pour lui dire qu'elle l'aimait, en lui promettant de discuter plus tard. En outre, elle lui avait demandé de se surpasser au tournoi... et c'était bien son intention.

L'équipe adverse servit de nouveau le ballon. Will fonça dessus pour le renvoyer à Scott, qui le lui relança, et Will fit un smash. Puis l'équipe adverse ne marqua qu'un point avant la fin de la manche, et seulement deux dans la dernière.

Scott et lui se retrouvaient donc qualifiés en demi-finale... et dans les tribunes Ronnie l'acclamait.

Le match de demi-finale se révéla le plus dur de tous ; ils avaient remporté la première manche sans encombre, mais perdirent la deuxième au tie-break.

Will se tenait sur la ligne de service et attendait le signal de l'arbitre pour le début de la troisième manche, quand il promena son regard d'abord sur les gradins puis sur la jetée, remarquant au passage que la foule y était deux fois plus nombreuse que l'an passé. Ici et là, il aperçut des groupes de gens qu'il avait connus au lycée et quand il était plus jeune. Il ne restait plus une place libre dans les tribunes.

Au signal de l'arbitre, Will lança le ballon en l'air, puis enchaîna quelques pas rapides en prenant son élan et bondit pour un service smashé. Il se réceptionna et se mit en position, prêt à réagir, sachant d'ores et déjà que ce ne serait pas nécessaire. Leurs adversaires s'étant figés une seconde de trop, le ballon rebondit dans une gerbe de sable et sortit du terrain.

Score : 1 à 0.

Il servit sept fois d'affilée, assurant à son équipe une avance confortable, puis les deux équipes marquèrent à tour de rôle, mais la sienne finit par l'emporter assez facilement.

À la fin du match, Scott lui donna une claque dans le dos en disant :

– C'est fini, mon pote ! On est au taquet aujourd'hui. Tyson et Landry, à nous deux !

Âgés de dix-huit ans, Tyson et Landry venaient de Hermosa Beach, Californie, et formaient le duo gagnant du beach-volley junior. L'année précédente, ils avaient occupé la onzième place au classement mondial, ce qui aurait suffi pour représenter quasiment n'importe quel autre pays aux jeux Olympiques. Ils jouaient ensemble depuis l'âge de douze ans et n'avaient pas perdu un seul match ces deux dernières années. Scott et Will les avaient rencontrés en demi-finale, lors de ce même tournoi un an plus tôt, et avaient alors quitté le terrain la mine déconfite, sans même avoir remporté une manche.

Mais aujourd'hui, rien à voir. Ils gagnèrent la première en les dépassant de trois points. Tyson et Landry remportèrent la suivante avec la même marge... et lors de la dernière, ils se retrouvèrent à égalité 7 à 7. Le tie-break allait donc décider du duo vainqueur...

Cela faisait neuf heures que Will s'exposait au soleil. Malgré les litres d'eau et de Gatorade avalés, la chaleur aurait dû entamer ses forces, et peut-être bien qu'il était épuisé. Mais il n'en avait pas l'impression. Pas pour l'instant. À présent qu'ils se trouvaient à deux doigts de la victoire.

C'était à leur tour de servir – toujours un désavantage au beach-volley, puisqu'on marquait un point sur chaque ballon joué, et que l'équipe qui le renvoyait avait l'occasion de smasher –, mais Scott exécuta un service flottant qui obligea Tyson à changer de position. Il frappa le ballon à temps, mais l'envoya en direction du public. Landry bondit dessus, mais ne fit qu'aggraver les choses et le ballon fila dans la foule... Will comprit qu'une bonne minute s'écoulerait avant qu'il soit remis en jeu. Et dans l'intervalle, Scott et lui mèneraient d'un point.

Comme toujours, il se tourna vers Ronnie qui lui fit signe, puis vers la tribune d'en face pour sourire à sa famille. Au-delà des gradins, sur la jetée, il apercevait les gens entassés près du terrain, mais c'était bizarrement clairsemé un peu plus loin. Il se demandait pourquoi, lorsqu'il vit une boule de feu voler dans les airs. Il suivit machinalement sa trajectoire et reconnut Blaze, qui récupéra le projectile pour le renvoyer aussitôt d'un geste fluide.

Au moment où l'incident se produisit, ils égalisaient par 12 à 12.

Le ballon venait à nouveau d'être dévié dans le public, à cause de Scott, cette fois, et tandis que Will reprenait son poste sur le terrain, il ne put s'empêcher de jeter un œil du côté de la jetée, sachant que Marcus s'y trouvait.

À l'idée que Marcus était si proche, Will sentit la colère le crisper comme la veille au soir.

Il aurait mieux fait de lâcher prise, ainsi que Megan le lui avait conseillé. Il savait qu'il n'aurait pas dû la perturber avec toute cette histoire ; c'était son mariage, après tout, et leurs parents avaient réservé une suite pour Daniel et elle au Wilmingtonian, le prestigieux hôtel du quartier historique. Mais sa sœur avait insisté, Will s'était donc épanché. Même si elle ne critiquait pas sa décision, il savait qu'il la décevait en n'ayant rien dit au sujet du délit de Scott. Aujourd'hui, elle le soutenait cependant à fond pour le match, et comme il attendait le coup de sifflet de l'arbitre, Will se disait qu'il jouait autant pour sa sœur que pour lui-même.

Sur la jetée, les pelotes enflammées virevoltaient. À proximité de la rambarde, la foule s'était dispersée, et il distinguait Teddy et Lance se livrant à leur habituel numéro de break-dance. Mais cela le surprenait de voir Blaze jongler avec Marcus. Aux yeux de Will, les boules de feu passaient de l'un à l'autre plus vite qu'à l'ordinaire. Blaze reculait doucement, sans doute pour tenter de ralentir le mouvement, jusqu'à ce que son dos heurte finalement le garde-fou.

La secousse dut la déconcentrer, car elle évalua mal la trajectoire d'une des pelotes et la rattrapa de justesse contre son tee-shirt, tandis qu'une autre arrivait dans la foulée... Blaze la saisit au vol et la renvoya, tout en plaquant la première contre son corps. En quelques secondes, son vêtement imprégné de liquide d'allumage prit feu.

Paniquée, elle tenta d'étouffer les flammes, en oubliant manifestement qu'elle tenait toujours la boule de feu...

L'instant d'après, ses mains s'enflammaient et ses cris couvraient le brouhaha de la foule alentour. Les spectateurs devaient être sous le choc, car personne ne fit un mouvement vers elle. Même à distance, Will voyait Blaze se transformer en torche vivante.

N'écoutant que son instinct, il quitta le terrain et courut sur la plage en direction de la jetée, alors que les hurlements de Blaze déchiraient l'atmosphère.

Il fonça dans la foule, zigzaguant entre les groupes, et parvint rapidement aux marches, qu'il gravit en un clin d'œil en agrippant au passage l'un des pilotis pour garder son élan. Arrivé sur le quai, il fit volte-face puis s'élança dans la cohue, incapable d'apercevoir Blaze, jusqu'à ce qu'il atteigne une brèche au milieu de l'attroupement. Un homme s'était accroupi auprès d'elle, qui se tordait de douleur... Marcus, Teddy et Lance avaient disparu.

Will s'arrêta net à la vue du tee-shirt de Blaze, dont le tissu avait fondu dans sa chair boursouflée, à vif. Elle sanglotait et criait, mais personne autour d'elle ne semblait savoir quoi faire.

Will se dit qu'il devait agir vite. Même sans la présence de la foule, une ambulance mettrait quinze bonnes minutes pour rejoindre la plage en passant par le pont. Tandis que Blaze gémissait de plus belle, il se pencha et la prit en douceur dans ses bras. En arrivant parmi les premiers ce matin, il avait garé son pick-up dans les parages ; il la transporta donc dans cette direction. Médusés par la scène dont ils venaient d'être témoins, les gens s'écartèrent pour le laisser passer.

Blaze était presque inconsciente, et Will avançait le plus vite possible en prenant soin de ne pas trop la secouer. Ronnie surgit en haut des marches, alors qu'il passait devant elle ; il ignorait par quel miracle elle avait pu s'extirper des tribunes, mais était soulagé de la voir.

– Les clés sont sur la roue de secours ! Il faut qu'on l'allonge à l'arrière, tu resteras auprès d'elle... et dès qu'on roule, tu appelles les urgences pour leur signaler qu'on arrive !

Ronnie se précipita sur la camionnette et ouvrit la portière avant qu'il la rejoigne. Ils installèrent Blaze non sans mal, et sitôt au volant Will écrasa l'accélérateur, certain de griller plusieurs feux rouges en chemin.

Le service des urgences de l'hôpital était bondé. Assis près de la porte, Will contemplait la nuit à travers les vitres. Ronnie se trouvait à son côté. Les parents de Will, accompagnés de Megan et de Daniel, avaient fait une brève apparition en début de soirée.

Durant les quatre heures qui venaient de s'écouler, Will avait relaté l'incident un nombre incalculable de fois à différentes personnes, parmi lesquelles la mère de Blaze, qui setenait à présent auprès de sa fille. Lorsqu'elle avait surgi dans la salle d'attente, Will avait lu l'épouvante sur le visage de cette femme, avant qu'une infirmière la prenne à l'écart.

Depuis qu'on avait transporté Blaze en chirurgie, Will ne disposait d'aucune information. La nuit s'annonçait longue, mais il ne pouvait envisager de s'en aller. Il se souvenait de Blaze assise à côté de lui au cours élémentaire... puis aussitôt après lui apparaissait l'image de cette créature brûlée vive qu'il avait prise dans ses bras quelques heures plus tôt. C'était une étrangère à présent, mais ils étaient amis dans sa jeunesse, et cela suffisait à Will pour ne pas l'abandonner.

Il se demanda si la police allait revenir. Les agents étaient arrivés avec ses parents, et Will leur avait confié ce qu'il savait... Toutefois, un détail intriguait les flics. Pourquoi avait-il transporté Blaze à l'hôpital, plutôt que de laisser les secouristes s'en charger ? Will dit la vérité : il avait tout bonnement oublié qu'ils étaient sur place et, comme Blaze devait être emmenée sans tarder, il n'avait pas hésité... Heureusement, les policiers comprirent sa motivation. Il crut même voir l'agent Johnson hocher légèrement la tête, et pensa que celui-ci aurait agi comme lui dans la même situation.

Chaque fois que la porte s'ouvrait au-delà du bureau d'accueil, Will tournait la tête en quête d'une des infirmières présentes à leur arrivée. En chemin, Ronnie avait réussi à joindre l'hôpital et une équipe d'urgentistes les attendaient ; dans la minute qui suivit son admission, Blaze fut emmenée sur une civière. Ronnie et Will restèrent un long moment sans rien pouvoir se dire. Ils se tenaient simplement la main et tremblaient encore au souvenir de Blaze hurlant dans le pick-up.

La porte s'ouvrit à nouveau et Will reconnut la mère de Blaze, qui s'approchait d'eux.

Will et Ronnie se levèrent immédiatement.

– Une infirmière m'a dit que vous étiez encore là. Je tenais à venir vous remercier pour tout ce que vous avez fait...

Sa voix se brisa, tandis que Will sentait sa gorge se serrer.

– Elle va s'en sortir ? demanda-t-il d'un ton rauque.

– Je n'en sais encore rien. Elle est toujours au bloc.

La mère de Blaze posa son regard sur Ronnie et ajouta :

– Je suis Margaret Conway. J'ignore si Galadriel m'a déjà parlé de toi.

– Je suis infiniment désolée, madame Conway, dit Ronnie en lui effleurant doucement le bras.

La femme renifla, tenta de se ressaisir, en vain.

– Et moi donc ! lâcha-t-elle entre deux sanglots. Je lui ai dit des centaines de fois d'éviter ce Marcus... Mais elle ne voulait pas m'écouter, et maintenant... ma petite fille...

Elle s'interrompit, incapable de retenir ses larmes. Sous le regard de Will pétrifié, Ronnie s'avança pour l'étreindre affectueusement, et toutes les deux sanglotèrent dans les bras l'une de l'autre.

Will sillonnait les rues de Wrightsville Beach, l'esprit aux aguets. Il roulait vite, mais savait qu'il pouvait encore accélérer. En un éclair, il remarquait des détails qui, d'ordinaire, lui auraient échappé : le léger halo flottant autour des réverbères, une poubelle renversée dans la ruelle voisine du Burger King, la petite bosse sur la carrosserie d'une Nissan Sentra couleur crème, près de la plaque d'immatriculation.

À son côté, Ronnie l'observait d'un air angoissé, mais ne disait rien. Elle n'avait d'ailleurs pas demandé où ils allaient, c'était inutile. Sitôt que la mère de Blaze avait quitté la salle d'attente, Will était sorti sur le parking sans dire un mot et, d'un pas furieux et décidé, avait repris son véhicule. Ronnie le suivit et s'installa sur le siège passager.

Ils roulaient toujours... Un peu plus loin, le feu passa à l'orange mais, plutôt que de ralentir, Will écrasa le champignon. Le moteur rugit et le pick-up s'élança en direction de Bower's Point.

Will connaissait un raccourci et négociait facilement les virages ; ils quittaient le centre-ville et passaient maintenant devant de paisibles villas du front de mer. Ensuite la jetée, puis la maison de Ronnie... Will ne ralentissait toujours pas et poussait le moteur au maximum. Près de lui, Ronnie se cramponnait à la poignée, alors qu'il attaquait le dernier virage qui déboucha sur un parking en gravier, dissimulé par un rideau d'arbres. Le pick-up stoppa en dérapant, tandis que Ronnie trouvait enfin la force de parler :

– S'il te plaît, ne fais pas ça...

Will l'entendit, mais ça ne l'empêcha pas de bondir à terre, sachant fort bien ce qu'il voulait. Bower's Point n'était plus très loin. On y accédait uniquement par la plage, deux cents mètres environ après le poste de surveillance des maîtres-nageurs.

Will se mit à courir. Il savait que Marcus serait là-bas. Il courut de plus en plus vite, comme des tas d'images surgissaient dans sa tête, l'incendie à l'église, le soir de la fête foraine, Marcus agrippant Ronnie par les bras... et Blaze, transformée en torche vivante.

Marcus n'avait pas cherché à l'aider. Il s'était enfui au moment le plus critique, alors qu'elle aurait pu mourir.

Will se moquait de ce qui pouvait leur arriver, à lui et à Scott. Ce n'était plus un problème, désormais. Marcus avait dépassé les bornes. Au détour du chemin, Will les repéra au loin, assis sur des morceaux de bois flotté, près d'un feu de camp.

Le feu. Les boules enflammées. Blaze...

Il accéléra de plus belle, s'armant de courage pour la suite. Il s'approcha juste assez pour discerner les bouteilles de bière vides ici et là, autour du feu, mais savait que la pénombre empêchait les gars de le voir.

Marcus portait une canette à ses lèvres, quand Will baissa les épaules et se rua sur lui en le percutant par derrière, juste en bas du cou. Il sentit Marcus se cabrer sous le choc et suffoquer, tandis que Will le faisait basculer dans le sable.

Will devait agir très vite et atteindre Teddy avant que son frère ne puisse réagir. Cependant, la vue de Marcus s'écroulant à terre sembla les paralyser. Will flanqua un coup de genou dans le dos de Marcus, puis s'élança sur Teddy, qu'il fit tomber à la renverse, avant d'atterrir à califourchon sur son ventre... mais, plutôt que de jouer des poings, Will se redressa et lui écrasa le nez d'un violent coup de tête.

Il sentit le cartilage craquer et s'aplatir sous l'impact, mais se releva d'un bond, ignorant Teddy qui roulait sur lui-même, les mains sur le visage et le sang giclant entre ses doigts, ses cris de douleur en partie étouffés par ses sanglots.

Lance s'était déplacé et fonçait sur Will, quand celui-ci fit un bond en arrière. Lance allait s'abattre sur lui quand Will releva brusquement un genou pour le frapper de plein fouet au visage. Lance rejeta la tête en arrière et perdit connaissance avant de s'affaler comme une masse. Deux à terre... Il n'en restait plus qu'un.

Sur ces entrefaites, Marcus se relevait en titubant. Il saisit un gros morceau de bois mort et recula, comme Will s'avançait vers lui. Pas question de laisser Marcus recouvrer son équilibre pour l'assommer. Will l'assaillit. Marcus fit volte-face en agitant sa matraque de fortune, mais le heurta à peine, tandis que Will la déviait de sa trajectoire pour se jeter sur la poitrine de son adversaire. Il le ceintura et le souleva, en s'aidant de son élan pour le faire culbuter. Technique de plaquage parfaite, digne d'un footballeur américain... Et Marcus atterrit sur le dos.

Will se jucha de tout son poids sur lui et, comme avec Teddy, lui flanqua un coup de tête de toutes ses forces.

Il perçut le même bruit de cartilage broyé, mais cette fois ne voulut pas s'arrêter là. Il serra le poing et cogna Marcus... encore et encore, donnant libre cours à toute sa colère, à toute la fureur contenue en lui depuis l'incendie. Il le frappa à l'oreille... à deux reprises. Les hurlements de Marcus ne faisaient que nourrir sa rage. Brandissant le poing, il visa le nez, cette fois, qu'il lui avait déjà cassé... et sentit soudain quelqu'un retenir son bras.

Il se tourna, prêt à lutter contre Teddy, mais c'était Ronnie, l'air épouvanté, qui l'agrippait.

— Arrête ! Il mérite pas que tu ailles en prison ! vociféra-t-elle. Tu vas quand même pas gâcher ta vie à cause de lui !

Il l'entendait à peine, mais sentait qu'elle le tirait pour l'obliger à se relever.

— Will, je t'en prie ! reprit-elle, la voix chevrotante. T'es pas comme lui... T'as un avenir... Ne fous pas tout en l'air !

Comme elle relâchait peu à peu son étreinte, Will sentit l'épuisement le gagner. Il se remit debout tant bien que mal. Le contrecoup des poussées d'adrénaline le laissait tout flageolant. Ronnie le prit par la taille et tous deux regagnèrent lentement le pick-up.

Le lendemain matin, il se rendit au travail la main endolorie, et trouva Scott qui l'attendait dans la petite pièce réservée aux vestiaires. En enfilant sa combinaison, il lança un regard mauvais à Will.

— T'avais pas besoin d'abandonner le match, dit-il en remontant sa fermeture Éclair. Les secouristes étaient là avec leur fourgonnette.

— Je sais, admit Will. J'ai pas réfléchi, sur le moment.

Je les avais forcément vus, mais j'ai oublié. Désolé de nous avoir fait perdre par forfait.

— Et moi donc ! rétorqua Scott, en glissant un chiffon dans sa ceinture. On aurait pu gagner, mais il a fallu que môssieur foute le camp pour jouer les héros.

— Écoute, mon pote, quelqu'un devait forcément lui venir en aide...

— Ah ouais ? Et pourquoi fallait que ce soit toi ? Tu pouvais pas attendre l'arrivée des secours ? Appeler le 911 ? Pourquoi t'avais besoin de la trimballer dans ton pick-up ?

— Je viens de te le dire... j'ai oublié les secouristes. J'ai pensé que l'ambulance serait trop longue à arriver...

Scott frappa le casier de son poing.

— M'enfin, tu la trouvais même pas sympa ! s'écria-t-il. Vous n'étiez plus copains depuis des lustres ! O.K., si c'était Ashley ou Cassie, ou même Ronnie, je pourrais comprendre. Même une étrangère, à la limite ! Mais Blaze ? Bon sang ! Blaze ! La nana qui va envoyer ta copine en taule ? La copine de Marcus ?

Scott s'avança vers lui, en ajoutant :

— Tu crois, ne serait-ce qu'une seconde, qu'elle aurait fait la même chose pour toi ? Si t'étais blessé et que tu aies besoin d'aide ? Aucun risque !

— C'est juste un match de volley, objecta Will, sentant la colère monter en lui.

— Pour toi ! vociféra Scott. Pour toi, c'est rien d'autre qu'un jeu ! Mais pour toi, tout est un jeu ! T'as pas pigé, encore ? Parce que ça n'a pas d'importance pour toi ! T'as pas besoin de gagner ce genre de tournoi, parce que même si tu perds, t'auras toujours tout ce que tu veux servi sur un plateau d'argent ! Mais moi, fallait que je gagne ! C'est mon avenir qui était en jeu, mec !

– Ouais, eh ben... il y avait aussi la vie d'une fille en jeu, répliqua Will. Et si t'arrêtais deux secondes de te regarder le nombril, tu verrais que sauver la vie de quelqu'un, c'est plus important que ta précieuse bourse universitaire !

Scott secoua la tête d'un air écœuré.

– T'es mon ami depuis longtemps... mais tu sais, t'as toujours décidé de tout. Faut toujours agir selon ta volonté. Tu veux rompre avec Ashley, tu veux sortir avec Ronnie, tu veux sécher l'entraînement plusieurs semaines d'affilée, tu veux jouer les héros. Eh ben... tu sais quoi ? Tu t'es planté. J'ai parlé aux secouristes. Ils m'ont dit qu'en la transportant dans le pick-up comme tu l'as fait, t'aurais pu aggraver les choses. Et t'as obtenu quoi en retour ? Elle t'a remercié, au moins ? Non, tu parles... Et elle te remerciera jamais. En revanche, ça te dérange absolument pas d'entuber un pote, parce que c'est plus important pour toi de faire tout ce qui te passe par la tête !

Les paroles de Scott lui faisaient l'effet d'uppercuts dans le ventre, tout en attisant sa colère.

– Reprends-toi, Scott. Tout ne tourne pas autour de ta personne, cette fois.

– Tu me devais bien ça ! hurla Scott en flanquant un autre coup de poing dans le casier. Pour une fois que je te demandais un service ! Tu sais combien ça comptait pour moi !

– Je ne te dois rien, déclara Will en contenant son exaspération. Ça fait huit mois que je te couvre. J'en ai marre que Marcus utilise ça contre nous. Tu dois faire le bon choix, maintenant. Et dire la vérité. Les choses ont changé.

Will tourna les talons et se dirigea vers la porte. Comme il la poussait, il entendit Scott lui crier :

– Qu'est-ce que t'as fait ?

Will fit volte-face en tenant la porte entrouverte et planta son regard d'acier dans celui de son ami.

– Je répète... Tu dois dire la vérité.

Il attendit que Scott enregistre ses paroles, puis sortit en claquant la porte. Tandis qu'il passait devant les voitures sur les ponts élévateurs, Scott brailla dans son dos :

– Tu veux foutre ma vie en l'air ? Que je me retrouve en taule à cause d'un accident ? Pas question, t'entends ?

Alors qu'il s'approchait de l'entrée du garage, Will entendait encore Scott cogner dans les casiers d'un poing rageur.

– 29 –

Ronnie

La semaine suivante, une certaine tension régna entre Ronnie et Will. La brutalité dont il avait fait preuve la mettait mal à l'aise. Ronnie détestait la bagarre et n'aimait pas voir les autres souffrir, d'autant qu'elle savait qu'en général le recours à la violence n'arrangeait rien. Toutefois, elle ne pouvait en vouloir à Will de ce qu'il avait fait. Même si elle ne souhaitait pas cautionner son comportement, après l'avoir vu *fracasser* les trois gars, Ronnie ne pouvait nier que la présence de Will la rassurait.

Will n'en restait pas moins stressé. Il était sûr que Marcus signalerait l'incident et que la police viendrait frapper à sa porte d'un moment à l'autre, mais Ronnie sentait bien qu'autre chose le tracassait... une chose qu'il refusait de lui confier. Bizarrement, Scott et lui ne se parlaient plus vraiment, et elle se demandait si ça n'avait pas un rapport avec le malaise de Will.

Sans compter qu'il y avait la famille. En particulier la mère de Will. Depuis le mariage, Ronnie l'avait aperçue deux fois. La première, en attendant Will dans le pick-up pendant qu'il se changeait, et la seconde dans un restaurant du centre-ville de Wilmington où Will l'avait invitée à dîner.

Alors qu'ils étaient tous deux attablés, Susan était entrée dans l'établissement avec un groupe d'amis. Ronnie avait une vue imprenable sur l'entrée, mais Will était installé en face d'elle. En ces deux occasions, Susan l'avait ignorée, lui tournant délibérément le dos.

Ronnie n'en parla pas à Will, pas plus qu'elle ne fit allusion à sa rencontre avec Susan dans la salle d'attente de l'hôpital. Alors que Will, perdu dans ses pensées, songeait déjà à la vengeance, Ronnie devina que Susan semblait aussi la tenir plus ou moins responsable de la tragédie qui s'était abattue sur Blaze.

Elle regardait à présent Will par la fenêtre de sa chambre. Il dormait, lové dans son sac de couchage, près du nid de tortue. Comme d'autres œufs avaient commencé à éclore, ils avaient retiré la cage cet après-midi et le nid se retrouvait à ciel ouvert. Ni lui ni elle n'avaient l'intention de le laisser toute la nuit sans surveillance, et comme Will passait de moins en moins de temps chez lui, il s'était porté volontaire pour jouer les vigiles.

Si Ronnie refusait de se laisser envahir par leurs problèmes récents, elle ne pouvait s'empêcher de se repasser dans la tête le film de ses vacances. Elle se rappelait à peine la fille qu'elle était à son arrivée. Bientôt, elle aurait dix-huit ans... et après un dernier week-end avec elle, Will s'en irait à l'université. Quelques jours plus tard, Ronnie comparaîtrait devant le tribunal, ensuite elle devrait rentrer à New York. Elle avait déjà vécu tant de choses... et il lui en restait encore tant à vivre !

Ronnie secoua la tête, l'air égaré. Qui était-elle, au juste ? Quelle vie aurait-elle plus tard ? Qu'allait-elle devenir ?

Ces jours-ci, tout lui paraissait à la fois illusoire et pourtant bel et bien réel : son amour pour Will, le lien qui ne cessait de se renforcer avec son père, sa vie qui prenait une tournure plus ou moins paisible. Ronnie avait l'impression que tout cela arrivait à une autre fille... qu'elle apprenait encore à connaître. Jamais elle n'aurait cru qu'une ville balnéaire somnolente du Sud pouvait se révéler le théâtre d'un tel éventail d'émotions et de drames humains... au point de paraître plus animée que Manhattan !

Tout en souriant, elle devait bien admettre qu'à de rares exceptions près ses vacances s'étaient plutôt bien déroulées. Elle allait s'endormir dans une chambre tranquille qu'elle partageait avec son frère ; seuls une vitre et du sable la séparaient du jeune homme qu'elle aimait et qui l'aimait en retour. Existait-il plus grand bonheur sur terre ? Et en dépit – ou peut-être à cause – de tous les événements survenus, Ronnie savait qu'elle n'oublierait jamais l'été qu'ils avaient passé ensemble, quoi que leur réserve l'avenir.

Allongée dans son lit, elle sombra doucement dans le sommeil. Juste avant de s'endormir, elle songea qu'elle n'était pas au bout de ses surprises. Même si cette impression laissait souvent présager le pire, Ronnie n'envisageait pas un instant que ce soit possible, pas après tout ce qu'ils avaient traversés.

Au matin, elle s'éveilla pourtant avec un sentiment d'angoisse. Comme toujours, elle savait pertinemment qu'une nouvelle journée écoulée signifiait une journée de moins à passer en compagnie de Will.

Mais en réfléchissant, elle comprit qu'autre chose l'angoissait. Will partait à la fac la semaine suivante. Même Kayla allait étudier à l'université. Quant à Ronnie... elle ignorait toujours ce qui l'attendait à son retour à New York. O.K., elle aurait dix-huit ans... O.K., elle gèrerait elle-même, en adulte responsable, la décision du juge... Et ensuite ? Allait-elle toujours vivre chez sa mère ? Est-ce qu'elle devait postuler pour un job, chez Starbucks, par exemple... ?

C'était bien la première fois qu'elle affrontait son avenir de manière aussi directe. Curieusement, elle pensait depuis toujours que tout finirait par s'arranger, quelle que soit sa décision. Et elle savait que ce serait le cas... les premiers temps, du moins. Mais serait-elle toujours chez sa mère à dix-neuf ans ? À vingt et un ? Voire... non, impossible !... à vingt-cinq ?

Comment une fille était censée se débrouiller pour gagner suffisamment d'argent – et s'offrir le luxe de vivre à Manhattan – sans le moindre diplôme universitaire ?

Ronnie n'en avait aucune idée. En revanche elle savait qu'elle n'était pas prête à voir ces vacances s'achever... ni à rentrer chez elle. Et encore moins à imaginer Will se baladant sur le campus de Vanderbilt, entouré d'étudiantes en tenue de pom-pom girl ! Non... pas question de penser à tout ça !

– Tout va bien ? Tu parles pas beaucoup, remarqua Will.

– Désolée... J'ai pas mal de soucis...

Assis sur la jetée, ils partageaient des bagels et du café achetés en chemin. D'ordinaire, l'endroit grouillait de pêcheurs, mais ce matin-là, Will et elle se retrouvaient seuls. Une surprise agréable, puisque c'était le jour de congé de Will.

– T'as réfléchi à ce que tu comptes faire ?

– N'importe quoi... sauf nourrir les éléphants du zoo du Bronx.

Il posa son bagel sur son gobelet en plastique.

– Je suis censé y piger quelque chose ?

– Pas vraiment, grimaça Ronnie.

– O.K. En fait... je parlais de ce que tu voulais faire demain pour ton anniversaire.

Ronnie haussa les épaules.

– Pas besoin de faire un truc particulier.

– M'enfin, tu vas avoir dix-huit ans ! Admets que c'est génial. Légalement, tu seras adulte.

Ouais, super... Tout ça pour me rappeler qu'il est temps que je fasse quelque chose de ma vie !

Will dut deviner ses pensées, car il posa gentiment une main sur son genou.

– J'ai dit un truc qu'y fallait pas ?

– Non... J'en sais rien. Je me sens bizarre aujourd'hui.

Au loin, un banc de marsouins batifolait dans les vagues. La première fois qu'elle en avait vu, Ronnie avait été fascinée. À présent, ils faisaient partie de son environnement... mais ils lui manqueraient sans doute quand elle serait à New York, vaquant à ses occupations... Mais qu'est-ce qu'elle ferait, au juste ?

Je vais finir accro aux dessins animés comme Jonah, et j'insisterai pour les regarder la tête en bas !

– Et si je t'emmenais dîner quelque part ?

Non... Rectification... Je vais être scotchée à la Game Boy.

– O.K., dit-elle.

– Ou peut-être qu'on pourrait aller danser.

Ou bien à Guitar Hero. Jonah adore y jouer pendant des heures. Comme Rick, maintenant que j'y pense... Les gamins, les geeks... et en général les gens sans aucun but dans leur vie sont accros à leur console de jeu...

– Ça m'a l'air sympa.

– Sinon... euh... On se barbouille la figure et on invoque une déesse inca ? Ça te va ?

Vu que je serai scotchée à la télé et aux jeux vidéo, je vivrai toujours à la maison quand Jonah entrera en fac dans huit ans.

— Comme tu veux. Ça m'est égal...

Will partit d'un grand éclat de rire qui la ramena à la réalité.

— Quoi ?... Tu disais ?

— Ton anniv', j'essayais de trouver une idée qui te plairait, mais apparemment t'étais complètement ailleurs. Je m'en vais lundi et j'aimerais faire un truc vraiment original... rien que pour toi.

Elle y réfléchit, avant de se tourner vers la maison, remarquant une fois de plus combien ce bungalow détonnait parmi les luxueuses villas du front de mer.

— Tu sais ce qui me ferait vraiment... vraiment plaisir ?

L'événement n'eut pas lieu pour son anniversaire, mais deux soirs plus tard, le vendredi 22 août... L'équipe de l'aquarium organisa l'opération dans les moindres détails ; un peu plus tôt dans l'après-midi, les employés et les bénévoles avaient commencé à préparer le site pour que les tortues puissent accéder à l'eau sans encombre.

Will et Ronnie aidèrent à niveler le sable dans la tranchée peu profonde qui menait à l'océan, tandis que d'autres délimitaient le périmètre à l'aide d'un ruban jaune d'avertissement, afin de tenir les curieux à distance.

La plupart, du moins. Steve et Jonah étaient autorisés à pénétrer dans la zone de sécurité, mais restaient sur le côté pour ne pas gêner les employés de l'aquarium.

Ronnie ne savait pas vraiment ce qu'elle était censée faire, sinon veiller à ce que personne ne s'approche trop du nid. Bien qu'elle n'ait rien d'une spécialiste, dans sa tenue « œuf de Pâques » de bénévole, les badauds la prenaient pour une experte en tortues. En une heure, elle avait dû répondre à une bonne centaine de questions. Ronnie était donc ravie de se rappeler tout ce que Will lui avait appris sur les tortues, et soulagée d'avoir consacré quelques minutes à lire la fiche d'information sur les caouannes que l'aquarium avait fait imprimer pour les visiteurs. Du reste, la plupart des réponses à leurs questions se trouvaient là, noir sur blanc. Mais c'était sans doute plus facile pour eux de l'interroger, plutôt que de se donner la peine de jeter un œil sur la carte qu'ils tenaient en main.

Et puis, ça permettait de passer le temps. Ils étaient sur le pied de guerre depuis des heures, et bien qu'on leur ait promis que les œufs allaient éclore d'une minute à l'autre, Ronnie avait quelques doutes à ce sujet. Et les tortues s'en moquaient éperdument si, parmi les visiteurs, les jeunes gamins commençaient à s'impatienter ou si certains adultes devaient se lever tôt le lendemain pour leur travail.

À vrai dire, Ronnie s'attendait à voir une demi-douzaine de badauds tout au plus, et non pas des centaines de personnes massées tout le long du cordon de sécurité. Elle n'était pas certaine d'apprécier ce genre d'engouement populaire... qui transformait l'événement en une vraie foire.

Comme elle s'asseyait sur la dune, Will la rejoignit.

— Qu'est-ce que t'en penses ? dit-il en montrant la scène.

— Pour le moment, pas grand-chose. Il ne s'est encore rien passé.

— Ça devrait pas tarder.

— On n'arrête pas de me le répéter.

Will s'installa auprès d'elle.

— Tu dois apprendre la patience, petit scarabée...

— Je suis patiente. Je veux juste que ces œufs éclosent au plus vite.

— *Mea culpa,* dit-il dans un éclat de rire.

— Tu devrais pas bosser, au fait ?

— Je suis bénévole, moi. C'est toi qui travailles à l'aquarium.

— Exact, mais je compte pas mes heures... et en théorie, puisque t'es bénévole, je crois que tu devrais me remplacer au cordon de sécurité.

— Laisse-moi deviner... La moitié des gens te demande ce qui se passe, et l'autre pose des questions dont les réponses se trouvent sur la fiche d'info que tu leur remets ?

— T'as tout compris !

— Et t'en as un peu marre ?

— Disons que c'est pas aussi sympa que le dîner de l'autre soir.

Pour son anniversaire, il l'avait invitée dans un petit restaurant italien tout ce qu'il y a d'intime et lui avait offert une chaîne en argent avec un pendentif en forme de tortue, qu'elle adorait et ne quittait plus.

— Quand est-ce qu'on saura que l'éclosion est sur le point de se produire ?

Il lui montra le responsable de l'aquarium et l'un des biologistes de l'équipe, en disant :

— Dès qu'Elliott et Todd commenceront à s'agiter.

— Mouais... pas très scientifique, tout ça.

— Si, je t'assure. Fais-moi confiance.

Après que Will fut parti chercher des lampes électriques supplémentaires dans le pick-up, son père s'était approché.

— Je peux m'asseoir à côté de toi ?

— Inutile de demander, p'pa. Bien sûr !

— Je ne voulais pas te déranger. Tu avais l'air un peu préoccupé.

— Ben... j'attends, comme tout le monde, répondit-elle en lui faisant de la place.

Depuis une demi-heure, le public était encore plus nombreux, et Ronnie appréciait le fait qu'on ait autorisé son père à s'installer dans le périmètre protégé. Il lui paraissait si fatigué, ces temps-ci !

— Crois-le ou pas, dans ma jeunesse, je n'ai jamais assisté à ce genre d'éclosion.

— Pourquoi pas ?

— Ça ne rameutait pas les foules comme aujourd'hui. O.K., il m'arrivait de tomber par hasard sur un nid de caouanne et je trouvais ça chouette, mais j'en faisais pas toute une histoire. Un jour, j'ai dû découvrir un nid qui avait éclos la veille... Il restait les coquilles brisées tout autour, mais bon... c'était monnaie courante dans la région. Quoi qu'il en soit, je parie que tu ne t'attendais pas à ça, hein ? Avec tous ces envahisseurs ?

— C'est-à-dire ?

— Eh bien... Will et toi, vous avez surveillé le nid chaque nuit à tour de rôle. Et à présent que le moment le plus intéressant va arriver, tu dois le partager avec tout le monde.

— Oh, ça me dérange pas.

— Même pas un peu ?

Ronnie sourit. Elle n'en revenait pas que son père la connaisse aussi bien, désormais.

— Et ta composition, t'en es où ?

— C'est une œuvre en chantier, on va dire. Jusqu'ici, j'ai dû écrire une centaine de variations sur le thème, mais il y a toujours un truc qui ne va pas. Je sais que ça ne sert quasiment à rien... Si je n'ai pas encore trouvé ce qui cloche, je ne le trouverai sans doute jamais. Ça m'occupe, disons.

— Au fait, j'ai aperçu le vitrail, ce matin. Il est presque terminé.

– On approche de la fin, admit son père avec un hoche-ment de tête.

– Ils savent à peu près quand ils pourront l'installer ?

– Non. Ils attendent toujours le financement pour ache-ver l'église. Ils ne veulent pas l'installer avant la réouverture. Le pasteur Harris craint que des vandales n'y jettent des cailloux. Depuis l'incendie, il se méfie de tout.

– À sa place, je serais tout aussi méfiante.

Steve étendit les jambes sur le sable, puis les replia en grimaçant.

– Tu vas bien ?

– Je suis resté debout trop longtemps ces jours-ci. Jonah tient à finir le vitrail avant de partir.

– Ses vacances lui ont drôlement plu.

– Ah ouais ?

– Il m'a dit l'autre soir qu'il n'avait pas envie de rentrer à New York... et souhaitait rester avec toi.

– C'est un gosse adorable, dit Steve, d'un air à la fois triste et songeur.

Il hésita avant de se tourner vers elle, en ajoutant :

– J'imagine que la question suivante, c'est : « Et toi, tes vacances t'ont plu ? ».

– Ouais, super.

– Grâce à Will ?

– Grâce à des tas de choses, dit-elle. Je suis contente qu'on ait passé du temps ensemble, toi et moi.

– Moi aussi.

– Alors, tu viens nous voir quand, à New York ?

– Oh, j'en sais trop rien... On va jouer cette partition à l'oreille...

Elle sourit à nouveau.

– T'étais si occupé, ces derniers temps ?

– Pas vraiment. Mais tu veux que je te dise un truc ?

– Quoi donc ?

– Je pense que tu es devenue une jeune femme absolument géniale. N'oublie jamais à quel point je suis fier de toi.

– Qu'est-ce qui te prend, tout à coup ?

– Euh... je n'étais pas sûr de te l'avoir dit récemment...

– Toi aussi t'es génial, p'pa, dit-elle en posant la tête sur
son épaule.

– Hé ! s'écria-t-il en désignant le nid. Je crois que ça
commence !

Elle regarda dans la direction indiquée, puis se releva tant
bien que mal et faillit dégringoler de la dune. Will disait
vrai, Elliot et Todd s'agitaient dans tous les sens, tandis
qu'un murmure parcourait la foule.

Tout se déroula ainsi que Will l'avait décrit, sauf que
c'était encore mieux d'assister en direct à l'événement.
Quand elle put s'approcher, Ronnie vit éclore le tout premier œuf, suivi par un autre, puis encore un autre...
l'ensemble donnant l'impression de se mouvoir jusqu'à ce
qu'un bébé tortue finisse par émerger de sa coquille, en
passant par-dessus ses congénères pour quitter le nid.

Et ce qui suivit se révéla d'autant plus fascinant à
observer, alors que la légère activité du début cédait peu à
peu la place à une véritable effervescence. À tel point que
Ronnie ne sut bientôt plus où poser les yeux, tellement il
y avait de bébés tortues qui grouillaient ici et là.

On aurait dit une espèce de ruché survitaminée !

Quelle merveille de voir ces minuscules créatures d'aspect
préhistorique s'escrimer à sortir du trou, en grimpant les
unes sur les autres... jusqu'à ce qu'elles parviennent à
rejoindre la tranchée, guidées par la lumière de la lampe de
Todd, debout au bord de l'eau.

Ronnie regardait les tortues ramper vers les vagues et les
trouvait si petites que leur survie lui paraissait presque

inconcevable. L'océan allait tout bonnement les engloutir ! Ce fut d'ailleurs ce qui se produisit, lorsqu'elles se retrouvèrent ballottées par la houle et flottèrent un court instant à la surface avant de disparaître.

Glissant sa main dans celle de Will, Ronnie ne regrettait pas toutes ces nuits passées à garder le nid et se disait qu'elle avait contribué, même modestement, au miracle de la vie. C'était incroyable de penser qu'après des semaines d'inertie, cet événement tant attendu allait s'achever en quelques minutes.

Là, sur cette plage, auprès du garçon qu'elle aimait, Ronnie savait qu'elle ne partagerait plus jamais une telle magie avec qui que ce soit.

Une heure plus tard, après avoir revécu toute l'éclosion en détail, Ronnie et Will souhaitèrent une bonne nuit aux autres membres de l'aquarium qui regagnaient leurs voitures. Hormis la tranchée, il ne restait plus rien de l'événement. Même les coquilles d'œuf avaient disparu, Todd les ayant récupérées afin de les étudier et d'y détecter l'éventuelle présence de produits chimiques.

– J'espère que tout s'est passé comme tu l'attendais, dit Will à Ronnie en la prenant par la taille, tandis qu'ils marchaient sur le sable.

– Encore mieux que prévu, dit-elle. Mais j'arrête pas de penser aux bébés tortues.

– Ils n'ont rien à craindre.

– Tous ne vont pas s'en tirer...

– Exact, admit-il. Quand elles sont jeunes, c'est pas gagné...

Ils poursuivirent leur balade en silence, puis Ronnie reprit :

– Ça me rend triste.

– Mais c'est le cycle de la vie, non ?

– Là, sur le moment, évite de me citer *Le Roi Lion*, tu veux ? J'ai besoin de croire au Père Noël...

– Oh... Dans ce cas, ils vont tous s'en sortir... grandir, s'accoupler, faire plein de petits bébés tortues... et finiront par mourir de vieillesse après avoir vécu bien plus longtemps que la plupart de leur semblables !

– T'y crois vraiment ?

– Bien sûr, affirma Will. C'est nos bébés. Ils sont plus costauds !

Elle riait encore quand elle aperçut son père sur la véranda en compagnie de Jonah, qui les interpella :

– Hé ! Vous savez quoi ? Après tout ce tapage ridicule, et après avoir assisté à l'événement du début à la fin, j'ai un seul mot à dire...

– On t'écoute ! répliqua Will.

– C'était *trop cool !* s'écria Jonah, avec un sourire épanoui.

Ronnie gloussa en songeant qu'il venait de troquer « génial » pour « cool ». Au même moment, son père fut saisi d'une violente quinte de toux.

Il toussa et toussa encore, incapable de s'arrêter... comme l'autre jour à l'église.

Elle le regarda se cramponner à la balustrade pour garder l'équilibre, et vit son frère froncer les sourcils, à la fois inquiet et apeuré... Même Will se figea sur place.

Steve tenta de se redresser, lutta pour se contrôler... puis porta les deux mains à sa bouche et toussa une dernière fois. Lorsqu'il reprit enfin son souffle, il respirait plus poussivement que jamais.

Il déglutit avec peine et baissa les mains. Dans les secondes qui suivirent, et qui lui parurent les plus longues de sa vie, Ronnie l'observa, épouvantée... Le visage de son père était couvert de sang.

Steve

Il avait appris qu'il était condamné en février. Assis dans le cabinet médical, une heure à peine après avoir donné sa dernière leçon de piano.

En revenant à Wrightsville Beach, comme sa carrière de concertiste se terminait, il avait recommencé à enseigner. Quelques jours après son installation, sans même le consulter, le pasteur Harris lui avait demandé une « faveur », et présenté une élève promise à un bel avenir. Toujours aussi attentionné, son vieil ami avait compris qu'à son retour au pays, Steve se retrouvait seul et désemparé, et que le seul moyen de l'aider consistait à redonner un sens à sa vie.

L'élève en question se nommait Chan Lee. Ses parents étaient tous les deux professeurs de musique à l'université de Caroline du Nord de Wilmington, et elle témoignait à dix-sept ans d'une formidable technique mais, curieusement, ne parvenait pas à trouver son propre style musical.

Elle était à la fois sérieuse et avenante, et Steve l'adopta sur-le-champ ; elle l'écoutait avec attention et tenait compte de ses suggestions. Il attendait chaque leçon avec impatience et lui offrit à Noël un ouvrage sur la fabrication des pianos anciens. Cependant, malgré son plaisir à enseigner de nouveau, Steve se sentait de plus en plus fatigué. Les séances l'épuisaient, alors qu'elles auraient dû le requinquer. Pour la première fois de sa vie, il fit des siestes régulièrement.

Au fil du temps, celles-ci se prolongèrent, jusqu'à ce qu'il s'assoupisse deux heures d'affilée... et il souffrait souvent de l'estomac à son réveil. Un soir, alors qu'il se préparait un chili con carne pour le dîner, il ressentit une douleur foudroyante à l'estomac. Plié en deux, suffoquant, il renversa le faitout et répandit son contenu sur le sol de la cuisine. En recouvrant son souffle, il mesura la gravité de son malaise.

Steve prit alors rendez-vous chez un médecin, puis subit échographies et radios à l'hôpital. Plus tard, tandis qu'on lui faisait une prise de sang pour les analyses prescrites, il songea à son père et au cancer qui avait fini par le tuer... et il devina ce que le praticien allait lui annoncer.

À la troisième visite, il apprit qu'il ne s'était pas trompé.

— Vous avez un cancer de l'estomac.

Le médecin prit une profonde inspiration, avant d'ajouter d'une voix neutre, mais sans brutalité :

— Les échographies et les radios montrent que les métastases s'étendent au pancréas et aux poumons. Je suis sûr que vous avez tout un tas de questions à me poser, mais je dois vous dire en préambule que ça n'augure rien de bon.

L'oncologue se montrait compatissant, tout en s'avouant quasi incapable de le sauver. Steve sentait bien que le spécialiste voulait l'entendre poser des questions précises, dans l'espoir que le dialogue puisse faciliter les choses.

À l'époque de la maladie de son père, Steve s'était documenté sur le sujet... Les chances de survie avoisinaient zéro. Aussi, plutôt que d'interroger le médecin, il se tourna vers la fenêtre et contempla distraitement un pigeon qui venait de se poser sur le rebord extérieur.

Il vient de m'annoncer que j'allais mourir, et veut en discuter avec moi. Mais il n'y a rien à en dire, pas vrai ?

Je vais mourir...

Steve se souvint avoir joint les mains, étonné de ne pas les voir trembler.

— Il me reste combien de temps ?

Son interlocuteur parut soulagé de l'entendre enfin briser le silence.

— Avant d'entrer dans ce genre de considérations, je tiens à aborder les différentes options qui s'offrent à vous...

— Il n'y en a pas, répliqua Steve. Vous et moi le savons pertinemment.

Si le médecin fut surpris par sa réaction, il n'en laissa rien paraître.

— Il y en a toujours, insista-t-il.

— Mais aucune ne peut me guérir. Vous voulez simplement parler de qualité de vie.

— Exact, admit le praticien en écartant son bloc-notes.

— Comment pouvons-nous discuter qualité de vie si j'ignore le temps qu'il me reste ? Si je n'en ai plus que pour quelques jours, autant que je commence à passer des coups de fil.

— Il vous reste davantage.

— Plusieurs semaines ?

— Oui, bien sûr...

— Plusieurs mois ?

Le médecin hésita. Il dut deviner que Steve insisterait jusqu'à ce qu'il sache la vérité. Il s'éclaircit la voix, puis reprit :

— À force d'avoir été confronté au problème, j'ai appris que ce genre de prévisions ne signifiait pas grand-chose.

Trop de facteurs entrent en jeu, dont la plupart échappent aux connaissances médicales. Ce qui va se passer dépend en grande partie de vous-même, de votre capital génétique et de votre comportement. Certes, nous ne pouvons rien faire qui puisse empêcher l'inévitable, mais... ce que j'essaye de vous dire, c'est que vous devez profiter au maximum du temps qui vous est imparti.

Steve ne cessait de le fixer pendant qu'il s'exprimait... et éludait la question.

– Un an ?

Cette fois, le praticien se trahit par son silence. Tandis qu'il quittait le cabinet, Steve inspira profondément, fort de ce qu'il venait d'apprendre... à savoir qu'il lui restait moins de douze mois à vivre.

Il prit conscience de la dure réalité un peu plus tard, sur la plage. Il souffrait d'un cancer avancé... et incurable. Il serait mort dans l'année.

Avant qu'il s'en aille, le médecin lui avait laissé toute une documentation : plusieurs brochures et une liste de sites Internet, surtout utiles pour le compte-rendu de lecture d'un étudiant en médecine... Aussi Steve préféra-t-il s'en débarrasser dans une poubelle en rejoignant la voiture.

Debout sur le sable, sous le soleil hivernal, il enfouit ses mains dans les poches de son manteau et contempla la jetée. Même si son acuité visuelle avait baissé, il distinguait au loin les gens qui s'y promenaient ou pêchaient par-dessus la rambarde, et la banalité de la scène le frappa. Comme si rien d'extraordinaire ne s'était produit.

Il allait mourir... dans peu de temps. Il se rendit alors compte que tout ce qui le tracassait jusque-là devenait futile désormais. Son plan d'épargne retraite ? *Je n'en aurai plus besoin.* Comment gagner sa vie à la cinquantaine ? *Aucune importance.* Son envie de rencontrer une femme et de tomber amoureux ? *Ce serait injuste envers elle, et de toute manière... mon désir de couple s'est envolé en fumée à l'annonce du diagnostic.*

C'est la fin, se répéta-t-il. Dans moins d'un an, il ne serait plus là. Certes, il se doutait qu'il allait mal et peut-être s'attendait-il à ce qu'on lui annonce la mauvaise nouvelle. Mais le souvenir encore frais des paroles prononcées par le médecin ne cessait de le hanter. Sur cette plage déserte, Steve se mit à trembler. Crevant de peur et de solitude, il se prit la tête dans les mains et se demanda pourquoi cette horreur s'abattait sur lui.

Le lendemain, il appela Chan et lui expliqua qu'il ne pouvait plus enseigner le piano. Ensuite, il retrouva le pasteur Harris pour le mettre au courant. À l'époque, ce dernier était encore convalescent après l'incendie, et même si Steve se sentait égoïste de l'accabler de son propre fardeau, il ne voyait personne d'autre à qui se confier. Assis sur la véranda de derrière, Steve lui répéta le diagnostic du médecin. Il tenta bien de contenir son émotion, mais finit par craquer... et tous deux fondirent en larmes.

Plus tard, Steve marcha sur la plage en se demandant comment occuper le peu de temps qui lui restait.

Qu'est-ce qui compte le plus à mes yeux ?

En passant près de l'église, dont les réparations n'avaient pas encore commencé, il contempla le trou béant qui abritait auparavant le vitrail... et songea à la sublime lumière matinale qui le traversait, pour le plus grand bonheur du pasteur Harris. Dès cet instant, Steve sut qu'il devait fabriquer un nouveau vitrail.

Le lendemain, il appela Kim. Quand il lui annonça la nouvelle de son cancer, elle s'effondra au téléphone. Steve sentit sa gorge se serrer, mais retint ses larmes, et comprit, étrangement, qu'il ne s'apitoierait plus jamais sur son sort.

Il la rappela plus tard pour lui demander si les enfants pouvaient passer les grandes vacances avec lui. Même si l'idée l'effrayait un peu, Kim donna son accord. À la demande de Steve, elle accepta de ne faire aucune allusion à l'état de santé de leur père. Ce serait un été où flotterait un lourd parfum de mensonge, mais Steve pouvait-il agir autrement s'il souhaitait se rapprocher de ses enfants ?

À la venue du printemps, il commença à s'interroger de plus en plus souvent à propos de la véritable nature de Dieu. Dans son état, c'était sans doute inévitable, supposa-t-il. Soit Dieu existait, et Steve passerait l'éternité au paradis... Soit Il n'existait pas et il n'y avait plus rien après la mort. En un sens, Steve trouvait un certain réconfort à tourner et retourner sans cesse la question dans sa tête. Ce monologue intérieur assouvissait un désir ancré au plus profond de lui-même.

Il finit par conclure que Dieu était réel, mais souhaita aussi pouvoir témoigner de Sa présence sur terre, au quotidien. Et ainsi commença sa quête.

Steve vivait la dernière année de son existence. Il pleuvait presque chaque jour... comme jamais au printemps. Puis vint le mois de mai et une sécheresse inhabituelle... à croire que, dans le ciel, quelqu'un avait subitement décrété la fin du déluge. Steve acheta le verre dont il avait besoin et commença la fabrication du vitrail. En juin, ses enfants arrivèrent... Après avoir maintes fois arpenté la plage en quête de Dieu, il comprit qu'il avait pu renouer les liens fragiles qui le rattachaient à Jonah et à Ronnie.

À présent, par cette sombre nuit d'août où les tortues à peine nées rejoignaient l'océan, il suffoquait et crachait du sang. Fini les mensonges... il était temps pour lui de dire la vérité.

Ses enfants le regardaient, effrayés, et Steve savait qu'ils attendaient des paroles susceptibles de les rassurer. Mais son estomac était comme transpercé par des milliers d'aiguilles. Du dos de la main, il s'essuya le visage et essaya de parler d'une voix calme.

– Je crois qu'il faut que j'aille à l'hôpital...

– 31 –

Ronnie

Steve était allongé sous perfusion sur son lit d'hôpital, lorsqu'il la mit au courant. Assise à son chevet, Ronnie secouait la tête avec obstination.

C'est pas vrai. J'y crois pas...

– Non, dit-elle. Impossible. Les médecins se trompent forcément.

– Pas cette fois, dit-il en lui prenant la main. Désolé que tu doives l'apprendre de cette manière...

Will et Jonah se trouvaient à la cafétéria du rez-de-chaussée. Steve souhaitait parler à chacun de ses enfants séparément, mais Ronnie ne voulait plus rien savoir. Plus question d'entendre la moindre parole de la bouche de son père.

Des tas d'images lui traversaient la tête. Elle comprenait à présent pourquoi son père tenait tellement à ce que Jonah et elle viennent en Caroline du Nord. De même qu'elle devinait que sa mère était au courant depuis le début. Et comme il leur restait peu de temps à passer ensemble, Steve s'était montré conciliant et avait refusé de se disputer avec Ronnie. Sans parler de son acharnement à vouloir finir le vitrail... Tout devenait logique, à présent.

379

Elle le revoyait tousser comme un forcené à l'église, et chaque fois qu'il grimaçait de douleur en se levant, en s'asseyant... Avec le recul, les pièces du puzzle s'imbriquaient à merveille. Et pourtant, tout son univers s'effondrait...

Son père ne la verrait jamais mariée, ne tiendrait jamais ses petits-enfants dans ses bras. Ronnie trouvait insupportable la seule idée de devoir vivre le reste de son existence sans lui. C'était injuste. Intolérable.

Ronnie reprit la parole d'une voix brisée.

— Quand est-ce que tu comptais m'en parler ?

— J'en sais rien...

— Avant mon départ ? Ou quand j'aurais été de retour à New York ?

Comme il ne répondait pas, elle sentit le rouge lui monter aux joues. Elle savait qu'elle ne devait pas se mettre en colère, mais ne pouvait s'en empêcher.

— Quoi ? Tu prévoyais de me l'annoncer par téléphone ? En me disant un truc du genre : « Désolé de ne pas t'avoir mise au courant cet été, mais j'ai un cancer au stade terminal. À part ça, tu vas bien, ma puce ? ».

— Ronnie...

— Si tu comptais pas me l'annoncer, pourquoi tu m'as fait venir ici ? Pour que je puisse te regarder mourir ?

— Non, ma chérie. C'est tout le contraire, se défendit-il en tournant la tête pour lui faire face. J'ai voulu que tu viennes afin de te voir vivre.

À ces mots, Ronnie crut défaillir. Elle entendit deux infirmières passer dans le couloir en chuchotant. Au plafond, l'éclairage au néon bourdonnait et projetait une atroce lueur bleuâtre sur les murs. La perfusion s'écoulait régulièrement, goutte après goutte... La banalité d'un hôpital dans toute son horreur... Mais tout cela n'avait rien de banal pour Ronnie. La gorge serrée, elle détourna les yeux et lutta pour retenir ses larmes.

– Ne m'en veux pas, ma puce... J'aurais dû t'en parler, je sais, mais je souhaitais un été normal pour nous tous. Je voulais juste renouer avec ma fille. Tu veux bien me pardonner ?

Son ton suppliant lui déchirait le cœur et Ronnie laissa échapper un sanglot. Son père était mourant et implorait son pardon. C'était si pathétique qu'elle ne savait comment réagir. Il tendit la main et elle la lui prit tendrement.

– Bien sûr que je te pardonne, déclara-t-elle, la voix entrecoupée de larmes.

Elle se pencha vers lui et posa doucement la tête sur sa poitrine, remarquant combien il avait maigri sans qu'elle s'en rende véritablement compte. Elle sentit les os saillants de sa cage thoracique et comprit soudain qu'il dépérissait depuis des mois. Elle s'en voulait de ne pas y avoir prêté attention, tellement elle était préoccupée par sa propre vie.

Quand son père l'entoura de ses bras, elle sanglota de plus belle, consciente que d'ici peu ce simple témoignage d'affection disparaîtrait. Malgré elle, Ronnie se remémora son arrivée au bungalow et la colère qu'elle éprouvait alors envers lui. Elle le détestait tant qu'elle n'aurait pas supporté le moindre contact physique... alors qu'elle l'adorait plus que tout, désormais.

Ronnie appréciait de connaître enfin le secret de son père, même si elle aurait préféré ne rien savoir. Elle sentit sa main lui caresser les cheveux. Un jour, il ne pourrait plus le faire, il ne serait plus là... et elle plissa fort les paupières, comme pour repousser l'échéance. Elle avait encore besoin de lui... quand elle aurait du chagrin, quand elle commettrait des erreurs... Elle avait besoin qu'il l'aime comme il l'avait aimée cet été. Ça lui était indispensable... et pourtant elle allait devoir bientôt y renoncer.

Elle se laissa bercer dans les bras de son père et pleura comme l'enfant qu'elle n'était plus désormais.

Plus tard, il répondit à ses questions. Il lui parla de son propre père et de l'hérédité cancéreuse dans sa famille, des douleurs qu'il avait éprouvées à l'arrivée du nouvel an. Il lui expliqua qu'une radiothérapie ne servirait à rien en raison de la propagation des métastases. Tout en l'écoutant, Ronnie imaginait les cellules malignes migrant dans le corps de son père, telle une armée diabolique détruisant tout sur son passage. Elle l'interrogea sur la chimiothérapie, mais la réponse de Steve fut la même. Le cancer se montrait pugnace et si la chimio pouvait ralentir ses progrès, elle ne l'arrêterait pas pour autant. Et son état se révélerait encore pire que s'il n'avait rien tenté. Il aborda ensuite la question de la qualité de vie... et elle lui en voulut à nouveau de ne pas lui en avoir parlé plus tôt. Toutefois, elle comprit qu'il avait pris la bonne décision. Si elle avait su, l'été se serait déroulé différemment. Leur relation aurait évolué d'une autre manière... et Ronnie préférait ne pas réfléchir à l'orientation qu'elle aurait prise.

Son père avait le teint blafard et elle savait que la morphine le rendait somnolent.

— Tu as encore mal ?

— Pas comme tout à l'heure. C'est supportable.

Elle hocha la tête, évitant de penser aux cellules malignes.

— À quel moment tu as mis maman au courant ?

— En février, juste après avoir appris la nouvelle. Mais je lui ai demandé de ne rien vous dire.

Elle essaya de se rappeler le comportement de sa mère à cette période. Nul doute qu'elle devait être bouleversée... mais Ronnie ne parvenait pas à s'en souvenir, ou bien elle n'y avait pas prêté attention, à l'époque. Comme toujours, elle ne pensait qu'à elle.

Ronnie voulait croire qu'elle avait changé à présent, même si elle savait que ce n'était pas tout à fait le cas. Entre Will et le travail à l'aquarium, elle avait passé relativement peu de temps avec son père... et ne pourrait jamais le rattraper.

— Si j'avais su, je serais restée davantage auprès de toi. J'aurais pu t'aider et t'éviter d'être aussi fatigué...

— Le simple fait de te savoir ici m'était plus que suffisant.

— Mais tu n'aurais peut-être pas fini à l'hôpital.

— Dans un premier temps, c'est de te voir profiter de tes vacances en toute insouciance et tomber amoureuse qui m'a peut-être évité l'hôpital.

Même s'il n'y fit pas allusion, Ronnie devinait qu'il ne s'attendait plus à vivre très longtemps... et elle tenta d'envisager la vie sans lui.

Si elle ne lui avait pas donné sa chance en passant cet été à son côté, elle aurait sans doute pu l'oublier plus aisément. Mais elle était venue, avait renoué avec lui, et plus rien ne serait facile à présent. Dans le silence angoissant de la chambre, Ronnie entendait la respiration poussive de son père et remarquait encore combien il était devenu chétif. Elle se demandait s'il vivrait jusqu'à Noël, ou même assez longtemps pour qu'elle puisse revenir le voir.

Elle se retrouvait seule avec son père mourant et ne pouvait malheureusement rien y faire.

— Qu'est-ce qui va se passer ? lui demanda-t-elle.

Il ne s'était guère assoupi... dix minutes tout au plus, avant de tourner la tête vers elle.

— Je ne suis pas sûr de comprendre...

— Est-ce que tu vas devoir rester à l'hôpital ?

C'était la seule chose qu'elle appréhendait. Pendant qu'il sommeillait, elle lui tenait toujours la main et l'imaginait déjà cloué à ce lit... contraint de passer le restant de ses jours dans cette chambre qui empestait le désinfectant, entouré d'infirmières qui n'étaient rien d'autre que des étrangères.

— Non. Je vais probablement rentrer à la maison d'ici quelques jours, dit-il en souriant. En tout cas, je l'espère.

Elle lui pressa vivement la main, en répliquant :

— Et après ? Quand on sera partis ?

Il prit le temps d'y réfléchir.

— Je suppose que j'aimerais voir le vitrail terminé. Et finir la chanson que j'ai commencée. Je reste persuadé qu'elle mérite d'être... retravaillée.

Ronnie rapprocha sa chaise.

— Qui va veiller sur toi ? Je veux dire... s'assurer que tout va bien ?

Steve ne répondit pas tout de suite, mais essaya de se redresser un peu contre les oreillers.

— Ça ira... Et si j'ai besoin de quelque chose, je peux toujours appeler le pasteur Harris. Il habite à deux ou trois rues de chez moi.

Elle voyait déjà le pauvre homme avec sa canne, les mains couvertes de brûlures encore douloureuses, essayant d'aider son père à s'installer dans la voiture. Steve parut deviner ses pensées.

– Comme je te l'ai dit, ça va aller, murmura-t-il. Je m'y suis préparé et, quitte à affronter le pire, il existe un établissement de soins palliatifs rattaché à l'hôpital.

– Autrement dit, un hospice ?

– C'est pas aussi terrible que tu l'imagines. J'y suis allé.

– Quand ça ?

– Voilà quelques semaines. Et de nouveau la semaine dernière. Ils sont prêts à m'accueillir, au besoin.

Encore un détail qu'elle ignorait, encore un secret qu'il lui révélait. Et une vérité présageant l'inévitable. Elle sentit son estomac se nouer, la nausée la gagner.

– Mais tu préférerais rester chez toi, pas vrai ?

– En effet.

– Jusqu'à ce que tu ne soies plus autonome ?

– Exact..., murmura-t-il avec un regard triste, insupportable pour sa fille.

Ronnie quitta la chambre pour aller à la cafétéria. Son père avait décidé qu'il était temps pour lui de parler à Jonah.

Elle traversa les couloirs comme un zombie. Il était presque minuit à présent, mais les urgences ne désemplissaient pas, comme toujours. Elle passa devant des salles où pleuraient des enfants, accompagnés de parents angoissés, aperçut une femme prise de vomissements incessants. Médecins et infirmières s'affairaient çà et là. Ronnie n'en revenait pas de voir autant de gens souffrants à une heure aussi avancée... tout en sachant que la plupart de ces patients rentreraient chez eux le lendemain. Son père, en revanche, serait transféré dans une autre chambre de l'étage, après avoir rempli son dossier d'admission.

Elle se faufila dans la salle d'attente bondée, puis franchit la porte donnant sur le hall d'entrée principal et la cafétéria.

Un peu plus loin, les bruits s'atténuaient. Seuls ses pas résonnaient sur le sol et, tout en marchant, Ronnie sentit de nouveau la fatigue et les haut-le-cœur l'envahir... Elle se disait que c'était ici qu'on accueillait les malades, les mourants... et, elle le savait, ici que son père reviendrait une dernière fois.

Ce fut la gorge serrée qu'elle arriva à la cafétéria. Elle sécha ses yeux rougis et gonflés et se promit de ne pas craquer. Le snack était fermé, mais il y avait des distributeurs installés contre le mur du fond, et elle vit deux infirmières assises dans un coin qui sirotaient leur café. Will et Jonah était attablés près de la porte, autour de boissons et d'un paquet de cookies entamé. Will leva la tête en la voyant s'approcher.

– T'en as mis du temps ! s'exclama son frère. Qu'est-ce qui se passe ? P'pa va bien ?

– Il va mieux, répondit-elle. Mais il veut te parler.

– De quoi ? rétorqua Jonah en reposant son cookie. J'ai rien fait de mal, au moins ?

– Non, pas du tout. Il veut t'expliquer ce qui se passe.

– Pourquoi tu peux pas me le dire toi-même ?

Son frère avait l'air anxieux, et Ronnie appréhendait sa réaction lorsqu'il serait enfin au courant.

– Parce que p'pa souhaite te parler en tête à tête, comme avec moi. Je t'accompagne jusqu'à la chambre et j'attendrai dans le couloir, O.K. ?

Jonah se leva pour gagner la porte.

– O.K., dit-il en passant devant Ronnie, qui eut soudain envie de fuir.

Mais elle devait soutenir son frère.

Quant à Will, il restait assis là, immobile, les yeux fixés sur elle.

— Je te rejoins dans deux secondes ! lança-t-elle à Jonah qui s'en allait déjà.

Will se leva à son tour et parut effrayé pour elle. *Il a compris*, pensa-t-elle subitement. *D'une manière ou d'une autre, il a deviné.*

— Tu peux nous attendre ? commença-t-elle. Je sais que t'as sans doute...

— Bien sûr, dit-il calmement. Je reste là tant que vous avez besoin de moi.

Soulagée, Ronnie le remercia d'un sourire, puis tourna les talons et emboîta le pas à son frère. Ils poussèrent la porte et traversèrent le hall désert, avant de retrouver l'effervescence des urgences.

Jusque-là, Ronnie n'avait jamais perdu quelqu'un de proche. Même si les parents de son père étaient décédés et si elle se souvenait avoir assisté aux obsèques, elle ne les avait jamais vraiment connus. Ce n'était pas le genre de grands-parents qui vous rendaient visite. Elle les considérait presque comme des étrangers... qui, à vrai dire, ne lui avaient jamais manqué.

Une seule fois elle avait été confrontée à la mort, lorsque sa prof d'histoire en cinquième, Amy Childress, avait succombé à un accident de la route pendant les vacances d'été. Kayla lui avait appris la nouvelle et Ronnie se rappelait avoir été plus choquée que véritablement triste, sur le coup... ne serait-ce que parce qu'Amy accusait une petite vingtaine d'années et n'enseignait que depuis peu. Bref, Ronnie avait peine à croire à sa disparition. Cette prof était sympa et comptait parmi les rares enseignants qui s'autorisaient à rire en cours. Le jour de la rentrée, Ronnie ne savait pas trop à quoi s'attendre au collège. Comment les autres allaient-ils réagir à la mort d'Amy ? Que pouvaient bien penser ses collègues profs ? Elle arpenta les couloirs ce jour-là, en quête de signes quelconques... mais hormis une petite plaque commémorative fixée au mur, près du bureau du principal, Ronnie ne vit rien d'extraordinaire. Les enseignants avaient repris leur routine et les nouveaux venus sympathisaient avec les anciens dans la salle des profs ; elle aperçut Mme Taylor et M. Burns – deux des collègues avec lesquels Mlle Childress déjeunait souvent –, bavardant gaiement dans les couloirs.

Ronnie se souvint que ça l'avait gênée de les voir aussi joyeux. Bien sûr, l'accident s'était produit pendant l'été, et les gens avaient déjà fait leur deuil... mais en découvrant que la salle d'histoire de Mlle Childress servait désormais aux cours de science, elle avait senti la colère la gagner. Elle ne supportait pas qu'on puisse effacer le souvenir de sa prof en si peu de temps.

Elle n'avait pas envie que cela se produise avec son père. Pas question qu'on l'oublie en quelques semaines... C'était un brave homme, un bon père, et il méritait mieux que ça.

De fil en aiguille, elle en vint à se dire qu'elle n'avait jamais réellement connu son père lorsqu'il était en bonne santé. La dernière fois qu'elle avait passé du temps avec lui, avant de refuser de lui parler pendant trois ans, Ronnie se trouvait en troisième au lycée. À présent, elle était adulte – du moins sur le papier... En tout cas, assez âgée pour voter ou s'enrôler dans l'armée. Et son père avait conservé son secret durant tout l'été. Que serait-il devenu s'il avait ignoré ce qui lui arrivait ? Qui était-il, au juste ?

Hormis les souvenirs qu'elle en gardait quand il lui enseignait le piano, Ronnie ne disposait d'aucun critère pour se faire une opinion. En fait, elle savait peu de choses à son sujet. Quels auteurs aimait-il lire ? Quel était son animal favori ? Connaissait-elle seulement sa couleur préférée ? Autant de détails anodins en apparence... mais la seule idée que ces questions restent sans réponses la perturbait.

Derrière la porte, elle entendit Jonah pleurer et comprit qu'il venait d'apprendre la vérité. Entre deux sanglots, son frère refusait de l'admettre, tandis que Steve tentait de l'apaiser. Elle s'adossa au mur du couloir, aussi peinée pour Jonah que pour elle-même.

Ronnie aurait voulu chasser ce cauchemar, remonter le temps jusqu'à l'éclosion des bébés tortues, quand tout semblait aller pour le mieux dans le meilleur des mondes. Elle souhaitait se retrouver auprès du garçon qu'elle aimait, entourée de sa famille heureuse.

Elle revit alors le visage radieux de Megan qui dansait au bras de son père à son mariage, et prit douloureusement conscience que Steve et elle ne partageraient jamais ce merveilleux moment.

Elle ferma les yeux et se boucha les oreilles, afin de ne pas entendre Jonah pleurer. Il avait l'air si désemparé, si jeune... si épouvanté. Comment pouvait-il comprendre, accepter la situation ? S'en remettrait-il un jour ou l'autre ? Ronnie savait qu'il n'oublierait jamais cette horrible soirée.

— Je peux t'apporter un verre d'eau ?

Elle entendit à peine les paroles, mais devina qu'on s'adressait à elle. Elle releva ses yeux noyés de larmes, et vit le pasteur Harris.

Impossible de prononcer un mot... mais elle parvint à secouer la tête. Quant à lui, il arborait une expression bienveillante empreinte de douceur, mais Ronnie devinait son angoisse à ses épaules voûtées, à la manière dont il agrippait sa canne.

— Je suis infiniment désolé, reprit-il d'une voix accablée. Je n'imagine même pas combien ça doit être dur pour toi. Ton père est un homme extraordinaire.

— Comment vous avez su qu'il était là ? Il vous a appelé ?

— Non. C'est une infirmière qui m'a prévenu. Je viens ici deux ou trois fois par semaine, et quand Steve a été admis aux urgences, le personnel a pensé que j'aimerais être au courant. Ils savent que je le considère comme mon fils.

— Vous allez lui parler ?

Le pasteur Harris jeta un regard sur la porte close.

— Uniquement s'il souhaite me voir. (À en juger par son expression affligée, nul doute qu'il entendait Jonah pleurer.) Et après vous avoir parlé à tous les deux, je suis sûr qu'il en aura besoin. Si tu savais comme il appréhendait cet instant...

— Vous en avez discuté ?

— Plusieurs fois. Il tient à vous deux plus qu'à sa propre vie, et ne voulait pas vous faire du mal. Il savait que ce moment viendrait un jour ou l'autre, mais je suis certain qu'il n'avait pas envie que vous le découvriez de cette manière...

— Quelle importance, maintenant ? Ça ne change rien à la situation.

— Au contraire, tout est différent.

— Parce que je suis au courant ?

— Non... Parce que vous avez passé du temps ensemble. Avant que vous arriviez, ton frère et toi, Steve était très nerveux. Pas à cause de sa maladie, mais parce qu'il tenait à tout prix à partager des moments avec vous, et que l'été se déroule à merveille. Je ne crois pas que tu puisses te rendre compte à quel point vous lui avez manqué, ni combien il vous aime, Jonah et toi. Avant les vacances, il comptait les jours et me le disait chaque fois qu'on se voyait.

La veille de votre arrivée, il a passé des heures à faire le ménage, à changer les draps, tout ça... Je sais que le bungalow ne paie pas de mine, mais si tu l'avais vu avant, tu comprendrais... Steve avait envie que vous viviez un été mémorable, et désirait en faire partie. Comme tous les parents, il souhaite vous voir heureux... Il veut s'assurer que tout se passera bien pour vous deux, que vous ferez les bons choix dans la vie. Voilà pourquoi il avait tant besoin de cet été... et vous le lui avez offert comme un merveilleux cadeau.

Elle le dévisagea, hésitante.

— Pour ma part, je n'ai pas toujours pris les meilleures décisions.

Le pasteur Harris lui sourit.

— Ça prouve simplement que tu es humaine. Ton père ne s'est jamais attendu à ce que tu sois parfaite. Mais je sais combien il est fier de la jeune femme que tu es devenue. Il me l'a dit voilà quelques jours à peine, et tu aurais dû entendre en quels termes il parlait de toi. Il était si heureux... et cette nuit-là, en priant, j'ai remercié Dieu pour Steve. Car en se réinstallant ici, ton père a connu des périodes de doute et de désespoir, et je n'étais pas sûr de le voir retrouver le bonheur un jour. Et pourtant, malgré tous ces événements, je le sais heureux à présent.

— Qu'est-ce que je suis censée faire, maintenant ? s'enquit Ronnie, une boule dans la gorge.

— Rien de particulier, je crois.

— Mais je crève de peur... Et papa...

— Je sais. Et même si ton frère et toi l'avez rendu très heureux, je me doute qu'il a très peur, lui aussi.

Plus tard, debout sur la véranda, Ronnie méditait dans la pénombre. Comme chaque soir, les vagues se brisaient avec régularité sur la grève, tandis que les étoiles scintillaient dans le ciel, plus intenses que jamais. Néanmoins, tout lui semblait différent. Will parlait avec Jonah dans la chambre... si bien qu'il y avait toujours trois personnes, mais la maison paraissait singulièrement plus silencieuse qu'à l'ordinaire.

Le pasteur Harris était resté au chevet de Steve, la prévenant qu'il y passerait la nuit, afin qu'elle puisse ramener Jonah... Ronnie quitta pourtant l'hôpital avec un sentiment de culpabilité. Le lendemain, son père devrait subir des examens et rencontrer son médecin. Dans l'intervalle, il serait épuisé et aurait forcément besoin de repos. Toutefois elle aurait voulu être à son côté, même s'il somnolait, car elle savait que bientôt elle serait privée de sa présence.

Derrière son dos, la porte grinça, alors que Will la refermait en douceur. Comme il s'approchait d'elle, Ronnie continua à fixer la plage dans la nuit.

– Jonah a fini par s'endormir, annonça-t-il. Mais je crois pas qu'il comprenne vraiment ce qui se passe. Il m'a dit qu'il était sûr que le médecin allait guérir votre père, et n'a pas arrêté de me demander quand il pourrait revenir à la maison.

Elle se contenta d'acquiescer, songeant aux larmes de Jonah dans la chambre d'hôpital. Will la prit dans ses bras.

– Comment tu te sens ?

– D'après toi ? Je viens d'apprendre que mon père était mourant et qu'il ne passera sans doute pas Noël...

– Je sais... Et j'en suis désolé. Je sais aussi combien c'est difficile pour toi, dit-il en la prenant par la taille. Je vais rester là, cette nuit... Au cas où tu serais obligée de partir, il y aura toujours quelqu'un auprès de Jonah. Je peux rester ici tant que tu auras besoin de moi. Je suis censé m'en aller dans deux jours, mais je peux toujours appeler la fac et expliquer ce qui se passe. Les cours ne commencent pas avant la semaine prochaine.

– Tu pourras rien changer à la situation, rétorqua Ronnie, qui s'en voulut aussitôt d'être aussi cassante. Tu piges pas, ou quoi ?

– J'essaye pas de changer quoi que ce soit...

– Bien sûr que si ! Mais c'est impossible ! lâcha-t-elle, à bout de nerfs. Et tu peux pas non plus te mettre à ma place !

– Moi aussi, j'ai perdu un être cher, lui rappela-t-il.

– C'est pas pareil ! dit-elle en retenant ses larmes. J'ai été si mauvaise envers lui. J'ai abandonné le piano ! Je lui reprochais tout et n'importe quoi, et je lui ai à peine adressé la parole en trois ans ! Trois ans, t'imagines ! Trois années de perdues. Peut-être que si j'avais pas eu toute cette rage en moi... il ne serait pas tombé malade. Peut-être que c'est moi qui n'ai fait qu'aggraver son stress... et qui suis la cause de tout ça ! explosa-t-elle en s'écartant de Will.

– C'est pas de ta faute.

Will tenta de la reprendre dans ses bras, mais c'était la dernière chose dont elle avait envie. Elle le repoussa et, comme il résistait, lui martela la poitrine en hurlant :

– Laisse-moi ! Je peux me débrouiller toute seule !

Mais il tenait bon, et lorsqu'elle comprit qu'il ne céderait pas, elle s'effondra contre lui et sanglota un long moment au creux de son épaule.

Allongée dans le noir, Ronnie écoutait la respiration de Jonah. Will dormait sur le canapé du salon. Elle aurait dû essayer de se reposer, mais elle tendait l'oreille... au cas où retentirait la sonnerie du téléphone. Elle imaginait le pire : son père pris d'une nouvelle quinte de toux, perdant encore beaucoup de sang, sans que quiconque puisse lui venir en aide...

À son côté était posée la Bible de Steve sur la table de nuit. Ronnie l'avait feuilletée tout à l'heure. Avait-il souligné des passages, marqué certaines pages ? Hormis son aspect usé témoignant du fait qu'il avait lu et relu la plupart des chapitres, elle aurait souhaité y déceler la trace de son père, quelques indices sur lui-même... Mais rien ne laissait supposer qu'il préférait tel passage plutôt que tel autre.

Ronnie n'avait jamais lu la Bible. Pourtant, elle savait qu'elle lirait celle-ci, en quête des réponses que son père avait dû trouver au fil des pages. Le pasteur Harris la lui avait offerte, ou bien Steve l'avait-il lui-même achetée ? Et depuis quand l'ouvrage était-il en sa possession ? Elle ignorait tant de choses au sujet de son père... et se demandait à présent pourquoi elle n'avait jamais pris la peine d'en parler avec lui.

Toutefois, elle allait y remédier. Si d'ici peu Ronnie allait devoir se raccrocher à ses souvenirs, alors elle souhaitait en recueillir le plus possible... Et, se surprenant à prier pour la première fois depuis des années, elle demanda à Dieu de lui laisser suffisamment de temps pour mieux connaître son père.

– 32 –

Will

Will ne dormit pas très bien. Toute la nuit, il entendit Ronnie se tourner et se retourner dans son sommeil, quand elle ne faisait pas les cent pas dans sa chambre. Le choc qu'elle éprouvait ne lui était pas étranger... Il se rappela sa stupeur, sa culpabilité, puis le déni et la colère qu'il avait éprouvés à la mort de Mikey. Le temps avait fini par atténuer ses émotions, mais il se souvenait encore du besoin paradoxal de compagnie et de solitude qu'il avait ressenti à l'époque.

Il était envahi d'une profonde tristesse en pensant à Ronnie, à Jonah, trop jeune pour comprendre ce qui lui arrivait... et à lui-même aussi. Tout l'été, Steve lui avait témoigné une gentillesse incroyable, comme ils avaient passé beaucoup plus de temps chez Ronnie que chez lui. Will aimait voir Steve préparer tranquillement les repas et partager une vraie complicité avec Jonah. Il les surprenait souvent sur la plage ou jouant dans les vagues, au cerf-volant, ou bien s'affairant sur le vitrail, paisibles et concentrés sur leur ouvrage. Si la plupart des pères affirmaient être de ceux qui consacrent du temps à leurs enfants, nul doute qu'aux yeux de Will, Steve incarnait l'idéal. Durant la courte période où il l'avait connu, il ne le vit jamais hausser la voix, se mettre en colère. Peut-être aussi parce que Steve se savait mourant... mais ça n'expliquait pas tout, selon Will. Le père de Ronnie était avant tout un brave homme, en paix avec lui-même et ses semblables ; il adorait ses enfants et leur faisait confiance pour l'avenir, sachant qu'ils seraient assez intelligents pour prendre les bonnes décisions.

Allongé sur le canapé, Will se dit qu'il souhaiterait devenir ce genre de père un jour. Il aimait le sien, bien sûr, mais Tom n'avait pas toujours eu cette image débonnaire que Ronnie avait découverte en faisant sa connaissance. Will avait vécu de longues périodes durant lesquelles il voyait à peine son père, trop occupé à faire prospérer sa société. Ajoutez à cela l'instabilité émotionnelle de sa mère, le décès de Mikey... et toute la famille avait sombré dans la dépression pendant deux ou trois ans, au point que Will souhaita parfois avoir vu le jour dans un tout autre foyer. Il savait qu'il avait de la chance, et la situation s'était drôlement améliorée ces dernières années. Mais à l'adolescence, ce n'était pas rose tous les jours à la maison.

Quoi qu'il en soit, Steve appartenait à un autre genre de parents.

Ronnie lui avait raconté qu'il restait assis des heures entières à son côté, lorsqu'elle apprenait le piano. Pourtant, chaque fois que Will s'était trouvé à la maison, il n'avait jamais entendu Steve en parler, même pas une simple allusion. Si Will trouva ça assez bizarre au début, il finit par y voir toute la force de l'amour paternel. Ronnie ne voulait plus entendre parler de piano, eh bien Steve n'en parlait plus... même si la musique avait occupé une grande partie de leur vie commune. Il était même allé jusqu'à fabriquer une cloison dans l'alcôve, afin de masquer l'instrument et de respecter le souhait de sa fille.

Quel genre d'homme ferait une chose pareille ?

Uniquement Steve, un homme que Will admira plus de jour en jour, auprès duquel il apprenait beaucoup... le genre d'homme qu'il espérait devenir en mûrissant.

Réveillé par le soleil matinal qui traversait les fenêtres du salon, Will s'étira et se leva. En jetant un œil dans le couloir, il vit la porte de la chambre ouverte et comprit que Ronnie était déjà levée. Il la retrouva sur la véranda face à la plage, au même endroit que la veille.

— Bonjour...

Ronnie se tourna vers lui.

— Bonjour, dit-elle, l'ombre d'un sourire sur les lèvres.

Elle tendit les bras et il l'étreignit, heureux de la retrouver.

— Désolée pour hier soir, reprit-elle.

— T'as aucune raison de l'être, dit Will en respirant le délicat parfum de ses cheveux. T'as rien fait de mal.

— Mouais... Mais merci quand même.

— Je t'ai pas entendue te lever.

— Je suis debout depuis un moment, soupira-t-elle. J'ai appelé l'hôpital et j'ai parlé à mon père. Il n'a pas dit grand-chose, mais j'ai compris qu'il avait encore mal. D'après lui, ils devraient le garder encore deux ou trois jours, le temps de faire des examens.

En d'autres circonstances, Will lui aurait dit que tout allait bien se passer, que tout finirait par s'arranger... Mais dans le cas présent, tous deux savaient que ces paroles n'avaient pas de sens. Il préféra se pencher et poser doucement son front contre celui de Ronnie.

— T'as pu dormir un peu ? demanda-t-il. Je t'ai entendue te lever et arpenter la chambre.

— Non, je me suis pas vraiment reposée. J'ai fini par me

glisser dans le lit de Jonah, mais mon cerveau était en ébullition. Pas seulement à cause de ce qu'il adviendrait de mon père... À cause de toi, aussi. Tu t'en vas dans deux jours...

– Je t'ai déjà dit que je pouvais reporter mon départ. Si t'as besoin que je reste un peu, aucun souci...

Elle secoua la tête.

– Pas question de te retenir. T'es sur le point de commencer un tout nouveau chapitre de ta vie et j'ai pas envie de t'en priver.

– Mais je suis pas obligé de partir maintenant. Les cours ne commencent pas tout de suite...

– J'y tiens pas, répéta-t-elle d'une voix douce, mais ferme. Tu vas entrer à la fac... Tous ces problèmes ne te concernent pas directement. Je sais que je peux te paraître dure, mais c'est pas mon intention. Il s'agit de mon père, pas du tien, et on n'y changera rien. Et puis j'ai suffisamment de choses en tête pour ne pas, en plus, culpabiliser à propos de ce que tu pourrais éventuellement rater à cause de moi. Tu comprends ?

Ses paroles avaient un accent de vérité pour tous les deux, même si Will aurait préféré qu'elle se trompe. Il défit alors son bracelet en macramé et le lui tendit.

– J'aimerais que tu le portes, murmura-t-il.

À en croire l'expression de Ronnie, elle comprenait visiblement combien il était important pour Will qu'elle accepte.

Elle lui sourit timidement et referma sa main sur le bracelet. Will crut qu'elle allait reprendre la parole, quand ils entendirent soudain la porte de l'atelier s'ouvrir avec fracas. L'espace d'un instant, Will crut avoir affaire à un cambrioleur. Puis il vit Jonah traîner une chaise cassée à l'extérieur. Le gamin la souleva avec peine et la lança par-dessus la dune. Même à cette distance, Will voyait la fureur sur le visage de Jonah.

Ronnie descendait déjà de la véranda.

– Jonah ! s'écria-t-elle en se mettant à courir.

Will bondit dans son sillage et manqua de la renverser quand elle parvint à l'entrée de l'atelier. Par-dessus l'épaule de Ronnie, il vit Jonah qui tentait de déplacer une lourde caisse.

– Qu'est-ce que tu fabriques ? hurla-t-elle. Quand est-ce que t'es sorti pour venir ici ?

Son frère l'ignora et continua à pousser la caisse en grognant sous l'effort.

– Jonah !

Le gosse se tourna enfin vers Will et sa sœur, surpris par leur présence.

– J'arrive pas à l'atteindre ! vociféra-t-il au bord des larmes. Je suis pas assez grand.

– De quoi tu parles ? s'enquit Ronnie en s'avançant. Mais tu saignes !

Will remarqua le jean déchiré et le sang sur la jambe de l'enfant, tandis que Ronnie se précipitait, paniquée, vers son frère. Mais celui-ci ne l'entendait plus et s'escrimait toujours à déplacer la caisse, laquelle heurta une des étagères. Une créature mi-poisson mi-écureuil dégringola sur la tête de Jonah, juste au moment où Ronnie le rejoignit.

Le gamin avait le visage crispé, en feu.

– Fous le camp ! hurla-t-il. Je peux me débrouiller seul ! Pas besoin de toi !

Il voulut à nouveau faire bouger la caisse, mais celle-ci était coincée, comme encastrée dans l'étagère. Ronnie essaya de l'aider, mais son frère la repoussa, des larmes dégoulinant sur ses joues.

– Casse-toi, je te dis ! P'pa veut que je termine le vitrail ! C'est moi qui dois le finir ! Pas toi ! On y a passé tout l'été ! s'égosilla-t-il entre deux sanglots rageurs et terrifiés. Toi, tu faisais que t'occuper des tortues ! Mais moi, j'étais tous les jours avec lui !

Sa voix se brisait, tandis qu'il enchaînait :

— Et maintenant, j'arrive pas à atteindre le milieu du vitrail ! Je suis trop petit ! Mais faut que je le termine... parce que peut-être que comme ça... papa ira mieux après. Alors, je suis monté sur la chaise, mais elle s'est cassée et je suis tombé sur le verre... et ça m'a foutu en colère, alors j'ai voulu prendre la caisse... mais elle est trop lourde... et...

Jonah pouvait à peine parler à présent... et il s'affala soudain sur le sol. Il se recroquevilla, tête baissée, les épaules secouées par ses sanglots.

Ronnie s'assit auprès de lui et le prit dans ses bras, tandis qu'il continuait à pleurer. Will les observait, la gorge nouée, et se sentait comme un intrus au cœur d'un drame qui n'était pas le sien.

Toutefois il resta là, pendant que Ronnie berçait son petit frère en silence, jusqu'à ce que ses sanglots s'atténuent. Jonah releva enfin la tête, les yeux rougis derrière ses lunettes, le visage marqué par les larmes.

Ronnie s'adressa à lui avec une infinie douceur.

— On peut retourner à la maison deux minutes ? Je veux juste jeter un œil sur ton entaille à la jambe.

— Et le vitrail ? répliqua Jonah d'une voix encore tremblante. Faut quand même le terminer.

Ronnie croisa alors le regard de Will, puis ses yeux revinrent vers son frère.

— On peut te donner un coup de main ?

Jonah secoua la tête.

— Vous y connaissez rien...

— Eh bien, tu vas nous montrer !

Après que Ronnie eut soigné sa jambe écorchée et mis un pansement, Jonah les entraîna de nouveau vers l'atelier.

Le vitrail était quasiment achevé, les détails des visages terminés, et les barres de renfort déjà en place. Il ne restait plus qu'à ajouter les centaines de petites pièces formant la lueur divine dans le ciel.

Jonah montra à Will comment tailler les plombs d'entourage et à Ronnie comment les souder ; Jonah, quant à lui, découpait les pièces de verre, puis les insérait entre les plombs, avant que Ronnie se charge de les sertir.

Il régnait une chaleur étouffante dans cet atelier exigu, mais tous les trois finirent par trouver leurs marques et un certain rythme. À l'heure du déjeuner, Will fila acheter des hamburgers pour Jonah et lui, et une salade pour Ronnie ; ils firent une courte pause déjeuner, puis s'attelèrent de nouveau à la tâche. Dans l'après-midi, Ronnie appela l'hôpital à trois reprises, mais ne put avoir son père au bout du fil : tantôt il passait des examens, tantôt il se reposait... mais son état demeurait stable. Au crépuscule, ils avaient fini la moitié du travail. Jonah commençait à fatiguer, et ils firent une nouvelle pause repas avant d'apporter des lampes du salon pour mieux s'éclairer.

À dix heures du soir, Jonah bâillait à s'en décrocher la mâchoire. Ils rentrèrent un moment se détendre dans la maison et Jonah s'endormit aussitôt sur le canapé. Will le prit dans ses bras et le coucha. Le temps de revenir au salon, Ronnie s'était déjà remise à l'ouvrage dans l'atelier.

Will entreprit de couper le verre. Il avait vu Jonah opérer toute la journée, et s'il tâtonna un peu au début, il prit vite le coup.

Ronnie et Will travaillèrent sans relâche... et aux premières lueurs de l'aube, ils étaient épuisés. Sur l'établi trônait le vitrail achevé. Will craignait un peu la réaction de

Jonah en découvrant qu'il n'avait pas mis la touche finale au projet, mais se dit que Ronnie saurait gérer la situation.

– Vous avez l'air d'être restés debout toute la nuit ! lança une voix dans leur dos.

Will se retourna et vit le pasteur Harris, debout à l'entrée de l'atelier.

Appuyé sur sa canne, il portait un costume – sans doute pour son office dominical –, mais Will remarqua les horribles cicatrices sur ses mains et devina qu'elles se prolongeaient sur ses bras. Pensant alors à l'incendie de l'église et au secret qu'il gardait depuis tant de mois, il ne put croiser le regard du pasteur.

– On a terminé le vitrail, annonça Ronnie d'une voix rauque.

Leur visiteur désigna l'objet en disant :

– Je peux jeter un œil ?

– Bien sûr !

Il s'avança lentement dans la pièce, sa canne martelant le sol à mesure qu'il s'approchait. Arrivé devant l'établi, son expression passa de la curiosité à l'émerveillement, tandis qu'il caressait l'ouvrage de sa main noueuse et meurtrie.

– Incroyable, murmura-t-il. Encore plus beau que je ne l'imaginais.

– Mon père et Jonah ont réalisé le plus gros, précisa Ronnie. On a simplement donné un coup de main pour les finitions.

– Ton père sera très heureux, dit-il avec un sourire radieux.

– Et les travaux, ça avance ? Je sais que papa aimerait voir le vitrail en place.

– Puisse le Seigneur t'entendre, soupira-t-il avec un haussement d'épaules. L'église n'a pas autant de succès que par le passé, et les fidèles sont moins nombreux. Mais j'ai bon espoir que tout finisse par s'arranger.

En voyant l'air angoissé de Ronnie, Will comprit qu'elle se demandait si le vitrail serait installé à temps... mais n'osait pas poser la question.

— L'état de ton père s'est stabilisé, reprit le pasteur. Il devrait bientôt quitter l'hôpital, et tu pourras lui rendre visite ce matin. Tu n'as pas raté grand-chose, hier. J'ai passé le plus clair de mon temps assis à l'attendre, pendant qu'il subissait des examens.

— Merci de lui avoir tenu compagnie.

— Non, ma chérie... Merci à *toi*, dit-il en admirant de nouveau le vitrail.

L'atelier était bien calme au départ du pasteur. Will le regarda s'éloigner, incapable d'oublier les cicatrices de brûlures sur ses mains.

Dans le silence ambiant, il contempla le vitrail, frappé par la somme de travail nécessaire à sa fabrication, alors que celui d'origine n'aurait jamais dû être remplacé.

Il repensa aux paroles du pasteur... et à l'éventualité que Steve ne puisse vivre assez longtemps pour voir son ouvrage installé.

Ronnie était plongée dans ses pensés lorsqu'il se tourna vers elle.

— Faut que je te dise un truc...

Assis sur la dune, Will lui raconta toute l'histoire depuis le début. Lorsqu'il eut terminé, Ronnie semblait déconcertée.

— C'est donc Scott qui a mis le feu ? Et toi, tu le protèges depuis ? dit-elle d'un air sceptique. T'as menti pour lui, alors ?

Will secoua la tête.

– C'est pas tout à fait ça. Je t'ai expliqué que c'était un accident.

– Peu importe, rétorqua-t-elle en plongeant son regard dans le sien. Accident ou pas, il doit assumer la responsabilité de son acte.

– Je sais. Je lui ai dit d'aller voir les flics.

– Mais s'il n'y va pas ? Tu vas continuer à le couvrir encore et toujours ? Et laisser Marcus en profiter pour s'en servir comme d'une épée de Damoclès suspendue au-dessus de toi ? C'est aberrant...

– Mais Scott est mon ami...

Ronnie se leva d'un bond.

– Le pasteur Harris a failli mourir dans cet incendie ! Il a passé des semaines à l'hôpital. Tu sais à quel point les brûlures sont douloureuses ? Pourquoi ne pas demander à Blaze ce que ça fait, tiens ! Quant à l'église... il peut même pas finir les travaux, faute de crédits... et peut-être même que mon père ne verra jamais le vitrail installé !

Will tenta de garder son calme. Il voyait bien que c'était plus que Ronnie ne pouvait en supporter : la maladie de Steve, le départ imminent de Will pour la fac, sa prochaine comparution au tribunal.

– Je sais pertinemment que j'ai eu tort, reconnut-il d'une voix posée. Et je culpabilise depuis le début. Tu peux pas savoir le nombre de fois où j'ai voulu aller cracher le morceau à la police.

– Et alors ? T'es pas plus avancé maintenant... Tu m'as écoutée quand je te disais avoir reconnu mes torts devant le juge ? Parce que je savais que je m'étais mal conduite ! C'est quand on a des difficultés à l'admettre que la vérité prend tout son poids ! Comment tu peux ne pas piger ça ? L'église, c'était toute la vie du pasteur Harris ! Toute la vie de mon père ! Et maintenant qu'elle est détruite et que l'assurance ne couvre pas l'ensemble des dégâts... il doit dire la messe dans un entrepôt...

— Scott est mon pote, protesta-t-il. Je peux pas le jeter comme ça dans la fosse aux lions.

Elle battit des paupières, se demandant s'il réalisait ce qu'il était en train de dire.

— Comment tu peux être aussi égoïste ?

— Mais je ne le suis pas...

— Bien sûr que si ! Et puisque t'es pas foutu de comprendre, alors autant qu'on arrête d'en parler !

Sur ces mots, elle tourna les talons et partit en direction du bungalow.

— Va-t'en ! Dégage ! lâcha-t-elle, excédée.

— Ronnie ! lui cria-t-il en se levant pour la suivre.

Elle sentit qu'il allait la rattraper et fit volte-face.

— Bon, c'est fini, O.K. ?

— Mais non, enfin... Sois raisonnable...

— Raisonnable ? répliqua-t-elle en gesticulant de plus belle. Tu veux que je sois raisonnable ? Non seulement t'as menti pour protéger Scott, mais tu m'as menti à moi aussi ! Tu savais que mon père bossait comme un fou sur ce vitrail ! Et pendant tout ce temps, t'as pas pipé mot !

Pendant qu'elle parlait, une prise de conscience parut s'opérer en elle.

— T'es pas du tout comme je le pensais ! Je te croyais différent, meilleur que ça !

Il tressaillit, incapable de réagir, mais quand il s'avança, elle battit en retraite.

— Casse-toi, bon sang ! Tu dois t'en aller, de toute manière, et on se reverra plus jamais. Faut bien que l'été se termine un jour. On a beau faire comme si... On peut rien y changer ! Alors, autant qu'on arrête maintenant. J'ai trop de trucs qui me tombent dessus en ce moment... et je peux pas fréquenter quelqu'un en qui j'ai pas confiance.

Les larmes aux yeux, Ronnie ajouta :

– J'ai pas confiance en toi, Will. Laisse-moi...

Il était comme paralysé, incapable de parler.

– Va-t'en ! répéta-t-elle en courant vers la maison.

Cette nuit-là, la dernière qu'il passerait à Wrightsville Beach, Will était assis dans le salon de la demeure familiale et tâchait de trouver un semblant de logique à ce qui lui arrivait. Il leva la tête quand son père entra dans la pièce.

– Tout va bien, fiston ? T'étais pas très bavard à table.

– Ouais... ça va.

Son père s'installa en face de lui sur le canapé.

– C'est ton départ qui te rend nerveux ?

– Non...

– Tes bagages sont prêts ?

Will acquiesça et sentit le regard scrutateur de son père.

– Qu'est-ce qui se passe ? demanda Tom en se penchant vers lui. Tu sais que tu peux me parler...

Will prit son temps avant de répondre... et son regard croisa enfin celui de son père.

– Si je te demandais de me rendre un grand service, de faire un truc énorme pour moi, tu le ferais ? Sans poser de questions ?

Tom s'adossa au canapé sans le quitter du regard. Dans le silence qui suivit, Will connaissait déjà la réponse...

Ronnie

— Tu as vraiment terminé le vitrail ?

Ronnie observait son père qui discutait avec Jonah dans la chambre d'hôpital, et le trouvait en meilleure forme. Il avait toujours l'air fatigué, mais ses joues avaient repris des couleurs et il se déplaçait plus facilement.

— Il est génial, p'pa ! s'enthousiasma Jonah. J'ai hâte que tu le voies.

— Mais il restait des tas de petites pièces à assembler.

— Ronnie et Will m'ont donné un coup de main.

— Ah bon ?

— J'ai dû leur montrer comment faire. Ils n'y connaissaient rien. Mais t'inquiète pas... Je me suis pas énervé, même quand ils faisaient tout de travers.

— Ça fait plaisir à entendre, dit son père avec un sourire amusé.

— Ouais. Je suis un sacré bon prof.

— J'en doute pas un instant.

— Ça sent bizarre ici, non ? reprit Jonah en plissant le nez.

— Un peu.

Jonah hocha la tête d'un air entendu.

– C'est bien ce que je me disais.

Il désigna la télévision en ajoutant :

– T'as regardé des films ?

– Pas trop, non.

– Et ce truc-là, ça sert à quoi ?

Steve lorgna la poche de perfusion.

– Ça contient des médicaments.

– Et ça t'aidera à aller mieux ?

– Ça va mieux, en ce moment.

– Alors, tu vas rentrer à la maison ?

– Bientôt.

– Aujourd'hui ?

– Peut-être demain, dit son père. Mais tu sais ce qui me ferait plaisir ?

– Quoi ?

– Un soda. Tu te rappelles où se situe la cafétéria ? Au bout du hall d'entrée, à l'angle du couloir ?

– Je sais, p'pa. Je suis plus un bébé. T'as envie de boire quoi ?

– Un Sprite ou un Seven Up.

– Mais j'ai pas d'argent...

Comme son père lui lançait un regard, Ronnie comprit le message et farfouilla dans la poche arrière de son jean.

– J'en ai, dit-elle, en sortant un billet d'un dollar qu'elle tendit à Jonah.

Dès que son frère fut sorti, son père ne la quitta plus des yeux.

– L'avocate a appelé ce matin. La date de ta comparution est repoussée à fin octobre.

Ronnie se tourna vers la fenêtre.

– Pour l'instant, c'est le cadet de mes soucis...

– Excuse-moi.

Il se tut quelques instants, mais Ronnie sentait toujours son regard posé sur elle.

— Jonah tient le coup ? s'enquit-il.

Elle haussa vaguement les épaules.

— Bof... Il est perdu. Paumé. Effrayé. Toujours à deux doigts de péter les plombs...

Comme moi...

Son père lui fit signe d'approcher. Elle s'installa sur la chaise que Jonah venait d'occuper. Il lui prit la main et la serra tendrement.

— Désolé de pas avoir été assez costaud pour éviter l'hôpital. Je n'ai jamais souhaité que tu me voies dans cet état.

Il n'avait pas sitôt fini sa phrase qu'elle secouait déjà la tête.

— Je ne veux plus jamais t'entendre t'excuser pour ça.

— Mais...

— Il n'y pas de « mais » qui tienne, O.K. ? Fallait que je sois au courant. Je préfère savoir à quoi m'en tenir.

Il parut accepter sa réponse, mais la question qu'il posa surprit Ronnie.

— Tu veux parler de ce qui s'est passé avec Will ?

— Qu'est-ce qui te fait dire un truc pareil ?

— Je te connais, figure-toi. Je sais quand il y a un truc qui te tracasse. Et aussi à quel point tu tiens à lui.

Ronnie se redressa. Pas question de mentir à son père.

— Il est rentré chez lui préparer ses bagages, dit-elle.

Steve l'observait attentivement.

— Je t'ai déjà dit que mon père jouait au poker ?

— Ouais... Pourquoi ? T'as envie de faire une partie ?

— Non. Je sais bien que tu ne me dis pas tout au sujet de Will... Mais si tu ne veux pas en parler, aucun problème.

Elle hésita. Elle savait qu'il comprendrait, mais n'était pas encore prête.

— Comme je te l'ai dit, il est sur le départ...

Son père hocha la tête et n'insista pas davantage.

— Tu as l'air fatigué, reprit-il. Tu devrais rentrer faire une sieste.

— Je le ferai. Mais j'ai envie de rester un peu avec toi

— Entendu.

Elle contempla la poche de perfusion qui avait intrigué Jonah. Mais, contrairement à son frère, Ronnie savait qu'il ne s'agissait pas de médicaments susceptibles de le guérir.

— Tu as mal ? demanda-t-elle.

Il ne répondit pas tout de suite.

— Non... pas trop.

— Mais avant, c'était douloureux ?

Son père secouait déjà la tête.

— Arrête, ma puce...

— Je veux savoir. Est-ce que t'avais mal avant d'entrer à l'hôpital ? Dis-moi la vérité, tu veux bien ?

— Oui.

— Depuis combien de temps ?

— Je ne comprends pas ce que tu veux dire...

— Je veux savoir à quel moment t'as commencé à avoir mal, précisa Ronnie en se penchant vers lui, comme pour l'obliger à ne pas fuir son regard.

— C'est pas important, dit-il en secouant à nouveau la tête. Je me sens mieux. Et les médecins savent ce qu'ils doivent faire pour m'aider.

— S'il te plaît, insista Ronnie. Quand est-ce que les premières douleurs ont commencé ?

Il regarda leurs mains entrelacées sur le lit.

— J'en sais rien... mars ou avril ? Mais c'était pas tous les jours...

– Qu'est-ce que tu faisais, alors ? s'obstina-t-elle, décidée à connaître la vérité coûte que coûte.

– Au début, c'était pas si terrible...

– Mais douloureux quand même, non ?

– Ben oui...

– Alors ?

– Je ne sais plus trop... J'essayais de ne pas y penser. Je me concentrais sur d'autres trucs.

Ronnie sentait ses épaules se contracter sous la tension et appréhendait ce qu'il risquait de lui avouer... mais elle devait savoir à tout prix.

– Sur quoi, par exemple ?

De sa main libre, Steve caressa distraitement le drap comme pour le défroisser.

– Pourquoi c'est si important à tes yeux ?

– Parce que je veux savoir si le fait de jouer du piano te permettait d'oublier ta maladie...

Dès qu'elle prononça ces mots, elle sut qu'elle disait vrai.

– Je t'ai regardé jouer ce soir-là, dans l'église en chantier, quand tu as eu cette quinte de toux. Et Jonah m'a dit que tu t'y faufilais régulièrement depuis qu'ils ont livré le piano.

– Écoute, ma puce...

– Tu te souviens quand tu disais que jouer du piano t'aidait à te sentir mieux ?

Son père acquiesça. Il devinait ce qui allait suivre et Ronnie était certaine qu'il refuserait de répondre. Mais elle devait savoir la vérité.

– Tu voulais dire que ça soulageait ta douleur ? Ne me raconte pas d'histoires, s'il te plaît. Si tu mens, je le saurai.

Elle ne supporterait pas la moindre esquive, cette fois.

Il ferma les paupières un court instant, puis les rouvrit et la regarda droit dans les yeux.

– Oui, ça me soulageait.

– Pourtant, tu as fabriqué une cloison pour cacher le piano ?

– En effet...

Ronnie se sentit défaillir et posa doucement la tête sur la poitrine de son père.

– Ne pleure pas, ma puce... Ne pleure pas, je t'en prie.

Mais c'était plus fort qu'elle. L'idée même de s'être comportée comme une vraie peste, alors que Steve souffrait le martyre, la vida du peu d'énergie qui lui restait.

– Oh, papa...

– Non, ma puce... ne pleure pas, s'il te plaît. C'était pas si douloureux à ce moment-là. Je me suis dit que ça pourrait aller, et d'ailleurs je ne m'en suis pas trop mal sorti, je crois. C'est seulement la semaine dernière que...

Du doigt, il effleura son menton... Ronnie croisa son regard et ce qu'elle y découvrit lui brisa le cœur. Elle dut détourner les yeux.

– À ce moment-là, ça pouvait aller, répéta-t-il. (Et elle savait au son de sa voix qu'il était sincère.) J'avais mal, bien sûr, mais je n'étais pas obnubilé par la douleur... Et j'y échappais autrement que par la musique. Quand je travaillais sur le vitrail avec Jonah, par exemple, ou en profitant simplement de cet été avec mes enfants dont j'avais tant rêvé.

Les paroles de son père stigmatisaient plus que jamais son ingratitude... Elle ne pouvait supporter qu'il lui pardonne.

– Je m'en veux tellement, papa...

– Regarde-moi, ma puce...

Mais Ronnie ne pouvait affronter le regard de Steve. Elle ne pensait qu'à son besoin de jouer du piano, dont elle l'avait privé par égoïsme. Par vengeance...

– Regarde-moi, répéta-t-il d'une voix douce mais insistante.

Elle leva la tête à contrecœur.

– J'ai passé l'été le plus merveilleux de ma vie, murmura-t-il. Je t'ai regardée sauver les tortues, je t'ai vue tomber amoureuse, même si cette relation ne dure pas... Et surtout, j'ai appris à connaître la jeune femme que tu es devenue. Tu ne peux pas imaginer le bonheur que ça m'a procuré. Bref, c'est un ensemble de choses qui m'a soutenu pendant toutes ces vacances.

Ronnie savait là encore qu'il ne mentait pas, cela ne fit qu'accentuer son malaise. Elle allait intervenir, quand Jonah resurgit dans la chambre.

– Regarde qui j'ai rencontré ! s'écria-t-il, une canette de Sprite à la main, en désignant la nouvelle venue.

Ronnie se tourna et découvrit sa mère derrière Jonah.

– Salut, ma belle !

Ronnie observa son père du coin de l'œil.

– Il fallait bien que je la prévienne, expliqua-t-il dans un haussement d'épaules.

– Comment tu te sens ? demanda Kim.

– Ça peut aller, répondit-il.

La mère de Ronnie prit cela pour une invitation à entrer dans la pièce.

– Je crois qu'on doit avoir une discussion tous les quatre, annonça-t-elle.

Le lendemain matin, Ronnie avait pris sa décision et attendait dans sa chambre, quand sa mère y fit irruption.

– Tu as fait tes bagages ?

Elle regarda Kim droit dans les yeux, avec calme et détermination.

– Je ne rentre pas à New York avec toi.

– Je pensais qu'on en avait déjà parlé, répliqua sa mère.

– Non... C'est toi qui en as parlé. En tout cas, moi, je ne vais pas à New York.

Kim ignora sa remarque.

– Ne sois pas ridicule. Bien sûr, que tu rentres à la maison.

– C'est hors de question, s'obstina Ronnie, les bras croisés, sans pour autant élever la voix.

– Ronnie...

Elle secoua la tête, sachant qu'elle n'avait jamais été aussi sérieuse de toute sa vie.

– Je reste là, et pas question d'en discuter. J'ai dix-huit ans maintenant et tu peux pas me forcer à repartir avec toi. Je suis adulte et libre d'agir comme je veux.

Tout en digérant les propos de sa fille, Kim se dandinait d'un pied sur l'autre, ne sachant trop comment réagir.

– Ce... c'est pas de ton ressort, hésita-t-elle en essayant de faire appel à son bon sens.

– Non ? ironisa Ronnie en s'avançant vers elle. Alors, qui doit s'en charger ? Qui va s'occuper de lui ?

– Ton père et moi avons abordé la question et...

– Oh, tu fais allusion au pasteur Harris ? Ouais, bien sûr... comme s'il était assez solide pour veiller sur papa s'il a un étourdissement ou s'il se remet à cracher du sang ! Physiquement, le pasteur n'est pas de taille, enfin !

– Ronnie...

– C'est pas parce que tu lui en veux toujours que moi, je dois lui en vouloir aussi, O.K. ? lâcha Ronnie, gagnée par la colère et plus déterminée que jamais. Je sais ce qu'il a fait, et je suis désolée s'il t'a blessée... mais là, on parle de mon *père*. Il est malade et a besoin de mon aide, et je vais rester pour lui. Il a eu une liaison, il nous a abandonnés... peu importe. Ça m'empêche pas de tenir à lui.

Pour la première fois, sa mère parut sincèrement interloquée. Elle reprit la parole d'une voix posée :

– Qu'est-ce qu'il t'a dit exactement ?

Ronnie allait répliquer que ça n'avait aucune importance, mais un détail l'en empêcha. L'expression de sa mère était si étrange, presque... *coupable*... Comme si...

Elle dévisagea Kim, tout en prenant conscience de son erreur.

– Papa n'a eu aucune liaison, pas vrai ? déclara-t-elle lentement. C'était *toi*...

Sa mère restait immobile, frappée de stupeur.

L'atmosphère devenait peu à peu étouffante, à mesure que tout devenait plus clair dans la tête de Ronnie.

– C'est pour ça qu'il est parti, alors ? Parce qu'il avait découvert que tu le trompais. Mais depuis le début tu m'as *laissé croire* que tout était de sa faute, qu'il avait abandonné sa famille sans raison valable. Comment t'as pu faire un truc pareil ?

Ronnie n'en revenait pas et trouvait à peine la force de respirer.

Quant à sa mère, elle semblait pétrifiée, incapable de parler. Ronnie avait l'impression de la percer à jour, de ne l'avoir jamais connue, en réalité.

– C'était avec Brian ? demanda-t-elle soudain. Tu trompais papa avec Brian ?

Kim restait muette, et Ronnie comprit qu'elle avait vu juste une fois encore.

Et dire je n'ai pas adressé la parole à mon père pendant trois ans à cause de ça...

– Tu sais quoi ? reprit-elle d'un ton cassant. Je m'en fous, je me moque de ce qui s'est passé entre vous deux. C'est le passé et je m'en tape. Mais pas question de m'en aller en abandonnant papa... Et tu peux pas me forcer à...

— Qui c'est qui veut pas s'en aller ? intervint Jonah qui venait de surgir, un verre de lait à la main, les dévisageant à tour de rôle, l'air angoissé.

— Tu restes là ? demanda-t-il.

Elle mit un instant à lui répondre, le temps de maîtriser sa colère.

— Ouais, je reste, confirma-t-elle d'un ton qu'elle espérait calme.

Il posa son verre sur la commode.

— Alors, moi aussi !

Leur mère parut tout à coup désarmée mais, malgré la rage qui l'animait encore, Ronnie n'avait pas l'intention de laisser Jonah assister à l'agonie de leur père. Elle s'approcha de son frère et s'accroupit pour lui parler.

— Je sais que t'en as envie, mais c'est pas possible, dit-elle avec douceur.

— Pourquoi pas ? Tu restes bien, toi !

— Mais je dois pas aller à l'école.

— Et alors ? Je peux suivre des cours ici. P'pa et moi, on en a déjà parlé.

Leur mère s'avança vers eux.

— Jonah...

Il recula et la panique transparut dans sa voix, comme s'il sentait qu'il ne pourrait lutter contre deux adultes.

— Je me fous de l'école ! C'est pas juste ! Je veux rester ici !

– 34 –

Steve

Il souhaitait lui faire une surprise. C'était son intention, du moins...

Après le concert à Albany, il devait se produire deux jours plus tard à Richmond. Habituellement, il ne rentrait jamais entre deux concerts quand il était en tournée ; il jugeait plus facile de garder une sorte de rythme en voyageant d'une ville à l'autre. Mais comme il se retrouvait avec un surcroît de temps libre et n'avait pas vu sa famille depuis deux semaines, il prit le train et débarqua à Manhattan à la mi-journée, quand les bureaux se vident de leurs employés en quête de déjeuner.

Ce fut par le plus grand des hasards qu'il tomba sur elle. Encore aujourd'hui, il se disait que les chances de la rencontrer étaient quasi nulles. La ville grouillait de millions d'habitants, il se trouvait aux alentours de la gare Penn Station et passait devant un restaurant déjà bondé.

Sa première pensée en la voyant fut de se dire que cette femme ressemblait trait pour trait à son épouse. Assise à une petite table contre le mur, en face d'un homme aux cheveux poivre et sel qui semblait un peu plus âgé qu'elle. Vêtue d'une jupe noire et d'un chemisier rouge, elle promenait son doigt sur le bord de son verre de vin. Il dut y regarder à deux fois, avant de réaliser que c'était bel et bien Kim... déjeunant avec un parfait inconnu, du moins pour Steve. Il la vit s'esclaffer et se rendit compte, la mort dans l'âme, qu'il avait connu ce rire dans le passé... lorsque tout allait bien dans leur couple. Quand elle se leva de table, il observa l'homme qui, debout lui aussi, posa la main au creux du dos de Kim. Le geste était tendre, presque familier, comme s'il l'avait fait des centaines de fois auparavant. Nul doute qu'elle devait apprécier ses caresses, songea Steve en contemplant l'étranger qui embrassait sa femme sur les lèvres.

Steve ne savait trop comment réagir... Avec le recul, il ne se souvenait pas avoir éprouvé grand-chose, en réalité. À l'époque, il savait fort bien qu'ils s'étaient éloignés l'un de l'autre et se disputaient trop souvent. La plupart des hommes seraient sans doute entrés dans le restaurant pour affronter Kim et son amant. Peut-être même qu'ils auraient fait une scène. Mais Steve n'était pas comme la plupart des hommes. Il tourna les talons, son petit sac de voyage à la main, et repartit en direction de Penn Station.

Il prit un train deux heures plus tard et arriva tard à Richmond ce soir-là. Comme toujours, il téléphona à sa femme, qui lui répondit à la deuxième sonnerie. Il entendait la télévision en fond sonore lorsqu'elle décrocha.

– T'es enfin à l'hôtel ? Je me demandais quand tu appellerais.

Assis sur le lit, il revoyait la main de l'inconnu posée au creux du dos de Kim.

– Je viens d'arriver...

– À part ça, rien de neuf ?

C'était un établissement bon marché. Le couvre-lit s'effilochait sur les bords. Le climatiseur faisait une bruit de ferraille sous la fenêtre et agitait les rideaux. De la poussière recouvrait la télé.

– Non, répondit Steve. Rien du tout.

Dans sa chambre d'hôpital, ces images lui revenaient en mémoire avec une clarté surprenante. Probablement parce qu'il savait que Kim ne tarderait pas à passer le voir, avec Ronnie et Jonah.

Sa fille l'avait appelé tout à l'heure, lui annonçant qu'elle ne rentrerait pas à New York. Steve savait que ce ne serait pas facile. Il se souvenait du corps décharné de son père à la fin, et ne souhaitait pas que sa fille le voie dans cet état. Cependant, elle avait pris sa décision, et il ne pourrait pas la dissuader. Mais ça l'effrayait.

Tout l'effrayait, désormais.

Ces deux dernières semaines, il priait régulièrement... ou du moins à la manière décrite par le pasteur Harris. Il ne joignait pas les mains ni n'inclinait la tête, pas plus qu'il n'implorait sa guérison. Toutefois, il partageait avec Dieu ses inquiétudes à l'égard de ses enfants.

À ce sujet, Steve supposait qu'il ne devait guère se distinguer de la plupart des parents. Jonah et Ronnie étaient encore jeunes, avec une longue vie en perspective, et il s'interrogeait sur leur avenir. Rien d'extraordinaire à cela... Il demandait à Dieu s'Il pensait que ses enfants seraient heureux, s'ils vivraient toujours à New York, se marieraient et auraient eux-mêmes des enfants. Bref, des requêtes tout ce qu'il y a de banal... Mais ce fut à ce moment-là que Steve comprit enfin ce que le pasteur Harris voulait dire lorsqu'il affirmait se promener en dialoguant avec le Créateur.

Contrairement à l'homme d'église, Steve n'entendait toujours pas dans son cœur les réponses à ses interrogations, pas plus qu'il ne pouvait témoigner de la présence de Dieu dans sa propre vie... et il savait qu'il lui restait peu de temps.

Il jeta un coup d'œil à la pendule. L'avion de Kim décollait dans moins de trois heures. Sitôt qu'elle quitterait l'hôpital, elle se rendrait directement à l'aéroport avec Jonah assis à ses côtés... et cette seule pensée le terrifiait.

Dans quelques instants, il serrerait son fils dans ses bras pour la dernière fois et lui ferait ses adieux...

Jonah était déjà en larmes quand il débonla dans la chambre en filant tout droit vers le lit. Steve eut à peine le temps d'ouvrir les bras pour qu'il s'y réfugie. Ses frêles épaules d'enfant tremblaient et Steve sentit son cœur se briser tandis qu'il serrait Jonah très fort et tentait de conserver à jamais cette sensation.

Il aimait ses enfants plus que tout au monde et savait que Jonah avait besoin de lui... De nouveau, Steve réalisait qu'il ne remplissait pas son rôle de père.

Jonah pleurait, inconsolable. Steve le gardait tout contre lui, ne souhaitant pas l'abandonner. Ronnie et Kim se tenaient à distance dans le couloir.

— Elles veulent me forcer à rentrer à New York, papa, sanglota Jonah. Je leur ai dit que je pouvais rester avec toi, mais elles veulent rien savoir. Je serai sage, p'pa, je te promets. J'irai me coucher quand tu me le diras, je rangerai ma chambre, et je mangerai pas de cookies n'importe quand. Dis-leur que je peux rester. Je te promets d'être gentil.

— Je sais bien que tu le seras, murmura Steve. Tu l'as toujours été.

— Alors dis-lui, p'pa ! Dis à maman que tu veux que je reste ! Je t'en supplie, p'pa ! Dis-lui !

— J'aimerais bien que tu restes, dit Steve qui avait autant de peine pour son fils que pour lui-même. Mais maman a besoin de toi. Tu lui manques beaucoup.

Si Jonah avait nourri le moindre espoir, celui-ci s'envolait à présent, et ses larmes redoublèrent d'intensité.

— Mais je vais plus jamais te revoir... et c'est pas juste ! C'est vraiment pas juste !

Malgré sa boule dans la gorge, Steve reprit la parole :

— Dis, bonhomme... Écoute ce que je vais te dire, O.K. ? Tu veux bien ?

Jonah s'efforça de redresser la tête. Steve sentait qu'il aurait toutes les peines du monde à ne pas craquer devant lui.

— Faut que tu saches que t'es le meilleur fils dont un papa puisse rêver. J'ai toujours été très fier de toi, et je sais que tu vas grandir et que tu feras des choses formidables. Je t'aime très fort.

— Moi aussi, je t'aime, p'pa. Et tu vas énormément me manquer.

Du coin de l'œil, Steve aperçut Ronnie et Kim, dont les joues ruisselaient de larmes.

— Toi aussi tu vas me manquer. Mais je veillerai toujours sur toi, O.K. ? Je te le promets. Tu sais... ce vitrail qu'on a fabriqué ensemble ?

Jonah acquiesça, la mâchoire tremblante.

— Eh bien, je l'appelle la *Lumière de Dieu,* parce qu'il me fait penser au paradis. Chaque fois que la lumière brillera à travers ce vitrail ou n'importe quelle vitre, tu sauras que je suis là avec toi, O.K. ? Ce sera moi... Je serai la lumière qui traverse la fenêtre pour te faire coucou...

Jonah hocha la tête, sans prendre la peine d'essuyer ses larmes. Steve le serra encore très fort dans ses bras, au désespoir de ne pouvoir changer le cours de la vie...

– 35 –

Ronnie

Ronnie sortit avec Kim et Jonah pour leur dire au revoir. Avant que sa mère monte dans la voiture de location, elle la prit à part et lui demanda de lui rendre un service dès son retour à New York. Puis elle retourna au chevet de son père et attendit qu'il s'assoupisse. Il resta un long moment silencieux à regarder par la fenêtre. Elle lui tenait la main et tous deux contemplaient les nuages qui flottaient lentement dans le ciel.

Quand son père fut endormi, Ronnie eut envie de se dégourdir les jambes et de prendre l'air ; les adieux entre Steve et Jonah l'avaient bouleversée, épuisée... Elle évitait de penser à son frère dans l'avion, dans leur appartement, toujours en larmes.

Sur le trottoir longeant l'hôpital, l'esprit ailleurs, elle faillit passer devant lui sans le voir quand elle l'entendit s'éclaircir la voix. Assis sur un banc, il portait une chemise à manches longues en dépit de la chaleur.

– Bonjour, Ronnie !
– Oh... bonjour !
– Je comptais rendre visite à ton père.

– Il dort en ce moment. Mais vous pouvez monter le voir, si vous voulez.

Il tapota le sol de sa canne, d'un air hésitant, comme pour gagner du temps.

– Je suis désolé de ce que tu traverses en ce moment, Ronnie.

Elle hocha la tête, le regard noyé dans le vague. Même cette conversation lui pesait.

Bizarrement, elle avait l'impression qu'il ressentait la même chose.

– Tu veux bien prier avec moi ? dit-il en l'implorant presque de ses doux yeux bleus. J'aime prier avant d'aller voir ton père. Disons que... ça m'aide.

D'abord surprise, Ronnie éprouva ensuite un étrange soulagement.

– Ça me ferait plaisir, répondit-elle.

À partir de ce jour-là, Ronnie pria régulièrement et constata que le pasteur disait vrai.

Non qu'elle espérât voir son père guérir. Elle avait parlé au médecin, vu les échographies... et, après leur conversation, avait quitté l'hôpital pour rejoindre la plage, où elle pleura une bonne heure jusqu'à ce que la brise sèche enfin ses larmes.

Contrairement à certaines personnes, Ronnie ne croyait pas aux miracles et n'allait pas s'imaginer que son père finirait d'une manière ou d'une autre par s'en sortir. Après avoir entendu le diagnostic de l'oncologue, à savoir que le cancer s'était métastasé de l'estomac au pancréas et aux poumons, elle savait que tout espoir de guérison se révélait plus qu'hasardeux. Elle n'aurait jamais cru devoir se confronter une seconde fois à la maladie, et pourtant ce fut le cas lorsqu'elle discuta avec le médecin. Alors que son fardeau était déjà assez lourd à porter, surtout la nuit, quand elle se retrouvait seule avec ses pensées...

Ronnie priait donc pour garder la force d'aider son père, de rester positive en sa présence plutôt que d'éclater en sanglots chaque fois qu'elle le voyait. Elle savait qu'il avait besoin d'entendre rire la fille adulte qu'elle était devenue.

Dès qu'il sortit de l'hôpital et revint à la maison, elle le mena dans l'atelier pour admirer le vitrail. Elle le regarda s'approcher lentement de l'établi, tandis qu'il contemplait l'ouvrage d'un air ébahi. Steve lui avait confié qu'à certains moments il s'était demandé s'il vivrait assez longtemps pour le voir fini. Évidemment, elle aurait souhaité que Jonah se trouve là avec eux, et savait que son père partageait cette pensée. Après tout, c'était le projet commun de Steve et de son fils, qui les avait occupés tout l'été. Jonah manquait terriblement à Steve... et s'il détourna le regard afin qu'elle ne voie pas son visage, Ronnie devina qu'il avait les larmes aux yeux en regagnant la maison.

Du reste, il appela Jonah sitôt rentré. Depuis le salon, elle l'entendit lui assurer qu'il allait mieux... et même si son frère risquait de mal interpréter la nouvelle, elle savait que son père avait raison d'agir ainsi.

Steve voulait que Jonah garde le souvenir de vacances heureuses et ne souhaitait pas s'attarder sur ce qui surviendrait par la suite.

Ce soir-là, assis sur le canapé, il ouvrit la Bible et se mit à lire. Ronnie comprenait à présent les raisons d'une telle lecture. Elle s'installa auprès de lui et lui posa la question qui la taraudait depuis qu'elle avait feuilleté l'ouvrage.

— Tu as un passage préféré ?

— J'en ai plein, dit-il. J'ai toujours apprécié les psaumes. Et les épîtres de Paul m'ont beaucoup appris.

– Mais tu n'as rien souligné...

Comme il haussait un sourcil intrigué, elle lui précisa :

– J'y ai jeté un coup d'œil quand t'étais à l'hôpital.

Il réfléchit un instant avant de reprendre :

– Si je devais souligner ce qui me semble important, je finirais sans doute par le faire quasiment pour chaque passage. Je l'ai lue et relue plusieurs fois, mais j'y découvre toujours quelque chose de nouveau.

– Je me souviens pas que tu lisais la Bible dans le temps...

– C'est parce que tu étais jeune. Je gardais celle-ci près de mon lit et j'en lisais certains passages une ou deux fois par semaine. Demande à ta mère. Elle te le confirmera.

– Est-ce qu'il y a un passage que tu as lu dernièrement et que tu aimerais me faire partager ?

– Ça te plairait ?

Comme elle hochait la tête, il ne mit qu'une minute à trouver le passage en question.

– C'est dans l'épître de Paul aux Galates, 5, 22, dit-il en posant la Bible sur ses genoux.

Il s'éclaircit la voix, puis cita :

– *Mais le fruit de l'Esprit, c'est l'amour, la joie, la paix, la patience, la bonté, la bénignité, la fidélité, la douceur, la tempérance...* [1]

Elle le regarda lire le verset, tout en se rappelant son comportement à son arrivée et la manière dont son père avait réagi à sa colère. Elle se souvint de toutes les fois où il avait refusé de se disputer avec sa mère, même lorsqu'elle essayait de le provoquer. À l'époque, Ronnie y voyait de la faiblesse et avait souvent souhaité le voir agir différemment. Mais Ronnie comprenait soudain qu'elle s'était trompée.

Steve n'avait jamais agi seul... mais guidé par sa foi.

---

1. Traduction de Louis Segond, 1910 *(N.d.T.)*.

Le pli en provenance de New York arriva le lendemain, et Ronnie constata que sa mère avait fait ce qu'elle lui avait demandé. Elle apporta la grande enveloppe dans la cuisine, déchira le haut, puis vida son contenu sur la table.

Dix-neuf lettres, toutes envoyées par son père, toutes ignorées et jamais ouvertes. Ronnie nota au passage les adresses d'expédition : Bloomington, Tulsa, Little Rock...

Elle n'en revenait pas de ne les avoir jamais lues. Était-elle à ce point furieuse contre lui ? Aussi amère ? Aussi... infecte ? Avec le recul, elle connaissait la réponse... mais ça n'expliquait pas son attitude pour autant.

Elle tria les lettres et chercha la toute première qu'il lui avait envoyée. Comme les autres, elle était soigneusement écrite à l'encre noire et le cachet de la poste avait pâli. Par la fenêtre, elle voyait son père debout sur la plage, tournant le dos à la maison. À l'instar du pasteur Harris, il portait maintenant des manches longues malgré la chaleur encore estivale.

Ronnie prit une profonde inspiration et ouvrit la missive. Puis, dans la cuisine baignée de soleil, elle commença sa lecture.

Ma chère Ronnie,
J'ignore comment débuter ce genre de lettre, sinon en disant que je suis désolé.
C'est pourquoi je t'ai demandé de me retrouver au café, et c'est ce que je voulais te dire plus tard quand j'ai appelé dans la soirée. Je comprends que tu ne sois pas venue et que tu aies refusé de me parler au téléphone. Tu es en colère contre moi, je t'ai déçue... et tout au fond de toi, tu crois que j'ai pris la fuite. Dans ton esprit, je vous ai abandonnés, toi et les autres membres de la famille.

Je ne peux nier que la vie va changer pour nous tous, mais je veux que tu saches qu'à ta place j'éprouverais sans doute les mêmes sentiments. Tu as tout à fait le droit de m'en vouloir, d'être déçue. Je suppose que je l'ai mérité, et je n'ai pas l'intention de me chercher des excuses, de rendre quiconque responsable, ou encore de tenter de te convaincre qu'avec le temps tu parviendras peut-être à comprendre.

À vrai dire, il se peut que tu ne comprennes pas, et ça me blesserait bien plus que tu ne peux l'imaginer. Jonah et toi, vous avez toujours compté énormément à mes yeux, et sache par ailleurs que je n'ai rien à vous reprocher, à lui comme à toi. Parfois, pour des raisons pas toujours claires, il arrive qu'un couple ne fonctionne plus. Cependant, n'oublie jamais que je vous aimerai toujours, Jonah et toi. De même que votre mère, pour laquelle j'aurai toujours du respect. Elle m'a offert les deux plus beaux cadeaux qui soient au monde, et c'est une maman formidable. À maints égards, même si je suis triste à la pensée qu'elle et moi ne vivrons plus ensemble, je m'estime toujours aussi heureux d'avoir été son mari pendant tout ce temps. Je sais bien que ça doit te paraître dérisoire et que ça ne t'aide sans doute pas beaucoup à y voir clair, mais je veux que tu saches que je crois toujours au don de l'amour. Je souhaiterais que tu y croies aussi. Tu mérites de connaître ce bonheur dans ton existence, car rien n'est plus épanouissant que l'amour.

J'espère que tu trouveras en toi le moyen de me pardonner d'avoir quitté la maison. Je n'espère pas cela dans l'immédiat, ni même dans un proche avenir. Mais sache que lorsque tu seras prête, je t'accueillerai à bras ouverts et ce sera le plus beau jour de ma vie. Je t'aime.

Papa

– J'aimerais pouvoir en faire davantage pour lui, déclara Ronnie.

Elle était assise sur la véranda, face au pasteur Harris,

qui leur avait apporté un plat de lasagnes préparé par sa femme. Son père dormait dans sa chambre. C'était la mi-septembre et il faisait encore chaud dans la journée, même si deux ou trois soirs plus tôt, la fraîcheur ambiante évoquait déjà l'automne. Mais ça ne dura qu'une nuit, et le lendemain le soleil brillait de plus belle.

— Tu fais tout ton possible, dit le pasteur. Je ne vois pas ce que tu pourrais faire de plus.

— Je ne parle pas seulement de m'occuper de lui. Pour l'instant, il est même plutôt autonome. Il insiste pour faire la cuisine et on se balade souvent sur la plage. Hier, on s'est même amusés avec un cerf-volant. Hormis les médicaments qui le mettent vraiment à plat, il est quasiment dans le même état qu'avant d'aller à l'hôpital. C'est juste que...

— Tu souhaites faire quelque chose de bien particulier, devina le pasteur Harris. Quelque chose qui compte beaucoup pour lui.

Elle hocha la tête, ravie qu'il la comprenne. Ces dernières semaines, le pasteur Harris était devenu non seulement son ami, mais aussi son seul véritable confident.

— J'ai bon espoir que Dieu exauce ta demande. Sache cependant qu'un certain temps est parfois nécessaire pour comprendre comment Il désire nous voir agir. Ça se passe souvent ainsi. Dieu s'adresse d'ordinaire à nous dans un simple murmure, et tu dois bien tendre l'oreille pour l'écouter. À d'autres moments, en revanche, la réponse à notre interrogation se révèle si évidente qu'elle résonne aussi fort qu'un carillon d'église !

Ronnie sourit, pensant qu'elle appréciait beaucoup leur conversation.

— À vous entendre, vous parlez par expérience.

— Moi aussi, j'aime beaucoup ton père. Et comme toi, je voulais réaliser quelque chose de bien particulier pour lui.

– Et Dieu vous a répondu ?

– Il répond toujours.

– C'était un murmure, ou un son de cloches ?

Pour la première fois depuis quelque temps, un semblant de joie anima le regard du pasteur.

– Un carillon, bien sûr. Dieu sait bien que je suis devenu dur d'oreille !

– Qu'allez-vous faire, alors ?

Il se redressa dans son fauteuil et lui répondit :

– Je vais installer le vitrail dans l'église. Un généreux donateur est apparu comme par enchantement la semaine dernière... Figure-toi qu'il a proposé de financer le reste des réparations et a déjà fait recruter tous les corps de métier. Les équipes seront à l'œuvre dès demain matin.

Dans les jours qui suivirent, Ronnie tendit l'oreille... mais en fait de cloches d'église, elle n'entendait que le cri des mouettes. Quant aux éventuels murmures, peine perdue aussi. Elle ne s'en étonna pas vraiment – la réponse n'était pas venue du jour au lendemain aux oreilles du pasteur –, mais elle espérait quand même obtenir la sienne avant qu'il soit trop tard.

Ronnie continua donc à mener tranquillement sa vie. Elle aidait son père quand il en avait besoin, sinon elle le laissait se débrouiller tout seul et tentait de profiter au maximum du temps qu'il leur restait à passer ensemble.

Ce week-end-là, comme Steve se sentait en forme, ils firent une excursion au parc de la plantation Orton, près de Southport. Ce n'était pas très loin de Wilmington et Ronnie n'avait jamais visité ces jardins, mais dès qu'ils garè-rent la voiture dans l'allée de gravier qui menait à la demeure coloniale datant de 1735, elle sut d'emblée qu'ils allaient vivre une journée mémorable. C'était le genre d'endroit où le temps semble comme suspendu. Tandis qu'ils se promenaient parmi les chênes géants dont les branches basses se drapaient de mousse espagnole[1], Ronnie se dit qu'elle n'avait jamais rien visité d'aussi merveilleux.

Bras dessus, bras dessous, ils flânèrent dans le parc en parlant des vacances d'été. Pour la première fois, Ronnie parla à son père de sa relation avec Will ; elle lui raconta leurs parties de pêche, les sorties en pick-up dans la boue, le fameux plongeon de Will dans la piscine familiale... et le mariage de sa sœur, dont la réception s'était terminée en fiasco. Elle se garda toutefois de lui raconter ce qui s'était passé la veille du départ de Will pour Vanderbilt ou ce qu'elle lui avait dit. Elle n'était pas prête... sa blessure était encore trop vive. Et comme toujours, Steve l'écoutait paisiblement, intervenant peu, même quand elle hésitait, cherchait ses mots. C'est ce que Ronnie appréciait chez lui. Rectification : elle *adorait* ça... tant et si bien qu'elle se demandait ce qu'elle serait devenue si elle n'avait jamais passé l'été chez lui.

Plus tard, ils reprirent la route jusqu'à Southport et dînèrent dans un petit restaurant qui donnait sur le bassin où mouillaient les bateaux. Elle sentait son père fatigué, mais les plats étaient délicieux, ils prenaient du bon temps et partagèrent un *hot-fudge brownie*[2] au dessert.

---

1. *Tillandsia usneoides.* Également appelée « barbe du vieillard » ou « crin végétal », la tillandsie, une plante de la famille de l'ananas, vit à l'état naturel accrochée aux branches des arbres, notamment dans les lieux humides du sud des États-Unis. On l'a souvent associée aux images des romans gothiques sudistes *(N.d.T.).*

2. Gâteau au chocolat servi tiède, avec crème anglaise et glace à la vanille *(N.d.T.).*

Ce fut une excellente journée, qui resterait sans doute gravée dans sa mémoire. Mais ce soir-là, quand elle se retrouva seule au salon, son père couché, elle se remit à penser qu'elle pouvait malgré tout lui offrir quelque chose de spécial.

La troisième semaine de septembre, Ronnie remarqua que son père s'affaiblissait. Il dormait maintenant jusqu'au milieu de la matinée et faisait un somme dans l'après-midi. Même s'il avait l'habitude des siestes, celles-ci se prolongeaient, de même qu'il allait se coucher de plus en plus tôt le soir. Tandis qu'elle rangeait la cuisine, faute d'avoir mieux à faire, Ronnie se rendit compte que Steve passait désormais plus de la moitié de sa journée à dormir.

De jour en jour, ça ne fit qu'empirer. Il ne s'alimentait pas non plus suffisamment. Il grignotait à peine et elle avait l'impression qu'il maigrissait à vue d'œil.

Septembre touchait à sa fin. Le matin, le vent des montagnes de l'Est chassait l'odeur salée de l'océan. Il faisait encore chaud et la saison des ouragans battait son plein, mais ils avaient jusque-là épargné le littoral de la Caroline du Nord.

La veille, Steve avait dormi quatorze heures. Ronnie savait qu'il n'y pouvait rien, que son corps ne lui laissait guère le choix, mais elle regrettait qu'il passe le peu de temps qui leur restait à dormir. Dans ses périodes de veille, il semblait plus paisible, se satisfaisait de la lecture de la Bible ou d'une promenade silencieuse sur la plage en compagnie de Ronnie.

Will occupait ses pensées plus souvent qu'elle ne l'aurait cru. Elle portait toujours le bracelet en macramé qu'il lui avait offert et, tout en le caressant d'un doigt distrait, se demandait parfois quels cours il suivait, qui étaient ses nouveaux amis, avec qui il partageait ses repas au resto-U... et s'il pensait à elle quand il se préparait à sortir le vendredi ou le samedi soir. *Peut-être qu'il a déjà rencontré une fille*, se disait-elle dans ses moments les plus cafardeux.

— Tu veux qu'on en parle ? suggéra son père un jour, lors d'une balade sur la plage.

Ils se dirigeaient vers l'église. Depuis qu'ils avaient repris, les travaux avançaient à la vitesse de l'éclair. Peintres, électriciens, charpentiers, ébénistes, plâtriers, tous les corps de métier étaient à l'œuvre. Les équipes allaient et venaient sur le chantier, et une bonne quarantaine de camionnettes stationnaient sur le parking.

— De quoi ? demanda-t-elle prudemment.

— De Will... De la manière dont ça s'est terminé entre vous.

Elle lui décocha un regard perçant.

— Qu'est-ce qui te fait dire ça ?

— Depuis son départ, tu as à peine prononcé son nom, dit-il dans un haussement d'épaules. Et tu ne lui parles jamais au téléphone. Pas besoin d'être grand clerc pour deviner ce qui s'est passé...

— C'est compliqué, admit-elle à contrecœur.

Ils firent quelques pas en silence, puis son père reprit la parole.

— Si tant est que mon avis puisse compter, j'ai trouvé que c'était un jeune gars tout à fait exceptionnel.

— Bien sûr, ton avis compte beaucoup, répliqua-t-elle en le prenant par le bras. Et je le partage.

Chemin faisant, ils avaient atteint l'église. Ronnie regarda les ouvriers s'affairer ici et là, avec leurs planches et leurs bidons de peinture, et comme d'habitude ses yeux lorgnèrent du côté de l'espace vide sous le clocher. On n'avait pas encore installé le vitrail – il fallait attendre la fin des travaux pour éviter que le verre fragile ne se brise –, mais son père aimait venir y faire un tour. La reprise du chantier le réjouissait, mais pas seulement à cause du vitrail. Il répétait sans cesse que l'église avait une importance capitale aux yeux du pasteur Harris, qui rêvait de pouvoir de nouveau officier dans ce lieu qu'il considérait comme sa deuxième maison.

Du reste, il passait souvent voir le chantier et en général faisait ensuite un saut chez Steve et Ronnie. Tandis qu'elle jetait à présent un regard autour d'elle, Ronnie repéra leur ami sur le parking. Il discutait avec quelqu'un, tout en désignant la bâtisse avec enthousiasme. Même de loin, elle pouvait le voir sourire.

Elle allait lui faire signe pour attirer son attention, quand elle reconnut soudain son interlocuteur et manqua tomber à la renverse. La dernière fois qu'elle l'avait vu, elle était désemparée, et il n'avait même pas pris la peine de lui dire au revoir. Tom Blakelee passait sans doute dans le coin et s'était arrêté pour parler des travaux de reconstruction avec le pasteur. Peut-être que ça l'intéressait, après tout.

Le reste de la semaine, chaque fois qu'elle fit un tour sur le chantier, elle guetta Tom Blakelee, mais ne le revit plus. Elle admettait être en partie soulagée que leurs deux mondes n'en viennent plus à se télescoper.

Après leur visite à l'église et la sieste de son père, ils avaient pris l'habitude de lire. Elle acheva *Anna Karénine* quatre mois après l'avoir commencé, puis emprunta *Le Docteur Jivago* à la bibliothèque. Les écrivains russes l'attiraient, par leur aspect roman-fleuve, peut-être... avec de sombres tragédies et des amours vouées à l'échec, le tout s'inscrivant dans un contexte historique décrit avec brio, et tellement éloigné de la banalité de sa vie !

Son père continuait à étudier sa Bible et lui lisait parfois un passage ou un verset à sa demande. Que les extraits soient courts ou longs, la plupart d'entre eux semblaient se concentrer sur le sens même de la foi. Bien qu'elle ignorât pourquoi, Ronnie avait le sentiment que le simple fait de les lire à haute voix apportait à son père une nuance ou une signification qui lui avait échappé lors d'une précédente lecture.

Désormais, les repas étaient le plus souvent expédiés. Au début du mois d'octobre, ce fut Ronnie qui s'en occupa et il accepta ce changement avec la même facilité qu'il avait accepté tout le reste pendant l'été. La plupart du temps, il s'asseyait dans la cuisine et ils bavardaient, pendant que Ronnie faisait cuire des pâtes ou du riz, ou frire du poulet ou un steak dans la poêle. Elle n'avait pas touché à de la viande depuis des années, et elle éprouvait l'impression bizarre de devoir forcer son père à s'alimenter, après lui avoir mis son assiette sous le nez. Il n'avait plus guère d'appétit et les plats se révélaient plutôt fades, car la moindre épice irritait l'estomac de Steve. Toutefois, elle savait qu'il devait se nourrir. Même s'il n'y avait pas de balance dans la maison, les kilos de son père semblaient fondre comme neige au soleil.

Un soir, après dîner, elle lui raconta enfin ce qui s'était passé avec Will. Elle n'omit aucun détail, l'incendie, le fait qu'il avait protégé Scott et la bagarre avec Marcus. Son père l'écouta attentivement et, lorsqu'elle eut terminé, reprit la parole.

— Je peux te demander un truc ?

— Bien sûr. Tout ce que tu veux.

— Quand tu m'as dit que tu étais amoureuse de Will, tu étais sincère ?

Elle se souvint du jour où Megan lui avait posé la même question.

– Oui.

– Alors, je pense que tu t'es peut-être montrée trop dure avec lui.

– M'enfin, p'pa... Il a dissimulé un incendie criminel...

– Je sais. Mais si tu y réfléchis, tu te retrouves dans la même situation que lui. Tu connais comme lui la vérité. Et tu n'as rien révélé à quiconque, à part moi.

– Mais je n'ai rien à voir dans cette histoire...

– Et tu m'as déclaré que lui non plus.

– Qu'est-ce que t'essayes de me dire ? Que je devrais en parler au pasteur Harris ?

– Non, répondit-il, à la grande surprise de sa fille. Je ne crois pas.

– Pourquoi ?

– Il se pourrait bien qu'on ne voie que la partie émergée de l'iceberg dans cette histoire.

– Mais...

– Je n'affirme rien. Je serais le premier à reconnaître mes torts. Mais si tout s'est passé comme tu l'as décrit, alors sache que le pasteur Harris n'a pas besoin de connaître la vérité... Sinon, il serait contraint d'agir. Et crois-moi, il n'aurait aucune envie de faire de la peine à Scott ou à sa famille, surtout s'il s'agit d'un accident. Ce n'est pas ce genre d'homme. Et j'ajouterai autre chose. La plus importante...

– Quoi donc ?

– Il faut que tu apprennes à pardonner.

Elle croisa les bras, un peu agacée.

– J'ai déjà pardonné à Will. Je lui ai laissé des messages sur...

Elle n'eut pas le temps de finir, que son père secouait la tête en l'interrompant :

– Je ne parle pas de Will. Tu dois d'abord apprendre à te pardonner à *toi.*

Cette nuit-là, au bas de la pile de lettres que son père lui avait écrites, Ronnie en trouva une qu'elle n'avait pas encore ouverte. Il avait dû l'ajouter récemment... car elle ne portait ni timbre ni cachet.

Ronnie ignorait s'il souhaitait qu'elle la lise maintenant ou si elle était censée la lire après sa disparition. Elle aurait sans doute pu le lui demander, mais elle ne le fit pas. À vrai dire, elle n'était pas très sûre de vouloir la lire... Le simple fait de tenir l'enveloppe en main l'effrayait, car elle savait que ce serait la dernière lettre qu'il lui écrirait.

La maladie de Steve continuait à s'aggraver. Ils suivaient toujours leurs habitudes – repas, lecture, promenade sur la plage –, mais son père prenait davantage d'antalgiques. Par moments, il avait le regard vitreux, perdu dans le vague, et elle sentait que les doses n'étaient plus assez fortes. De temps à autre, elle le voyait grimacer alors qu'il lisait sur le canapé. Il fermait les yeux et penchait la tête en arrière, et son visage se transformait en un masque de douleur. Lorsque cela survenait, il agrippait sa main, mais au fil des jours sa poigne faiblissait de plus en plus. Ses forces l'abandonnaient... Il n'était plus que l'ombre de lui-même. Bientôt, il allait disparaître.

Ronnie devinait que le pasteur Harris remarquait aussi les changements survenant chez son père. Ces dernières semaines, il leur rendait visite presque chaque jour, d'ordinaire avant le dîner. La plupart du temps, il adoptait un ton léger, les tenait au courant de l'avancée des travaux, ou leur racontait une anecdote amusante sur son passé, histoire d'arracher un semblant de sourire à Steve. Parfois, le pasteur et lui semblaient à court de sujets de conversation. Nier l'évidence se révélait tout aussi pénible pour l'un que pour l'autre, et dans ces moments-là une atmosphère de tristesse envahissait le salon.

Quand elle sentait qu'ils souhaitaient rester seuls, elle allait sur la véranda et tentait d'imaginer leur discussion. C'était facile à deviner, bien sûr. Ils parlaient de la foi, de la famille, et peut-être de leurs regrets dans la vie, mais elle savait qu'ils priaient aussi. Un jour qu'elle était entrée dans la cuisine prendre un verre d'eau, elle les entendit... et elle se souvint avoir pensé que la prière du pasteur ressemblait à une supplique. Il paraissait invoquer la force, comme si son existence en dépendait... et tout en l'écoutant, Ronnie ferma les yeux pour y ajouter sa propre prière silencieuse.

À la mi-octobre, un temps frisquet tout à fait hors de saison s'installa pendant trois jours, et il faisait assez frais pour supporter un sweat-shirt dans la matinée. Après des mois de chaleur sans relâche, Ronnie appréciait l'air un peu vif, mais cette fraîcheur inattendue fatigua davantage son père. Bien qu'ils aient continué leurs balades sur la plage, il se déplaçait encore plus lentement et tous deux s'arrêtèrent brièvement devant l'église avant de faire demi-tour. Le temps d'arriver à la porte du bungalow, son père frissonnait. Elle lui fit couler un bain chaud, dans l'espoir que ça l'aiderait, tout en sentant la panique la gagner à l'idée que ces nouveaux symptômes signalaient une progression rapide de la maladie.

Un vendredi, la semaine précédant Halloween, son père se sentit suffisamment en forme pour aller pêcher sur le petit ponton où Will l'avait emmenée. Le sergent Pete leur prêta des cannes et tout le matériel nécessaire. Aussi bizarre que cela puisse paraître, son père n'avait jamais pêché... Alors, Ronnie se chargea d'amorcer l'hameçon. Deux poissons y mordirent, mais s'enfuirent aussitôt. Ils finirent par en ferrer un troisième, un petit rouget... semblable à celui qu'elle avait attrapé avec Will. En retirant l'hameçon, elle réalisa soudain que Will lui manquait tellement qu'elle en éprouvait une douleur presque physique.

Lorsqu'ils rentrèrent à la maison, après leur paisible après-midi de pêche, deux personnes les attendaient sur la véranda. Ce ne fut qu'en sortant de la voiture que Ronnie reconnut Blaze et sa mère. Blaze avait incroyablement changé. Les cheveux tirés en une queue-de-cheval impec-cable, elle portait un short blanc et un petit haut à manches longues dans les tons aigue-marine. Ni bijoux ni maquillage.

Revoir cette fille replongea Ronnie dans une réalité à laquelle elle préférait éviter de penser, pour mieux se consa-crer à son père... Autrement dit, Blaze lui rappelait par sa présence qu'elle comparaîtrait de nouveau devant le tribunal avant la fin du mois. Ronnie se demanda ce que Blaze et sa mère lui voulaient...

Elle prit le temps d'aider son père à quitter le véhicule, lui proposant son bras pour lui éviter de tomber.

– Qui sont ces femmes ? murmura-t-il.

Ronnie lui expliqua en deux mots et il hocha la tête. Tandis qu'ils s'approchaient, Blaze descendit les marches de la véranda.

– Salut, Ronnie ! lança-t-elle en plissant un peu les yeux sous le soleil de fin d'après-midi. Je suis venue te parler.

Assise en face de Blaze dans le séjour, Ronnie la regardait fixer le plancher, l'air un peu gêné. Steve et la mère de Blaze s'étaient retirés dans la cuisine pour leur laisser une certaine intimité.

— Je suis vraiment désolée pour ton père, commença Blaze. Comment il s'en sort ?

— Ça va, dit Ronnie en haussant les épaules. Et toi ?

Blaze désigna le devant de son corsage, puis ses bras et son ventre :

— Il y a encore des cicatrices là... ici... et là. Mais j'ai la chance d'être en vie, ajouta-t-elle dans un sourire triste.

Elle se trémoussa sur son siège, finit par croiser le regard de Ronnie et dit :

— Je tenais à te remercier de m'avoir transportée à l'hôpital.

Ronnie hocha la tête, se demandant où cette conversation allait les mener.

— Pas de problème...

Dans le silence qui suivit, Blaze balaya la pièce du regard, cherchant visiblement ses mots. Ronnie, qui avait appris la patience au contact de son père, attendit tranquillement.

— J'aurais dû venir plus tôt, reprit Blaze, mais je savais que t'étais occupée.

— T'inquiète pas pour ça... Ça me fait plaisir de voir que tu vas bien.

— Vraiment ?

— Ouais, affirma Ronnie en souriant. Même si c'est toi qui ressemble à un œuf de Pâques, maintenant !

— Je sais, dit Blaze en tripotant son petit haut. C'est fou, hein ? Ma mère m'a acheté des nouvelles fringues.

— Celles-ci te vont bien, en tout cas. J'imagine que vous vous entendez mieux toutes les deux.

Blaze lui décocha un regard affligé.

— Je m'accroche... Je vis de nouveau chez elle, mais c'est dur. J'ai fait subir un tas de trucs horribles... à elle, à d'autres gens. À toi.

Ronnie restait immobile, le visage dépourvu d'expression.

440

— C'est quoi au juste, la raison de ta visite, Blaze ?

Son interlocutrice se tordait les mains, trahissant son agitation.

— Je suis venue te présenter mes excuses. C'est atroce, ce que je t'ai fait. Et je sais que je peux pas revenir en arrière pour réparer tout ça... Mais sache que j'ai vu la procureure ce matin. Je lui ai avoué que j'avais glissé les disques dans ton sac, parce que je t'en voulais à mort... Et j'ai signé une déclaration sous serment qui atteste que t'es absolument pour rien dans cette affaire. Tu devrais recevoir un coup de fil de ton avocate aujourd'hui ou demain, et la procureure m'a promis de lever toutes les charges qui pèsent sur toi.

Blaze parlait à une telle vitesse que Ronnie n'était pas certaine d'avoir bien compris. Mais le regard implorant de Blaze lui suffit. Après tous ces mois, ces jours, ces nuits d'inquiétude, c'était fini... Ronnie restait sous le choc.

— Désolée, répéta Blaze dans un murmure. Je n'aurais jamais dû faire ça.

Ronnie digérait à peine le fait que son cauchemar était terminé. Elle contempla Blaze qui, tête baissée, tripotait nerveusement l'ourlet de son corsage.

— Qu'est-ce qui va se passer ? s'enquit Ronnie. Ils vont te faire porter le chapeau ?

— Non, répondit Blaze qui redressa la tête et serra la mâchoire. Je leur ai filé des infos qu'ils n'avaient pas au sujet d'un autre délit. Bien plus grave.

— Tu veux parler de ce qui t'est arrivé sur la jetée ?

— Non...

Ronnie crut voir une lueur de défi dans le regard de Blaze.

— Je leur ai parlé de l'incendie de l'église et de ce qui l'avait provoqué. C'est pas Scott qui a mis le feu au bâti-

441

ment. Sa fusée pyrotechnique n'a rien à voir là-dedans. Bon, O.K... elle a atterri tout près, mais elle était déjà éteinte.

À mesure que sa stupéfaction grandissait, Ronnie ne la quittait plus des yeux.

– Alors, comment l'église a pu s'enflammer ?

Blaze se pencha en avant et posa les coudes sur ses genoux en tendant les bras comme pour la supplier de la croire.

– On faisait la fête sur le sable... Marcus, Teddy, Lance et moi. Un peu plus tard, Scott a débarqué de l'autre côté de la plage, juste en face. Lui comme nous, on a fait comme si de rien n'était, mais on l'a bien vu allumer des fusées de feux d'artifice. Will était avec lui et Scott en a lancé une dans sa direction, mais le vent l'a détournée et elle a filé vers l'église. Will a paniqué et il est venu en courant. Mais Marcus a trouvé ça hypermarrant, et dès que la fusée est tombée derrière l'église, il s'est précipité sur le cimetière. Au début, j'ai pas compris ce qui se passait, même après l'avoir suivi et vu mettre le feu aux buissons près de la façade de l'église. Bref... l'instant d'après, tout le côté du bâtiment était en flammes.

– T'es en train de m'annoncer que... que c'est Marcus qui a fait le coup ? balbutia Ronnie.

Blaze acquiesça.

– Il a mis le feu ailleurs, figure-toi. Je suis sûre que c'est lui... il a toujours adoré ça. Et moi, j'ai toujours su qu'il était cinglé, je crois, mais je...

Elle s'interrompit, réalisant qu'elle avait largement épuisé le sujet et qu'il était temps de tourner la page. Elle se ressaisit en ajoutant :

– En tout cas, j'ai accepté de témoigner contre lui.

Ronnie s'affala contre le dossier. Ces révélations lui coupaient le souffle. Elle se rappela ce qu'elle avait dit à Will...

et comprit que s'il avait fait ce qu'elle exigeait, il aurait gâché la vie de Scott pour rien.

Elle crut défaillir quand Blaze enchaîna de plus belle :

– Je me sens tellement minable dans toute cette histoire... et ça va te paraître bizarre, mais je te considérais comme une amie jusqu'à ce que je me comporte comme une abrutie et que je foute tout en l'air.

Pour la première fois, la voix de Blaze chevrota :

– T'es une fille géniale, Ronnie. T'es quelqu'un d'honnête et t'as été sympa avec moi quand t'avais aucune raison de l'être.

Une larme perlait à son œil, qu'elle s'empressa d'essuyer du dos de la main.

– J'oublierai jamais le jour où t'as proposé de m'héberger, même après toutes les vacheries que je t'avais faites. Je me sentais tellement... honteuse. Et pourtant, ça m'a touchée, tu sais ? Qu'il y ait encore quelqu'un qui s'inquiète pour moi...

Elle se tut, essayant manifestement de se reprendre. Elle battit des paupières et inspira un grand coup, avant de regarder Ronnie droit dans les yeux.

– Alors, si t'as besoin de quoi que ce soit, n'importe quoi, n'hésite pas... Tu peux compter sur moi, O.K. ? Je sais que je pourrai jamais effacer ce que je t'ai fait, mais en un sens j'ai l'impression que tu m'as sauvée. Ce qui arrive à ton père est si injuste... et je ferai tout ce que tu veux pour t'aider.

Ronnie hocha la tête.

– Un dernier truc, ajouta Blaze. On n'est pas obligées de redevenir amies, mais si jamais t'as envie de me revoir, tu veux bien m'appeler Galadriel ? Blaze, je peux plus supporter...

– Aucun problème, Galadriel, répondit Ronnie en souriant.

Comme promis, Ronnie reçut un appel de son avocate pour l'informer que la plainte pour vol à l'étalage était levée.

Cette nuit-là, tandis que son père dormait, Ronnie regarda les infos à la télé. Elle n'était pas sûre que le journal en parlerait, mais un sujet de trente secondes, juste avant la météo, annonça « l'arrestation d'un nouveau suspect dans l'enquête concernant l'incendie criminel d'une église de la région, survenu l'an dernier ». Lorsqu'une photo d'identité judiciaire de Marcus apparut sur l'écran, accompagnée des autres accusations contre lui, elle éteignit le poste. Ces yeux morts, glacés la rendaient toujours aussi nerveuse.

Ronnie pensa alors à Will et à ce qu'il avait fait en vue de protéger Scott, pour un délit que celui-ci n'avait en réalité jamais commis. Était-ce si terrible, se demanda-t-elle, que sa loyauté envers son ami ait pu fausser son jugement ? Surtout à présent qu'elle connaissait le véritable déroulement des faits. Décidément, Ronnie n'était plus sûre de rien. Elle avait tout faux sur un tas de sujets : son père, Blaze, sa mère... et même Will ! La vie se révélait tellement plus compliquée que celle que Ronnie imaginait quand elle n'était qu'une ado new-yorkaise rebelle.

Elle se leva et gagna sa chambre, éteignant au passage les lumières de la maison. Cette vie-là – une succession de fêtes, de potins de lycée et de disputes avec sa mère – lui semblait appartenir à un autre monde, une existence qu'elle n'aurait vécue qu'en rêve. Aujourd'hui, seuls comptaient sa promenade quotidienne avec son père, le bruit perpétuel des vagues, le parfum de l'hiver qui approchait et flottait déjà dans l'atmosphère.

Et l'amour, la joie, la paix, la patience, la bonté, la bénignité, la fidélité, la douceur, la tempérance...

Halloween arriva... Sitôt passé, sitôt oublié. Et son père s'étiolait de jour en jour.

Ils abandonnèrent leurs balades quand celles-ci lui demandèrent trop d'efforts... et le matin, quand elle faisait le lit de Steve, elle découvrait des cheveux par poignées, éparpillés sur l'oreiller. Sachant que la maladie progressait rapidement, elle installa son matelas dans la chambre de son père au cas où il aurait besoin d'aide, et put ainsi rester le plus longtemps possible auprès de lui.

Il prenait désormais les antalgiques les plus forts que son corps puisse supporter, mais ça semblait ne pas suffire. La nuit, elle l'entendait parfois gémir et ça lui déchirait le cœur. Elle gardait ses médicaments à portée de main, sur la table de chevet, c'était la première chose qu'il avalait à son réveil. Elle s'asseyait alors à son côté et le soutenait, tandis qu'il tremblait de tous ses membres jusqu'à ce que les cachets agissent.

Mais les effets secondaires commencèrent aussi à faire des ravages. Steve ne tenait plus sur ses jambes et Ronnie devait l'aider dans ses déplacements, même pour traverser la pièce. Malgré sa perte de poids, lorsqu'il trébuchait, elle peinait pour lui éviter de tomber. Même s'il ne manifestait jamais sa rage de se voir ainsi diminué, ses yeux trahissaient sa déception de ne plus pouvoir, en quelque sorte, assumer son rôle de père.

Il dormait à présent dix-sept heures par jour en moyenne, et Ronnie passait des journées entières au bungalow, lisant et relisant les lettres qu'il lui avait écrites par le passé. Sauf la toute dernière – l'idée l'épouvantait encore –, mais elle

445

aimait parfois la tenir simplement entre les mains, en essayant de rassembler tout son courage pour l'ouvrir.

Elle téléphonait plus souvent à New York, en s'arrangeant pour appeler quand Jonah rentrait de l'école ou après dîner. Son frère paraissait morose, et lorsqu'il demandait des nouvelles de Steve, elle se sentait parfois coupable de ne pas lui dire la vérité. Mais elle ne pouvait lui faire porter ce fardeau, d'autant que chaque fois que son père parlait à Jonah, elle remarquait qu'il faisait de son mieux pour avoir l'air le plus enjoué possible. Ensuite, il restait souvent assis dans le fauteuil près du téléphone, épuisé par tant d'efforts, incapable de bouger. Elle l'observait en silence, tout en pestant intérieurement de ne pouvoir lui offrir davantage... mais encore aurait-il fallu savoir quoi, au juste.

— Quelle est ta couleur préférée ? lui demanda-t-elle.

Ils étaient attablés dans la cuisine et Ronnie avait un bloc-notes sous les yeux.

Steve lui décocha un sourire intrigué.

— C'est donc ça que tu voulais me demander ?

— Oh... c'est juste la première question. J'en ai plein d'autres.

Il s'empara de la petite bouteille qu'elle avait posée devant lui. Il n'absorbait quasiment plus de nourriture solide et elle le regarda prendre une gorgée de cette boisson vitaminée, sachant qu'il n'avait plus d'appétit et souhaitait uniquement lui faire plaisir.

— Le vert, dit-il.

Elle nota sa réponse et passa à la question suivante :

— T'avais quel âge quand t'as embrassé une fille pour la première fois ?

— Sérieux ? grimaça-t-il.

– S'il te plaît, p'pa. C'est important.

Son père répondit à nouveau et elle consigna la réponse. Ils atteignirent un quart des questions qu'elle avait griffonnées sur le calepin, et dans la semaine qui suivit Steve parvint au bout de la liste. Elle notait chaque réponse avec soin, pas forcément mot pour mot, mais espérant conserver suffisamment de détails pour plus tard. C'était un exercice captivant et parfois surprenant, dont elle conclut que son père se révélait grosso modo le même homme que celui qu'elle avait appris à connaître pendant l'été – ce qui la réjouissait plus ou moins.

Bien sûr, elle constatait avec joie qu'elle ne s'était pas trompée... En revanche, elle n'avait toujours pas de réponse à l'interrogation qui la taraudait depuis le début.

La deuxième semaine de novembre apporta les premières averses d'automnes, mais la rénovation de l'église continuait. On pouvait même dire que le rythme des travaux s'accélérait drôlement. Son père ne l'accompagnait plus lorsqu'elle allait y faire un tour, mais Ronnie s'y rendait quotidiennement pour juger des progrès d'un jour sur l'autre. Ça faisait partie de sa routine pendant les heures où son père se reposait. Même si le pasteur Harris l'accueillait toujours en lui faisant un signe de la main, il ne l'accompagnait plus sur la plage pour bavarder.

D'ici une semaine, le vitrail serait installé, et le pasteur aurait la certitude d'avoir accompli quelque chose d'unique pour Steve, un geste capital pour lui. Ronnie s'en réjouissait, même si elle priait toujours, en quête d'un signe du Ciel qui la mettrait elle aussi sur la voie.

Dans la grisaille de novembre, son père insista un beau jour pour se rendre à la jetée. Ronnie craignait qu'il ne tienne pas la distance et ne supporte pas le froid, mais il n'en démordait pas. Il voulait voir l'océan depuis le quai, affirma-t-il. *Une dernière fois...* furent les mots qu'il n'eut pas besoin de prononcer.

Ils enfilèrent leurs manteaux, et Ronnie lui enveloppa le cou d'une écharpe en laine. Le vent vif offrait déjà un avant-goût du plein hiver et l'air paraissait plus froid que le mercure ne le laissait supposer. Elle insista pour conduire jusqu'à la jetée et gara la voiture du pasteur sur le parking désert de la promenade en planches.

Ils mirent un temps inouï pour atteindre l'extrémité du quai. Seuls sous le ciel balayé par de gros nuages, face à une mer gris acier déchaînée, ils avançaient lentement, son père cramponné à elle, balloté par la bourrasque.

Lorsqu'ils parvinrent au bout, Steve s'accrocha à la rambarde et manqua perdre l'équilibre. La lumière argentée accentuait ses traits émaciés et ses yeux semblaient plus vitreux que jamais, mais Ronnie voyait qu'il était ravi d'être là.

Le mouvement de la houle s'étirant vers l'horizon paraissait lui apporter un sentiment de sérénité. Il n'y avait rien de particulier à observer – ni bateaux, ni marsouins, ni surfeurs –, mais il semblait paisible et comme libéré de toute la douleur des dernières semaines. Au-dessus de l'eau, les nuages se déchaînaient, tandis que le soleil hivernal tentait de percer leur masse floconneuse. Elle se surprit à les contempler avec le même émerveillement que Steve, tout en se demandant où le menaient ses pensées.

Le vent forcit et elle vit son père frissonner. Pourtant, elle devinait qu'il souhaitait rester là, le regard fixé sur l'horizon. Elle le tira gentiment par le bras, mais il s'agrippa d'autant plus fort au garde-fou.

Elle céda à son caprice et resta auprès de lui, jusqu'à ce qu'il tremble comme une feuille et accepte de faire demi-tour. Il lâcha la rambarde et laissa Ronnie le guider lentement jusqu'à la voiture. Du coin de l'œil, elle remarqua qu'il souriait.

– C'était beau, hein ?

Son père fit encore quelques pas avant de lui répondre.

– Oui, admit-il. Mais j'ai surtout apprécié de partager ce moment magique avec toi.

Deux jours plus tard, elle décida de lire la dernière lettre. Bientôt... avant qu'il s'en aille à jamais. *Pas ce soir-là, mais bientôt*, se promit-elle.

Il était tard et la journée avait été particulièrement pénible pour son père. Les médicaments ne semblaient plus le soulager du tout. Les larmes aux yeux, il se tordait de douleur, tandis qu'elle le suppliait de la laisser l'emmener à l'hôpital, mais il refusait.

– Non, grimaçait-il. Pas encore.

– Quand, alors ? demanda-t-elle, désespérée, elle-même au bord des larmes.

Il ne répondit pas, retint son souffle en attendant que sa douleur se calme. Quand ce fut le cas, il parut d'autant plus affaibli, comme si le mal avait encore grignoté le peu de vie qui lui restait.

– J'aimerais que tu fasses quelque chose pour moi, dit-il dans un murmure poussif.

– Tout ce que tu veux, répondit-elle aussitôt en lui embrassant la main.

– Quand le docteur m'a appris mon diagnostic, j'ai signé une DNR. Tu sais ce que c'est ? dit-il en l'interrogeant du regard. Ça signifie « décharge de non-réanimation »... Autrement dit, je ne veux aucun acharnement thérapeutique pour me garder à tout prix en vie. Si je vais à l'hôpital, je veux dire.

Effrayée, Ronnie sentit son estomac se nouer.

– Qu'est-ce que t'essayes de me dire ?

– Le moment venu, tu dois me laisser m'en aller...

– Non, protesta-t-elle en secouant la tête. Ne me dis pas des trucs comme ça...

Il la couva de son regard doux, mais insistant.

– S'il te plaît. C'est ma volonté. Quand j'irai à l'hôpital, n'oublie pas d'apporter les papiers. Ils se trouvent dans le tiroir du haut de mon bureau, dans une enveloppe en papier kraft.

– Non... papa, je t'en supplie ! Ne m'oblige pas à faire un truc pareil. Je ne pourrai jamais.

– Même pour moi ? dit-il sans la quitter des yeux.

Cette nuit-là, ses gémissements furent entrecoupés de respirations heurtées, poussives, qui la terrifièrent. Bien qu'elle ait promis de respecter la volonté de Steve, elle n'était pas certaine d'en avoir la force.

Comment pouvait-elle dire aux médecins de ne rien faire ? Comment pouvait-elle le laisser mourir ?

Le lundi, le pasteur Harris passa les prendre tous les deux et les conduisit en voiture à l'église pour assister à la mise en place du vitrail. Comme son père était trop faible pour se tenir debout, ils apportèrent une chaise pliante. Le pasteur aida Ronnie à soutenir Steve, tandis qu'ils marchaient lentement jusqu'à la plage. La foule s'était rassemblée en vue de l'événement, et pendant les deux heures qui suivirent ils observèrent les ouvriers procédant à l'installation minutieuse de l'ouvrage. C'était aussi spectaculaire que Ronnie l'avait imaginé, et lorsque fut posée la dernière clavette, tout le monde applaudit. Elle se tourna pour voir la réaction de son père et constata qu'il s'était endormi, douillettement emmitouflé dans son plaid...

Elle le ramena à la maison et le mit au lit, avec l'aide du pasteur Harris.

— Il était heureux, lui dit-il en la quittant, comme pour la convaincre autant que lui-même.

— Je sais, lui assura-t-elle en lui pressant affectueusement le bras. C'est tout à fait ce qu'il souhaitait.

Son père passa le reste de la journée à dormir, et tandis que la nuit tombait, Ronnie sut qu'il était temps pour elle de lire la fameuse lettre. Si elle ne le faisait pas maintenant, elle n'en aurait jamais le courage.

Sous la faible lumière de la cuisine, elle déchira l'enveloppe et déplia lentement la feuille. L'écriture différait des précédentes missives... Au lieu de la calligraphie soignée à laquelle Ronnie s'attendait, elle avait à présent des pattes de mouche sous les yeux. Elle n'osa imaginer la peine qu'avait dû avoir son père pour griffonner ces lignes, ni le temps que ça lui avait pris. Ronnie prit une profonde inspiration et commença à lire.

Salut, ma puce !
Je suis fier de toi.
Je ne t'ai pas dit ces mots aussi souvent que j'aurais dû. Je te les écris maintenant, pas uniquement parce que tu as choisi de rester auprès de moi tout au long de cette épreuve, mais parce que je veux

que tu saches que tu es devenue cette personne remarquable dont j'ai toujours rêvé.

Merci d'être restée à mes côtés. Je sais combien c'est dur pour toi, sans doute encore plus que tu ne l'imaginais... Et je suis désolé pour toutes ces heures que tu passeras inévitablement en solitaire. Mais surtout parce que je n'ai pas toujours été un père à la hauteur. Je sais que j'ai commis des erreurs. J'aimerais changer tant de choses dans ma vie ! Je suppose que c'est normal, compte tenu de ce qui m'arrive, mais je veux que tu saches autre chose encore...

Aussi dure que soit l'existence et en dépit de tous mes regrets, j'ai eu la chance de vivre des moments extraordinaires. En particulier à ta naissance, puis quand je t'ai emmenée au zoo toute petite et que tu t'émerveillais de voir les girafes. D'ordinaire, ces moments-là ne durent pas... Ils ne font que passer, comme une brise légère soufflant sur l'océan. Mais certains demeurent gravés à jamais dans notre mémoire.

C'est ce que j'ai ressenti cet été, et pas seulement parce que tu m'as pardonné. Ces vacances ont été pour moi un cadeau du Ciel, car elles m'ont permis de connaître la jeune femme que tu deviendras un jour. Comme je l'ai confié à ton frère, c'était le plus bel été de ma vie, et je me suis souvent demandé pendant ces journées idylliques par quel miracle quelqu'un comme moi avait pu se voir gratifier d'une fille aussi merveilleuse que toi.

Merci, Ronnie. Merci d'être venue. Et merci de tout le bonheur que tu m'as apporté chaque jour que nous avons eu la chance de partager.

Jonah et toi, vous avez toujours été les plus beaux présents que la vie m'ait offerts. Je t'aime, Ronnie, et je t'ai toujours aimée. Et n'oublie jamais que j'ai toujours été fier de toi. Aucun père au monde n'a connu un tel bonheur.

Papa.

Thanksgiving était passé. Sur les villas du front de mer, les gens commençaient à installer les décorations de Noël.

Son père avait perdu un tiers de son poids et gardait presque tout le temps le lit.

Un matin qu'elle faisait le ménage, Ronnie tomba par hasard sur des feuilles de papier, apparemment oubliées dans le tiroir de la table basse du salon. En les sortant, elle reconnut aussitôt l'écriture de son père, qui avait griffonné ces notes de musique.

C'était la fameuse chanson qu'il écrivait, celle qu'elle l'avait entendu jouer ce soir-là dans l'église encore en chantier. Ronnie posa les feuilles sur la table pour les regarder attentivement. Ses yeux filaient sur la portée et la suite de notes grossièrement corrigées, et elle pensa de nouveau que son père avait composé une superbe mélodie. Tout en déchiffrant la musique, elle entendait déjà dans sa tête les premières mesures, mais en parcourant la deuxième puis la troisième partitions, elle se rendit compte que quelque chose clochait et sentit à quel moment la composition s'essoufflait. Elle dénicha un crayon dans le tiroir et entreprit de corriger les passages défaillants.

Ronnie ne vit pas le temps passer et, trois heures plus tard, entendit du bruit dans la chambre de son père. Après avoir fourré les feuilles dans le tiroir, elle le rejoignit, prête à affronter la journée.

Plus tard, ce soir-là, alors que Steve était de nouveau plongé dans un sommeil agité, elle ressortit les partitions et travailla jusqu'à minuit passé. Le lendemain, elle s'éveilla avec enthousiasme, pressée de lui montrer son travail. Mais quand elle revint le voir dans la chambre, il ne bougeait plus... La panique la saisit, elle réalisa qu'il respirait à peine.

L'estomac noué, elle appela l'ambulance, puis regagna la chambre tant bien que mal. *Je ne suis pas prête*, pensa-t-elle, *je ne lui ai pas montré la musique.* Il lui fallait un autre jour. *C'est pas encore le moment...* Mais d'une main tremblante, elle ouvrit le premier tiroir du bureau de Steve et sortit l'enveloppe kraft.

Dans son lit d'hôpital, son père paraissait plus frêle que jamais. Il avait le visage creusé et le teint d'une pâleur cadavérique. Il respirait faiblement, comme un tout petit enfant.

Ronnie ferma les yeux et plissa les paupières... Elle aurait souhaité se trouver n'importe où, sauf en cet endroit.

– Pas encore, papa..., murmura-t-elle. Reste encore un peu, tu veux bien ?

De l'autre côté de la fenêtre, le ciel était gris et nuageux. Les arbres avaient perdu presque toutes leurs feuilles, et leurs branches nues évoquaient des squelettes décharnés. Il faisait froid, sans un souffle d'air... Le calme d'avant la tempête.

L'enveloppe était posée sur la table de nuit, et bien qu'elle eût promis à son père de la donner au médecin, Ronnie ne l'avait pas encore fait. Pas avant d'être sûre qu'il ne se réveillerait plus, qu'elle n'aurait plus l'occasion de lui dire au revoir. Pas avant d'être certaine de ne plus pouvoir lui offrir un ultime présent.

Elle pria pour qu'un miracle survienne, un minuscule miracle... Et Dieu dut l'entendre, car il l'exauça vingt minutes plus tard.

Ronnie avait passé le plus clair de la matinée assise au chevet de Steve. Elle était si habituée à sa respiration et au bip régulier du moniteur cardiaque que le plus infime changement la faisait sursauter. En levant la tête, elle vit le bras de son père remuer, tandis qu'il rouvrait les yeux. Il battit des paupières sous l'éclairage au néon et, d'instinct, elle lui prit la main.

– Papa ?

Malgré elle, Ronnie sentit un regain d'espoir l'envahir et imagina déjà Steve en train de se redresser lentement sur l'oreiller.

En vain. Il ne semblait même pas l'entendre. Lorsqu'il tourna la tête au prix d'un gros effort pour la regarder, elle vit dans ses yeux un voile noir inhabituel. Toutefois, il papillonna encore des paupières et elle l'entendit soupirer.

– Salut, ma puce…, dit-il d'une voix rauque.

Le liquide dans ses poumons donnait l'impression qu'il se noyait. Elle s'efforça de lui sourire.

– Comment tu te sens ?

– Pas très bien…

Il marqua une pause, comme pour rassembler ses forces.

– Où suis-je ?

– À l'hôpital. On t'y a transporté ce matin. Je sais que tu as signé une DNR, mais…

Comme il clignait encore des yeux, elle se dit qu'il allait de nouveau les fermer, mais il les ouvrit.

– Pas de problème, chuchota-t-il. Je comprends…

Le pardon qui transparaissait dans sa voix brisait le cœur de Ronnie.

– Ne m'en veux pas, s'il te plaît…

– Je ne t'en veux pas, ma puce.

Elle l'embrassa sur la joue et tenta de serrer tout contre elle la forme chétive.

Elle sentit sa main effleurer son dos.

– Ça va, ma puce ?

– Non, admit-elle, sentant les larmes venir. Ça va pas du tout.

– Je suis désolé…

— Ne dis pas ça, déclara-t-elle d'un ton ferme, en s'empêchant de craquer. C'est moi qui le suis. Je n'aurais jamais dû cesser de te parler. Je voudrais tellement remonter le temps et effacer tout ça...

Il esquissa l'ombre d'un sourire.

— Je t'ai déjà dit que je te trouvais belle ?

— Ouais... tu me l'as dit...

— Eh bien, cette fois-ci je le pense.

Ronnie gloussa malgré elle, à travers ses larmes.

— Merci, dit-elle en lui embrassant la main.

— Tu te souviens quand t'étais petite ? reprit-il d'un ton grave. Tu me regardais jouer du piano pendant des heures. Un jour, je t'ai surprise assise devant le clavier, en train d'interpréter une mélodie que tu m'avais entendu jouer. Tu avais à peine quatre ans. Tu as toujours été très douée.

— Je me souviens...

Il lui agrippa alors la main avec une force inouïe en ajoutant :

— Sache que même si tu devenais une célèbre virtuose, je n'ai jamais autant aimé la musique que ma fille... Je tenais à te le dire.

Elle hocha la tête.

— Je te crois. Et je t'aime aussi, papa.

Il prit une longue inspiration, sans jamais la quitter des yeux.

— Alors, tu veux bien me ramener à la maison ?

Les paroles la frappèrent de plein fouet, inéluctables et sans détour. Elle lorgna l'enveloppe, sachant ce qu'il lui demandait et la réponse qu'il souhaitait entendre. À cet instant précis, l'une après l'autre, les images des trois mois écoulés défilèrent dans sa tête... pour se figer sur la vision de son père, assis au piano dans l'église, sous l'espace vide désormais occupé par le vitrail.

Et Ronnie comprit alors ce que son cœur lui dictait depuis le début.

— Oui, dit-elle. Je vais te ramener à la maison. Mais moi aussi, j'ai besoin que tu me rendes un service.

Son père reprit sa respiration avec peine avant de déclarer :

— Je ne suis pas sûr de pouvoir...

Elle sourit et s'empara de l'enveloppe en disant :

— Même pour moi ?

Le pasteur Harris lui avait prêté sa voiture et Ronnie roulait aussi vite que possible. Téléphone à l'oreille, elle passa son coup de fil et expliqua en deux mots la situation et ce dont elle avait besoin... Galadriel accepta sur-le-champ.

Elle l'attendait devant le bungalow, quand Ronnie arriva. Sur la véranda étaient posés deux pieds-de-biche, qu'elle souleva en voyant Ronnie s'approcher.

— Prête ? lança-t-elle.

Ronnie hocha à peine la tête, et toutes deux entrèrent dans la maison.

Grâce à Galadriel, il leur fallut moins d'une heure pour démonter la cloison fabriquée par Steve. Peu importe le désordre dans le salon, le temps pressait... et Ronnie devait à tout prix offrir cet ultime cadeau à son père. Lorsqu'elles arrachèrent le dernier morceau de contreplaqué, Galadriel se tourna vers elle, essoufflée et en nage.

— Va chercher ton père. Je me charge de tout nettoyer. Et je t'aiderai à l'installer sur le canapé quand tu reviendras.

Pour retourner à l'hôpital, Ronnie roula encore plus vite qu'à l'aller. Avant de partir, elle avait rencontré le médecin de Steve pour lui expliquer son projet. Avec l'aide de l'infirmière de service, elle avait rempli le formulaire de sortie,

457

et elle la rappelait à présent de son mobile pour lui demander de la retrouver au rez-de-chaussée avec son père sur une chaise roulante.

Les pneus crissèrent lorsque Ronnie déboula en trombe sur le parking. Elle suivit l'allée menant à l'entrée des urgences et constata que l'infirmière avait tenu parole.

Toutes deux aidèrent Steve à s'installer dans le véhicule, et Ronnie reprit la route à peine quelques minutes plus tard. Son père semblait plus alerte que dans la chambre d'hôpital, mais elle savait que cela pouvait changer d'un instant à l'autre. Il fallait coûte que coûte le ramener chez lui avant qu'il ne soit trop tard.

Tandis qu'elle traversait cette ville qu'elle avait fini par adopter, Ronnie sentit tout à la fois la peur et l'espoir l'envahir. Tout paraissait si simple, si clair à présent. Lorsqu'elle arriva au bungalow, Galadriel l'attendait et avait préparé le canapé pour accueillir Steve... où toutes les deux l'aidèrent à s'allonger.

Malgré son état, il sembla deviner ce que Ronnie mijotait. Lorsqu'il découvrit, stupéfait, le piano qui trônait de nouveau dans l'alcôve, elle sut qu'elle avait pris la bonne décision. Elle se pencha et déposa un tendre baiser sur sa joue.

— J'ai terminé ta composition ! annonça-t-elle. Notre dernière œuvre commune. Et je veux la jouer pour toi.

Steve

La vie, songea Steve, *ressemblait un peu à une mélodie.*

Le début est un mystère, la fin une révélation... mais toutes les émotions éprouvées dans l'intervalle permettent d'affirmer que l'ensemble mérite d'être vécu.

Pour la première fois depuis des mois, il ne ressentait aucune douleur. Après tant d'années, il détenait les réponses à ses interrogations. Tout en écoutant la composition que Ronnie avait terminée et améliorée, il ferma les yeux en sachant que sa quête de l'existence de Dieu avait abouti.

Il comprenait enfin que la présence divine se manifestait partout, à chaque instant, et que tout le monde pouvait en profiter. Cela avait été le cas dans l'atelier, alors qu'il réalisait le vitrail avec Jonah, durant toutes ces semaines passées en compagnie de Ronnie... et en ce moment même, tandis que sa fille jouait leur musique, l'œuvre ultime qu'ils partageraient à tout jamais. Avec le recul, il se demanda comment une chose aussi évidente avait pu lui échapper.

Dieu représentait la quintessence de l'amour, et au cours de ces derniers mois passés avec ses enfants Sa grâce avait transporté Steve avec le même bonheur que la musique interprétée par Ronnie, tout spécialement pour lui.

Ronnie

Son père s'éteignit moins d'une semaine plus tard dans son sommeil. Ronnie était allongée dans la chambre auprès de lui. Elle ne pouvait se résoudre à aborder les détails. Elle savait que sa mère attendait qu'elle finisse... Depuis trois heures que Ronnie parlait, Kim était restée silencieuse, un peu comme Steve l'avait toujours fait. Mais le moment où elle l'avait vu rendre son dernier soupir lui appartenait, et elle savait qu'elle n'en parlerait jamais à quiconque. En quittant ce monde avec sa fille à son chevet, il lui avait offert son ultime cadeau... Et cet instant solennel et intime resterait gravé dans la mémoire de Ronnie.

Tout en contemplant par la fenêtre la pluie froide de décembre, elle préféra parler de son dernier récital, le plus important de toute sa vie.

– J'ai joué pour lui aussi longtemps que j'ai pu, m'man. Et j'ai fait de mon mieux pour lui offrir la plus belle musique qui puisse exister, car je savais tout ce que ça signifiait pour lui. Mais il était si faible... À la fin, je ne suis même pas certaine qu'il m'entendait encore.

Elle s'interrompit, au bord des larmes... malgré toutes celles qu'elle avait déjà versées.

Sa mère lui tendit les bras... Elle-même avait les yeux brillants.

– Je sais qu'il t'a entendue, ma chérie. Et je sais que tu lui as offert une musique magnifique.

Ronnie s'abandonna à l'étreinte de sa mère, en posant la tête sur sa poitrine, comme lorsqu'elle était enfant.

– N'oublie jamais combien Jonah et toi vous l'avez rendu heureux, murmura Kim en lui caressant doucement les cheveux.

– Il m'a donné plein de bonheur aussi. J'ai tellement appris avec lui. Je regrette de ne pas le lui avoir dit... Ça et un million d'autres choses, ajouta Ronnie en baissant les paupières. Mais c'est trop tard, maintenant.

– Il le savait, lui assura sa mère. Il l'a toujours su.

Les obsèques se déroulèrent en toute simplicité dans l'église récemment rouverte. Son père souhaitait être incinéré, et sa volonté fut respectée.

Le pasteur Harris fit son éloge funèbre. Bref, mais empreint d'un chagrin et d'un amour des plus sincères. Il aimait Steve comme son fils, et Ronnie ne put retenir ses larmes... Elle passa un bras autour de Jonah qui sanglotait, abasourdi par ce malheur qui s'abattait sur lui, et elle évita de penser au souvenir qu'il conserverait de cette perte déchirante, survenue si tôt dans son existence.

Une poignée de gens assistait à l'office. Elle reconnut Galadriel et le sergent Pete en entrant dans l'église, et entendit la porte s'ouvrir une ou deux fois, après s'être assise, sinon l'endroit demeurait presque vide. Elle était peinée à l'idée que si peu de monde ait su combien son père méritait d'être connu et tout ce qu'il avait représenté pour elle.

461

Après l'office, elle resta assise sur le banc avec Jonah, tandis que Brian et sa mère sortaient discuter avec le pasteur. D'ici quelques heures, tous les quatre allaient s'envoler pour New York, et Ronnie savait qu'il lui restait peu de temps.

Malgré tout, elle n'avait pas envie de quitter cette ville. La pluie, qui n'avait pas cessé de la matinée, avait enfin cessé de tomber et le ciel commençait à s'éclaircir. Ronnie avait prié pour le retour du soleil et elle ne put s'empêcher de contempler le vitrail de son père, souhaitant que les nuages s'éclipsent. Ce qu'ils firent...

Et, tout comme Steve l'avait décrit, le soleil traversa le verre et inonda l'église d'une sublime lumière, baignant le piano d'une cascade multicolore. L'espace d'un instant, Ronnie imagina son père assis au clavier, le visage tourné vers le ciel. Elle pressa alors la main de Jonah et, malgré tout le poids de son chagrin, eut un sourire en sachant que son frère partageait ses pensées.

– Salut, p'pa, murmura-t-elle. J'étais sûre que tu viendrais...

Quand la lumière se dissipa, elle lui dit au revoir en silence, puis se leva. Mais en se retournant, elle constata que Jonah et elle n'étaient pas seuls dans l'église. Près de la porte, assis sur le dernier banc, elle reconnut Tom et Susan Blakelee.

Ronnie posa la main sur l'épaule de son frère en lui disant :

– Tu veux bien aller dire à m'man et Brian que j'arrive ? Je dois d'abord parler à quelqu'un.

– O.K., répondit-il en frottant de son poing ses paupières gonflées.

Dès qu'il eut disparu, elle s'avança vers les Blakelee, tandis qu'ils se levaient pour la saluer.

Curieusement, ce fut Susan qui s'exprima la première.

– Je te présente toutes mes condoléances. Le pasteur Harris nous a dit combien ton père était un homme merveilleux.

– Merci, dit Ronnie en les regardant à tour de rôle, sourire aux lèvres. Je suis touchée que vous soyez venus. Et je tiens aussi à vous remercier tous les deux pour votre geste à l'égard de l'église. C'était très important pour mon père.

Elle vit alors Tom Blakelee détourner les yeux, et sut qu'elle ne s'était pas trompée.

– C'était censé être anonyme, murmura-t-il.

– Je sais. Et le pasteur Harris ne nous en a pas parlé, ni à mon père ni à moi. Mais j'ai tout compris en vous apercevant un jour sur le chantier. C'est fabuleux, ce que vous avez fait.

Il hocha la tête d'un air presque timide, tout en observant le vitrail à la dérobée. Lui aussi avait vu la lumière inonder l'église.

Dans le silence qui suivit, Susan fit un geste en direction de la porte.

– Il y a quelqu'un qui est venu te voir...

– Tu es prête ? demanda sa mère, dès que Ronnie sortit de l'église. On est déjà en retard.

Ronnie l'entendit à peine... car elle découvrait Will, vêtu d'un costume noir. Ses cheveux avaient poussé, et elle se

463

dit aussitôt que ça le faisait paraître plus mûr. Il parlait avec Galadriel, mais sitôt qu'il aperçut Ronnie il leva un index pour interrompre son interlocutrice.

– J'en ai pour quelques minutes, O.K. ? dit Ronnie à sa mère, sans quitter Will des yeux.

Elle ne s'attendait pas à sa venue, n'espérait même pas le revoir jamais. Elle ignorait ce que signifiait sa présence et ne savait trop si elle devait se réjouir, avoir le cœur brisé... ou les deux. Elle fit un pas dans sa direction, puis s'arrêta.

Impossible de déchiffrer l'expression de son visage. Tandis qu'il s'avançait vers elle, Ronnie se remémora le soir de leur première rencontre, où il donnait l'impression de glisser sur le sable... puis le baiser sur l'embarcadère, le soir du mariage de sa sœur... et les paroles qu'elle avait prononcées, le jour de leur séparation. Elle se sentit la proie d'une tornade d'émotions contradictoires... le désir, le regret, la nostalgie, la peur, le chagrin, l'amour... Elle avait tant de choses à lui dire... Mais quels propos pouvaient-ils bien échanger, compte tenu des circonstances, et après tout ce temps ?

– Salut...

Si seulement j'étais télépathe et si seulement tu pouvais lire dans mes pensées.

– Salut...

Will la dévisagea, comme en quête de quelque chose... mais elle n'aurait pas su dire quoi au juste.

Il ne fit aucun geste, pas plus qu'elle ne lui tendit la main.

– Tu es venu, reprit-elle, incapable de dissimuler sa surprise.

– Je pouvais pas me tenir à l'écart. Et je suis désolé pour ton père. C'était... quelqu'un de bien, dit-il, comme une ombre semblait passer sur son visage. Il va me manquer.

Le souvenir de leurs soirées au bungalow de son père lui

revint, de même que le fumet de sa cuisine et les éclats de rire de Jonah, quand ils jouaient tous les quatre au poker menteur. Ronnie fut soudain prise de vertige. C'était quasi surréaliste de voir Will là, sur le parvis de l'église, en ce jour atroce. Une partie d'elle-même avait envie de se jeter dans ses bras et de s'excuser pour la manière dont elle l'avait laissé partir. Mais l'autre partie, muette et paralysée par la perte de son père, se demandait si elle était la même personne que Will avait aimée. Il s'était passé tant de choses depuis l'été...

L'air gêné, elle se dandina d'un pied sur l'autre.

— Vanderbilt, c'est comment ? finit-elle par demander.

— Comme je m'y attendais.

— C'est bien ou c'est nul ?

Plutôt que de répondre, il désigna la voiture de location d'un hochement de tête :

— J'imagine que tu rentres chez toi ?

— J'ai un avion à prendre dans un petit moment, dit-elle en ramenant une mèche de cheveux derrière son oreille.

Elle s'en voulait de se sentir aussi gênée. À croire qu'elle s'adressait à un étranger !

— T'as terminé ton semestre ?

— Non, j'ai les exams la semaine prochaine, alors je reprends l'avion ce soir. Mes cours sont plus durs que prévus. Va falloir que je m'accroche... et que je passe quelques nuits blanches à réviser.

— Tu vas bientôt revenir pour les vacances. Quelques balades sur la plage et tu seras de nouveau d'attaque, répliqua Ronnie en souriant d'un air encourageant.

— En fait, mes parents m'emmènent en Europe dès que j'ai fini. On va passer Noël en France. Ils jugent important pour moi de voir du pays.

— C'est sympa de leur part...

Il haussa les épaules.

– Et toi ?

Elle détourna les yeux, tandis que les images des derniers jours passés avec son père l'assaillaient sans prévenir.

– Je crois que je vais auditionner chez Juilliard. On verra bien s'ils veulent toujours de moi.

Il sourit pour la première fois, et Ronnie retrouva un court instant cette joie de vivre qu'il manifestait si souvent pendant ces interminables mois d'été. C'était fou ce que sa gaieté spontanée et son enthousiasme débordant lui avaient manqué dans les épreuves qu'elle avait dû traverser en automne et en hiver.

– Ah bon ? Bravo ! Je suis sûr que tu vas les épater.

Elle détestait cette discussion superficielle. Ça sonnait tellement... *faux*, après tout ce qu'ils avaient partagé. Elle prit une profonde inspiration, essaya de se contrôler... mais c'était trop dur... et elle se sentait épuisée. Les mots qu'elle prononça ensuite s'échappèrent malgré elle de sa bouche.

– Je tiens à m'excuser pour tout ce que j'ai dit. Je ne le pensais pas. Ma vie était totalement chamboulée... mais j'aurais jamais dû m'en prendre à toi.

Il fit un pas vers elle et lui effleura le bras.

– Ne t'inquiète pas. Je comprends.

À son contact, toutes les émotions qu'elle avait contenues remontèrent à la surface... et elle plissa les yeux dans l'espoir de ne pas fondre en larmes.

– Mais si tu avais fait ce que je te demandais, alors Scott...

Il secoua la tête.

– Scott va bien. Crois-le ou pas, il a même obtenu sa bourse. Et Marcus est en prison...

– Mais j'aurais pas dû te balancer des trucs aussi atroces à la figure ! L'été se serait jamais terminé comme ça. On aurait pas dû se quitter comme ça... et c'est moi la seule fautive. Tu peux pas t'imaginer comme c'est dur de penser que c'est moi qui t'ai fait fuir.

— Tu m'as pas fait fuir, corrigea-t-il d'une voix douce. Je partais à la fac. Tu le savais.

— On s'est pas parlé, on s'est pas écrit, et c'était tellement dur de voir mon père dépérir de jour en jour... Je crevais d'envie de te le dire, mais je savais que tu m'en voulais à mort...

Comme elle se mettait à pleurer, il l'attira contre lui et l'entoura de ses bras. Son étreinte rendait la situation à la fois plus simple et plus compliquée.

— Chuuut... murmura-t-il. Tout va bien. Je ne t'en ai jamais voulu à ce point-là, tu sais...

Ronnie le serra encore plus fort.

— Mais t'as seulement appelé deux fois.

— Parce que je savais que ton père avait besoin de toi, et je voulais que tu te consacres entièrement à lui, pas à moi. Je me souviens de ce que j'ai vécu à la mort de Mikey... À l'époque, j'ai regretté de ne pas avoir passé plus de temps avec lui. J'avais pas l'intention de t'imposer ça.

Elle enfouit la tête au creux de son épaule, tout en se disant qu'elle avait vraiment besoin de lui... d'être dans ses bras, de l'entendre dire qu'ils trouveraient un moyen de se retrouver.

Will l'étreignit plus fort que jamais et murmura son prénom à son oreille. En s'écartant, elle vit qu'il souriait.

— Tu portes le bracelet, dit-il en effleurant son poignet.

— *À tout jamais dans mon cœur*, dit-elle avec un sourire triste.

Il baissa la tête et planta son regard dans celui de Ronnie.

— Je vais t'appeler, O.K. ? Dès que je reviens d'Europe.

Elle acquiesça, sachant qu'il ne leur restait plus que ça... et que ce n'était pas grand-chose. Leurs vies respectives avaient pris des chemins bien distincts... Les vacances étaient finies, et chacun allait de l'avant en suivant sa voie. Une évidence que Ronnie avait peine à admettre.

– O.K., murmura-t-elle en fermant les yeux.

– ÉPILOGUE –

Ronnie

Dans les semaines qui suivirent les obsèques, Ronnie traversa toutes sortes d'émotions, mais elle s'y attendait plus ou moins. Il lui arrivait de se lever le matin avec un sentiment d'angoisse et elle passait des heures à se remémorer ces derniers mois en compagnie de son père, trop paralysée par le chagrin et les regrets pour verser une larme. Après une période aussi intense à son côté, elle ne parvenait pas à accepter sa disparition, alors qu'elle avait plus que jamais besoin de lui. Son absence lui était insupportable et la plongeait parfois dans l'amertume.

Mais ces réveils pénibles la perturbèrent surtout la première semaine de son retour à New York, et Ronnie sentait bien qu'au fil du temps ils finiraient par s'estomper. Le fait d'avoir vécu avec son père et de s'être occupée de lui l'avait transformée, mais elle savait qu'elle reprendrait le dessus. D'ailleurs, c'était ce que Steve aurait souhaité... Elle pouvait presque l'entendre lui rappeler qu'elle se révélait plus forte qu'elle ne le croyait. Il n'aurait pas voulu la voir se murer dans sa peine pendant des mois, mais plutôt mener sa vie à la manière dont il avait mené la sienne dans la dernière année de sa propre existence. Plus que tout, il désirait qu'elle saisisse la vie à bras-le-corps et s'y épanouisse.

Jonah aussi. Elle savait que Steve avait souhaité qu'elle aide son frère à aller de l'avant. Et puisqu'elle était à la maison, elle passait beaucoup de temps avec lui. Peu après leur retour, Jonah se retrouva en vacances de Noël, et elle profita de ce temps libre pour se promener à Manhattan avec lui. Elle l'emmena au Rockfeller Center pour patiner, puis tout en haut de l'Empire State Building ; puis ils visitèrent le Musée d'histoire naturelle... et passèrent tout un après-midi dans le célèbre magasin de jouets, FAO Schwarz. Ronnie avait toujours considéré ces endroits comme trop touristiques, mais Jonah apprécia ces sorties, et bizarrement elle aussi.

Parfois, ils restaient paisiblement à la maison. Elle lui tenait compagnie tandis qu'il regardait des dessins animés ou dessinait dans la cuisine, et un soir, à la demande de Jonah, elle alla jusqu'à camper dans sa chambre, dormant par terre à côté de son lit. Dans ces moments privilégiés, il leur arrivait d'évoquer leur été et d'échanger des anecdotes sur leur père, ce qui les réconfortait autant l'un que l'autre.

Elle savait cependant que Jonah faisait de son mieux pour tenir le coup, du haut de ses dix-ans. Un truc bien précis semblait pourtant le perturber et son frère se confia à elle, un soir où ils étaient allés se promener après dîner. Un vent glacial soufflait, et Ronnie avait les mains enfouies dans ses poches, quand il finit par lui cracher le morceau, en la regardant à la dérobée, la tête à l'abri sous le capuchon de son anorak.

– Est-ce que maman est malade ? Comme papa ?

La question la stupéfia tellement que Ronnie mit un instant à lui répondre. Elle s'arrêta et s'accroupit pour le regarder bien en face.

– Non, bien sûr que non. Qu'est-ce qui te fait croire ça ?

– Ben... c'est parce que vous vous disputez plus, toutes les deux. Comme quand t'as arrêté de rouspéter après papa.

Elle pouvait lire dans ses yeux toute sa frayeur et comprenait la logique, enfantine, de son raisonnement. Il disait vrai, après tout... Sa mère et elle n'avaient pas haussé le ton depuis son retour.

– M'man va bien, reprit-elle. On en a eu marre de se bagarrer, alors on a arrêté.

– Promis ? insista-t-il en la fixant.

– Promis, dit Ronnie, tandis qu'elle le serrait fort dans ses bras.

Le temps passé avec son père avait même modifié ses relations avec sa ville natale. Il lui fallut se réadapter à la vie citadine. Ronnie n'avait plus l'habitude du brouhaha incessant de Manhattan, de la présence constante de la foule ; elle avait oublié les trottoirs sans cesse ombragés par les énormes gratte-ciel, et ces gens toujours pressés, même dans les allées étroites d'une supérette de quartier. Elle n'éprouvait pas vraiment le besoin de rencontrer du monde ; quand Kayla l'avait contactée pour savoir si elle avait envie de sortir, Ronnie laissa passer l'occasion... et Kayla ne l'avait pas rappelée. Si sans doute elles pouvaient encore partager des souvenirs, ce ne serait plus la même amitié. Toutefois ça ne dérangeait pas Ronnie ; entre les sorties avec Jonah et la pratique du piano, il lui restait peu de temps pour d'autres activités.

Comme l'instrument de son père n'avait pas encore été rapatrié à l'appartement, elle prenait le métro pour se rendre à l'académie Juilliard et jouait là-bas. Dès son premier jour à New York, elle y était passée et avait rencontré le directeur.

471

Steve et lui étaient de bons amis, et il s'excusa de n'avoir pu assister aux obsèques. Il parut surpris – et manifestement enthousiaste – d'avoir des nouvelles de Ronnie. Lorsqu'elle lui apprit qu'elle envisageait de postuler de nouveau chez Juilliard, il se débrouilla pour la faire auditionner dans les plus brefs délais et l'aida même à remplir illico son dossier d'inscription.

Trois semaines à peine après son retour à New York, elle débutait son audition par la mélodie qu'elle avait composée avec Steve. Sur le plan de la technique classique, Ronnie était un peu rouillée – elle n'avait pas eu le temps de se préparer à un examen de ce niveau –, mais en quittant l'auditorium elle pensa que son père aurait été fier d'elle. De toute manière il l'avait toujours été, se dit-elle, sourire aux lèvres, en glissant sa partition adorée sous son bras.

Depuis l'audition, elle jouait trois ou quatre heures par jour. Le directeur l'autorisait à utiliser les salles de répétition de l'école, et Ronnie commençait à bricoler des petites compositions de son cru. Assise dans ces pièces où Steve avait lui-même joué autrefois, elle pensait souvent à lui. De temps à autre, les derniers rayons du soleil se faufilaient entre les immeubles alentour et projetaient de longs traits lumineux sur le parquet. Et chaque fois, l'image du vitrail et de sa cascade de lumière lui revenaient en mémoire.

Will ne quittait jamais ses pensées, bien sûr.

Elle se remémorait surtout leur été, plutôt que la brève rencontre sur le parvis de l'église. Depuis les obsèques, elle n'avait pas de nouvelles de lui, et sitôt Noël passé elle commença à perdre espoir qu'il lui téléphone. Elle se souvenait qu'il passait les fêtes de fin d'année à l'étranger, mais à mesure que les jours passaient, Ronnie oscillait entre la certitude que Will l'aimait encore et le côté très improbable de leur relation.

Peut-être qu'il vaut mieux qu'il n'appelle pas... Qu'est-ce qu'on va bien pouvoir se dire, de toute manière ?

Elle eut un sourire triste et s'efforça de chasser ces pensées négatives. Elle avait du pain sur la planche et, tout en se concentrant de nouveau sur son dernier projet, une mélodie intégrant des influences country et pop, Ronnie se rappela qu'il était temps pour elle d'aller de l'avant, de ne plus vivre dans le passé, qu'elle soit admise ou non chez Juilliard, même si le directeur lui avait *assuré* que sa candidature se révélait « des plus prometteuses ». Peu importe ce qui arriverait, elle savait que son avenir résidait dans la musique et, d'une façon ou d'une autre, elle se débrouillerait pour vivre cette passion.

Son mobile vibra soudain sur le piano. Elle s'en empara, supposant qu'il s'agissait de sa mère, avant de jeter un œil sur l'écran. Elle se figea tandis que l'appareil vibrait de plus belle. En respirant un grand coup, elle souleva le clapet et porta le téléphone à son oreille.

– Allô ?

– Salut ! répondit une voix familière. C'est Will.

Elle tenta d'imaginer d'où il pouvait appeler. Elle percevait une sorte d'écho caverneux en fond sonore... comme dans un aéroport.

– Tu descends à peine de l'avion ?

– Non, je suis rentré il y a deux ou trois jours. Pourquoi ?

– T'as une drôle de voix, expliqua-t-elle avec un léger pincement au cœur.

Il était revenu depuis quelques jours et se décidait seulement à l'appeler...

– L'Europe, c'était comment ?

– Très sympa, en fait. Ma mère et moi, on s'est bien mieux entendus que je ne l'aurais cru. Jonah va bien ?

– Ça peut aller. Mais c'est peu dur pour lui, parfois...

– J'imagine.

Toujours cet écho bizarre. Peut-être qu'il appelle de la terrasse de sa maison ?

– Sinon, quoi de neuf ?

– J'ai auditionné chez Juilliard, et je crois que ça s'est plutôt bien passé...

– Je sais.

– Comment ça, tu sais ?

– Pourquoi tu serais là-bas, sinon ?

Elle ne comprenait pas vraiment la logique de son raisonnement.

– Euh... non... Ils me laissent juste pratiquer le piano ici, jusqu'à ce qu'on nous livre celui de mon père à l'appart. Parce qu'il a été prof ici, et tout ça... Le directeur était un pote à lui.

– Ben, j'espère que t'es pas trop occupée pour pouvoir te détendre un peu...

– Mais de quoi tu parles ?

– J'espérais que tu serais libre, ce week-end. À moins que t'aies d'autres projets, bien sûr.

Le cœur de Ronnie bondit dans sa poitrine.

– Tu viens à New York ?

– Je vais loger chez Megan. Tu sais... histoire de voir si les jeunes mariés vont bien.

– T'arrives quand ?

– Voyons voir...

Elle l'imaginait en train de regarder sa montre.

– J'ai atterri il y a un peu plus d'une heure.

– T'es déjà là ? T'es où ?

Will mit un petit moment à répondre, et quand Ronnie entendit de nouveau sa voix, celle-ci ne venait plus du téléphone... mais de derrière son dos. Elle se retourna et le découvrit à l'entrée de la salle, téléphone en main.

— Désolé, dit-il. J'ai pas pu résister.

Même s'il se tenait là sous ses yeux, elle n'en revenait pas. Elle battit plusieurs fois des paupières... comme pour s'assurer qu'elle n'était pas victime d'une hallucination.

Ouais, toujours là... Incroyable !

— Pourquoi tu m'as pas appelée pour me prévenir ?

— Parce que je voulais te faire une surprise.

C'est réussi !

Vêtu d'un jean et d'un pull en V marine, il était aussi séduisant que l'image qu'elle gardait de lui.

— En plus, j'ai une grande nouvelle à t'annoncer.

— Quoi donc ?

— Avant d'aller plus loin, faut que je sache si on a rendez-vous.

— Quoi ?

— Ce week-end, tu te rappelles ? Je peux compter sur toi ?

Elle sourit.

— Ouais, bien sûr.

Il hocha la tête.

— Et le week-end suivant ?

Pour la première fois, elle hésita.

— Tu restes combien de temps ?

Il s'avança lentement vers elle.

— Ben... en fait, c'est de ça que je voulais te parler. Tu te souviens quand je t'ai dit que Vanderbilt, c'était pas mon premier choix ? Que j'étais vraiment intéressé par cette fac avec un cursus scientifique génial axé sur l'écologie ?

— Oui, je me souviens...

— Bon... normalement, ils n'acceptent pas de transferts en milieu d'année, mais ma mère fait partie du conseil d'administration de Vanderbilt, et il se trouve qu'elle connaît aussi certaines personnes dans cette autre université... Alors, elle a pu me pistonner, disons. Bref, quand j'étais en Europe, j'ai appris qu'ils acceptaient mon transfert. Je commence donc chez eux le prochain semestre, et je me suis dit que t'aimerais être au courant...

— Ben, euh... tant mieux pour toi, déclara-t-elle, toujours un peu déboussolée. Et c'est quelle fac, alors ?

— Columbia.

Elle crut que ses oreilles lui jouaient un tour.

— Tu veux parler de l'université Columbia, à New York ?

— Exact ! s'exclama-t-il en souriant jusqu'aux oreilles, tel un prestidigitateur qui sort un lapin de son chapeau.

— Vraiment ? répliqua-t-elle d'une voix suraiguë.

Il hocha la tête.

— Je commence dans deux semaines. T'imagines ? Un brave petit Sudiste comme moi, lâché dans la jungle urbaine ? Il va sans doute me falloir un bon guide pour m'aider à m'adapter, et j'espérais que ce serait toi. Si t'en as envie...

Will avait continué à s'avancer et glissait à présent un doigt dans un passant du jean de Ronnie. Comme il l'attirait vers lui, elle crut défaillir de bonheur. Will allait étudier ici... à New York ! Près d'elle !

Elle l'entoura de ses bras, retrouva avec plaisir le contact de son corps contre le sien, sachant que rien ne serait meilleur que ce merveilleux moment de retrouvailles, là, maintenant....

— Bon, ben j'imagine que ça devrait pas me poser de problème, ironisa-t-elle. En revanche, ce sera pas facile pour toi. On n'a pas trop d'endroits pour pêcher par ici, ni pour rouler en pick-up dans la boue.

— Je m'en serais douté, dit-il en la prenant par la taille.

— Idem pour le beach-volley. Surtout en janvier.

— Bah... j'imagine que je vais devoir faire certains sacrifices.

— Peut-être qu'avec un peu de chance, on trouvera un moyen de t'occuper.

Il l'embrassa tendrement, d'abord sur la joue, puis sur les lèvres. En croisant son regard, elle revit le jeune homme qu'elle avait aimé l'été dernier, et qu'elle aimait toujours.

— Je n'ai jamais cessé de t'aimer, Ronnie. Ni de penser à toi. Même si tous les étés ont une fin...

Elle sourit, sachant qu'il était sincère.

— Je t'aime aussi, Will Blakelee, murmura-t-elle en lui rendant son baiser.

– REMERCIEMENTS –

Comme toujours, je dois commencer par remercier Cathy, ma femme et l'amour de ma vie. Voilà vingt ans que nous vivons une histoire fabuleuse et que je me réveille encore chaque matin en songeant que j'ai une chance incroyable d'avoir passé toutes ces années auprès d'elle.

Mes enfants – Miles, Ryan, Landon, Lexie et Savannah – sont une source de joie inépuisable. Je les aime tous les cinq.

Jamie Raab, mon éditrice chez Grand Central Publishing, mérite comme à chaque fois d'être saluée pour son excellent travail et sa gentillesse. Merci.

Denise DiNovi, la productrice d'*Une bouteille à la mer*, *Le Temps d'un automne*, *Le Temps d'un ouragan*, et *The Lucky One* est non seulement un génie, mais aussi la personne la plus sympathique que je connaisse. Merci pour tout.

David Young, P-DG de Hachette Book Group, a su gagner tout mon respect et ma gratitude après plusieurs années de collaboration. Merci, David.

Jennifer Romanello et Edna Farley, mes attachées de presse, sont d'excellentes amies et des personnes formidables. Merci pour tout.

Bravo à Harvey-Jane Kowal et à Sona Vogel, auxquelles

je ne facilite pas la tâche, car je rends toujours mes manuscrits en retard.

Un coup de chapeau à Howie Sanders et à Keya Khayatian, mes fantastiques agents de United Talent Agency.

Scott Schwimer, mon avocat, est tout simplement le meilleur dans son domaine. Merci, Scott !

Je rends également hommage à Marty Bowen (le producteur de *Dear John*), sans oublier Lynn Harris et Mark Johnson.

Toutes mes félicitation à Amanda Cardinale, Abby Koons, Emily Sweet et Sharon Krassney. J'apprécie vraiment leur travail.

La famille Cyrus mérite d'être saluée pour l'accueil chaleureux qu'elle m'a réservé et sa participation au film. Une mention spéciale à Miley, qui a choisi le prénom de Ronnie. Dès que je l'ai entendu, j'ai su qu'il conviendrait à merveille au personnage !

Et, pour finir, merci à Jason Reed, à Jennifer Gipgot, et à Adam Shankman pour leur travail sur la version cinématographique de *The Last Song*.

Composition PCA
44400 – Rezé

Achevé d'imprimer au Canada sur
les presses de Imprimerie Lebonfon Inc.
pour le compte des Éditions Michel Lafon

Dépôt légal : mars 2010
ISBN : 978-2-7499-1175-5
LAF 1231